周大新文集

飞鸟

周大新/著
FEI NIAO

人民文学出版社

图书在版编目（CIP）数据

飞鸟/周大新著. —北京：人民文学出版社，2016
（周大新文集）
ISBN 978-7-02-011504-4

Ⅰ.①飞… Ⅱ.①周… Ⅲ.①电影文学剧本—作品集—中国—当代 Ⅳ.①I235.1

中国版本图书馆 CIP 数据核字（2016）第 058291 号

选题统筹　付如初
责任编辑　刘　健
装帧设计　陶　雷
责任校对　刘光然
责任印制　苏文强

出版发行　人民文学出版社
社　　址　北京市朝内大街 166 号
邮政编码　100705
网　　址　http://www.rw-cn.com

印　　刷　三河市鑫金马印装有限公司
经　　销　全国新华书店等

字　　数　304 千字
开　　本　640 毫米×960 毫米　1/16
印　　张　27.25　插页 2
印　　数　3001—5000
版　　次　2016 年 10 月北京第 1 版
印　　次　2018 年 4 月第 2 次印刷

书　　号　978-7-02-011504-4
定　　价　39.00 元

如有印装质量问题，请与本社图书销售中心调换。电话：010-65233595

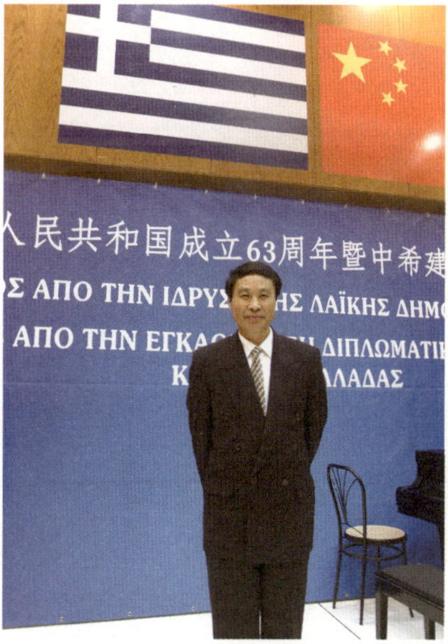
人民共和国成立63周年暨中希建

自　序

　　自1979年3月在《济南日报》发表第一篇小说《前方来信》至今,转眼已经36年了。

　　如今回眸看去,才知道1979年的自己是多么地不知天高地厚,以为自己的生活和创作会一帆风顺,以为自己可支配的时间多得无限,以为有无数的幸福就在前边不远处等着自己去取。嗨,到了2015年才知道,上天根本没准备给我发放幸福,他老人家送给我的礼物,除了连串的坎坷和成群的灾难之外,就是允许我写了一堆文字。

　　现在我把这堆文字中的大部分整理出来,放在这套文集里。

　　小说,在文集里占了一大部分。她是我的最爱。还在我很小的时候,就对她产生了爱意。上高小的时候,就开始读小说了;上初中时,读起小说来已经如痴如醉;上高中时,已试着把作文写出小说味;当兵之后,更对她爱得如胶似漆。到了我可以不必再为吃饭、穿衣发愁时,就开始正式学着写小说了。只可惜,几十年忙碌下来,由于雕功一直欠佳,我没能将自己的小说打扮得更美,没能使她在小说之林里显得娇艳动人。我因此对她充满歉意。

散文,是文集的重要组成部分。如果把小说比作我的情人的话,散文就是我的密友。每当我有话想说却又无法在小说里说出来时,我就将其写成散文。我写散文时,就像对着密友聊天,海阔天空,话无边际,自由自在,特别痛快。小说的内容是虚构的,里边的人和事很少是真的。而我的散文,其中所涉的人和事包括抒发的感情都是真的。因其真,就有了一份保存的价值。散文,是比小说还要古老的文体,在这种文体里创新很不容易,我该继续努力。

电影剧本,也在文集里保留了位置。如果再做一个比喻的话,电影剧本是我最喜欢的表弟。我很小就被电影所迷,在乡下有时为看一场电影,我会不辞辛苦地跑上十几里地。学写电影剧本,其实比我学写小说还早,1976年"文革"结束之后,我就开始疯狂地阅读电影剧本和学写电影剧本,只可惜,那年头电影剧本的成活率仅有五千分之一。我失败了。可我一向认为电影剧本的文学性并不低,我们可以把电影剧本当作正式的文学作品来读,我们从中可以收获东西。

我不知道上天允许我再活多长时间。对时间流逝的恐惧,是每个活到我这个年纪的人都可能在心里生出来的。好在美国麻省理工学院的布拉德福德·斯科博士最近提出了一种新理论:时间并不会像水一样流走,时间中的一切都是始终存在的;如果我们俯瞰宇宙,我们看到时间是向着所有方向延伸的,正如我们此刻看到的天空。这给了我安慰。但我真切感受到我的肉体正在日渐枯萎,我能动笔写东西的时间已经十分有限,我得抓紧,争取能再写出些像样的作品,以献给长久以来一直关爱我的众多读者朋友。

感谢人民文学出版社给了我出版这套文集的机会!

感谢为这套文集的编辑出版付出大量心血的付如初女士!

2015年春于北京

目 录

飞鸟 …………………………………………… 1
古榆 …………………………………………… 60
诬告 …………………………………………… 162
JS 卫星的发现 ………………………………… 270
重铸真情 ……………………………………… 318
热与冷 ………………………………………… 380

飞 鸟

1、白天。浓云蔽日。

京宛驿路上,三辆装饰气派的马车飞驰着,车轮卷起的尘土在翻滚。

每辆马车的车厢外边都写着一个大而鲜红的"宫"字。

衬着飞驰的马车出现字幕:明朝·宣德年间。

中间一辆马车的正中,端坐着的一个身露威势的老年宦官——韩志彤。

面无胡须的韩志彤声音中带点疲累地:小五子,南阳城还有多远?

坐在车外前侧的一个年轻宦官急忙回头:回大人,不到五里地,已经能看见城头了!

韩志彤掀起车帘。

几只小鸟在车前悠然飞着。

前方,一座城池的城墙已然在望,城楼上两个巨大的隶字"南阳"正隐隐显现……

2、白天。南阳府衙大堂。

宽大的桌案。

写有"公正廉明"四字的匾额。

持刀肃立的衙役。

知府林清如正在伏案批阅呈文。

一个衙役通禀:通判巩豪大人求见。

林清如放下笔:请他进来。

身体健壮、孔武有力的府衙通判巩豪快步走进来施礼:林大人,下官听说令爱舒韵今天过十六岁生日,特让人送去花篮以示贺意,不知大人是否还记得你早前对下官的许诺。

林清如嘀嘀笑了起来:记得,记得,那你就去正式找媒人来吧。

巩豪通判:好,咱一言为定——

一阵焦慌的脚步声忽然由堂外传来。

林清如和巩通判闻声都一怔,一齐望向大堂门口。

一个年轻的衙役跑进门一连声地:快,快,林大人——

林清如不悦地皱着眉头:不是给你说了多少回了,在府中办事要从容不迫,慢点说,何事值得这样惊慌?

衙役急切地:朝廷后宫的韩志彤大人突然来了咱南阳——

林清如闻言霍地站了起来:啥?他怎么可能来咱南阳?

衙役:韩大人领的一干人乘坐的三辆马车已到了府前,汪司马命小的速来报告,他正在门前照应……

林清如也显出了惊慌,在原地转了半圈自语着:怎么之前没听到一点消息?别不是要来找什么麻烦吧?他可是后宫的红人……

巩通判提醒地:林大人是不是先去迎接——

林清如猛然惊醒地:走,走,快跟我一起去迎接韩大人!说罢,急急地向大堂门口小步跑去……

3、白天。驿馆。

森森的树木。

鲜花、溪水、小桥。

石砌的甬道。

知府林清如一脸含笑地陪着韩志彤沿着甬道走来。

林清如小心而谦卑地:卑职不知韩大人前来,有失远迎,实在抱歉。

韩志彤没说什么,只是停步转身朝后边陪同的其他官员摆摆手,示意他们止步。

韩志彤径直走进驿馆客厅。

林清如向后看一眼那些止步的官员,不由得抹了一把额上的汗,这才小心地跟进了客厅。

4、白天。驿馆客厅。

韩志彤挥手让室内倒茶端果的两个丫环出去。

两个丫环出门之后,韩志彤突然提高了声音:南阳知府林清如接旨!

林清如闻声急忙面朝韩志彤跪地:臣林清如接旨……

5、白天。府衙大堂。

林清如端坐在公案之后,脸上的惊慌已经抹去,代之而现的是一种被赏识的兴奋。

　　几位府衙所属官员分立案前两边,都有些着急地注视着知府大人。

　　林清如威严地咳了一声,朗声道:后宫韩大人此番来南阳,带来了御旨,要在我们南阳选出五名十六岁的美女进宫。

　　众官员一齐惊奇地哦了一声,顿时显出了一丝轻松。

　　林清如:朝廷过去选宫女,多是把目光盯在吴越一带,这是首次来我们南阳选美,当今圣上如此看重南阳,是我等的荣光,也是我等为皇上效力的机会!

　　众官员互相对视着,都很兴奋。

　　林清如:韩大人交待办理此事的期限是六天,六天后,他就要带上五名美女返京。

　　站立案前的汪司马趋前一步,施礼道:林大人放心,南阳盆地气候温润水土宜人,是出美女的地方,下边各县都是美女如云,在全府里选出五名美女实在容易。

　　站在另一边的巩通判趋前一步,施礼道:下官认为,可让所属十县在两天内各选出五十名美女送到府里,然后再由后宫韩大人与我等一起从这五百名美女中,按百里挑一的办法选出五名宫女。

　　林清如点头:好,就照巩通判所说去办,时间紧迫,午后即飞马各县通报此事!

　　众官员一齐:是!

6、傍晚。南阳府衙后院林家厢房。
　　林清如的小女儿舒韵正在花绷上绣花。
　　灵巧的双手在花绷上如蝴蝶一样翻飞着。
　　漂亮的双颊上盈满笑意。

父亲进院的脚步声令她抬起头来。

爹——她捏着花绷向院里跑去。

7、傍晚。林家院子。

林清如站在院中,一脸欢喜地看着朝他跑来的女儿。

舒韵:爹,你今天下堂挺早哇!

林清如蔼然点头:又在绣花呐?你娘呢?

舒韵:她在厨房里帮孙婶她们忙碌,娘说要给我蒸一个捏有十六朵花的豆糕。

林清如笑看着女儿:为何偏要捏十六朵花?

舒韵撒娇地:我今天十六岁了呀,你忘了今天是我的生日?

林清如"哦"了一声,拍拍自己的额头:哎呀,前晌巩通判还提醒过我这事,后来宫中来了人,我公事忙得昏了头,又忘得一干二净。

舒韵:中午的生日宴你也没回来参加。

林清如:是,是,只顾忙着照应宫中来人,忘了我女儿的大事。说完,他注意地看了一眼女儿,似乎有些吃惊地:真已长成大姑娘了?!

舒韵娇羞地:爹——

8、傍晚。林家客厅。

一个很大的花篮倒放在地上,鲜花花瓣散了一地。

走进客厅的林清如见状生气地对一个丫环:怎么回事?不知道把花篮摆好?

丫环小心地:回大人,是夫人故意把花篮踹倒的,夫人不让扶。

林清如意外地:哦?这花篮哪来的?

　　丫环:是通判巩豪大人派人送来的,说是祝贺小姐十六岁生日!

　　林清如眼前猛地出现巩豪前晌与他见面的情景,遂点了下头:好了,你去吧。

　　林夫人这时走了进来打招呼:下堂了?

　　林清如指指那个倒地的花篮:这样子多不好看!

　　林夫人赌气地:我还想把它扔出去哩!那巩豪是个什么东西,比你才小几岁,还敢来打我女儿的主意?

　　林清如叹口气:他哥哥不是宫中吏部左侍郎嘛,咱朝中无人,指望着通过他能跟他哥联络上个关系。

　　林夫人:那也不能拿咱闺女当礼物送给他,他续弦可以,南阳城么多姑娘他可以随意去挑,凭啥非要找咱女儿不可?

　　林清如:想把闺女嫁给他当续弦夫人的人家可多的是,我们放弃这个机会岂不是太亏?

　　林夫人生气地:啥叫太亏?他都四十岁了,而你女儿才十六岁!

　　林清如摇摇头:这官场联姻的事,你懂得的太少!

　　林夫人坚决地:反正我不会同意把女儿嫁给巩豪,这事你不能自个儿就做主……

9、傍晚。林家林清如卧室。

　　林清如正在夫人的帮助下换上便服。

　　林清如感叹地:来南阳当知府几年,今天总算遇见了一件好事。

　　林夫人注意到了他脸上浮了笑意:啥好事?

　　林清如高兴地:今天,皇上让后宫韩大人来咱南阳,要选拔五名美女进宫当宫女,这不是对南阳、对我本人的高看吗?

林夫人先是一怔,随后叹了口气:唉,天爷爷,造孽呀!

林清如闻言惊喝道:你胡说什么?这样的好事怎能说成造孽?

林夫人不高兴地瞪住丈夫:咋能不叫造孽?好端端的闺女,本该成家生儿育女的,却要去宫里头空熬着岁月——

林清如气得拍了一下桌子:住嘴!这话传出去是要治罪的,你身为朝廷命官的夫人,怎敢信口——

门外忽然响起了女儿舒韵的声音:爹,娘,你们在说什么呢?话音未落,舒韵已飘然进屋。

林清如努力一笑:没,没说啥。

舒韵面向爹娘欢快地:为了感谢二老把我养到十六岁,我今天要给你俩各送一件礼物!

林清如含笑:啥礼物?

舒韵对爹娘娇笑着:你们俩都闭上眼睛。

林清如和夫人都笑着将眼闭上。

舒韵从怀里掏出两件礼物分放在爹娘手中。

林夫人睁眼去看女儿给自己的礼物:一件包头的绸巾。笑了。

林清如睁眼去看女儿的礼物:一方洁白的揩汗的帕子。他展开一看,只见帕子上绣着精致的宫殿的图案。

林清如有些诧异地望向女儿:怎么想起绣宫殿了?

舒韵一脸正经地:你不是说过,做官要做到宰相,那才叫男人的成功吗?我绣这图案,就是祝愿你能走向皇宫——

林清如急忙笑着朝女儿摆手:哦,不可乱说,不可乱说……

林清如望向窗外,画外同时响起他的心声:我是有不当宰辅不罢休的雄心,可朝中无人,要登上那样的高位,难呀……

10、暮色四阖。府衙通后院林家的门口。

一盏灯笼在夜风中摇动。

两位佩刀的衙役站在门口警卫。

身着官服的宛县方知县走近门口,衙役急忙持刀拦住:请知县大人止步!

方知县:我有急事要见知府大人,烦代为通禀一声。

其中一个衙役:请稍等。

11、晚饭后。林家客厅。

方知县谦恭地对林清如:这个时辰还来打扰林大人,非常抱歉。

林清如指了指椅子,示意他坐下。

方知县没敢坐,仍躬身站着:今天后晌,下官接到府衙要为朝廷选美的大函后,非常高兴,除了保证完成府衙规定的选拔数字之外,为了表达下官的忠心,还特别愿意奉上小女芽芽以供挑选。

林清如一下子站了起来,有几分意外地:哦?

方知县:倘大人能够开恩向上边鼎力举荐吾家小女使其入选,下官愿肝脑涂地以报大人之恩。

林清如缓缓地:我后晌还听说有些做父母的,对朝廷选美这件事暗中抵触,想悄悄把女儿送往外地,你倒是带了个好头。

方知县再次施礼:万望大人开恩相助。

林清如点头:好吧,我会尽力……

12、夜。林清如卧室。

林夫人正从一个包袱里掏出一包银子放在床头桌上。

由客厅进来的林清如看见那包银子诧异地:哪来的?

林夫人:你刚送走的那个方知县让衙役送来的。

林清如感叹地:唉,他倒是真心想把女儿送进宫哩。

林夫人鄙夷地:这个姓方的心术不正!

林清如不高兴地瞪了一眼妻子:人家这是忠义之举,怎能——

林夫人挖苦地:啥子忠义之举?无非是想借此找一个攀附皇上的机会!

林清如笑了:攀附皇上?瞎说什么?这不是选拔皇后、皇妃,这只是选拔宫女。即使真让方知县的女儿去当了宫女,皇宫里宫女成千,哪就有可能与皇上扯上关系?

林夫人:皇妃还不是皇上从宫女中挑的?姓方的就是在做这个梦!他梦想他的女儿当了宫女后能被皇上挑选为妃,然后他好借此飞黄腾达。

林清如意外地瞪大眼睛:噢?!

林夫人:他的闺女芽芽我见过,长得是很漂亮,保不准皇上见了真能动心。

林清如的面色沉了下来,夫人的分析显然击中了他的心。

林夫人:准备歇息吧,我叫丫环送热水来给你烫烫脚。

林清如摆手:等等!你说方知县的闺女比咱舒韵长得还入眼?

林夫人:那倒不见得,不过芽芽那姑娘长得是很媚人。你烫烫脚睡吧?

林大人心不在焉地把头点点……

13、夜。林清如卧室。

照入室内的月色如银。

林清如睁大眼睛躺在床上。

躺在一侧的夫人已发出细微的鼾声。

林清如的眼前慢慢出现幻想的画面——

皇宫内,当今皇上朱瞻基乘着御辇向后宫走去。

成群的宫女看见御辇后急忙分站在御辇要经过的甬道两边。

皇上在御辇的轻微晃动中细看着两边的宫女。

御辇停下,皇上手指着一位貌美的宫女问:你是——?

宫女抬头:回皇上,俺叫方芽芽,河南南阳人,刚入宫。

皇上高兴地:噢,我说怎么是头一回见你哩,真乃佳人一个!来人呀,让方芽芽去乾清宫,我要封她为妃——

画外忽然传来林夫人的一句呓语:韵……儿……

林清如眼前的幻景一下子被赶走。

14、夜。府衙后院门口。

两个持刀的警卫在低声聊天。

一个警卫:知道吧,林大人的长女舒韵今天过十六岁生日,成人了,长得真他娘的漂亮!

另一位:不知道谁能娶了她,能娶她那才真是人生一大幸事!

先说话的警卫开玩笑地:你去试试呀!

另一位:去,咱哪有那福分!听说她爹想把她许给巩大人做续弦夫人……

15、夜。舒韵卧房。

舒韵睡得正香。

洒到床上的月光照着她甜美的脸庞。

16、夜。林清如卧室。

他依旧睁大眼睛躺在那儿。

他望着黑暗中的屋顶,幻景又慢慢出现——

皇上走进内宫。

一位盛装的妃子低头施礼。

皇上高兴地上前:韵妃近日可好?

妃子:托皇上的福,臣妾近日一切安好。

那妃子答完抬头,她竟是舒韵!

皇上高兴地:听说你父亲是南阳的知府?

舒韵:是的,他在下边为皇上忠心效力。

皇上:他在任上几年了?

舒韵:五年多了,他常说对朝廷要鞠躬尽瘁,死而后已。

皇上:这样吧,近日吏部尚书病故,就让你爹来补缺……

幻景消去,林清如一脸笑意地仰躺在那儿……

17、清晨。府衙后院。

几只鸟在树上飞起落下,发出快乐的鸣叫。

便装的林清如在院中伸腰扩胸。

他转向女儿舒韵的房门:韵儿,梳妆好了吗?

舒韵应声出门,边别着发卡边答:好了,爹。

林清如:走,陪我去花园里散散步。

舒韵高兴地朝父亲身边跑来。

18、清晨。府衙后院花园。

林清如和舒韵在并肩散步。

林清如看着女儿,欲言又止。

舒韵蹦蹦跳跳,看得出心情很好。

舒韵注意到了父亲欲言又止的样子:爹,你今天早晨好像有什么心事?

林清如掩饰地笑笑:哦,不,没。

舒韵:是不是为选拔宫女的事?我听说城中已把这事传得纷纷扬扬。

林清如点头:嗯,你猜得对。

舒韵:听说城中有些人家害怕自己的女儿被选上,慌得要把女儿往乡下送,你是不是在为这事发愁?

林清如再次点头:有一点。

舒韵:其实当宫女有啥好怕的?能住进皇宫,能看见皇帝,那是多荣耀的事情!

林清如:你真是这样想?

舒韵:当然!你知道我从小喜欢看书,向往轰轰烈烈的人生。

林清如:要是真让你去当宫女,你愿意?

舒韵笑了:我当然愿意,只要你让我去。

林清如:真的?

舒韵真挚地:爹,俺啥时骗过你了?

林清如:那好,既然你有这个愿望,父亲愿意成全你,父亲不仅希望你能当上宫女,而且真要进了宫后还能得到皇上的看重。

舒韵显然有些意外地:爹,你此话可是——当真?

林清如加重了语气:当真!

舒韵有些惊喜地看着父亲……

19、白天。知府大堂。

林清如身着官服,端坐在大堂上。

汪司马正在向他朗声报告:……邓州、内乡、宛城三县已各送五十名十六岁美女进府,其他各县都将于今天晚饭前将选出的美女送到,驿馆已腾出房舍供这些美女安歇……

林清如认真地听着……

20、白天。府衙后院。

舒韵卧室,舒韵正在自己的衣橱里选择可穿的衣服。

她拿出一件,在身上比试比试,又放下。

她再拿出一件,比试着。

门被推开,林夫人走了进来。

舒韵:妈,快过来看看我穿哪件衣服合适。

林夫人:怎么,要出门呐?去哪里?

舒韵:爹没给你说吗?

林夫人:说什么?

舒韵:我参加选美的事。

林夫人一时没听明白:啥子选美?

舒韵:朝廷不是要在咱南阳选拔宫女嘛,爹同意让我参加。

林夫人震惊地:什么?!

舒韵怕母亲听不明白,一字一顿地:父亲同意让我参加朝廷在咱南阳举办的选美活动,我要争取去当宫女!

林夫人生气地对女儿:胡说!你爹怎么可能叫你去干这个?

舒韵笑了:我敢假传圣旨呀?不信你去问我爹?

林夫人愤怒地转身走了。

21、白天。府衙后院通前院的门口。
一个持刀的警卫站在那里。
林夫人怒冲冲地走过来。
林夫人对那个警卫:去,把你们知府老爷叫来。
那个警卫为难地:夫人,小的不敢擅离这儿,否则会遭处罚!
林夫人生气地在原地转了一个圈,又不得不返回后院。

22、白天。驿馆客厅。
林清如正在向韩志彤报告:……各县都将于今天晚饭前把选出的五十名美女送到,明天,大人就可以开始挑选了。
韩志彤点头:好的,林大人果然办事干练而有效果。
林清如:韩大人夸奖了。
韩志彤:感谢你派汪司马陪我今儿个去市面上走走,这一走才知道南阳是块宝地,出那么多闻名的东西。
林清如笑了:我正要向韩大人报告,南阳有两样出产可是闻名四方,第一样是独玉雕品,独玉是美玉,南阳的雕技又是一流,所以南阳的玉雕是名副其实的上品;第二样是烙画,用加热过的铁笔在纸和帛上烙出人物、山水与花鸟,为天下一绝。我给韩大人每样都准备了一些。言毕,朝门外叫了一声:进来吧。
两个衙役抬着一个箱子进屋,放下后转身出去。
韩志彤笑着:这是——
林清如:这就是我刚才给你介绍的南阳有名的两样出产,我每样给你准备了一份,聊表心意。

韩志彤客气地:哎呀,这可不敢当,怎能让你破费!

林清如:韩大人难得来俺们南阳一趟,这还不是应该的?

韩志彤:好,好,那我就恭敬不如从命,谢谢了!

林清如咳了一声,似乎有话要说却又不好开口。

韩志彤注意地看了他一眼:林大人是不是还有话要说?

林清如:下官有一事相求,不知韩大人可愿帮忙?

韩志彤:林大人不必客气,请讲。

林清如:下官有一女儿,名唤舒韵,听说韩大人来选拔宫女,就闹着要想参加选拔,我想她这也是在向朝廷表示一份忠心,便没有拦她,不知大人能否开恩关照,将她带走。

韩志彤意外地:这个嘛——

林清如急切地:是不是让大人为难了?

韩志彤摇头:那倒不是,只是这……

林清如:小女的心意已决,我又劝阻不住,只好请韩大人成全了。

韩志彤:可否让你的女儿来见见我,我好当面问问情况?

林清如急忙躬腰施礼:好的,好的,我也正想让她来拜见你,好让你看看她究竟长得如何……

23、白天。府衙后院舒韵卧房前厅。

盛装打扮的舒韵正在对镜审视自己。

别了银簪的头发。

天然红润的脸颊。

挂了独玉项链的白嫩脖颈。

后退一步继续对镜自我审视——

饱满的胸。

纤美的腰。

上翘的臀。

修长的腿。

她的脸上漾出自信的笑意。

24、白天。府衙后院。

林清如一脸欢喜地走进来叫道：韵儿——

林夫人突然一脸怒意地出现在他面前。

林清如不高兴地：怎么也不打个招呼就站到我跟前，吓我一跳。

林夫人：我问你，是你同意让舒韵去参加选美的？

林清如冷淡地：孩子有这个愿望，我支持她一下有啥不得了的？

林夫人生气地：你明明知道当宫女是空耗女人的青春，你明明和我一起读过元稹的"白头宫女在，闲坐说玄宗"，你还想把女儿——

林清如打断夫人的话：胡说！历朝那么多的贵妃不都是从宫女中选出的？不是也有宫女当了皇后的？！

林夫人气极地：有几个宫女才有那福气？

林清如：你怎么知道你女儿就没有那福气？

林夫人：你就去做美梦吧！

林清如瞪夫人一眼，拂袖而去。

25、白天。驿馆前。

林清如对身旁的女儿舒韵：进去见到韩大人时要落落大方，不必慌乱，说话要简短干脆，不可啰嗦。

舒韵笑道：爹，女儿又不是没见过世面之人，你就放心吧。

林清如转对身后的两个丫环：陪小姐进去吧。

两个丫环施礼:是。

26、白天。驿馆内韩志彤住处。
韩志彤审视着舒韵,笑着:果然是一个美人。
舒韵再次弯腰施礼:谢韩大人夸奖。
韩志彤:我有一个侄女,与你的年龄相仿,她前不久已择婿嫁人,过上了温馨可心的生活。
舒韵乖巧地:请大人向她转达我对她的真诚祝福。
韩志彤微微点点头:你生在知府之家,荣华富贵都已有了,为何不去嫁人成家,生儿育女,反要参加这选秀呢?
舒韵一笑:小女不想蹈女子寻常生活辙印前行,而愿抓住机会做人生之搏,企望走出一条光宗耀祖的新路。
韩志彤:其实,前人留下的生活辙印里肯定有好东西,要不然,一代又一代的女人怎会执着地沿着走呢?
舒韵:大人说得对,可参加选秀也是为了向皇上表示忠心,皇上对我家世代关照,我也理应用行动回报。
韩志彤点头:这倒是,你的忠心可嘉!
舒韵:既如此,就请韩大人成全小女的心愿吧。
韩志彤缓缓点头:既然你主意已定,那就请明天早饭后来参加筛选……
舒韵高兴地:谢韩大人!……

27、白天。府衙后院门外。
舒韵在两名丫环的陪同下正向后院门口走。
舒韵一脸欢喜。
画外突然传来一声男子的呼唤:那是舒韵吗?
舒韵闻声扭头看去。

通判巩豪带着一个衙役正向她快步走来。

舒韵急忙施礼:巩叔安好!

巩豪一边回礼一边打量着舒韵,画外随即响起他的心声:真是越来越美,让人看了心就发痒。

舒韵:巩叔是在忙公事吧?

巩豪:全府衙上下都在忙朝廷选宫女的事,你这是——

舒韵:有点小事出来走走。

巩豪:下人们怎么没给你备轿?

舒韵:就几步路,不用的,巩叔你忙,俺回去了。言毕,转身向后院走去。

巩豪直直望着舒韵的背影低语:看来她还不知道她父亲对我的许诺,我很快就不是你的巩叔而要成为你的夫婿了……

28、午时。通判巩豪府内客厅。

巩豪对一个五十多岁的胖夫人:刘妈,这个媒你要做好了,我不会亏待你。

媒婆刘妈笑逐颜开:巩老爷的话我信,我一定使出浑身力气,促成这段佳缘,我只是怕林大人会以你与他女儿年龄相差太大回绝。

巩豪:这倒不必担忧,这事还是他先主动露出口风,我才上心的。

刘妈:这就好办了!你们官家联姻不像布衣平民,光靠媒人的嘴是不行的。

巩豪:你把下人们准备的那些礼物都带上,要让林家看出我巩豪的大方。

刘妈:你就在家等我的好消息吧!

29、午时。府衙后院林清如夫妇卧室。

林夫人在赌气地收拾着衣物往一个包袱里放。

她把一件自己的衣服狠狠地摔到包袱上,显然在发泄心中的气愤。

林清如推门走了进来。

他看着零乱的床和包袱,不快地:怎么回事,乱成这样?

林夫人爆发地:我要带着小女儿和儿子回娘家!

林清如冷冷地:为什么要闹这一出?

林夫人:你连大女儿都不要了,要送她去皇宫受苦,我跟着你还能享什么福?

林清如冷酷地:也好,把你所有的东西都收拾齐毕,我让下人们抬轿送你,我顺便把休书写好,你永不准再回这儿!

林夫人震惊至极地:你——

林清如冷厉地:我正想再娶一房,你走了正好!

林夫人在短暂的惊愕之后,突然朝林清如跪了下来:她爹——

林清如面色冷硬无动于衷,转身就要出门。

林夫人急忙上前抱住丈夫的腿,哽咽地:我错了,我不该跟你生气……

林清如先是挣了几下腿,见挣不脱,便压低了声音:要还想在这儿当夫人,就给我闭了嘴操持家务!你爹妈当初没教你怎样出阁做媳妇?!……

30、午时。林清如家客厅。

林清如正端着茶盅喝茶。

他的双腿跷在方几上,一个丫环正在给他捶腿。

林夫人和舒韵坐在对面。

舒韵显然不知道父母之间发生过什么,依旧高兴地:爹,娘,我前晌去见宫中的韩大人时,韩大人直夸我长得漂亮呢。

林清如放下茶盅笑笑:那是自然,他不看看你是谁的女儿。

林夫人像没听见女儿的话似的,两眼空漠地看着屋角。

一个衙役这时来到门口:禀报大人,通判巩大人派了一个叫刘妈的妇人带着礼物来到了门口。

林清如一怔,收回腿,示意丫环离开,并对舒韵:你也回你的屋吧。

林夫人原本苦惨漠然的眼神稍稍有变。

林清如冷淡地对夫人:走,和我一起出去见她。

31、午时。府衙通后院的门内。

刘妈兴冲冲地对林清如和夫人:给老爷和夫人请安!

林清如微微点点头算是应答。

刘妈:巩大人命小的来给他和你家的大小姐舒韵提亲,我想这可是一件天作之合的美满姻缘,就急急忙忙来了。你家小姐是金枝玉叶,巩大人那是前途无量的朝廷命官,他们二人要走到一起,那准定是琴瑟和谐,福贵满堂!来呀,把巩大人送的礼物挑进去!她边说边朝身后三个挑着礼物担子的小伙子挥手。

那三个人刚要起步。

林清如猛地叫道:慢!

刘妈和那三个挑礼物的人都一怔。

林夫人默然看着丈夫。

林清如对刘妈:请转告巩大人,就说我们谢谢他的美意,只是由于小女和他年龄相差太大,内人坚决反对,我只好遵从她们母女的心意,这桩事就不必再提了!

刘妈意外地看着林清如。

林夫人惊看住丈夫。

林清如对刘妈坚决地:请回吧!

32、午时。通判巩豪府邸客厅。

巩豪吃惊地反问刘妈:林清如是这样说的?

刘妈点头。

巩豪愤怒地把手中的茶杯摔到了地上。

瓷杯在地上碎成了片。

巩豪:他娘的,你林清如竟敢给我如此污辱!老子什么样的女人娶不到?不是你一再暗示要把女儿嫁给我,我怎么会去找你求亲?!

刘妈小心地:老爷,俺家里还有点事,想先回去——

巩豪生气地一挥手:滚!

33、夕阳西坠。府衙大堂。

林清如端坐在大堂公案之后。

府衙里诸官员分两列站在公案前。

巩豪和汪司马分站在两列官员的最前面。

巩豪看往林清如的目光里闪着气恨,他分明想和林清如对视,但林清如根本不看他。

林清如目不斜视威严地:明天早饭后朝廷的选秀正式开始,这是一件大事,望诸位各司其职,协助宫中的韩大人把选秀搞好,任何人不得有误!

众官员齐答:是!

34、傍晚。林家舒韵住处前厅。

舒韵正在为一件颜色鲜艳的内衣缀扣子。

她手上的动作先是变慢,渐渐双手完全停止不动。

她的双眼变得迷蒙起来,陷入了遐想之中——

皇帝寝宫。

换去皇袍的皇帝斜依在卧榻上看书。

宫女舒韵双手端着一个托盘走进来,托盘上放着一碗银耳莲子羹。

舒韵小心地走到皇帝身边施礼,然后上前把托盘放在皇帝身边的矮桌上,将碗端下放在皇帝手边。

皇帝抬眼打量着舒韵。

舒韵把碗又向皇帝手边推了推。

皇帝伸手抓住了舒韵洁白的手腕。

舒韵含羞地垂下眼。

皇帝抚触着舒韵的手腕,并渐渐向上摸去。

舒韵被皇帝牵拉着,只好伏到了皇上的怀里。

皇上解着她的衣扣,露出了她正缀扣子的那件鲜艳的内衣。

皇上一下子掀起了那件内衣,她饱满美丽的胸脯霍然呈现在了皇帝面前。

她羞得捂住了脸。

皇上把头向她的胸上覆去。

她战栗着。

画外传来皇上的声音:朕封你为韵贵妃……

35、傍晚。林家舒韵住处门前。

面色憔悴的林夫人慢步走来。

她一脸苦疼无助的模样。

她迈上女儿门前的台阶。

36、傍晚。舒韵住处前厅。

舒韵仍双手捂脸坐在那儿,指缝里露出的双眼中溢满幸福。

她显然还沉浸在遐想之中。

走进门的林夫人轻唤:韵儿。

舒韵被这喊声惊得身子一抖,放下捂脸的手慌忙站起身来:娘,你吓了我一跳。

林夫人:在干啥呢?

舒韵有些慌乱地:在……在给衣服缀扣子。

林夫人在女儿身边坐下,拿过女儿尚未缀完的扣子缝起来。

舒韵:娘,你说宫女们还需要自己做针线活吗?

林夫人没有应声,只是低着头缀扣子。

舒韵沉在自己的思绪里说着:娘,一待我在宫中站稳脚跟后,我要先让爹的官职升上去,然后再把你接到我身边去,你不是还没去过京城吗?我要让你在京城里享享你没享过的福!

林夫人叹了口气:你凭啥就一定能在宫中站住脚?

舒韵自信地:凭爹和你给我的美貌,还有我后天读书得来的才华呀!

林夫人:宫中有貌有才的宫女可不会只有你一个。

舒韵不高兴地:娘就会给我说泄气话,你怎么不能像爹那样给我支持呢?

林夫人:因为我只想过平静普通的日子。韵儿,娘实在舍不得你离开南阳去皇宫里,娘求你别去参加朝廷的选美,行吗?

舒韵:爹已让我去见了宫中的韩大人,选美明天就要开始,我怎么可能再不去?你给爹说了吗?

林夫人无奈地:还是你亲自去给你爹说好些,就说你又不想去了。

舒韵坚决地:不,我不能出尔反尔!再说,这既是我本人改变命运的机会,也是帮助父亲飞黄腾达的机会,我为何要丢弃?

林夫人绝望地看着女儿:你呀,万一将来老在宫里成了白发宫女可怎么办?……

37、白天。驿馆院中空地上。

几百个十六岁的姑娘列队站在空地上。

姑娘们神色各异:有的满脸新奇,有的一脸兴奋,有的胆怯害怕,有的在抹眼泪……

林清如、汪司马、巩豪通判等官员簇拥着韩志彤站在姑娘们对面。

林清如在轻声对韩志彤说着什么。

四周站着佩剑持刀的军士。

宛城方知县匆匆拉着女儿芽芽走了过来。

方知县向林清如和韩志彤躬腰施礼:韩大人、林大人安好,下官亲带女儿来参加朝廷的选美了。

韩志彤和林清如点点头。

林清如注意地看了一眼美貌的芽芽,示意她站到队列里去。

一身盛装、气质优雅、美丽动人的舒韵这时也向这边款步走来。众人的目光一齐被她吸引过去。

人群中出现了轻微的对话声：这是谁呀……这样美呀……

林清如骄傲地看了一眼自己的女儿，然后去捕捉韩志彤的目光。

韩志彤目无表情地看着前方的人群。

通判巩豪看见走过来的舒韵后大吃一惊，画外随即传来他的心声：原来如此！林清如竟然想让他的女儿进宫去……他这是想要攀附皇上，所以就把我甩了……

巩豪一脸的恨意。

38、白天。同上。

汪司马对着各县送来的姑娘们高声地：请诸位都站好，听韩大人教诲！

韩志彤缓步登上一个临时搭起的木台，用一副女腔大声地：尔等切记，本朝挑选宫女的第一条规矩，是出生于良家。

姑娘们都在仰脸认真听。

韩志彤：所谓良家，即非医、非巫、非商贾和百工。尔等中若有不是良家出身的，请即退出馆门，不然日后查出，定当严办！

姑娘们相互对视着。

没有人走出馆门。

汪司马：下边开始对外形进行挑选！

39、白天。驿馆院子偏僻一角。

头上捂着头巾的林夫人悄然站在那儿。

她一脸焦急地看着选美的场面。

40、白天。驿馆内空地上。
韩志彤坐在一把高椅子上。
待选的姑娘们排成一队向他走来。
汪司马高声地：凡太胖、太瘦、太高、太矮的姑娘，被韩大人指点后，即可出馆门回家；未被指点的，则视为通过，进入下一轮挑选。
一个又一个姑娘向韩志彤缓步走来。
韩志彤不时朝走过面前的姑娘指去，口中说着：太胖——太瘦——太高——太矮——
被指了的姑娘在护卫军士们的指引下向驿馆门外走去。
未被指着的姑娘到另一边排队……

41、白天。驿馆空地一侧。
林清如和巩豪、方知县等一帮官员都坐在椅子上，静望着选美的场面。
林清如注意地看着自己的女儿和方芽芽。
巩豪双眼直盯着舒韵。
眼里满是不甘。
画外传来他压低了的自语：得想个办法……

42、白天。驿馆空地选美现场。
方芽芽随队向韩志彤走来。
韩志彤手指没动。
方芽芽通过了这一关，高兴地向站在远处的父亲挥手。
舒韵随队向韩志彤走来。

韩志彤手指没动。

舒韵通过了这一关,她自信地一笑。

43、白天。驿馆空地一侧林清如等官员所坐之处。

汪司马跑过来对林清如:禀告林大人,第一遍筛选结束,淘汰二百人,还余三百人;后响开始第二轮筛选。

林清如站起身:好的,照韩大人的吩咐办。

汪司马:是!

44、阳光当头。府衙后院林家客厅。

林清如高兴地对舒韵:韵儿,爹祝贺你顺利通过第一关。

舒韵骄傲地:我要连这一关都过不去,还不如去死。

林夫人满脸冷色地不发一语。

45、时辰同上。驿馆韩志彤下榻处。

韩志彤正坐在椅上闭目养神。

随韩志彤来的宦官小五从门外进来:大人,南阳府衙的通判巩豪求见。

韩志彤:请他进来。

小五转对门外:进来吧。

巩豪手里拎着个盒子应声进来:下官给韩大人请安!

韩志彤:巩豪,找我有事?

巩豪:我听说韩大人有收藏的雅兴,碰巧我前不久去本府张衡故里,见到张尚书自书的《南都赋》原件,便用纯银打造了个盒子装上,今特来献给大人。

韩志彤惊喜地:哦,有这事?

巩豪打开带来的银盒子,取出一卷竹简,徐徐在韩志彤眼前展开。

韩志彤贪婪地看着:嗬,嗬,这可是很珍贵的东西。

巩豪将竹简卷好躬身递向韩志彤:请大人带回细细欣赏吧,我是一个粗人,这东西要放我这儿,就是浪费了。

韩志彤高兴地:好,好,好！快请坐。

巩豪:韩大人,有件事,不知当说不当说。

韩大人显然心情很好:说,说,你只管说。

巩豪:在这次选美中,有的人家为了把自己的姑娘送入朝廷,有意隐瞒了女儿的疾病。

韩志彤一怔:哦,有这事？你知道这人家的姓名吗？

巩豪:知道。只是我说出来恐要与这家人结怨。

韩志彤:我自会保密,也会处理得了无痕迹。

巩豪:就是知府大人家。他的长女林舒韵两年前患了肺疾,经治疗虽外表已看不出来,但病并未全好,去年还曾将肺病传染给她的妹妹。

韩志彤:啊?!

巩豪:我官职虽低,毕竟吃朝廷俸禄,这样的事若不向你报告,乃不忠不义之为。上对不起朝廷,下对不起良心。

韩志彤点头:好……

46、阳光西斜。驿馆内空地。

选出的三百名秀女每二十人站成一排。

十五排秀女一个个挺胸站定。

汪司马高声宣布:第二轮挑选现在开始,逐人谛视耳、目、口、鼻、额和发、项、肩、背、臀,凡不合法相者出列回家！

韩大人由第一排开始,一个一个先看耳、目、口、鼻、额,再令起转身看发、项、肩、背、臀。

一个秀女被令出列。

又一个秀女被令出列。

再一个秀女被令出列……

47、阳光西斜。驿馆一侧。

林清如和巩豪、方知县一帮官员坐在椅子上静观选美场面。

有人低声地:其实淘汰掉的这些姑娘,哪一个当咱的妾都让人心花怒放——

正襟而坐的林清如咳了一声。

低声议论戛然而止。

巩豪望着远处的舒韵,在脸上漾出一个阴阴的笑容。

画外随即响起他的心声:林清如,你既然应允过我,你就必须要当我的岳父大人……

48、阳光西斜。选美现场。

韩志彤走到了方芽芽面前。

韩志彤仔细地审视后点头表示满意。

满脸紧张的方芽芽舒了一口气。

韩志彤走到了舒韵面前。

舒韵一脸自信地望着韩志彤。

韩志彤凝视着舒韵,眼中似乎晃过一丝温暖的爱意,不过一刹后,只见他突然摇了摇头。

跟在韩志彤身后的宦官小五立刻叫道:请出列回家吧。

舒韵大惊失色:大人……

韩志彤已走向下一个姑娘。

小五再次对舒韵示意离开队列。

舒韵只好含泪挪步……

49、黄昏。林清如等官员所坐之处。
林清如远远看见女儿被淘汰出列后,震惊地站了起来。
巩豪得意而无声地笑了。
汪司马这时跑过来报告:禀林大人,第二轮挑选淘汰掉二百人,入选的只剩八十人了。韩大人说明儿上午进行第三轮挑选。
林清如话音有些不连贯地:照……韩大人说的办……

50、暮霭四合。府衙后院舒韵卧室。
舒韵扑倒在床上抽泣着。
林夫人却满脸欢喜地在床沿坐着劝:哭什么？你应该笑才对！这样妈就再不用担忧你去宫中受苦了。
舒韵突然坐起抹一把眼泪,对母亲发泄地:你懂什么？我第二轮就被淘汰丢不丢人？难道我没那些人长得美吗？我失去了去宫中当贵妃的机会你还要我笑？
林夫人被女儿顶撞得一怔。
林清如这时走了进来。
爹！舒韵看见父亲后又捂脸哭了起来:我丢死人了……韩大人不公平……我真没那些人长得漂亮吗……我不想活了……
林清如脸阴沉着:我已经查清了,有人在给我们使绊子,我晚饭后就去见韩大人,你好好吃饭,准备继续参加明天的挑选。
舒韵破涕为笑:真的？
担忧再次爬上了林夫人的脸颊……

51、夜。驿馆韩志彤住处客厅。

一匹匹五颜六色的美丽丝绸摊放在韩志彤面前的桌子上。

韩志彤客气着:林大人不该破费的。

林清如笑着:南阳的丝绸在西汉时就出名了,从东汉起就是贡品。我拿来这些就是想让大人用我们南阳的丝绸做身衣裳穿穿,这样大人回京后就不会忘了我们南阳这个小地方。

韩志彤嘀嘀笑着:我正想找你说件事哩,就是后晌我淘汰你家小姐的事。要说漂亮,你的女儿那是真漂亮,我看来看去,就觉得她长得和我的侄女有点像,就想让她也和我侄女一样出嫁成家生儿育女,所以就……

林清如:谢大人一番美意,只是这孩子执意想参加选美,想向朝廷表示忠诚之意,还是麻烦韩大人开恩,让她顺心吧。

韩志彤叹了口气:好吧,既是你们父女心意已定,那就让她明天上午继续参加第三轮挑选吧。

林清如高兴地:谢谢韩大人……

52、旭日东升。驿馆选美处。

八十名入选的秀女排成长长的一排。

汪司马站在队前高声地:待一会儿每个人走到韩大人面前时,要自诵姓名、家住何地、家中人口,凡声音稍雄、稍粗、稍浊、稍吃者,不入选,届时韩大人对着你摇头时,请自动出列回家。

舒韵这时走了过来。

站在队前的韩志彤对她示意入列。

舒韵容光焕发地站进队列里。

韩志彤走到第一名秀女面前,示意她开始。

那姑娘开始自诵:常麦杏,家住内乡县常庄,家有爹、娘、姐和我四口人。

韩大人对着她摇了摇头。

姑娘脸一红,离队向驿馆大门走去。

53、时辰同上。林清如、巩豪、方知县等官员坐台前。

巩豪吃惊地看着走入队列的舒韵。

一旁的林清如扭头看了一眼巩豪。

一丝冷笑出现在林清如脸上。

54、时辰同上。选美现场。

韩志彤走到方芽芽面前,方芽芽对着他自诵。

韩志彤满意地点点头。

韩志彤走到了舒韵面前,舒韵自诵:林舒韵,原籍汝州琏镇,现居南阳,家有爹、娘、弟、妹和我五口人。

韩志彤满意地点头。

舒韵高兴的笑脸……

55、驿馆偏僻一角树篱后。

林夫人痛心而无奈地看着远处的女儿。

她的牙慢慢咬紧了下唇。

56、阳光西斜。选秀现场。

新一轮入选的四十名秀女分两排每人各坐在一个蒲团上,每个人都脱去了鞋袜。

舒韵容光焕发地坐在前排中间。

汪司马：下边为各位量手和脚的大小，凡手指太短，手型太大，脚趾太长，脚型太大的，请出列回家。

韩志彤和他带来的太监及两个宫中女官，各持一把尺子，上前量了起来。

不断有秀女被示意淘汰站起来回家。

韩志彤为舒韵量着手和脚，量完后满意地点头。

舒韵笑了。

后排的方芽芽也获通过，舒韵与她相视一笑……

57、阳光西斜。林清如等人所坐之处。

林清如盯住方芽芽，画外随即响起他的心声：这姑娘若进了宫，必是韵儿的竞争对手，得先想办法……

林清如暗中握紧了拳头。

汪司马跑过来报告：禀林大人，第四轮挑选结束，入选秀女共二十三名。韩大人说明天进入第五和第六轮挑选，前晌就可结束。

林清如：照韩大人的安排去做。

汪司马：是！

58、黄昏。府衙大堂。

林清如站在公案后。

一个衙役匆匆走进来：大人，你找我？

林清如把头点点。

衙役：有事？

林清如压低了声音：知道宛县方知县家住何处吗？

衙役点头：知道，过去到他家送过公文。

林清如声音压得更低：认识他的女儿方芽芽吗？

衙役又点头:认识,不就是参加选美的那位吗? 人长得漂亮,到哪里都抢眼。

林清如声音更低:带上一个小铁锤,今晚潜进她家藏在暗处,待她出来时猛朝她脚脖子上砸一家伙,务必使其脚骨断裂,使她不能再参加明天的选美。

衙役吃了一惊:哦?!

林清如:要保证不被抓住!

衙役迟迟疑疑地点头……

59、夜色渐浓。巩豪家。

巩豪在餐桌前独自喝酒。

他边喝边自语着:这些狗太监收了礼不办事,真他妈的可恶!

他又为自己倒了一杯酒,眼一眯,下了什么决心似的猛捶了一下桌子。

他端起酒杯时朝外喊:来人!

一个年轻的男仆进来:老爷叫我?

巩豪把手中的酒杯递给他:喝!

男仆高兴地接过杯子:谢老爷!

巩豪示意他喝下去:正宗的大曲酒!

男仆一口喝下酒,咂着嘴:真香!

巩豪:去给我办件事,办成之后,老爷我赏你一个元宝外加一坛酒!

男仆高兴地:好,老爷说吧,去办啥事?

巩豪:认识知府大人的长女舒韵吗?

男仆:见过,整天穿得花枝招展的。

巩豪:待一会你带上一把小刀,潜进府衙后院去。

男仆吃惊地瞪大眼:啊?

巩豪继续交待:找到林舒韵的卧室,朝她的小腿上划上一刀!

男仆吓得倒退了一步:老天爷,那可是要杀头的!

巩豪:我又不是让你去杀人,只是让你在她的小腿上划一下,杀什么头?只需阻止她继续参加选美就行。记住,不能划伤别的部位!

男仆:大腿也不行?

巩豪:不行!只要她参加不了选美,就必要当我的夫人,大腿划伤留下伤痕了我还怎么抚摸?

男仆点头:小的明白。只是万一被抓——

巩豪:你的本领不是不错嘛,要力争不被抓住,实在逃不掉了就说想偷点东西,慌急中伤了人。

男仆:明白!

60、晚饭后。府衙后院林舒韵卧室。

舒韵在翻找新衣服。

一个丫环在她身边帮忙提着她选中的衣服。

舒韵自语着:明天要过最后两关,得把衣服选好!

61、晚饭后。知府后院一侧院墙外。

黑暗里悄然站着巩豪的那位男仆,只见他一只手里拎着把短刀。

他侧耳听着院墙里边的动静。

他把短刀插进腰里,在头上缠一块黑布,露出眼睛。

他嗖的一声跃上墙头……

62、时辰同上。林家舒韵卧室。

舒韵对她的丫环:你穿上我的衣服,让我以旁观者的目光看看是啥样的感觉。

丫环笑笑:我别把小姐的衣服撑得不能穿了。

舒韵:没事,你穿吧。

丫环高兴地穿着舒韵的衣服。

63、时辰同上。知府后院。

巩豪的男仆躲开巡逻的两个衙役,向舒韵的卧室接近。

64、时辰同上。舒韵卧室。

舒韵看着穿上自己衣服的丫环:不错,这身衣裳感觉不错。

一个老年女仆这时由室内边门走过来:小姐,夫人让你去客厅一趟。

舒韵应道:好的。随后由室内边门跟女仆出去。

65、时辰同上。舒韵卧室门外。

巩豪的男仆悄悄靠近了门边。

他向门缝里窥视,看见一个穿得雍容华贵的女子坐在床沿。

他轻步上前推门……

66、时辰同上。林家客厅。

林夫人无限不舍地对舒韵:韵儿,你明天若被选上了,真就舍得离开爹娘去皇宫里当宫女?

舒韵不高兴地:娘又开始啰嗦,这件事不是已经说定了吗？

林夫人：娘实在是怕你去受苦呀！

舒韵：能受啥苦？你见有几个妃子受苦的？

林夫人生气地：你怎么就敢断定自己一定会当妃子？

舒韵：凭我的容貌和才华，我当然有这份自信——

呀——突然传来一声惨叫。

林夫人和舒韵先是被骤然惊住，随后一齐向外跑去……

67、夜。府衙大堂前。

林清如在那里焦急地踱步。他不时向府衙大门张望。

一个黑影跌跌撞撞地向他跑过来。

他迎上前去。

可以看清来人是他傍晚派出的那个衙役。

林清如迫不及待地：怎么样？办成了吧？

衙役气喘吁吁地：报告……大人……县衙里方大人戒备太严……实在无法下手——

林清如气极地：废物！真是废——

林大人——另一个衙役由另一个方向跑过来叫：不好了，府里来刺客了——

林清如大吃一惊，急忙转身向后院走去……

68、夜。林府舒韵卧室。

那个身穿舒韵衣服的丫环正在凄惨地叫着：妈呀——疼死我了——

一个老年男仆正在为她包扎。

林夫人和舒韵惊慌地看着那个丫环。

林清如皱着眉头走进来看定丫环：刺伤你的那个人什么

模样?

丫环忍疼答着:看不清,头上捂着黑布……

69、夜。巩豪府邸。

那个年轻男仆正在向巩豪报告:划伤的是舒韵小姐的左小腿。

巩豪:伤得不深吧?

男仆:很浅,估计十来天就能好了。

巩豪高兴地:你小子行!言毕朝他扔去一个银元宝,并朝桌上摆着的酒坛一指:抱去喝吧。

那男仆:谢老爷!

70、夜。林清如和夫人卧室。

林清如在室内踱步。

林夫人:你说这会是什么人干的?来刺伤个丫环。

林清如:对方要来刺的是你的女儿!

林夫人吃惊地:啊?!

林清如咬了牙低声地:一定是那个姓方的干的。

林夫人:你说是方知县?我们跟他无怨无仇,他为什么要下这毒手?

林清如:怕你女儿抢了他女儿妃子的地位呗。

林夫人:哦,现在都下这样的毒手,真到宫中,那还不得把人害死了?她爹,求你别让咱们舒韵再参加选美了,求你了!

林清如生气地:妇人之见!

71、白天。驿馆内一间大房子。

林清如、巩豪、方知县等官员陪着韩志彤坐在房间一头。

房子中间的大厅里铺着红布。

房子的另一头放着二十三个圆凳。

汪司马站在那些圆凳前高声对着隔壁的屋子喊道:请第四轮入选的二十三名秀女着内衣进场。

二十三名身着各色内衣的秀女鱼贯而入,各坐在一个圆凳上。

舒韵和方芽芽坐在前排的第三、第四位。

巩豪意外地看定舒韵,画外跟着响起他的心声:她怎么还能和往常一样走动?

林清如注意地观察着方知县的神色变化。

汪司马:请每个秀女起身沿红布走一圈,凡步态不稳,落脚焦躁、双胯扭动难看的,将被淘汰……

72、白天。府衙后院。

林夫人在院子里焦躁地来回踱步。

她边踱步边低声自语:一定得想个法子拦住舒韵进宫,要不然,宫中的争斗早晚会要了她的命……

73、白天。选美现场。

一个秀女正在红布上走动。

她扭胯的样子难看。

韩志彤朝她摇了摇头。

汪司马:请出门穿衣回家。

轮到舒韵站起走动。

舒韵走得袅娜好看。

韩志彤点头。

汪司马:林舒韵第五轮入选。

方芽芽站起来走动。

她也走得生动耐看。

韩志彤再次点头。

汪司马：方芽芽第五轮入选……

74、白天。府衙后院。

林夫人停下脚步。

她望着舒韵卧室的房门，跺了一下脚，脸上出现了一不做二不休的神色……

75、白天。选美现场。

汪司马对着第五轮入选的秀女们高声地：在座的十六名秀女将进入最后一轮挑选。请室内的所有男性退出屋子。

林清如、巩豪、方知县和汪司马等官员一齐起身向外走。

韩志彤威严地：请拉上所有的窗帘。

屋里的窗帘被拉上，室内光线顿时暗了下来。

韩志彤：请点上蜡烛。

几个丫环分别在屋子的四角点了蜡烛。

韩志彤对十六个秀女：待一会，宫中来的女官让你们怎么做，你们就怎么做！我们将从你们十六人中，挑选六个入选者。

舒韵和方芽芽对视一眼，两人都微微含笑。

韩志彤：现在，除了两位宫中女官和十六位秀女，其他人全部退出屋子。言毕，他转身先走了出去。

几个来协助做事的丫环和宦官小五他们都退出了屋子。

76、白天。驿馆院中。

韩志彤对站在选美屋外的林清如等官员:最后一关估计不需要多长时间就会结束,大功很快可以告成,韩某感谢诸位的全力支持!

林清如施礼:韩大人客气了,这是我等应该做的……

77、白天。选美屋内。

一个宫中来的女官高声地:请所有的秀女都脱去衣服!

众秀女一齐吃惊地:啊——

宫中来的女官:我们要对你们进行三摸两闻,三摸的头一摸是摸你们的两个奶子,看奶头的大小和奶座的形状,奶头和奶座太小,形状古怪的,淘汰;二摸周身肌肤,皮肤粗糙和有瘢痕的,淘汰;三摸阴户和处女膜,阴户外形古怪、无阴毛和处女膜破开的,淘汰。两闻的头一闻是闻你口中呼吸的气味,第二闻是闻你腋下的气味,凡有臭气的,淘汰!

舒韵有些恼怒地看着那位女官,不过看见方芽芽已在脱衣服,也只好去脱自己的衣服。

女官望了望已脱完衣裳的秀女:现在开始。

两位宫中女官走向站成两排的裸女们……

78、阳光当头。南阳城内一条小街上。

用头巾将脸捂住的林夫人沿街匆匆走来。

在一个小院门口,林夫人拦住一个老妇人:请问,这里可是媒婆刘妈的家?

老妇人点头:是的。

林夫人急步向院中走去。

79、时辰同前。媒婆刘妈家。

正在洗菜的刘妈抬头看见一个女人站在门口：你找谁？

林夫人解开头巾。

刘妈手中正洗着的菜吓丢到了地上：哎呀，这不是夫人吗？

林夫人将指头竖在嘴唇前，示意她别出声。

刘妈低声地：夫人找我有事？

林夫人将嘴凑到刘妈的耳朵旁，低低地说着什么。

刘妈频频点头……

80、时辰同前。选美现场。

已遭淘汰的几个秀女正在穿衣服，其中一个在抹眼泪。

另一个已穿好衣服的秀女对那个抹泪的秀女低声地：哭啥？皇宫里不要咱正好嫁人！

那个刚才宣布淘汰标准的宫中女官走到了裸身的方芽芽面前。

方芽芽微笑地看着那位女官微声地：小的恳求官人关照。

那位女官未作理会，一本正经地按程序检查着。

检查完的女官对方芽芽：很好，你入选了。

方芽芽高兴地看了一下身边的舒韵。

那位女官走到了裸身的舒韵面前。

舒韵紧张地用双臂抱住了自己的双乳并且夹紧了双腿。

那女官毫不客气地一下子拉开了她的双臂，仔细地摸着她的双乳乳头和奶座。

舒韵眼中闪过了一丝恨意。

那女官又用力掰开了她夹紧的双腿，把手伸了进去。

舒韵屈辱地闭上了眼睛……

81、阳光当头。驿馆院中。

宣布检查内容的那位女官这时走到韩志彤面前:禀韩大人,最后一轮挑选结束,按你的要求,多选了一名备用,共六人。

韩志彤高兴地对身边的官员们:谢天谢地,全部挑选结束,走,咱们一起去看看她们。

林清如等官员都随在韩志彤身后向选美现场走去。

82、时辰同上。选美现场。

窗帘已拉开。

六名入选美女已穿好衣服站成一排。

舒韵站在第一名。

方芽芽站在第二名。

每个入选秀女都笑意盈盈。

林清如满意地看着女儿。

舒韵高兴地看着父亲。

方知县欢喜地看着女儿。

芽芽快乐地望着父亲。

巩豪沮丧而不舍地看着舒韵。

韩志彤对秀女们:恭喜你们六位入选宫女。你们待会儿就可以回家和家人团聚话别,明日晚饭前务必到此聚齐,谁耽误了时间,要按宫规处置!你们回家后,我提醒你们三条:第一,不吃不洁净的东西,以免坏了肚子;第二,不要从家里带许多东西,宫中什么都有,日用的东西都会发给你们;第三,不准再和亲族范围之外的男人接触,以免发生意外。你们也看到了,我要带走的是五位宫女,但选上的是六位,如果有谁违背了我所说的三条,她就会被淘汰出局……

83、夕阳西下。巩豪府邸。

管家进来通报:老爷,媒婆刘妈说有急事要见你。

巩豪一愣:她还来干啥?

管家摇头:不知道,她只说要见你。

巩豪:别又是为哪家姑娘说项吧?我想要的她说不来,不想要的她又直想塞给我,让她进来吧。

84、时辰同上。府衙后院林家。

院里张灯结彩。

丫环、仆人们来往穿梭,显然是在筹备晚上的庆祝活动。

舒韵满面笑容地对林清如:爹,我们总算成功了!

林清如先是高兴地点点头,但随后眼神一变,分明还在忧虑着什么……

85、时辰同上。巩豪府邸。

媒婆张妈正低声对巩豪说着什么。

巩豪吃惊的脸:你说林夫人要亲自见我?

张妈点头。

巩豪狐疑地:你觉得她想干啥?

张妈摇头:我只感觉到她想见你并非出于恶意。

巩豪:好吧……

86、晚霞灿烂。刘妈家。

林夫人在室内焦急地踱步。

她不时望望门外。

伴随着一阵急促的脚步声,门被推开。

穿着便衣、戴着眼镜和帽子的巩豪闪身进来。

张妈在门外伸手将门关上。

巩豪摘下帽子和眼镜,先施一礼,轻声地:夫人好!

林夫人低而急切地:巩大人,我今天违背规矩在这里偷偷见你,是为了我女儿舒韵的命运!

巩豪:你女儿的命运很好,你大概还不知道,她已被选为了宫女。

林夫人:这是我早预料到也是我最害怕的结果,你应该知道,多少宫女最后都老在了宫中,我不愿她日后在宫中后悔时骂我没有想法救她。

巩豪奇怪地:你想怎么救她?

林夫人决绝地:我想让一个男人破了她的身,破了身的姑娘宫中是不要的!

巩豪吃了一惊,定定望着林夫人。

林夫人:正是因此,我想到了你。当初,舒韵她爹想把舒韵给你做续弦夫人时,我坚决反对,可现在,我同意了,我想让你今晚就要了她!正式的定婚仪式以后再说。

巩豪不由得后退了一步。

林夫人:今夜三更更鼓敲响时,你从府衙后院西侧小边门进我家院子,我会预先把门打开,你轻轻一推就行了。然后我在西厢房从南数第二个门口等你,那就是舒韵的卧室,她卧室的门我也会预先打开,那孩子睡觉睡得很沉,你进去后我会守在门外,你只要别让她大喊大叫就行。事成之后,所有的责任都由我来承担。舒韵她爹是个最要脸面的人,他不敢把这事张扬出去,他会想办法应对宫中来人的。我用这种办法把舒韵交给你,只求你一辈子对她好!

巩豪因为这突然到来的好事而惊住。

林夫人见他迟疑,又激烈地:如果你不敢,我就去找别的男人!我宁愿她当个农妇,也不愿她去当白发宫女!

巩豪急忙表态:我愿意……

87、傍晚。府衙后院林家客厅。

林清如问舒韵:你娘呢?怎么一直没看见她?

舒韵摇头:不知道,是不是在后花园里?

一个丫环:我刚从后花园回来,夫人没在那儿。

舒韵:可能在厨房里。

另一个丫环:我刚从厨房过来,夫人没在那儿。

林清如的眉头皱了起来。

林夫人恰在这时匆匆走了进来。

林清如看见她手里的头巾,狐疑地:你去哪里了?

林夫人显出点慌乱:我……去街上……走走。

林清如分明看出了妻子的不正常,但他没有再问,而是快步走了出去。

88、傍晚。林家后花园。

林清如在踱步。

一个便装的衙役急步走过来。

林清如低声地:后晌夫人出门时你跟踪了吧?

便装衙役:小的正要找你禀报,奉老爷你的交待跟了,夫人后晌出门,是去了那个有名的媒婆刘妈家,后来刘妈又把巩豪大人叫了来,刘妈守在门外,小的无法靠近偷听。

林清如吃了一惊:他们在一起多长时间?

便装衙役:一个时辰。

林清如的脸倏然阴沉下来。

89、傍晚。林清如和夫人卧室。

林夫人正在换衣服。

林清如阴沉着脸走了进来。

换好衣服的林夫人想要出门。

林清如突然关上门并上了栓。

林夫人意外地:这是干什么？我要去厨房——

林清如猛地捶了一下桌子:你个贱人！

林夫人吃惊地看住丈夫:你、你凭啥骂人?!

林清如压低了声音恼怒地:说！你后晌到底干什么去了？

林夫人心虚地:不是给你说了,去街上走走——

林清如猛抬脚把妻子踢得跪到了地上:你竟敢欺骗老子,去跟巩豪那个东西幽会！

林夫人惊骇地:你胡说什么？

林清如:你以为你的行踪我不知道？告诉你,我早料定你这种有点姿色的中年女人不会安分,你只要一出大门,就有人跟踪你！

林夫人:你?!

林清如:你难道不知道我差点把女儿嫁给了巩豪,你竟敢去跟差一点做了你女婿的人胡搞,我饶不了你！

林夫人惊恐地辩解:我怎么会跟他——

林清如恶狠狠地:那你跟他在一起干什么？

林夫人为洗刷自己的清白,只好无奈地:我去找他是为了咱的女儿,我执死不愿让舒韵去当宫女,我找巩豪是告诉他,我愿意他当我的女婿,并希望他今晚就要了舒韵！

林清如震惊地:啊?!

90、傍晚。林家院子。

林清如对一个衙役：你速骑马去宛城方知县家，就说我邀请他们全家今晚来做客，以庆祝芽芽和舒韵入选宫女，并告诉他，宫中的韩志彤大人也来参加，他们一家务必要到！

衙役：是。

林清如又对一个厨师模样的中年女子：抓紧准备酒菜，务必要丰盛！

中年女子：是，老爷。

91、傍晚。林清如和夫人卧室。

林夫人正坐在床沿捂脸哭泣。

林清如走进来，他将一张写了字的纸扔到妻子手上，咬了牙低声地：还哭什么？这是休书，你今晚若一切都听我的，明早我把休书收回；若有一点违抗，你明天早饭后就带了这封休书回你娘家，永远不准再回到这儿！

林夫人抬起泪脸惊恐地看着那张休书。

林清如低沉地：听明白了？！

林夫人急忙含泪点头……

92、夜色渐浓。林家。

灯火辉煌。

一张很大的圆形餐桌前，坐着韩志彤、林清如夫妇、方知县夫妇、舒韵和芽芽。

林清如端起酒杯站起身：在韩大人的亲自主持下，经过几天的忙碌，南阳府选美的事终于可以完美结束，而且我和方知县两人的女儿都得以入选，这真是一桩大喜事，理当庆贺。来，我们一齐敬韩大人一杯。

众人一齐起身举杯向韩志彤敬酒。

韩志彤坐着未动,淡淡地:我老了,不胜酒力,就以茶当酒吧。说完,端起茶杯与众人碰杯。

林清如再次端起酒杯,并示意妻子举杯:这第二杯酒,我要敬方知县和夫人,方知县在选美一开始就积极为女儿报名,起到了带头作用,表现了对皇上的一片忠心!

方知县和夫人急忙谦恭地站起身去碰杯。

韩志彤默然看着舒韵和芽芽。

林夫人的起身、碰杯动作都有些机械。

林清如端起第三杯酒,含笑转向舒韵和芽芽。

舒韵和芽芽笑容灿烂地端杯起身……

93、夜。林家院中。

韩大人的坐轿已起,在隔着轿帘向林清如、方知县挥手。

林清如、方知县:韩大人走好!

众人目送着韩大人的轿走出院门。

方知县这时转对林清如:林大人,谢谢你赐我一个亲近韩大人的机会,时辰不早,下官一家告辞了。

林清如亲热地:天太晚了,这时再坐马车回府也不安全,本府已得到消息,一股陕西杆匪昨晚混到了城中,你们万一有个闪失,那可怎么得了?尤其是芽芽,现在已是宫中的人了,你我怎敢大意?这样吧,我这里有客房,还不如你们一家今晚就在我家将就歇息一晚,明晨再回去如何?

方知县闻言先是有些意外,继而感动地:大人如此厚爱下官一家,让方某心中温暖万分,那就依言打扰了。

林清如转对一丫环:带芽芽小姐去舒韵卧房歇息。跟着转对舒韵:舒韵住你妹妹房间。

丫环:是。

舒韵先是一怔,继而高兴地:好,我正想跟芽芽聊天说话哩。言毕上前拉着芽芽向自己的卧室走去。

林清如转对妻子:领方大人和方夫人去客房安歇吧。

林夫人点头对方知县夫妇:请跟我来……

94、夜暗如墨。林府一片安静。

林清如在院门口对四个衙役低声交待:今晚,两位宫女住在府中,一旦出事,尔等都是死罪!你们务必守好院门,一旦发现真有匪人入院,必须乱刀砍死,不能令其生逃!

四个衙役低声地:是!

95、深夜。林清如卧室。

一灯如豆。

林清如示意林夫人跟他出门。

96、深夜。林府一侧院墙小边门。

林清如示意林夫人上前抽开门栓。

97、深夜。舒韵卧室门口。

林清如示意林夫人将一点香油浇进门轴。

远处传来三更鼓响。

林清如示意林夫人站在舒韵卧室门口,自己隐到了暗处。

借着微弱的星光可以看清,一个人影——巩豪由边门溜进了院中。

巩豪轻步来到了舒韵卧室门口,看见林夫人后深舒了一口气。

林夫人无声地推开了卧室的门。巩豪闪身进去。

林夫人又无声地关上了门。

98、深夜。舒韵卧室。

方芽芽甜睡在床上。

巩豪兴奋地站在床边，无声地脱着自己的衣服。

脱光了的巩豪先是猛将一团布塞进芽芽的嘴里，然后用带子把她的双手绑在床头。

从睡梦中被惊醒的芽芽开始挣扎。

他猛地掀开了被子……

99、深夜。舒韵卧室门外。

能听见室内传出的低微的挣扎声。

芽芽被塞了布团的嘴巴里漏出很低的叫声……

林夫人捂住了自己的脸……

100、深夜。林府院墙小边门。

林清如将一把锁挂在门鼻上。

锁簧被按了下去。

101、深夜。舒韵卧室。

巩豪满足地从芽芽身上下来。

芽芽在黑暗中惊恐地瞪住来人，满脸是泪。

巩豪穿好衣服。

他刚拉开门走出，不远处突然传来林清如的高声呼喊：有土匪——

巩豪骇得急忙向边门跑去。

院门口守卫的衙役闻声持刀飞步赶了过来。

巩豪跑到边门口时才发现门被锁死,又只好返身向院门冲去。

四个持刀的衙役迎头砍去。

被砍倒在地的巩豪凄厉地:我是通……判……

衙役们仍在乱砍。

巩豪瘫倒在地一动不动。

林清如穿着睡衣和方知县夫妇闻声都跑了过来。

林清如喝住衙役们:停,快拿灯来。

一盏灯笼被点亮拎来一照。

众人吃惊地:巩通判?!

躺在地上的巩豪张嘴想说什么,但头突然一歪,死了。

舒韵卧室里传出了哐啷的声音。

林清如和方知县夫妇急忙跑过去。

102、时辰同上。舒韵卧室。

蜡烛已被点亮。

方芽芽口中塞了布团赤身瘫软在床上,两手扔被绑在床沿。

被揉乱的白色床单上,留着一朵显眼的血色梅花。

方知县的夫人大叫一声朝女儿扑过去……

103、清晨。林家院子。

韩志彤慢步走了进来。

方知县的妻子抱着女儿芽芽、林夫人抱着女儿舒韵都在嘤嘤地哭。

方知县抱头坐在台阶上一动不动。

巩豪的遗体上盖着白布。

韩志彤一言未发。

林清如面色凝重。

104、朝霞万道。南阳府衙大门前。

三辆写有红色"宫"字的马车一字排开。

韩志彤、太监小五和两名卫士坐在第一辆马车上。

两名宫中女官和五名入选宫女坐在第二辆马车上,满脸喜色的舒韵坐在车的最前头。

几名卫士坐在第三辆马车上。

太监小五高声地:升篷!

三辆马车的车篷哗啦一声升起来。

林清如、汪司马和方知县等一帮来送行的官员站在车的一边。

林清如满面春风。

方知县一脸绝望。

几位入选的宫女的家人站在马车的另一边。

家属们大都是眼圈红红的。

林夫人更是泪流满面。

韩志彤向林清如等一群官员挥手:都请回吧!

林清如等官员一齐施礼:韩大人一路平安!

一旁的唢呐班子吹起了送行的曲子,锣鼓齐鸣。

马车启动。入选的宫女们都从车窗里探出头来向家人挥手。

舒韵高兴地先向父亲后向母亲挥手并高喊着:保重,等着我接你们去京城——

马车开始奔腾……

105、朝阳东升。府衙大堂。

林清如对那个当初跟踪其夫人的衙役轻声地:找到那个刘妈。

衙役:是。

林清如做了一个掐死的手势。

衙役颔首……

106、白天。旷野。

选美车队飞驰北去……

一群小鸟在空中掠过……

马车上舒韵神色迫切的眼睛……

107、白天。府衙后院林家客厅。

林夫人失魂落魄地坐在那儿。

林清如正扳着指头掐算,一刹之后高兴地:舒韵她们今天应该到了京城……

108、黄昏。京城大街。

三辆选美的马车在街上急驰。

舒韵和那几个入选的宫女新奇地探出头来看着街景。

紫禁城巍峨的剪影……

109、暮色已浓。紫禁城后宫一所偏院。

舒韵她们五名宫女被韩志彤和小五领进一个屋子。

屋里摆着五张床,每张床上都摆着一身宫女的衣裳。

韩志彤:每人一张床,你们洗一洗,吃点东西,就歇息。明晨起来换上宫装。

舒韵满眼新鲜地看着屋里的一切……

110、清晨。舒韵她们所住的屋子。
换上宫装的舒韵在对着带来的镜子梳妆。
其他几位入选的宫女还在酣睡。
梳妆好的舒韵轻轻开门。

111、清晨。舒韵她们所住的偏院。
舒韵走出屋门。
她向院门口走去。
画外传来她的心声：说不定我能遇见早起的皇帝……
一只胳膊挡在了她的面前。
舒韵定睛细看，原来是一个陌生的太监拦住了她的去路。
太监冷冷地：不准出门！
舒韵怔住。

112、夜。舒韵她们所住的屋子。
舒韵和入选的几名宫女躺在床上。
一名宫女：我可有点想家了。
又一名宫女：我也是。
另一名宫女：怎么一连几天也没人来见见咱们，只让咱们吃了睡，睡了吃？
舒韵独自默想着什么。
烛光在夜风里晃动。
一阵哭声突然由外边传进来。
哭声越来越高，加入的人分明越来越多。

舒韵吃惊地坐起身来。

几位宫女交换着惊诧的眼神……

113、清晨。舒韵她们所住的院子。

舒韵她们五人正在院子里散步。

一个小太监抱着五套衣服出现在院门口。

小太监：皇帝驾崩，请各位换上孝装。

一个宫女不解地：啥叫驾崩？

小太监低声地：就是死了。

众宫女：啊？！

舒韵错愕的眼神，不过随后她的脸色又变得开朗了，画外跟着响起她的心声：要是被新皇帝看上岂不更好？……

114、白天。南阳府衙。

林清如端坐在大堂上。

汪司马快步进来：禀大人，驿路八百里急信，皇上殡天了！

林清如惊得站起身来：啊？！

不过很快，他脸上的惊意被一缕快意替代，他的心声也即由画外响起：这样最好，我的女儿一旦被新皇看上，那林家得意的时间会更久长……

115、阳光灿烂。京城舒韵她们所住的屋子。

舒韵她们几个着孝装的宫女正在闲坐说话。

门被推开，韩志彤出现在门口。

舒韵和几个宫女急忙起身施礼：给韩大人请安！

韩志彤面色冷峻默默无语地点点头，尔后朝跟在身后的五名老年宫娥挥挥手。

五名宫娥各抱着一套色彩淡雅的服装和梳妆用品走进屋来,给每名宫女发放一套。

韩志彤对舒韵她们:你们立刻沐浴、更衣、梳妆,中午我请你们吃饭,饭后有大事!

116、太阳当头。舒韵她们所住偏院另一间屋子。

一张饭桌上摆满了菜肴。

舒韵和其他四位盛装的宫女围坐在桌前。

韩志彤端坐在上首。

韩志彤对在一旁照应的小五:给她们每人倒一小杯米酒。

小五忙给一人倒了一杯。

韩志彤端杯慢声慢气地:你们进宫后,我因为各样杂事缠身,一直没来看望你们,今日特来敬你们一杯。

韩志彤亲切地同舒韵和四个宫女碰杯……

117、阳光偏过头顶。舒韵她们所住的偏院。

舒韵和四名宫女排成一队。

一个宫娥端来五个口杯,另一个宫娥端来一个盆子,示意舒韵她们漱口。

舒韵和四个宫女都漱了口。

又一个宫娥拿来五个装了香料的布包给每人发了一个,示意她们装进衣袋。

舒韵凑到鼻前一闻,不由轻叫了一句:真香!

小五又逐人检查了一遍衣装,这才满意地:随韩大人走吧!

舒韵等五名宫女跟在韩志彤身后向院门走去。

舒韵兴冲冲地走在最前头。

118、斜阳西照。一座大殿。

大殿的殿顶闪着金光。

大殿四周站满佩刀的武士。

大殿门口有太监在进进出出。

一股威严的气氛在四周弥漫。

舒韵等五名宫女在韩志彤的带领下站在殿门一侧。

舒韵欢欣地看着殿门,画外随之响起了她的心声:终于可以见到皇帝了……

韩志彤:进去吧!

119、斜阳西照。大殿内。

门内竖着一道屏风。

韩志彤示意她们面朝屏风站成一排,每人相隔三步距离。

她们刚一站好,门后闪出十个太监,站在了她们身后,每两个太监靠近一个宫女。

舒韵新奇地回首看了一眼。

韩志彤低沉地开口:我现在告诉你们一件事,希望你们能沉住气,平静地去面对。我把你们选来的目的,就是为了让你们去陪伴西去的皇上,现在他在等着你们,愿你们也即刻上路!

舒韵震惊地:什么?——

韩志彤上前一步拍拍舒韵的肩头,声音极低地:你本来是不该在这里的,记得我当时极力不让你入选吗?可你和你的父亲却执意——

舒韵惊慌地:天呀——

宫女们面前的屏风在舒韵的叫声中被呼啦一下撤去。

原来她们每人都面对着一张铺了白色绸缎的小床。

五个宫女惊骇间,已被站在她们身后的太监托起,放在了小床上。

几乎同时,从殿顶上刷地垂下一排五个用麻绳结成的绳环,每一个绳环对着一个宫女。

韩志彤的声音由她们的对面响起:感谢你们自愿陪先皇西去!

他的话音刚落,太监们已抓住绳环套上了她们的脖子。

舒韵和其他四位宫女几乎同时哭喊了一声:不——

她们脚下的小床迅疾被太监抽去。

五个人的身子陡然悬空。

她们的叫声戛然而止。

舒韵悬空的身子在空中转了一下,使她上仰的面孔看见了殿门外的天空。

有一只小鸟箭一样蹿上天顶……

衬着那只飞翔的小鸟,出现字幕和画外音:直到1464年2月22日,明英宗临终时才做出决定,从他开始,废除"人殉制度"……

古　榆

一

一棵榆树——一棵高达数丈、粗有数围的高龄古榆映满银幕。

古榆那裸露在外的树根、稍稍弯曲的躯干、龟裂粗糙的表皮、状如华盖的树冠……

十数只斑鸠、喜鹊在枝丫上蹦跳鸣叫。

镜头拉开，才见那棵古榆矗立在一个村头——这是豫西南乡间那种瓦屋茅舍杂陈的村庄。

村边一间瓦屋的山墙上，赫然用白灰写着"韩榆河"三个大字。

村北、村东屹立着两座不高的屏障似的土山，山上树木葱茏,蝶飞鸟鸣;村南、村西,平躺着无际的田畴,田间谷黄薯青,渠路纵横。

一条三四丈宽的小河绕着村子的西边和南边流了几乎半圈后,这才又向远方伸展着身腰。

小河河水在古榆树冠下悄然流过,一座可容牛车通过的没有栏杆的石桥架在河上,使村子和田野连结了起来。

纤云悠悠飘飞,秋阳几近当空。衬着湛蓝的天际,银幕一角出现字幕:1956年。

"啪!"随着一声清脆的牛鞭响,一辆牛车从村中急急驶出,向古榆下的石桥奔去。车前帮上站着一个粗犷慓悍的小伙子。

"啪!"小伙子又扯了个响鞭,两头黄牛跑得越发急速,脖子上的铜铃叮当叮当响个不住。

"慢一点,二土! 慢一点!"站在车厢中的一个眉清目秀、一副回乡知青打扮的青年,一边用两手抓紧车厢板,一边惊慌地向赶车的小伙子叫着。

"没事,丛铭哥! 咱是老把式了!"被叫做二土的小伙子回头一笑又猛地扯了一个响鞭。

牛车急急地驶到了古榆下,树上的飞鸟被急切的牛铃声惊得飞上了天空。

牛车上了石桥,向田间驰去……

仲秋时节的田野。

各种已届收获的庄稼沐浴在金色的阳光下:昂头迎风的高粱、垂首含羞的谷穗、黑荚累累的绿豆……

几只叫天子时而飞上,时而旋下,在天空画着长道儿曲线,向地上撒着成串儿啾唰。

一块玉米地里,砍倒的玉米秆被捆成捆,一行一行摆放在地上。二土赶着牛车在田中缓缓移动,车上,已装了半车玉米秆,他腰里斜插着牛鞭,正在把车上的玉米秆捆垛整齐。

车下,丛铭正不时弯腰抱起放在地上的玉米秆捆向二土手里递。他看来累了,每把一捆玉米秆递到车上后,总要用手捶捶自己的腰部。

"大黄,依里——""打打,二黄。"二土不时抬头用中原南部的吆牛术语喝叫着驾车的两头牛。被称做大黄、二黄的两头母牛驯顺地沿着没放玉米秆的地垄慢慢移步,脖子上的铃铛在轻轻响着。

木质的车轮缓缓转动,装在车上的玉米秆在渐渐增多。

"行了吧,二土!"丛铭捶着腰说。

二土抬手抹了一把脸上的汗:"再多装一点,反正这是今晌午的最后一车。"

"何大伯刚才把车交给你赶时不是说过这车不能装得太多吗?"丛铭边不高兴地说着边扭头望了一眼已冒起炊烟的村庄。

二土不在乎地:"没事,玉米秆这东西不重。"

"唉。"车下的丛铭那清秀的脸上浮起一种烦愁而又无可奈何的神色,他一边捶腰一边又去弯腰抱玉米秆捆。车上的二土见状说道:"丛铭哥,累了吧,来,你上来垛,我下去装。"说完,身子一纵,从车上跳到了车下。

"唉,不用、不用。"丛铭埋怨了一句,不过也没多推辞,就在二土的帮扶下上了车。

二土抬手脱掉身上的褂子,团起来擦了擦他那黑红发亮的胸膛、脖子和胳膊上冒出来的汗,接着把褂子扔到一头牛的脊背上,便弯腰抱起玉米秆捆向车上递。

〔带点豫剧韵味的豫西南民歌《乡间》轻轻而起——〕

　　乡间的天哟蓝又蓝，
　　乡间的路哟弯又弯，
　　乡间的水哟清又清，
　　乡间的人哟忙种田。
　　……

　　歌声中，二土一捆连一捆地向车上递着，车上的玉米秆很快增多。

　　"行了吧？"快到地头时，车上的丛铭边擦汗边又问道。

　　二土望了望已高出车厢很多的玉米秆，点了点头："嗯，行了。"说着，走到车前，开始用长绳把车上的玉米秆束紧。

　　"你下来走还是就坐在车上？"二土一边勒紧绳一边问车上的丛铭。

　　"就坐车上吧。"丛铭懒懒地说完，一屁股坐在了玉米秆上。

　　车下的二土见状笑了，用关切中夹几分玩笑的口气问："咋样？刚下学干这个活受不住吧？"

　　"唉——"丛铭又是一声长叹，跟着便把愁烦的目光转向了远处的田野。

　　"干两年活就好了，当初我高小刚毕业那阵，干一天活下来也是腰酸腿疼的。"二土笑着说。少顿，又接口道："听李社长说，打算让你当社里的会计。"

　　车上的丛铭干脆地："我不干！"

　　"为啥？"二土有些吃惊。

　　"从小学上到高中，就是为了在村里当个会计？"丛铭不屑地反问道，"我已给我二舅去了信，他在开封教育局工作，让他在开封给我安置个正式工作。"

二土有些愕然地望着丛铭,刚要张口说什么,忽然眼睛一亮,随之抬手向地头路上一指,高声大气地叫道:"嗳,快看,那不是三奶领着雨本哥和水秀他们去镇上登记回来了!"

车上的丛铭闻言扭头顺着二土手指的方向望去。

地头路上一二百米外,一个六十来岁的老太太正向这边走来。她的身后跟着一个男青年和一个年轻姑娘。显然,这三个人就是二土喊的三奶、雨本和水秀。

近了,近了。这时我们可以看清,三奶喜眉笑眼,打扮得干净利索,一望而知是农村中那种能说会道的媒婆。

雨本有二十三四的样子。他那稍黑的肤色、结实的体魄、和善的双眼、腼腆的神态,使人一望而知他属于那种性格内向、不善言辞、从小摔打在田间的老实巴交的青年。他看到了这边的二土和丛铭,送过来一个带着羞意含着幸福的笑。

水秀有十八九岁的模样,匀称的身子有着农家女子惯有的那种丰满和健壮。漂亮的眼睛里闪着未婚姑娘常有的那种羞于见人的目光,俊俏的脸蛋上露着中原女儿特有的那种温柔神韵。她发现了这边的二土和丛铭,低下了溢着喜悦的脸孔。

"叭!"站在这边牛车前头的二土使劲甩了一个响鞭,与此同时欢叫道:"欢迎新郎新娘归来!"

水秀立时羞红了脸,垂首急步从二土面前走过。

"跑,跑得再快,过了明天我也得叫你嫂子。"二土望着水秀的背影笑着加了一句。

"二土,你鳖孙照这样坏下去,保险一辈子娶不上媳妇!"这当儿,三奶朝着二土开玩笑地说道。

"只要有三奶你在,咱就不愁没有漂亮老婆。"二土笑着拍了拍胸膛。

"哼,想得倒美!漂亮姑娘就是在我面前排成行,老子也不去说给你。"三奶说笑着从二土面前走过。

"要是我给你送两条'大前门'烟呢?"二土又望着三奶的背影笑着补了一句。

"送一百个鸡蛋也不中!"

"二土,"这时,站在旁边的雨本叫了一声,并跟着去自己挎着的小竹篮里拿出一本薄薄的书递给二土,"给,这是你让捎的棉花栽培书,看行不,我只上那两年学,也不懂好坏,是让水秀给挑的。"

二土接过书翻了一下,高兴地说:"行,行,就是要的这种书,看来,水秀的几年初小没有白上。"随之又抬脸问:"还买了啥好东西?"边说边伸手揭开了雨本手中竹篮里盖着的毛巾,立时,篮里放着的枕套、枕巾、大圆镜、木梳、香皂等物品露了出来。

"哟,这么多好东西!"此时,一直含笑坐在牛车上的丛铭轻声叫道。

"明天晚上就要入洞房了,不买这么多东西行吗?"二土转而望着丛铭笑着反问。

丛铭闻言欣喜地转向雨本:"雨本哥,你和水秀明儿个就要举行婚礼?"

雨本羞窘地点了点头,尔后,大概是为了转变话题,指着装得满满的牛车问二土:"我记得这辆车的车轴靠近右轮的地方有裂缝,你咋还装这么多?"

"没事!"二土不在乎地摇摇头,马上又转过话题:"你和水秀去登记时,人家都问些啥话?"

"去。"雨本的脸通红了。车上的丛铭放声笑了。

"说说，咱取取经嘛！"二土一边笑着一边挥起了鞭子，牛车在三人的说笑声中缓缓启动……

民歌《乡间》的音乐响起，欢快而流畅……

村中。正对着古榆的一个小院里，——这是典型的豫西南农村中的小院：三间正屋，一间厨房，矮矮的院墙，小小的门楼。水秀正手拿着一条毛巾扑打着身上的灰土，她显然刚刚走进院子。

水秀爹——一个精神矍铄的老人，边拍打着手上的面边从厨房里走出来，满含慈爱地问："秀儿，登记的事办得顺当吗？"

"嗯。"水秀羞红着脸点了点头。

一个舒心的笑纹出现在老人的脸上："你没叫你三奶来咱家吃饭？"

"她不来。"水秀低低地答。

"那你快洗洗手咱们吃饭吧，饭我早就做好了。"老人又说。

水秀点了点头，拿着毛巾进了堂屋里间。

里间窗台前，水秀去上衣口袋里掏出显然是上午在镇上买的东西：几个精致的发卡，一节塑料头绳，几个好看的纽扣，一包针。她把这些东西一一放到窗台上，尔后从口袋里掏出了一个小圆镜，但她却没去照镜子的正面，而是先去看镜子的背面，噢，原来背面镶嵌着一张雨本的二寸全身照片。

水秀含羞望着雨本的照片，睫毛下凝聚着憧憬的目光。渐渐地，一串甜蜜的往事从那照片上显现了出来——

黄昏，村头古榆下。三奶站在扛着锄头的水秀面前轻声说道："秀儿，现时介绍对象都兴拿个照片，虽说你和雨本是一个庄上的,也不能少了这道手续。这不,我让他去照了一张。给,拿住。"边说边把刚才我们见过的那张照片递到了水秀手上。

三奶笑着走了。

双颊绯红的水秀此时凝眸望着手中的照片。她大概看得过于专心,没有发现一个扛着锄头的胖姑娘已过了石桥,正悄步向她身边走来。

胖姑娘猛地夺走了水秀手中的照片,吓得水秀"呀"地叫了一声。

"快来看啊,水秀那一位的照片。"胖姑娘扔下锄头向刚收工走到小桥那头的几个女伴挥着手大声喊道。

"还我!还我!"水秀又羞又气又急地跺着脚。

另外七八个姑娘飞也似地跑来,围着胖姑娘争相看着雨本的照片,并立即七嘴八舌地评论道:"啧啧,照得真好!"

"看那圆脸,照得多精神!"

"哟,一上相才看出,雨本的身子还真匀称哩!"

"瞧,连两只脚都照得清清楚楚!"……

水秀在一旁急得跺脚,但听着女伴们的评论,眉心间还是抑制不住地露出了喜悦。

"来,和你那位的照片比比!"这当儿,胖姑娘向一个高个姑娘叫道。

"对,对。"其余的姑娘马上响应,并立即上前扯住高个姑娘,硬是从她衣袋里搜出了一张农村男青年的照片。

可能是为了报复,高个姑娘立时向一个矮个姑娘叫道:"把她那位的照片也拿出来。"矮个姑娘闻言刚要抽身逃走,不料已被几个女伴抓住,果然又从她身上搜出了一张农村男青年的照片。

胖姑娘手拿着三张照片叫道:"来,评评,这三位相公哪个漂亮。"

"都漂亮,都漂亮。"几个姑娘笑着说。

"评一个最漂亮的。"胖姑娘又叫道,与此同时把三张照片伸到一个年龄显然最小的姑娘面前:"你先说。"

小姑娘挺认真地:"我看雨本哥最漂亮。"

"咯咯咯……"一串笑声惊飞了古榆枝丫上的一对宿鸟。

水秀害羞而又欢喜地用手捂住了脸……

"秀儿,快洗手吃饭呐。"院中爹爹的一声呼唤把水秀从回忆中拉了回来,她慌忙把小圆镜装进衣袋,揉了一下发红的脸蛋,移步向屋门走去……

村边。

牛铃在叮当响着,二土赶着牛车缓缓驶近了石桥。丛铭还坐在车上;二土拿着鞭子在车子左侧和两头牛并齐走着;雨本挎着竹篮在车后缓步跟行。

三人的说笑声没停。只听二土高腔大嗓地:"雨本哥,你可要有个思想准备,明晚上我和丛铭哥去闹房时,非让你和水秀吸'过桥烟'不可!"

雨本羞红着脸轻声嗔怪道:"你的嗓音还能再高吗?"

"呵呵呵……"车上的丛铭文雅地笑了。

牛车在三人的嘻笑中驶上了石桥。木质的车轮滚过石桥时发出的咯吱咯吱的声响,为三人的说笑声做着伴奏。

车轮已过桥心,牛车眼看就要上岸,就在这时,古榆树干后忽然冲出两头小牛犊,直向驾车的大黄、二黄肚子下钻来。大概两头母牛没料到自己的孩子会跑这么远来迎接自己,都有些吃惊地猛地扬了下前蹄止了步,车身也随之猛烈地摇晃了一下。几乎在这同时,只听车厢下"咔嚓"响了一声。

"不好!"走在车后的雨本闻响惊叫了一声。他的话音刚落,就见大车车身突然向右侧倾斜下去,满载的牛车眼看就要翻入桥下,一场车毁、人亡、牛伤的惨祸瞬间就要发生。说时迟、那时快,只见雨本猛地扔下手中的竹篮,闪电般地跳到车厢右侧,用肩膀死死地扛住了车厢,几乎就在他扛住车厢的同时,右车轮与车身分离滚到了桥下。

车厢在雨本的肩扛下暂时保持着平衡。

被这突然变故吓呆了的丛铭此时仍定定地坐在车上。

惊愕在左侧牛身旁的二土,此时快步绕过车尾跑到雨本身边要去帮他扛车厢,雨本见状急忙艰难地朝他摇了下头,断断续续地说:"快、让、丛铭下……下来,把牛……卸下……"巨大的压力使他已无法说出完整的话。

二土突然明白了似的向车上的丛铭喊道:"快,快下来!"与此同时急步跑回车前动手解拴在大黄、二黄身上的绳索。

这时节,从田里收工回来走到近处的几个社员见状急忙向桥上跑来。

车身右侧,雨本还在咬紧牙关扛着车厢,豆大的汗珠成串地从他脸上滚下,他的脸已苍白得可怕。

丛铭从车上跳到了车尾桥面上。

二土卸下了驾车的大黄和二黄,两头牛争相跑上了河岸。

最先跑上桥的几个男社员已用手抓住了车尾,但就在这时,车身右侧的雨本已用完了最后一点力气,只见他的身子晃了一下,便猝然仰倒在了桥上。

失去支撑的牛车眼看就要砸过雨本的身子翻下桥去,二土、丛铭和几个男社员见状急忙死死地抓住车厢左侧。车子没有翻,但车上装的玉米秆却挣断束着的绳索,一下子翻到了桥上和桥下。就在玉米秆倒下去的同时,响起雨本一声痛楚至极的惨叫。

〔一阵揪人心肝的音乐骤起。〕

二土、丛铭和几个社员飞快地搬开压在雨本身上的玉米秆捆,当二土要去拿开压在雨本身上的最后一捆玉米秆时,突然恐骇地叫了一声:"啊?!"

〔特写:雨本昏倒在桥面上,一根玉米秆斜戳进他的右脸颊,鲜血涌流;右侧车厢下沿紧压在他的左脚脖上,骨头显然碎了。〕

"呼——"一阵旋风陡然而来,刮得古榆枝叶惨然瑟缩了一下。

"雨本哥——"二土和丛铭相继发出一声痛彻肺腑的哭叫。

二土大概突然意识到现在不是哭的时候,忙抹了一把泪水,飞快地拿过玉米秆捆,挪过车厢,弯腰抱起雨本上岸,沿着大车道向村外跑去。

丛铭和两个男社员紧紧跟在后边……

一直呆站在河岸这边的大黄、二黄,此时撒开四蹄,跑过石桥,也紧跟在二土他们身后……

〔音乐的节奏如二土、丛铭他们的脚步一样急骤,震动得人们的心脏缩紧、紧缩……〕

二

秋雨绵绵,风声嘶嘶,时辰很像是上午。

一个挂着"柳林镇人民医院"木牌的大院。

院内一间两张床位的病房。

雨本右颊蒙着厚厚的纱布,左小腿和脚上打着石膏,仰躺在一张病床上。

一个老年妇女压抑的呜咽从画外传来。镜头拉开,可见床头站着一个身体瘦弱、慈眉善目的老太太,她正用衣襟擦着眼睛。丛铭和二土也站在床边。

"妈。"雨本向老太太声音孱弱地叫道。

"别着急,人都有灾星的。"

老人闻声哭得更伤心了。

"雨本哥,你是为了救我才伤的啊……"丛铭哽咽着说。

"都怨我,雨本哥,你恨我吧……"二土含着眼泪叫。

雨本望着丛铭和二土,用力在脸上露出一个宽慰的笑,低声说:"别胡说了……"

雨本的话音刚落,病房门被推开了。一个披着塑料雨布的中年男子出现在门口,他的身后跟着披着蓑衣的水秀爹和打着雨伞的水秀。

"李社长,他何大伯,你们也来了。"雨本妈带着哭音招呼着。

李社长点点头,急步走到雨本床头,紧紧握住雨本的手,敦厚的脸上露出心疼和感激的神色。

水秀爹解下蓑衣,慢慢地走到病床前,用抖颤的双手摸摸雨本那打着石膏的腿,两只浑浊的老眼顿时起了一层水雾。他身后的水秀也早已珠泪承睫了。

雨本低低地说:"何大伯,别难过,我会慢慢好的。"他虽是对水秀爹说话,但目光却始终停在水秀的脸上,那目光中有不安,歉疚,也有感激。

水秀的双眸触到了雨本的目光,眼泪流得更急了。这个年轻的姑娘显然没有料到,自己婚姻生活的第一页竟写着这样的内容。

"水秀,"何大伯转身喊了一声女儿,尔后充满感情地说,"你就留在这儿,帮着你大妈伺候小本。"

水秀一边拭泪一边点头。

"不用了,他何大伯。"雨本妈闻言急忙说,"你一个人在家吃口饭都是难的,叫水秀回去吧,这里有我照应着就行。"

"她大妈,水秀虽说没过门,但她和小本已经登过记了,你就把她当你的儿媳妇使唤吧。"何大伯语气诚恳地说。

一阵剧疼陡地袭来,雨本脸上尚未被纱布遮住的部分痛楚地一缩,水秀见状急忙向雨本俯下身去……

窗外,雨点渐大,漫天抛洒……

冷风在病房窗前那落尽叶子的树枝间游荡,发出呜呜的声响,时令该是初冬了。

还是那间小小的病房。

两个护士在分别揭去雨本右颊和左脚脖上的纱布,雨本妈、水秀、丛铭、二土静静地站在一边。

雨本右颊上的纱布被一层层地揭去,最后一层纱布揭开以后,露出的是一个长长的疤痕——它破坏了整个脸部线条的对称和协调。这虽属早已料到的结局,但当它真的出现在面前时,雨本妈、丛铭、二土的身子还是禁不住一震,而水秀则在身子猛然一抖的同时,双目骇然地瞪大了。

雨本抖颤着手摸着自己脸上那长长的疤痕。

雨本左脚脖上的最后一层纱布也被揭去,露出的是一个结了疤的、歪扭的、畸形的脚脖。

水秀的眉峰又痛苦地一耸,双颊上仅有的一点红色也褪掉了。

雨本缓缓地起身下床,推开二土和丛铭那要搀扶的手,开始试着走路,但那是一种怎样的走法啊,一步一颠,两步一晃。猛地,他看到了邻床病人放在床头桌上的镜子,便伸手拿过来去照自己的脸。但当他的面庞一出现在镜中,就听"啪"地一声,镜子落地,摔得粉碎。

雨本痛苦地用双手捂住了脸孔。

"本儿——"雨本妈失声地哭喊着扑向了儿子。

几乎就在雨本妈扑向儿子的同时,水秀双手捂着脸转身跑出了病房……

正午时分的冬阳,把暖暖的光线洒向韩榆河每个向阳的地方。

水秀家厨房,灶膛里的火苗正舔着锅底,锅里的水已冒出了热气。水秀向灶膛里续了一把柴,然后走到院子里,弯腰去摘放在院中石板上的一把葱。

"雨本叔,背这么多棉柴啊!"一个男孩的招呼声由院门外传来。

水秀闻声一怔,急忙停住手走到院门口向外望去——

古榆下,雨本正背着一背篓棉柴吃力地向村中走来。他身旁跟着两个显然是刚放了学的挎着书包的男孩。

"雨本叔,你为啥不找人帮个忙?"其中一个男孩又开口问道。

"我背得动。"雨本含笑说着,话音刚落,不知脚下绊着了什么,只见他身子一个趔趄,"嗵"地一声连人带背篓倒在了地上。

"啊!"水秀发出了一声短促地惊叫。

那边,两个男孩急忙去扶倒在地上的雨本。雨本爬起身一边拍着衣服上的土一边对两个男孩宽慰说:"没事,没事。"

两个男孩又去扶起背篓,捡着散落在周围的棉柴。

雨本感激地说:"你们回家去吧,我自己来。"

"我去喊我爹来帮你背回去。"一个男孩说。

"不用,不用,我背得动。"雨本说着又弯腰吃力地背起背篓,一瘸一瘸地向村中走去。

手扶门框向外看的水秀,此时向门外迈了一步,似乎想去帮帮雨本。但当她一望村边三三两两来村中的社员,又急忙退了回来,只是痛苦地望着雨本慢慢地走出视界。她那原本绯红的双颊,开始泛出了苍白,渐渐地,水秀面前出现了幻觉——

村边,几十个男女社员各背一篓棉柴向村中走来。当初在古榆下嬉闹的高个姑娘和她的对象,矮个姑娘和她的对象也都在其中。水秀和雨本各背一篓棉柴并肩走在最后,蓦地,雨本的瘸脚绊住了一个土块,身子一个踉跄跌倒在地,众人一下子都回过头来望着,高个姑娘和矮个姑娘同时幸灾乐祸地嘻嘻哈哈笑了。

这笑声显然刺伤了水秀的自尊心,只见她牙咬下唇,羞辱地垂下了头……

幻觉消失,水秀双手捂脸斜倚在门框上,两行清泪从指缝间涌出。与此同时,幕外响起她喃喃地语不成音地怨艾:"……老天爷,你为什么要这样待我?……为什么?……"

"咕嘟嘟",厨房锅里烧开了的水在叫……

三

夜色轻笼的韩榆河。

村中一所不大的小院——几乎与水秀家的院子一样,也是三间正屋、一间厨房。

厨房里,雨本正在刷锅。雨本妈手提一个小布兜从正屋走进厨房说:"本儿,锅我来刷,你把这二十个鸡蛋给你何大伯送去,顺便听听水秀的口气,她要是愿意的话,就早点把你俩的事办了,省得这样搁在那里老让我放心不下。"

雨本闻言停住手,抬起头来面色微红地:"妈,慌啥哩……"

老人显然有些不高兴地:"还慌啥哩?都耽误几个月了。妈这把年纪,还能陪你过几天日子?你们快点把婚事办了,我就是去了阴间也放心。快,去吧。"

在妈妈的催促下,雨本擦了擦手上的水,走过来接过了布兜。

雨本妈仔细地替儿子整整衣领,抻抻衣襟,这才又催道:"去吧。"

雨本缓缓地走出了厨房。

斜挂西天的一钩细月,把村中的一切都变得朦朦胧胧。

晚饭后临睡前乡村中特有的声音不断传来耳畔:孩子断续的哭声,妇女吆猪入圈的喊声,间或的一声羊叫、狗吠……

雨本缓缓地、一瘸一瘸地向水秀家走去。月光虽然不亮,但还是可以照见雨本脸上那欢喜的笑纹。

走着、走着,雨本慢慢进入了甜蜜的想象——

雨本家堂屋里间——布置一新的新房,水秀和雨本含羞并肩坐在床沿上。屋里站着、坐着十几个男女青年和抱孩子的妇女,他们显然是在闹房。

二土正拿着一支烟,示意雨本和水秀各噙住香烟的一头——这是豫西南地区一种古老的乡俗,新婚夫妇要吸"过桥烟"。

水秀和雨本在众青年的威逼下,只得含羞伸嘴各噙住香烟的一头。这时节,二土擦燃火柴点燃了香烟的中间。

水秀吸了一口烟到嘴里,立时呛得咳嗽起来。

众人捧腹大笑,雨本也欢喜而又心疼地笑了……

"汪汪……"不远处的一阵狗吠把雨本从美好的想象中扯了回来。他抬头一看,已经到了水秀家院前,便轻轻推开虚掩的院门,走了进去。

他刚走至院中间,堂屋里突然传出了水秀压抑的哭声。雨本闻声急忙收住脚步,这当儿,水秀爹那微抖的充满感情的声音又从门缝飘了出来:"秀子,别哭了,雨本这孩子你又不是不知道,心眼儿挺好,他只是脚坏了,你们结婚以后,你多操劳点就是了。"

屋里传出了水秀更悲切的哭声。

雨本的身子不自主地抖了一下。

水秀爹那苍老的声音又传了出来:"秀子,爹知道你过去后会吃苦的,可是你想想,本儿是为救人和村里的东西才伤了脸和脚的,为人总要讲点良心,我们这会儿要是昧了亲事,咋对得起他和村里的乡亲啊?再说,咱们是老门老户的,那样做,外人会咋说?爹的脸往哪儿搁?"

雨本的双眼里涌出了激动的泪水。他的脚动了动,似乎想进屋去,但就在这时,水秀爹那夹着哽咽的话语又飞出门缝:"秀子,啥事都有个命中注定,雨本伤成这样,这也是你上一辈子的积德,是老天爷专门来看你心诚不诚的。爹明儿个去同雨本他妈和你三奶商量一下,择个日子给你和雨本摆个席面,把婚事办了,行吗?"

"嗯……"又是水秀那呜咽的声音。

雨本擦了一把眼泪,向堂屋迈了一步,扬起手要去敲门,但就在要触到门板的一刹那,他的手又猛地缩回了。紧接着,只见他转过身子,急步走出了院门。

他那一拐一瘸的身影很快消失在了院门外……

月光下可见一个宽大的院落。

堂屋的煤油灯下,三奶正坐在小桌前从一个竹篮里向瓦盆里数鸡蛋,她一边数一边自言自语:"哎,咋会少了两个?"跟着,就见她向堂屋里间大声喝问道:"我说小五,你又拿鸡蛋去货郎担上换糖吃了吧?"

里间传出一个男孩带着睡意地回答:"不是,我换花生吃了。"

"好你个馋东西!"三奶恼怒地叫道,"你只怕老子攒够一百个鸡蛋了,以后再偷偷地拿鸡蛋,看我不把你的爪子剁了!"她的话音刚落,门外响起了一声轻轻地问话:"三奶没睡吧?"

"谁?"三奶闻声急忙把盛鸡蛋的篮子和瓦盆放在了桌下灯影里,这才慢慢起身去开门。

门开了,雨本出现在门前,他手里仍提着那兜鸡蛋。

"哦,是雨本。"三奶稍稍有些惊异地把雨本让进屋里。

"三奶,这些鸡蛋,妈让我给你送来。"雨本边低低地说着,边把提兜递给了三奶。

三奶忙推辞着:"哎啊,拿这么多鸡蛋干啥?"不过跟着就从兜中掏出两个鸡蛋称赞着:"啧啧,这鸡蛋真新鲜哟,瞧这多大个儿,准是来杭鸡下的。"语气中流露出抑制不住的欢喜。

77

"三奶,有个事,想……麻烦你。"雨本在一个小凳上坐下后讷讷地说。

三奶闻言脸上立刻露出明白一切的笑容:"我知道,我知道,是到水秀家去催问催问啥时候办喜事吧?我这两天也在思摸这件事,总是忙,没抽出空,赶明儿个我就去。"见雨本摇了摇头,又急忙说道:"你放心,这事保准能办成。你是为救人和村里的东西受伤的,水秀爹就喜欢这样的人。再说,就是他爷俩心里有疙瘩,凭三奶这张嘴,也准定没问题。三奶当了一辈子媒人,这点功夫还是有的。"

"三奶,"雨本垂下头,声音打着颤,"我是想让你去把这个事说散算了。"

"哦?"三奶惊得脸上的皱纹全集在了一起,"这是为啥?水秀这姑娘除了脾性软一点,别的方面可都是数得着的。"

雨本尽力不动情感地:"你别问,三奶,只求你去找何大伯把事说散就行。"

"哎啊,我说雨本,就凭你现时这个样子,可不能上了这山望那山高,退了水秀,别的姑娘不一定就那么容易说合。"三奶劝解道。

"三奶,求求你,去把这事办成吧。"雨本的声音已有些哽咽了。"你为我的事操了这么多心,我也没啥感谢的,这点钱留下你撕个布衫吧。"雨本边说边从衣袋里掏出三张五元的钱放在了身旁的小桌上。

"哎,哎,三奶给你操心是应该的,咋能收你的钱呢?"三奶嘴上虽这样谦让,但却并没起身去把那钱退到雨本手里,并且语气也随之变了:"唉,你不说我也知道,一定是又有人给你说别的姑娘,你眼看花了。罢,三奶按你的心意办,去给你把这头亲事退了,不过你得告诉我,别人又给你说的这个姑娘是哪个庄的?"

雨本呆望着三奶,嘴唇哆嗦好久才挤出了三个字:"王庄的。"这谎话中的每个字都包含着痛苦。

"是王庄西头王老七的大闺女?"

雨本牙咬下唇,强忍痛苦地点了点头。

"好!三奶成全你。"三奶笑道,"说办就办,趁水秀爹他们没睡,我这就去他家。"

一丝悲哀掠过雨本那泪光闪闪的眼睛,但他强制自己把它驱散,只是感激地望了三奶一眼。不知是由于眼花还是粗心,三奶从雨本的目光里也只看出了一点感激,竟没发现那其中掺和着的痛苦。

雨本转身走出了院门,双脚踏地如棉,身子摇摇晃晃……

夜空,云烟缥缈,碎月伶仃……

水秀家。

外间幽幽的煤油灯下,何大伯正坐在那里默默地抽烟。

里间,双眼红肿的水秀正呆呆地坐在自己床上,她手里还托着那个小圆镜,目光凝定在雨本的照片上,慢慢地,水秀耳畔响起了女伴们当初在古榆下的说笑声:"啧啧,照得真好!""看那圆脸,照得多精神!""我看雨本哥最漂亮!"但陡地,照片上的雨本一变而为今天的雨本:右颊一道长疤,左脚瘸了。幕外同时又响起女伴们的耻笑声:"哎哟,水秀找的女婿咋是这个丑样?""天哪,一辈子不出嫁也不找这样的丑男人!"……

"吧嗒。"一滴泪水滚落到圆镜上,把雨本的面影变得模糊了。

"他何大伯,还没睡吧?"院中响起了三奶的声音。

"哦,是三婶,快进屋来。"坐在外间的何大伯急忙应声并起身拉开了门。

三奶进屋坐下,何大伯边把旱烟袋往三奶手里递边开口道:"本要明天找你的,你来了正好,我想同你商量一下,择个日子把雨本和水秀他们的婚事办了算了。"

里间,呆坐在床沿的水秀闻言身子一颤,扔下手中的圆镜,双手又捂住了脸。

"他何大伯,我来也是为他俩的事。"三奶边说边点着烟,吸了一口后才又放低声音:"我今黑里来,是有件要紧的事要给你说。"

三奶的认真样子,使何大伯的眉头也不由得皱紧了:"啥事?"

三奶说:"你说水秀刚刚和雨本登了记,雨本就出这么大的事,又是伤脸又是瘸脚,难道只是碰巧吗?"

何大伯的眼里闪出了焦急地询问的目光。

"雨本出事以后,我一直在估摸这里边的缘由,"三奶又吸了一口烟,"刚巧今儿个碰见了张庄的'铁嘴张',你知道,他算命测字准得很。我把雨本和水秀的生辰八字给他说了说,让他重新给掐算掐算,你知道他重新掐算后说了啥?"

"说了啥?"何大伯的脸上现出了紧张的表情。

里间,坐在床上的水秀也正凝神倾听着外边的谈话声。

外间,三奶又慢悠悠地品了一口烟,这才又接着说:"铁嘴张说,雨本虽是水命但水边燃有大火,水秀是单水命,两人若要结为夫妻,必定水火相克、互不相容。雨本这会儿受伤,就是两命相克的一个兆头,这还是轻的。要是两人长久住在一块,总有一天,不是男死,就是女亡。"

"啊?!"何大伯低低地惊叫了一声。

三奶说:"所以我的意思,雨本和水秀的婚事还是不成为好。"

何大伯无言地用双手捧住头,半晌,才痛苦地低声说:"雨本残废了,我们这会儿要是变了心,他会咋想?村里人会咋说?"

三奶宽慰道:"这倒不必担心,我把内中的真情给雨本娘俩和村里人一讲,都不会说啥的。"

何大伯又默然了良久,才痛苦地喃喃道:"那……那就依你的说法办吧……"

里间,水秀闻言,脸上先是现出了一丝隐约的欢喜,跟着又罩上了一层明显的不安,并且那双眼角,分明地又溢出了两滴泪水……

只有很少几家窗隙门缝里还露着灯光,村子里静多了。

雨本家院门前,三奶指着敞开的院门问一个中年男子:"知道这娘俩干啥去了?门在开着,人不见了。"

中年男子说:"我刚才见雨本上老榆树那边去了,他妈跟在他后边好像是问啥子事。"

"噢。"三奶急忙转身向村头老榆树下走去。与此同时,幕外响起她有几分得意的心声:"雨本,三奶我不是吹的吧?马到成功,几句话就把婚事退了……"

古榆树近了,月色下可见树下果然站着两个人。三奶刚要张嘴喊雨本,那边树下忽然传来雨本妈那急切、慌张的问话:"本儿,你咋不说话啊?妈问了你这么半天,究竟你何大伯和水秀说了啥话?是不是他们说不愿意了?"

三奶闻言压了喊声,放慢了脚步。

"妈,你别问了。我告诉你,我已让三奶去给何大伯说,我和水秀的事算了!"这是雨本那带着哽咽的声音。

"啊?！你疯了！"雨本妈吃惊地叫声传到这边,使三奶禁不住停了步。

树下,借着那被树枝筛碎了的月光可以看清,雨本身子软软地倚在树干上,雨本妈正站在儿子面前呜咽着数落道:"你长这么大了,还是办啥事都不用脑子,你想想,你一个瘸子,把水秀这门亲事退了,还有哪个姑娘肯跟你?我苦这一辈子,到这会耳聋眼花,还得给你洗衣服做饭,你不想想自己,也该心疼心疼我啊……"

"妈——"雨本突然"嗵"的一声双膝跪地含泪呼喊道,"我小时候你就给我说,为人不能光顾自己,要我像爹那样,办事替别人着想,爹在民国三十二年发大水时,为了救别人……"

〔随着雨本的诉说,银幕上出现回忆画面——〕

奔涌咆哮的洪水、尖利啸叫的风雨……

暮色笼罩下的韩榆河淹没在一片洪水之中,只有几家房屋的屋顶露出洪水水面……

半没在洪水中的村头古榆树枝间,攀附着不少妇女小孩……

雨点不住拍打的水面上,一个面孔酷似今日雨本的壮年男子,正奋力推着一块门板向村后的山坡上游去。门板上绑着一个大木盆,木盆里坐着一个年轻妇女和一个六七岁的男孩,从那年轻妇女的面庞上可以辨出,她就是今天的雨本妈。那男孩显然就是今天的雨本了。

雨本爹拼力与风浪搏斗,艰难地推着门板前进……

门板终于靠近了后山坡。

精疲力尽的雨本爹跟跟跄跄地扶起索索发抖的雨本妈和小雨本走下门板。但一俟雨本母子在山坡上站下,他又回身向水边走去。

"你干什么?"雨本妈吃惊地急步上前扯住了丈夫的胳膊。

"去……再救两个!"雨本爹因发冷嘴唇哆嗦着,指了一下攀附在村头古榆枝上的那些人。

"不、不行,你已经没力气了,会出事的!"雨本妈惊恐地说。

"爹——别去!"小雨本一下抱住了爹爹的腿。

"为人不能光顾自己!"雨本爹一边掰开妻子和儿子的手,一边低沉地说。

雨本爹又向水边走去。小雨本刚要再次上前拉住爹爹,但胳膊却被妈妈扯住了。

雨本爹又把门板推向水中,向远处游去。

"小心呐!"雨本妈担心地喊。

"爹,快回来!"小雨本揪心地叫。

雨本爹奋力向前游着……

雨本爹仍在游着,不过这时已是回程了,门板上的木盆里坐着一个妇女和一个女孩。

雨本爹吃力地挥着手臂划着水,可以看出,他的力气已经消耗净尽,是在与风浪做最后的拼搏了。

门板在向山坡靠近。

雨本母子和站在山坡上的其他十几个村民焦急担心地望着那越来越近的门板。

门板终于靠近了岸,岸上的两个男子已经抓住了那门板,但就在这时,一个浪头蓦地打来,一下子把雨本爹打进了水底。

"他爹——"雨本妈发出一声恐骇至极的喊叫。

"爹——"小雨本发出一声令人心碎的哭喊。

但回答母子俩的却只有无情的风雨浪涛声……

〔回忆画面消失,镜头又回到了古榆下,雨本含泪诉说的声音又在幕外响起:〕

"妈,我心里也很想让水秀和咱一块生活,可是我这会儿是个残废人,硬让水秀跟咱苦累一辈子,咱心上下得去吗?你想想,假若我是个女的,水秀是个残废了的男子,你就能欢欢喜喜地把我送进他家吗?为人得将心比心,咱们得替何大伯和水秀想想啊!……"

"本儿……"雨本妈伤心地哭出了声。

那边,三奶怔怔地站在原地。月光下可以看清,她脸上原有的欢喜和得意消失了,换上的是一种深深的激动。

树下,雨本晃着妈妈的手哽咽着说:"从今以后,洗衣服做饭的事儿,都让我来干,儿子不会让你累着,儿子会侍候你的……"

"本儿……"雨本妈紧紧地把儿子的头揽在了怀里……

那边,两颗浑浊的老泪顺着三奶脸上的褶皱,缓缓流着。蓦地,只见她猛然扬手向自己的嘴巴上狠狠打了一掌,随之便慢慢转过身子,一步一挪地向村中走去……

一阵风将云铺开,陡然遮住了西沉的弯月……

四

破絮似的云块遮住了初升的冬阳,天显得格外冷。

韩榆河村中的一个粪场里,二十几个男女社员正在把粪场上的粪向地里送。七八个女社员正在挥锨向男社员们的粪担里装粪。二土和丛铭也都拿着勾担,杂在挑粪的男社员中。

丛铭的粪担先装满,他有些吃力地挑起粪担随着其他挑粪的社员向村外走去。

一个打扮得干干净净的农村老大爷此时从粪场旁边经过,正在给二土装粪的一个高个中年妇女见状急忙拉了一下身旁的一个矮个女社员说:"看,听说这人正在把水秀往丛铭身边说合。"

站在一旁等待装粪的二土闻言吃了一惊。

"这你还不知道?"矮个妇女一副底细全明的样子,"丛铭妈先找的三奶,三奶说她不当媒人了,才又找的这个媒人。听说水秀也挺满意这门亲事的。"

"真的?"二土猛地抓住那矮个妇女手中的锨把压低了声音问。

"那还有假?"矮个妇女白了二土一眼。

霎时,二土的太阳穴处频频颤动,脸色由阴沉变成了红的,又由红而紫,由紫而变得烈烟直冒了。

二土猛地弯腰挑起了粪担。

长着麦苗的地里。

二土把粪倒在地上,然后扔下粪担,快步走到刚挑起空粪担准备向回走的丛铭面前。

"哦,二土,有事?"丛铭注意到了二土脸上的阴云,不安地问。

"走,有事!"二土低沉地说着,向不远处的一条沟渠一指。

丛铭有些诧异地:"啥事?"

二土没有回答,迈步在前边走了。

丛铭放下粪担,有几分疑惑地跟在二土后边向沟渠走去。

这是一条干涸的水渠,渠的深度有一两米,人走进去后在田野上看不到。

二土在前,丛铭在后,二人相继走下水渠,但当丛铭刚刚在渠底站稳脚跟时,只听"啪"的一声,二土猛地转身扬手在丛铭脸上狠狠打了一掌。

丛铭身子一个趔趄:"你?你干什么?"他又惊又恼地捂着脸颊叫道。

"干——什——么?!"二土一字一顿地重复道,暴起的青筋像凶狠的闪电似的交叉在他那满布云翳的额头上,"我是要问问你,你为啥偏偏要找人去水秀家提亲?"

"不……不是我,是我妈硬要找人去说……"丛铭急忙红着脸辩解道。

"村里人都在做说合工作,想让水秀和雨本哥重新和好,你倒去中间插杠子!"二土显然动了感情,声音里带了点哭音:"雨本哥是为救你才落了残废,他这个瘸子后半辈多需要一个人去照顾啊!你这样做心上下得去吗?"

"我……"丛铭的内心显然被二土这尖锐、恳切、带着道德重压的诘问震动了,声音里带着明显的愧意。

"求求你,丛铭哥,答应我,别再去招引水秀,"二土的声音已完全是恳求了,并且双眼里已有一丝泪光,"你长得好看,又上到了高中,将来一定会找到一个好对象的。你要愿意的话,我明天就去找三奶给你说媒,保险能给你找一个——"

"二土,"丛铭深深地垂下了头,"我回去就不让我妈再去找人说了……"

"哦,你答应我了?"二土脸露欣喜地扑到了丛铭的身上,"你还是我的好哥哥。"跟着,他又抬手轻轻摸着丛铭的脸颊歉疚地说:"哦,刚才,打得太重了……"

……

五

〔画外音:"……半年以后,水秀还是和丛铭结了婚……"

〔随着画外音出现:〕

中午时分的韩榆河。

古榆绿叶叠翠,小河水清见底。河边,几个小孩各牵着一头牛饮水。几头牛饮至兴处,相继昂头发出"哞——哞——"的欢叫。看来,时令又是初夏了。

古榆下靠近石桥头的一块洗衣石旁,已经是农村少妇打扮的水秀正在拧干已经洗好的几件衣服。

下游不远处,雨本也端着一瓦盆衣服一瘸一瘸地向河边走来。他在另一块洗衣石旁蹲下,开始笨拙地、吃力地搓洗起衣服来。他和水秀之间隔着一片茂密的小柳丛,两人谁也没有看见谁。

丛铭胳膊上搭着一件上衣,满脸含笑地由村外路上走来。他瞥见正在树下河边洗衣服的水秀,欢跳着跑过石桥,来到水秀身边问:"当家的,饭做好了吗?"

"早做好了,等你不回来,我就先来洗衣服了。"水秀扭头含笑答。

"走吧,快回家吃饭去,我还有一个喜信要告诉你。"丛铭脸上露着抑制不住的欢喜。

"啥喜信?"

"回家告诉你。"

水秀娇嗔地说:"不,就在这儿讲。"

"好,好。"丛铭蹲到水秀身边,稍稍压低了声音兴奋地说,"二舅从开封来信说,开封师范学院图书馆要招收工作人员,他替我联系好了,让我最近几天就去报到。"

"去开封?"水秀有些吃惊地问,"咱这日子不是过得挺好吗?干啥要去那里?"

"嗨,你真傻!"丛铭立刻反驳道,"到那里去好处可多了,一个是能拿工资,挣现钱;二个是活轻,比咱干地里活轻多了;三个是能开开眼界,过过舒服日子。听二舅说,那里有龙亭,有潘湖、杨湖,有铁塔,有相国寺,好景致可多了。"

"那——那里离咱庄远吗?"水秀看样子被丛铭的这些理由说动了,闪着双眸问。

"远是远点,上千里路,不过有汽车、火车,回来也方便。再说,我去个一年半载,脚跟站稳了,回来把你也接去,到那时,你就也成城里人了。"

"噢——"水秀脸上分明也露出了喜色。随即,只见她指了一下丛铭脸颊上沾着的一点黑灰小声说道:"看你脸上的灰,快洗洗。"

"来,帮咱洗洗吧。"丛铭朝水秀伸过脸去笑着说。

"去!叫别人看见,你自己洗吧。"水秀说着把一条毛巾朝丛铭手上递。

丛铭扭头望了一下,见饮牛的几个小孩已走,近处的河岸并无别人,便压低了声音:"快,没人。"

"你呀,真拿你没办法。"水秀边说边把毛巾浸到水里,然后拿起拧一下,轻轻地擦洗起丛铭的脸来……

柳丛这边,雨本仍蹲在洗衣石旁洗着衣服。表面上看去,他脸色平静,和刚才没有什么两样,但当他伸手去拿放在洗衣石旁边的那块肥皂时却能发现,他的手抖得很厉害,而且他拿起的不是那块肥皂,而是肥皂旁边的一个小砖块。他轻轻地用那砖块在衣服上揉搓着、揉搓着。

就在这时,二土牵着当初驾车的大黄、二黄两头母牛出现在了雨本身后,他显然也是来给牛饮水的。此刻,只见他扔下手中的牛缰,无言地在雨本身边蹲下,夺过雨本手中的衣服,默默地在石头上搓洗起来。

雨本见是二土,勉强笑了一下,轻声说道:"还是我来吧。"

二土无言地继续在石头上搓洗着衣服。

大黄、二黄懂事似的静静站在二人身后,既没伸头去河里喝水,也没张嘴去岸边啃草,而是低头用舌头轻轻舔着雨本的两只手背,那模样好像是在进行一种安慰。

柳丛那边,忽然传来丛铭和水秀咯咯的笑声。

二土闻声始而一怔,继而在脸上现出了恼怒之色。跟着,就听"嗵"的一声,他扬起手臂狠狠地把手中的肥皂砸进了面前的河水里。

柳丛那边的笑声戛然而止。

雨本瞪了二土一眼。

河水泛起了一圈圈的涟漪⋯⋯

六

午饭后。

三奶家堂屋当间。纺车嗡嗡,纱锭飞转,三奶正坐在纺车前纺线。她一手摇车,一手抽线,双眼微闭,神情专注,全身心都投进了这种古老的手工劳动中。

"好忙啊,三婶,饭后怎么也不歇歇?"院中传来一个男子的招呼。三奶闻声停手向外看去，随即急忙站起身："哟，是李社长呀，快进屋来，今儿个怎么得空了？"

"哈哈，我是无事不登三宝殿呐，今儿个是有件重要事来找你帮忙。"社长边说边进了屋。

三奶把旱烟袋和盛着碎烟叶的小筐递给社长："你社长还能有啥事需要我这个老婆子帮忙？"

"嗨，这事还只有你帮忙才行哩。"社长边往烟锅里按着烟边含笑说。

"啥事？"

"说媒。"

"唉——"三奶脸上的笑意顿时消失了，"告诉你吧，婶子我早就不干这一行了。"

"侄子我求你再干一次也不答应吗？"

"不是驳你社长的面子，婶子我确实干够那一行了。"

"三婶，"社长把椅子朝三奶面前拉了拉，"你说雨本这个人值得不值得可怜？本人脚瘸了，家里又有个老妈妈，洗衣做饭都是难的呀！"

"你是让我给雨本提亲？"三奶脸上露出了一丝惊异。

"是呀，"社长点着头，"雨本为救人和社里财产残废了，咱们总不能看着不管。前些日子社里决定以后不让他干重活了，让他到苹果园里侍弄侍弄，干点轻活。可是他家有老母，杂七杂八的家务事他还得干，这也不轻快。所以我就想到让你生法给他说门亲事，他只要有个媳妇这日子就好过了。"

三奶无言地点了点头。

"我倒已经替他物色了一个姑娘，不知你看着行不行。"

"谁？"三奶脸上露出颇感兴趣的神情。

"村东头哑巴闺女柳叶。"社长轻声说，"这柳叶姑娘别看是个哑巴,心眼儿可挺好,手也巧,啥活都会做,还是半路哑巴,识几个字。她要是能跟雨本过家,人那是再好也没有了。再者,我估摸这门亲事也好说一些,雨本腿瘸了,柳叶哑巴了,两个都有缺陷的地方,你说呢?"

"这倒是。"三奶颔首道。

"你要是觉得行,能不能去找柳叶妈说说?"

"去,我去,我今黑里就去!"三奶声音虽然不高,但语气却十分坚决。……

一个不大的水库。清澈的库水倒映着蓝天、白云,半后晌的斜阳给水中的细浪镶着金色的光边。

镜头拉开,可见这水库坐落在一个苹果园内,水库旁边有一间土坯垒就的看园小屋。

水库岸边,雨本正用力摇着一个小型手摇水车汲着库水浇灌苹果树。

果园篱笆墙外的一块麦地头,二土正在挥锹挖一道小排水渠。许是干累了,只见他把锹向地上猛一插,抹一把头上的汗,从怀里掏出一个短杆旱烟袋抽起烟来。

二土惬意地喷着口中的烟雾,一条腿轻轻地颤动着,沉浸在烟草带来的舒服之中。突然,只见他身子一震,呼地拔掉伸进口中的烟嘴,双眼直直地望着前方。

顺着二土的目光望去,只见二三百米外紧挨着果园的一条小路上,一个挑着粪担的姑娘向这边走来。担子显然不轻,姑娘身子摇摇晃晃,显得十分吃力。

二土急忙磕掉烟锅里的烟灰,把烟袋向口袋里一插,快步向姑娘跑去。快跑近姑娘时,只听他压低声音欢喜地喊:"柳叶——"

柳叶姑娘闻唤停步向这边一望,随即甜甜地一笑。她那柔柔的善目、恬静的面孔、利落的打扮,很难让人相信她是一个哑巴。

"挑这么多干啥,不怕压坏了?"二土一边疼爱地责问着,一边上前把柳叶肩上的担子拿放在了自己肩上。

柳叶倒也没推辞,只是含笑指指自己的肩膀摇摇头,那模样像是说:"没事,我挑得动。"

二土挑着担子、柳叶跟在旁边,两人顺着果园篱笆墙外的小路缓缓向前走着。

"柳叶,"二土环顾一下空无人影的四周轻声喊,神态一反往常那种大大咧咧的样子,显得十分忸怩,"咱俩的事你给你妈说了么?"

柳叶闻言低下头去,边走边用手卷着衣角,许久才抬起羞红的脸,望着二土指指自己的脸颊,摇摇头,那样子显然是说:"我怎么好意思去跟我妈说?"

"那怎么办?"二土显然急了,停下脚步,转过身望着柳叶。

柳叶羞赧地伸出三个指头,尔后向头上指了指。

"去找三奶?"二土明白了柳叶的手势。

柳叶点了点头。

"对!找三奶!"二土一时忘记了肩上的担子,高兴地一拍双手,使粪担猛一晃悠,险些一头翘起倒在地上,吓得柳叶吃惊地瞪大了眼。

"没事!"二土轻轻松松地使担子恢复了平衡,不过这时,他斜插在上衣口袋中的烟袋吧嗒一声掉在了地上。

柳叶弯腰去拾烟袋,待站起身时,她抿嘴一笑。那波摇影动的乌眸里,溢着多少喜爱和快乐啊……

苹果园内,雨本拿着一把铁锹,疏通着通往紧靠篱笆墙的几株果树根部的水道。

蓦地,篱笆墙外传来二土那不高但却充满感情的声音:"下次挑粪可不许装这么多了,压伤了看我不找你算账!……"

雨本闻声一怔,许是觉得奇怪,便移步到篱笆墙跟前向外望去——

墙外,二土和柳叶正相视而站,只见柳叶取下头上的发卡,细心地剔除着二土旱烟锅里的烟垢,尔后又撩起衣襟擦干净了烟嘴,这才把烟袋向二土手上递去……

园内,雨本脸上露出了笑意——那是一种为朋友幸福感到由衷高兴的笑。随后,只见他提起铁锹,轻手轻脚地转身向小水库走去……

做晚饭的炊烟从各家的烟囱中涌出,慢慢向着薄暮的空中飘散。

三奶提着一小篮鸡蛋刚迈出院门,脚步匆匆的二土便迎面走来喊道:"三奶。"

"哦,二土,收工了?"三奶停步招呼道。

"嗯。"二土点着头,随即红着脸叫道,"三奶,我找你,是想……"他咽下了后边的话,低下了头。

"有啥事?"三奶问道。

"嘿嘿……"二土不自然地笑着。

"娘那个脚!"三奶骂了一句,数落道,"瞧你这个忸忸怩怩样,跟大姑娘说话似的,你究竟有啥事?"

"我——,嘿嘿……"二土吭哧着,终于没有说出什么。

"好了,别跟老子闲磨牙了,我这会儿去柳叶家有急事。"

三奶说完就要走。

"去柳叶家?"二土一喜,语气顺畅了。

"对。我去找柳叶妈,看能不能把柳叶说给你雨本哥,你雨本哥娘俩过日子太艰难了。"

像头部突然被人砸了一砖头,二土身子剧烈地摇晃了一下。

三奶并没注意到二土的失态,只是转身边向远处走边说:"进屋坐吧,你大叔在家。"

二土张大了嘴,似乎想喊什么,但却终于没发出什么声音。

望着三奶渐渐远去的背影,二土缓缓地、缓缓地蹲下了身子……

〔一阵微弱的、呻吟似的音乐飘进人们的耳朵……〕

柳叶家堂屋当间。油灯光下可见,这虽也是一间墙抹黄土的农家屋子,但却透出一股洁净、清爽、素雅来。内中的一切摆设和布置,都显出这家里有一个心灵手巧的姑娘。

三奶正和一个四十来岁的农村妇女——显然是柳叶的妈妈,坐在那里说着话。高个、宽膀、粗腰,颇有男性风采的柳叶妈,一看就知是个豁达、能干的乡村女人。此刻,三奶脚下的地上已磕了一堆旱烟灰,柳叶妈那泼辣的脸上也露出满意的笑纹,看来谈话已进行了很长时间且很顺利。

三奶向柳叶妈半是解释半是夸耀地说:"他大妈,你也是看着雨本长大的,这孩子原先可是个标致人,只是因为救人和社里的东西才废了一只脚。不过这可是英、英——,英什么来着?噢,对了,是英雄行为呀!前几天社里开会还在夸雨本是舍了自己为了别人的分子哩!听说,乡里的高音喇叭还念了他的名。再说,他这会儿啥活都能干。"

"呃,呃,"柳叶妈点着头,脸上露出明显的同情,"人活世上保不准会遇见灾星,俺柳叶也是正上着学得病落了个哑巴。"

厨房里,柳叶正脸贴房门不安而紧张地听着堂屋里的说话声。

三奶的声音在继续向这边飘着:"咱庄户人不论是娶媳妇还是找女婿,都是图的好好过日子。雨本这孩子心眼儿诚实,脾性又好,可是个过日子人!他要和柳叶这个巧手姑娘结成一家,那日子保险过得很红火。"

听到这里,柳叶的身子禁不住一抖。

堂屋里,柳叶妈含笑拍了一下膝盖:"三婶,说的是啊,只要以后他们两个能互相体贴着过日子就行。"

三奶高兴地说:"这么说,你同意了?"

柳叶妈快人快语:"我是个不喜欢说拐弯话的人,同意了。"

厨房里,柳叶两眼蓦地瞪大,随之,一股惊慌和痛苦伴着泪水从眼中涌出。

堂屋里传来三奶高兴的声音:"这二十个鸡蛋是俺外孙子昨儿个给我拿来的,我家里鸡蛋多得是,给你们拿来尝尝,这是今年的新鲜蛋……"

柳叶抹了一把脸上的泪水,冲出厨房,跑出了院门。

身后传来妈妈一声慈爱的询问:"叶儿呀,天都黑了还往哪去?"……

村头古榆下。

泪流满面的柳叶,正焦急而又不知所措地望着抱头靠树坐着的二土。

二土雕塑一般坐在那里,无声无息。星光下依稀可见他那紧抱在一起的双手,其中一只手的大拇指甲深陷在另一只手的手背上,一缕鲜血缓缓流出。

小河边蛙鸣如鼓,间或有一只青蛙从岸边跳入水中,发出"嘡"的一响。

柳叶两只泪水充盈的秀眼直望着二土,那目光分明在问:"怎么办?你快说呀!"

二土慢慢地抬起头来,蓄满痛苦的双眼里露出一种下了决心后的平静。只听他低声喊道:"柳叶。"

柳叶闻唤急忙蹲到二土跟前。

许是受了这话音的惊动,近处河边上的蛙鸣骤然停止,给树下留下一片出奇的寂静。

二土声音异常平静:"你说雨本哥是不是个好人?"

柳叶深深地点了点头。

"他一个瘸子带个老妈妈过日子可怜不可怜?"

柳叶又深深地点了点头。

"他应不应该有个媳妇?"

柳叶又深深地点了点头。

二土声音微抖斩截道:"那你就应该答应嫁给他!"

柳叶一下子站起身来,一边吃惊地望着二土,一边连连摇头。二土也呼地站起身来,咬着牙一字一顿地说:"听着!你要是不答应他,我很快就闯关东,到那老森林里砍木头去,一辈子不见你!"他的声音猛听上去十分坚决,但稍一用心就能分辨出,那"坚决"是装出来的。二土说罢,猛然转身快步向村中走去。

柳叶骇然地望着二土渐渐远走的背影,慢慢地,她的身子软软地倚在了树干上,一阵无声的饮泣爆发了……

先是一两只大胆的青蛙,继而是河边整个的蛙群又开始了鸣叫,不过那叫声听上去似乎不像刚才那样悠悠如欢唱,而是柔柔如抚慰⋯⋯

时近中午。

雨本家院门前,雨本妈正喜眉笑眼地站在那儿招呼着不远处刚刚下工回来的雨本:"本呀,快回来,社长和你三奶,还有柳叶和她妈都在咱家坐呐!"

"哦?"提着一把铁锹的雨本加快脚步走到妈妈跟前,"他们有事找我?"

"憨子,没事人家能来?"老人接过儿子手中的铁锹,边拍打着儿子身上的灰边嗔怪道。

母子两人相跟着向院中走去,雨本脸上露着几分诧异。

"雨本呀,你看看谁来了?"雨本一踏进堂屋门,三奶就笑着叫道。

"社长、大妈、柳叶,你们来了。"雨本边含笑点头招呼着,边走到桌前拿起竹壳暖瓶给放在每个人面前的茶碗里添着水。

雨本妈含笑地对众人说:"你们坐这说话,我去做饭。"说罢,转身进了厨房。

柳叶妈用丈母娘见到女婿时才有的那种欢喜、慈爱的目光望着雨本。

柳叶那略显红肿的双眼在缓缓扫视着这间东西放置凌乱的屋子,她的目光最后停在雨本那瘸了的脚上和露着脚趾的鞋上。一股深深的同情从她那双善目中流露出来,不过在那眸子的深处,还藏着很难让人察觉的悲苦。

"大妈、柳叶,你们可是稀客呀!"雨本坐到椅子上后随口笑着说。

柳叶闻言垂下了头。

社长拔下嘴中的旱烟袋笑着:"以后就不是稀客了。"

雨本似乎听出了什么,脸上露出一缕惊色。

三奶说:"本呀,事先也没来得及跟你说,社长、你大妈、还有我,看着你和柳叶都到了成家的年龄,就——"

"三奶!"雨本猛地站起打断了三奶的话,"这不行!"这是我们第一次听到雨本使用这种强硬的声调。

社长、三奶、柳叶妈都把吃惊的目光投向了雨本。

柳叶一定是以为雨本嫌弃自己是个哑巴,脸上蓦地变得十分苍白且现出了一层屈辱,她的头垂得更低了。

雨本声音抖颤充满感情地说:"社长、三奶、大妈,我知道你们的心意,你们是怕我们娘儿俩过日子很难,是在关心我,可是你们为啥就不替柳叶想想?你们知道吗,柳叶和二土两人从小就很要好,长大后他们一直互相关心、帮助,现在你们这样做,不是在活活拆散他们吗?"

几乎是同时,社长、三奶和柳叶妈又一齐把吃惊的目光转向了柳叶。柳叶妈脸上的惊色更甚,她显然对女儿与二土相爱的事毫无所知。

柳叶那苍白的双颊此时又霎地被鲜血充盈,她抬起双手捂住了脸。

"你们想想,要真是这样办,我咋对得起二土、柳叶?二土、柳叶心里不都要难受一辈子?我咋还有脸在村里做人?"雨本激动地说罢,又把目光转向柳叶妈,几乎是恳求道:"大妈,二土和柳叶的事你也许不知道,我求你答应他们,二土是个好小伙,他为人耿直,高小毕业,身子又好——"

"当啷!"一种铁器落地的声音突然从厨房中传来,打断了雨本的话,跟着响起雨本妈一声低低的呻吟。

"妈——",雨本一愣,转身向厨房跑去,三奶、社长、柳叶妈和柳叶也随后跟了出来。

厨房案板前,脸色煞白的雨本妈正吃力地倚着案板站着,右手紧握着左手食指,鲜血从指缝里涌出。菜刀掉在脚旁地上,案板上放着一把尚未切完的葱,雪白的葱梗上沾着血。

"妈,伤得厉害吗?"雨本慌忙中撩开自己的衣襟,要去撕衣服上的布给妈妈包扎手指,这当儿,只见柳叶已快步上前用自己的手绢给老人包扎起来。

"怨我不小心,不要紧……"雨本妈勉强在脸上露出一个笑容,低低地满含歉意地望着众人说,然而,默然站立在那里的社长、三奶、柳叶妈都能看出,雨本刚才的那番话语是老人失神切伤自己手指的原因。

柳叶包扎好了老人的伤指,老人那只未受伤的手却抖颤着抓住了柳叶的手腕,昏花的双眼中露出慈爱和珍物失去的痛惜之色。

"妈妈。"雨本一定是担心妈妈会说出什么不该说的话,轻轻地喊了一声。

雨本妈的双唇哆动了很久才发出喃喃的声音:"叶儿……委屈你了……"

泪水再一次溢满了柳叶的眼眶,只见她先是很快地摇着头,继而猛地扑到了老人的怀里……

〔民歌《乡间》的音乐陡然响起,似在替这哑巴姑娘诉说心中无数的话语……〕

午饭后。

村边一块不大的菜地里,二土正提着一个小粪篮向韭菜畦里撒着粪。

雨本手拿着一个白布小包,打开用高粱秆夹成的菜园篱笆门,缓缓地向二土走来。

正在撒粪的二土听到脚步声转过身来,随即脸露笑容地轻声招呼:"雨本哥,吃了?"

雨本点了点头。

"三奶说媒成了吧?"二土脸上笑容依旧,但看得出,那是用很大努力才保持住的。

雨本平静地:"成了。"

二土的身子难以察觉地一抖,大概是为了掩饰,他又提起粪篮向菜畦里撒着粪,边撒边用高兴的声调:"太好了,需要我帮忙办什么事吗?"

"嗯,有件事。"雨本依旧平静地说,"你今晚吃过饭后,带点礼物去柳叶家一趟。"

"干啥?"二土停住了手。

"去同柳叶妈商量商量你和柳叶什么时候办喜事。"

"嗵。"二土手中的粪篮掉在了地上,他震惊地望着雨本。

雨本依旧平静地:"憨家伙,你早就该找三奶去柳叶家说媒,不过不要紧,柳叶妈已经答应了。"

二土呆了似的站在那里,双眼直直地望着雨本。

雨本走到二土跟前,边慢慢地解着手中的布包边轻轻地说:"这点东西,送给你和柳叶。"

布包解开了,里边露出的正是当初雨本给水秀买的那些枕套、枕巾、圆镜、梳子等物品。

"雨本哥——"二土呜咽着喊了一声,一下子扑进了雨本的怀中。

雨本轻轻地抚摩着二土的肩膀,低低地充满感情地说:

"你脾气不好,记着别惹柳叶生气,她不会说话,诸事要让着她……"

这真挚的话语,与其说是朋友对朋友的提醒,毋宁说是长兄对小弟的叮嘱……

〔音乐——热烈、浓郁、荡气回肠……〕

七

〔画外音:"……四年多过去了……"

字幕:1962年。

随着画外音出现:〕

宿鸟归飞,暮色初上。

韩榆河村头,晚风轻摇着古榆的枝丫,几片黄叶飘飘落下,又是秋凉了。

水秀吃力地挎着半篮子萝卜由田间向村里走来。她腹部隆起,明显怀着身孕。此时的她已没有婚前当姑娘时的那种风姿美貌,瘦损的双颊、微陷的眼眶、抑郁的眼神,使她的面容透出一点凄楚来。

水秀看来累了,她把萝卜篮子放在地上,直起腰来大口地喘着气。

这当儿,何大伯也挎着一篮萝卜从水秀身后走了来。看样子,这父女俩是不在一块过日子的。老人望了女儿一眼,眉头皱了皱,随即上前用另一只手提起了水秀的篮子,边向前走边问:"队上分这么多萝卜,咋不找个人帮帮忙?"

水秀见是爹爹,眼圈儿有些红,忙轻声回答:"老麻烦邻居也不好。"

"怎么有七八个月不见丛铭回来了?"何大伯又边走边回头问。

"可能因为工作忙,没空回来。"水秀低声答,声音里透着一点凄凉。

这两篮萝卜确实不轻,何大伯挎着挎着也觉累了。他放下两个篮子,站在那里撩起衣襟擦着脸上的汗。

这时节,一只手伸过来提起了一个篮子,跟着听到一声略显沙哑地亲切招呼:"大伯,我来提一个!"镜头拉开,原来是雨本,他的另一只胳膊上也挎着一篮萝卜。

何大伯和水秀刚想说句什么,雨本却已头前走了。

何大伯边擦汗边扭头向女儿充满感情地:"你这身子不能再在家里住了,一旦坐了月子,丛铭爹妈都已过世了,家里没有别人,我又老眼昏花的,谁照顾你啊。干脆,你去丛铭那里吧,他就是再忙,总会照顾你坐月子的。"

水秀闻言先是脸红了一下,继而垂首沉思了一会儿,这才抬头轻声说:"爹放心,我今黑里回去收拾收拾,明天就去他那里。"

……

"开封火车站"几个镀金的大字,在近午的阳光映照下闪着耀眼的光。

车站出站口。

一脸疲惫神色、臂挎一个花布包袱的水秀杂在人流中走了出来。

她有些吃惊,慌乱地望着这车水马龙、人声喧嚷的六朝古都市景。

她看了看手中的一个信封,尔后向一个路人询问着什么……

她费力地挤上一辆市内公共汽车……

一栋挂着"开封师范学院图书馆"木牌的楼房。

楼内一间摆满书架的大厅内,几个男女工作人员正在整理着书架上的书籍。穿着、打扮已完全像一个城市人的肖丛铭也在其中,他似乎显得比过去更加年轻、英俊了。

一个穿着入时、面庞漂亮但却显得有几分艳冶、厉害气的姑娘,在抱着一摞书从丛铭面前经过时,随手把一个小纸团扔在了他的手边。

丛铭环顾了一下四周,见别的工作人员都没注意自己,这才很快地伸手拿过那个纸团展开来看。

纸上字迹的特写:"我今晚去你那里吃饭。"

一丝喜悦浮上丛铭的眉梢。

恰在这时,一个中年男子在门口喊道:"肖丛铭,传达室来电话,说有人找你。"

"哦?"丛铭急忙把那纸条装进衣袋,转身向门口走去。

开封师院大门口传达室里,水秀局促不安地坐在一个凳子上。

门开了,丛铭出现在门口。

水秀欢喜地站了起来。

"是你?你怎么来了?"丛铭有些惊异地站在门口问,语调里没有久别夫妻相见时惯有的那种欣喜,与此同时,一层阴云在他的眉宇间蔓延开来。

"我——,"水秀下意识地把手放在了自己隆起的腹部上,"我一个人在家害怕。"说完,便含羞地垂下了头。

丛铭望了一眼水秀那隆起的腹部,——目光中含着那种不愿当父亲的冷漠,尔后不带一点热情地说:"那走吧。"说完,上前拿过水秀手中的包袱,便转身出了门。

水秀也移步跟着走出门外。

在离学校大门不远的一栋三层宿舍楼前,丛铭停步指着楼底层的一个房门对水秀冷冷地说:"就在这里住。"

水秀点了点头,无言地跟在丛铭身后走到了门前。

丛铭掏出一把钥匙开门,这是暗锁,在门打开去拔钥匙的时候,钥匙掉在了地上,丛铭没有弯腰去拣,而是用脚把它赌气地踢在了一边。显然,他是借此来发泄心中的烦躁。

跟在后边的水秀默默地、艰难地弯腰拾起了那把钥匙,并随手装进了自己的上衣口袋。

这是一套有一明一暗两个房间和厨房、厕所的屋子。屋里收拾、布置得干净、雅致,似乎没有一个远离妻子的男人所住的房间里应有的那种样子。

"坐吧!"丛铭冷淡地指着一个椅子说。

水秀没有落座,只是望着丛铭怯怯地:"你生我的气了?"

丛铭掩饰地说:"哪里。只不过你要来应该早写封信告诉我,我也好做点准备。再说,现在正是工作忙得不可开交的时候。"

水秀有几分委屈地说:"我原怕耽误你工作,不打算来的,后来爹担心我在家坐月子没人照顾,就催我来了。"她眼里的泪水盈盈欲滴,"你要是工作忙的话,我马上就回去。"

"马上回去?"丛铭的眼睛一亮,随即说道,"实话告诉你吧,今晚后半夜两点我就要跟领导一块坐火车去外地开会,你这一来,我就不能按时去参加会议了。"

"那——,我后晌就回去吧。"水秀的语调里含着深深的犹豫。

"也行,"丛铭立刻接口道,"刚好下午五点钟有一趟去咱们县的火车,你先回去,待我晚点开会回来就去家里看你。"

水秀微微点头用极低的声音说:"那,好吧。"说完,扭过脸去,让那两滴终于要掉下来的眼泪落在了身后的地上。这善良的女人大概是怕丈夫看见自己的眼泪焦心。

"你快坐下歇歇,我去食堂打点饭来。"此时丛铭的脸上已经露出了喜色。

水秀点了点头,在一张椅子上坐下。

丛铭端着一个铝锅走了出去。

水秀发出一声来自心底的沉重的叹息。随之,她带着孕妇特有的注意她内部一种东西的神情坐在那儿默想,慢慢地,她面前出现了幻觉——

她怀里抱着一个胖胖的婴儿在丛铭屋里含笑踱着步。丛铭推门从外边进来,欢喜地从她怀里接过婴儿,长久地亲吻着婴儿的脸蛋。她站在一旁甜甜地笑着……

"嗵"的一声门响,把水秀从幻觉中拉了回来。丛铭端着锅走进来,开始把两盘菜、几个馒头和两碗稀饭向桌上放。

"吃吧。"丛铭把一个馒头递给水秀。

水秀接过馒头咬了一口,但嚼了好久没能咽下肚去,她大概又想起了回村后的艰辛,一双眼里分明地又起了一层水雾。

"吃菜吧。"丛铭又让道。

水秀摇了摇头,放下手中的馒头:"我不想吃。"说着,拉过自己带来的那个花布包袱,慢慢地解开来,从中拿出一个干荷叶包递给丛铭:"这是你爱吃的绿豆面煎饼,我临来时烙的。"跟着,又拿过一个纸盒:"这是咱自家腌的咸鸭蛋,你开会回来后煮煮尝尝。"最后,又拿出一双棉袜:"听说开封这地方冬天冷,我给你做了双棉袜。"

"水秀——"丛铭接过这些东西后激动地喊了一声,这是自从他见到水秀以来第一次使用这种充满温情的声调。在这一刹那,他那双眼里闪出一种真诚的欢喜和深深的激动。要知道,即使良心上蒙灰再多的人,也有被触动良心的时候。只见他冲动地抓住水秀的一只手轻轻地抚摸着,但就在这时,他眼前又幻现出下午给他扔纸团的那个姑娘的漂亮面影,渐渐地,他把水秀的手放下了,双眼中又恢复了原有的那种眼神,只听他轻轻地说:"吃不多就少吃点吧!"……

阳光西斜。

开封火车站。一列客车靠在站台旁,水秀提着包袱上了车。站在车下的丛铭向她挥了挥手便转身快步向站外走去。

水秀隔着车窗怅然地望着越走越远的丛铭的背影,两滴清泪又滚出眼眶。她伸手去衣袋里掏手绢,但蓦地,她愣了一下,随即可见她在掏出手绢的同时,掏出了丛铭上午开门时掉在地上的那把钥匙。跟着,画外响起水秀焦急的心声:"哎呀,我把钥匙带来了,他可怎么进屋?"

水秀提着包袱慌慌张张地走下车高声喊道:"丛铭——"

但站内早没了丛铭的身影。

水秀急急忙忙地向出站口跑去,但就在这时,她身后的客车长啸一声,缓缓启行了。

水秀见状又急忙回头向列车跑来,可是晚了,列车已经加速。

水秀怔怔地望着列车驶出车站,随即只听她自言自语:"唉,只好明天走了。"

水秀慢慢地向出站口走着……

傍晚。早出的夜月像一个浑浊的冰盘,带着淡淡的晕圈,在城市上空的乌云中徘徊。

十分疲惫的水秀提着包袱慢慢地向丛铭宿舍走来,她边走边喃喃地自语:"他刚才回来可怎么进屋?"蓦地,她的目光停在了丛铭宿舍门上,那门上的天窗里透出了一缕灯光。幕外随即响起水秀高兴的心声:"呵,他还有一把钥匙。"

她加快了脚步走到门前,掏出钥匙刚要向锁孔里插,屋里忽然传出一个女人讥讽的声音:"我听说,今天上午你家乡的那位夫人来过?"话音穿透门缝后虽然显得很低但仍很清楚。

水秀吃惊地停住了手。

"嘿嘿,我已经用计谋把她打发回去了。"丛铭讨好的声音。

水秀的身子猛地颤抖了一下。

女人愠怒的声音又传了出来:"说吧,你究竟怎么打算?"

水秀的胸峰急剧起伏了。

"嘿嘿,我正在想办法和她离婚,最多再有几个月咱们就可以结婚了。"依然是丛铭讨好、巴结的声音。

水秀牙咬下唇,猛地把钥匙插进锁孔,推开了门。

"啊?!"屋里的丛铭和那女人发出了一个短促的惊叫。灯光下可见,上午送纸条给丛铭的那个漂亮姑娘此刻正坐在丛铭腿上,丛铭正端着一杯看上去像是橘子汁样的东西在用羹匙喂她喝。

两人惊恐地扭头望着水秀,身子僵住了似的一动不动,丛铭端着的一匙橘子汁定定地停在那姑娘的嘴唇边。

水秀脸上的神色在疾速地改变着:激怒——屈辱——痛心,她的嘴唇动了动,似乎要说什么,但过量的痛苦已使她在生理上和心理上都失却了说话的能力。她只是将身子猛烈地哆嗦了一下,跟着便向地上扑去……

水秀慢慢地睁开眼睛,她发现自己躺在床上,刚才的那个姑娘已经不见了,丛铭神色尴尬地站在床前。

她挣扎着从床上坐起,丛铭见状急忙伸手去扶,但当他的手一触到她的身子,她就像被火烧着那样猛地扭身躲开了。

她吃力地站在了地上。此刻,她全身的血液已全部收回心房,脸白得可怕。

她的双眼望定了丛铭那露着慌乱的脸孔,但目光中却已没有了激怒、屈辱、痛心,甚至连一点谴责也没有,有的只是一种冷冷的类似冰一样的东西。

"对不住,耽搁你了。"水秀平静得出奇地开了口,不过谁都可以听出,那平静的音调是由心底的血泪谱成的。

"不,不,我对不起你……"丛铭慌忙说道。

"哪能呢!"水秀竟然笑了,但那是怎样的一种笑啊,教人看了不由自主地心脏痛楚地一缩。

丛铭慌乱地:"你,你骂我吧……"

"说哪里话,该挨骂的不是你。"水秀淡漠地说,"你明儿个抽点空,咱们一块去办离婚手续。"

丛铭被水秀这种出奇平静的态度吓呆了,无言以对。

"记住,明天太阳出来时,我在你们学院门口等你。"水秀说完,转身移步向门口走去。

"不,你不能走。"丛铭见状急忙上前拉住了水秀的胳膊。

"我为什么不能走?"水秀的两眼喷出了火光。

"现在快半夜了,你,"丛铭用手指了指水秀隆起的腹部,"你的身子……我们的孩子……"

"我们的孩子?"随着这句反问,一丝冷酷的嘲讽浮现在了水秀的眉梢,"当孩子还在这里时,"她用手指了指自己的腹部后着重每一个字音说道,"孩子就是我的!"

"你——?"丛铭的声音哽在了嘴唇上。

水秀又移步向门口走去。

"你今晚去住旅馆可以,晚点把胎儿打掉也行,但你总得拿点钱啊。"丛铭说着掏出一叠人民币向水秀手里递去。

"给这么多钱?!"水秀故作惊异地接过那些钱,一边说着"这可以买很多东西",一边一张一张向地上扔着那些钱。直到把它们全部扔在了地上,这才猛地拉开门跨了出去。

丛铭呆呆地望着水秀走出去的背影,双手慢慢抱住了头……

残照益微,暮色苍茫。

远方的天边,一团乌云在游弋。

通往韩榆河的路上,神情木然、疲惫不堪的水秀正机械地移步向村子走着。

夜色渐渐加浓,但水秀的步子却越来越慢了。她的脸上不时现出忍受疼痛的表情,一双手紧紧捂着腹部。幕外同时响起她的心声:"不……不能死在外边……我要再看爹爹一眼……"

她继续吃力地迈着步子,一双呆滞的眼睛中有两点眼泪渐渐增大了,随后流到了她的颊上,同时另外有两点又已聚在眼眶的边儿上。

音乐,像从无边的田野上传来一个灵魂在呻吟……

前边路旁不远处出现了一抹灯光,尽管夜色已重,但还是可以辨出这灯光来自苹果园看园小屋的窗口。

水秀停步望着那灯光,呆滞的脸上慢慢现出一种下了决心的神情,随之,就见她缓缓转身沿着小路向果园走去……

迷蒙的夜空中传来一声凄厉的雁唳……

看园小屋里。

一盏煤油灯在窗台上劈劈啪啪地响着。

雨本正手拿着一把小刀在一截果枝上练嫁接技术。他一边操作一边与摊放在桌上的一本书中的嫁接图例相对照。

木格窗外,出现了水秀那张泪痕满面的苍白的脸。

正在聚精会神练习嫁接技术的雨本没有发现水秀的到来。

水秀定定地望着雨本那带着疤痕的脸孔,痛苦、愧疚、悔恨同时在双眼里出现。慢慢地,幕外响起她凄楚、哽咽的心声:"本哥……俺来看看你……俺当初多糊涂啊!……"

屋内,雨本正小心地把一截幼芽塞进母枝的切口中。

窗外,一种忍受剧烈疼痛的神色浮现在水秀脸上,跟着就见她扭脸望了一眼十来步之外的小水库,幕外又同时响起她的心声:"看来是回不去了……也好……就在这里……"她的目光又移向雨本,幕外的心声在继续:"……本哥……活着没跟你在一起……就死后吧……俺就死在这小水库里,每天陪着你……"

屋内,雨本正用线绳仔细捆绑着嫁接的果枝。

窗外,水秀已移步到了水库边,幽幽的库水在夜色中闪着细碎的波纹。她双手抚摩着自己的腹部,幕外的心声已变成了呜咽:"……孩子,别怪妈妈心狠,人世上本来是不该添你这个姓肖的孩子的,只是因为妈妈糊涂才把你领了来,现在咱们回去吧,妈陪你一块回去……一块……回去……"她的声音撕裂了,破碎了。

屋内,雨本双手拿着嫁接好的果枝审视着,脸上露出满意的笑容。渐渐地,那果枝在他手上变了,先是变成了一株、继而变成了一片硕果累累的苹果园……

苹果园内,男女社员们挎着小篮围着社长和雨本,雨本正拿着一杆小秤给大家分苹果。三奶、何大伯、二土、柳叶、抱着一个胖娃娃的水秀也都杂在欢笑的人群中……

水秀从自己篮里拿出一个红透了的苹果递给了怀中的胖娃娃,胖娃娃咬了一口后又把苹果向妈妈嘴里填去,水秀欢喜地俯首咬了一口,母子俩边吃边笑。

拿着秤站在那里的雨本,望着水秀母子也由衷地笑了……

"嗵!"一件东西落水的沉重声响把雨本从幻觉中拉了回来。他一怔,随即站起身来自言自语地:"什么东西响?"跟着,便去床上拿了手电急步向外走去。

水库边,雨本举起手电向水库中照去,接着响起他一声惊呼:"啊?人!"

没有任何犹豫,只见雨本扔下手电,甩掉鞋子,向水库中扑去。

雨本吃力地抱着被救者到了岸边浅水处,就着星光,他认出了怀中人,发出一声骇然的叫声:"水秀?!"

他慌忙抱着水秀爬上库岸,一瘸一瘸地向果园外跑去……

一声闷雷从天边的那团乌云中传来,伴随着雨本那慌乱而急切的脚步声……

笼罩在风雨中的柳林镇医院。

一个挂着"接生室"木牌的房间。

脸色苍白、仍然处于昏迷状态的水秀仰躺在一张产床上,几个着工作服的医护人员在周围忙碌着。

水秀低而含混地说着胡话:"……我明白了……"

产房外,浑身透湿的雨本正焦急、担心地在走廊上踱着步。他那双赤脚的脚板显然在刚才的奔跑中扎破了,他在水泥地板上留下的每一个湿脚印中都带着一点血迹。风雨声中,幕外响起他焦虑、心疼的心声:"……水秀,你不是去开封坐月子了吗?怎么又摸着黑回家了?……"

产房内,水秀仍在喃喃着:"……本哥……明白了……"蓦地,只见她身子一阵痉挛,发出一声可怕的呻吟。

一个中年女医生见状急忙招呼身旁的一个护士:"小严,快!"……

产房外,雨本还在一边焦急地踱步一边心疼地喃喃着:"水秀,天黑成那样,你为啥要去水库边呢?你不知道那水库边滑吗?……"

"哇——"一阵婴儿的啼哭声陡然冲出门缝,雨本闻声一喜,长长地舒了一口气。

接生室门开了,中年女医生走出来向雨本:"孩子生下来了,是个女孩。"说完,转向正要进接生室的一个胖胖的女护士语调严肃地说:"暂时不要把产妇转送其他房间,她的心力衰竭,心跳很不规律,注意观察,发现情况马上喊我。"

女护士点了点头。

中年女医生边用手掌拍着自己的额头,边走进了旁边的一间休息室。

接生室里,水秀从昏睡中醒了过来。她迷惘地转着眼珠望望四周,喃喃地问:"我这是在哪儿?"

"你现在在医院里,"坐在她床头的胖护士见她醒来高兴地轻声说,"你的孩子已经顺利生下来了,是个女孩,正在给她包裹。你的身体很虚弱,请躺着不要动。"

"孩子?"水秀惊骇地瞪大了眼,并下意识地伸手去摸了摸自己那已塌陷下去的腹部。

"嗯。"胖护士含笑点头,并马上转脸向里间喊道,"小严,把孩子抱来让她妈妈看看。"

"嗳,来了。"随着这声清脆地应答,一个女护士怀抱着一个裹在襁褓中的婴儿走出了里间。她轻快地走到水秀床头,刚要把婴儿放到水秀身旁,却见水秀猛地伸手向孩子推去,与此同时响起她痛彻心肺地哭叫:"我不要孩子,我不要孩子,谁让你们把她接出来?我没有求你们,没有求你们啊……"

静谧的夜,狠狠地把这令人怵然寒心的嘶声哭叫抛在窗玻璃上,引起了一阵嗡嗡作响的回声。

两个护士被水秀的举动弄呆了。被叫做小严的护士慌忙向后退了两步。此时,她怀中的婴儿大概受了惊动,也放开喉咙叫起来,她急忙又把孩子抱回了里间。

水秀艰难地撑起上身继续字字是泪地哭叫着:"……我们娘俩说好一块走的,一块走的,我没有求你们把她接出来,没求——"蓦地,她的声音断了,跟着,就见她的上身重重地向地上倒去。胖护士见状急忙上前扶住,并随手抓住她的手腕摸她的脉搏,紧接着,只见她脸露惊慌地向里间喊道:"小严,快,按急救电铃!"

一阵急骤的电铃声在医院走廊上回响起来。随着铃声,那个中年女医生和其他几个医护人员边穿着工作服边向接生室迅步跑来。

站在接生室外的雨本,恐慌地瞪着双眼,望着医护人员跑进接生室……

"当、当。"不知挂在哪个房间的挂钟的报时声在医院走廊上沉重地响了两下,时辰已是凌晨两点了。

接生室的门缓缓地开了。

几个医生默默地走了出来。

雨本急忙上前拦住刚才接生的那位中年女医生问:"大夫,她咋样了?"

女医生慢慢地取下口罩,面露歉疚地摇了摇头:"她心力衰竭,抢救无效……"

"啊?!"雨本恐骇地倒退了一步,呆在了那里。

女医生扬了扬手中一个被水浸湿了的纸片轻声说:"这是从她的湿衣服口袋里发现的,看来,她的精神状况不好、病情加剧,与它有关。"

呆了似的雨本机械地伸手拿过纸片看去,纸上大部分字迹虽经水浸泡已变模糊,但铅印的"离婚证"三个字还清楚可辨。

雨本的身子又剧烈地一抖,双眼无限地瞪大了。跟着,就见他踉踉跄跄地向接生室内奔去,与此同时发出一声掏心揪肝般的呼喊:"水秀——"

这凄厉的呼喊冲出窗外,和入了呼啸的风雨声中……

八

中午。开封师范学院。

丛铭宿舍门口,一个中年男子在轻轻敲门。

门开了,我们曾经见过的那个姑娘出现在门口。

"肖丛铭的电报。"中年男子说着递过来一封电报。

"唔?"姑娘转动了一下眼珠,掠过几分意外,她伸手接过了电报。

中年男子走后,姑娘关上门,抽出电报纸轻轻读着电文:"水秀已因病去世,留下孩子,速回。雨本。"

"孩子!"这姑娘读完电文后没有表示吃惊和不安,只是用重读语气又重复了一遍这两个字,眉心也跟着猛地一收,现出一个巨大的叹号。

她缓缓地一条一条地撕着那电报纸。

正在这时,房门开了,丛铭走了进来。他边把手提包向墙上挂边回头向那姑娘有几分高兴地:"我打算下午把咱俩结婚的事给领导讲讲。"

"嗯,"姑娘点了下头,然后漫不经心地说,"你们村有个叫雨本的给你来了封电报。"

"电报?在哪?"丛铭稍稍有些吃惊。

"我看后撕了。"姑娘边说边把手中的纸屑扔到了门后地上。

"电报上说些什么?"丛铭的声音似乎有点抖。

姑娘依旧漫不经心地拖着长音:"说何水秀因病死了,叫你回去。"

"什么?!"丛铭的身子猛一哆嗦,惊愣在那里。半晌,才又颤声问:"电报上没说孩子怎么样?"

"废话!大人死了孩子还能活着?"姑娘撇了撇嘴反问道,好看的两只眼睛立时变成了两块闪着寒光的冰。

丛铭浑身又是一抖,身子随之慢慢萎缩下去,终于,他跌坐到了一张椅子上。

"你有什么打算,回家看看吗?"姑娘以全无同情的冷淡语气问。

丛铭机械地点了点头。

"哼!"姑娘耸了一下鼻子,"告诉你,你现在回去,恐怕是凶多吉少!"

丛铭惶惑地抬头望着她,那目光分明是在请她解释。

"你刚同何水秀离婚她就病死了,谁都知道这两件事之间是有联系的,你回去后她家的亲戚邻居还不要找你算账?"姑娘的语气中带着明显的压力。

丛铭的双眸一个惊跳,嘴中喃喃地说:"那,那怎么办?"

"你就不回去,看他们有啥办法!"姑娘又低沉地开了口,"她家要是找来了,就同他们到法院里去,你手里有离婚证,怕什么?法院不会判你有罪的!"

丛铭嗫嚅地说:"那……那我以后还有脸回村吗?"

"反正你家里又没什么人了,回那个破村干什么?"姑娘瞪着丛铭,"要是我,一辈子都不回去!"

丛铭慢慢地垂下了头。

姑娘上前轻抚着丛铭的头发,声音亲切而柔和地说:"下午我去邮局给那个雨本回封电报,你安心上班吧。"

丛铭无言地点了点头,与此同时缓缓抬起右手捂住了左胸,大概,他感觉到了那胸腔里边的东西有点疼……

云浓天低,星隐月没。

晚饭后,韩榆河。

水秀家堂屋里间,水秀爹拥被坐在床上,正剧烈地咳嗽着。雨本坐在他身后,用手掌轻轻地拍着他的后背。

床边,站着二土,他手上端着半碗面条,显然刚才在给老人喂饭。

外间,油灯光下可见,一个胖胖的少妇——就是当年同水秀在古榆下嬉闹的那个胖姑娘,正在给水秀留下的孩子喂奶。她的身旁站着雨本妈,老人正用慈祥的目光望着那用力吸吮奶头的婴儿。

水秀爹的咳嗽总算止住了,二土又坐在床边,把碗送到老人嘴边开始喂饭。

就在这时,外边院门口响起一个男子的高声问话:"何大伯,我雨本哥在这吗?"

"啥事?"雨本闻声从水秀爹身后站起来,急步走到院子里问。

"电报,开封市肖丛铭来的电报,我刚从大队带回来。"一个小伙子边答边把一封电报递给了雨本。

"他说啥时候来接他的孩子?"水秀爹在堂屋里哑声问,他显然听到了小伙子的声音。

雨本急忙拿起电报稿,凑着堂屋外间映出来的灯光看去。电文特写:"我已与何水秀离婚,她家的事一概不管,孩子可送别人。肖丛铭。"

雨本震惊的脸,痛心至极的眼神。

他沉重地移步向堂屋里走去。

胖少妇喂好孩子起身把孩子向雨本妈手上递时,雨本走过去默默地接过孩子,紧紧地揽在了怀里。

"他电报上咋说?"这当儿,堂屋里间又传出何大伯那喑哑的问话。

"他,"雨本的嘴唇哆嗦了一下,迅速收起了脸上的惊色,这才边向屋里走边语调和缓地说,"他说一两天就回来看你和孩子。"

但是,雨本脸上那残留的惊色没能逃过二土的眼睛,只见二土把碗放在桌上，走过来呼地一下夺过电报纸看着。

二土的目光一触到那电文就冒出了火星，他刚要张嘴喊什么，却见雨本猛地伸出一只手捂住了他的嘴。

此时，只听低头坐在床上的水秀爹喃喃地说："看来，他的良心还没——"话没说完，一阵剧烈的咳嗽又爆发了……

雨本俯首把自己的脸紧贴在孩子那鲜嫩的脸蛋上……

午后，苹果园内。

看园小屋不远处的地上现出一座新坟，斜阳照着坟前小石碑上几个凿刻的字：何水秀之墓。

雨本怀抱水秀生下的婴儿默默地站在坟前，他的双眼望定墓碑，墓外随之响起他低低的、哽咽着的心声："水秀……孩子在我身边，你放心吧……看到她就等于看到你……我会把她当亲生女儿待的……"

"哇——"婴儿猛地哭了起来。

雨本急忙颤动双臂……

九

清晨，雨本家。

阳光爬过院墙，把半个院子照得一片金黄。

雨本挑着一担绿豆角走进院子，显然刚从地里摘绿豆回来。

屋里传来婴儿的啼哭声。

雨本闻声慌忙放下担子走进屋里，从妈妈怀中接过婴儿，轻轻地捧在手上晃动着，边晃边问："妈，她胖婶来给她喂过奶了？"

"喂过了,刚刚才走。"

婴儿在他的晃动下慢慢停止了啼哭。雨本一边逗着婴儿一边回头向妈妈含笑说:"妈,她快满月了,给她起个名字吧。"

"嗯,是得有个名字。"老人边说边思忖着,"她们这一辈是'明'字辈,叫'明理'吧,女孩子长大明白道理才好。"

"妈,这个名字不大像个女孩名。"雨本摇着头。

"那你说叫什么好?"

"叫明——,叫明洁吧,'明洁'是明明白白、干干净净的意思,你说行吗?"

老人含笑点着头:"行。"

"你呢?"雨本望着怀中的孩子问。

小女孩那乌嘟嘟的大眼似乎是眨了一下。

"妈,她也同意了。"雨本欢笑着说。

老人嗔怪:"看你那个憨样!"……

十

凌晨。风扫落叶,在地上卷成一堆一堆。

雨本怀抱着小明洁走进一个小院,向屋里喊了一声什么,还是那个胖少妇应声走了出来。她上前接过小明洁,转身边向屋里走边几下解开怀,把自己的奶头填进小明洁的嘴里,明洁立时甜甜地吮吸起来。

雨本站在一旁,脸上露出一副感激的神色……

上午。风裹雪粒,在田野中翻滚跌爬。

雨本用棉衣裹着小明洁,手中拿着几包药,由村外路上迎着风雪艰难地向村子走来。当走到村头小河边时,他小心翼翼地解开棉衣向怀中看去。怀中,脸色潮红的小明洁静静地安睡着,那粉嫩的鼻尖上,有几粒小汗珠在莹莹闪动。

雨本脸上浮起了一丝笑意,不过跟着,那笑意又被深深的忧虑所代替……

中午。风摇树枝,在树冠间引得枝动叶晃。

雨本妈怀抱着小明洁坐在院子里,手中拿着一个白馒头,正咬了一口慢慢地嚼。仰躺在她怀中的小明洁瞪着黑嘟嘟的眼睛直望着她的嘴,老人嚼了一会儿,俯下身去,用舌尖将嚼碎的馒头送进明洁的小嘴里。小明洁几下咽进肚去,又瞪起一对黑亮的眼睛望着老人那嚅动的嘴。老人一边嚼馒头一边望着小明洁无声地笑着。那笑,是一种舐犊之后满足的笑……

午后。风拂河水,在水面荡起几道细纹轻轻舔着河岸。

雨本妈抱着一丝不挂的小明洁蹲在古榆下小河边的洗衣石旁,正在为她洗澡。小明洁起初有点怕水,老人含笑向她说着什么,并慢慢把她的双脚浸到水里,小明洁大概感受到了那凉爽之快,立时高兴地用双脚乱踢着水花,边踢边笑。

雨本妈一双眼睛欢喜得眯到了一块……

〔伴着下述四组画面的,是一阵男中音的轻声歌唱:〕

啊,

童年,

人生途程的首段。

这里应该有慈母的亲吻搂抱,

有香甜乳汁的浇灌,
呵,放心吧,失去母亲的孩子,
那母爱的温暖,
将时刻围在你的身边。

啊,
童年,
人生途程的首段。
这里应该有慈父的悉心守护,
有细致入微的照看,
呵,放心吧,失去父亲的孩子,
那满盛父爱的碗盘,
将永远放在你的面前。

啊,
童年,
人生途程的首段。
这里应该有奶奶亲切的抚爱,
有精心周到的照管,
呵,放心吧,失去奶奶的孩子,
那祖辈应给的爱的资产,
将不会让你丧失一点。

啊,
童年,
人生途程的首段。
这里应该有姥姥逗乐的笑声,

有关切蔼然的呼唤。
呵,放心吧,失去姥姥的孩子,
那外祖母该给的笑声、呼唤,
将还会不断响在你的耳畔。
……

消失了热力的夏阳,循着弧形的轨迹,渐渐接近西天的地平线了。

村头古榆下一块如毯似毡的绿草地上,六七个看孩子的老太太散坐在那里,她们的身边坐着、爬着、跑着十来个男女小孩。小孩们或穿裤头,或着兜兜,或光屁股,正尽情地在草地上玩着、笑着、闹着。几个老太太看着晚辈们那天真嬉闹的稚态,也一个个禁不住舒眉展笑。

〔豫西南民歌《乡间》的音乐在低低响着。〕

雨本妈和小明洁也在其中,身带红兜肚的小明洁正由老人扶着蹒跚学步。

"妈,我来。"画外传来一声亲切的呼唤,镜头拉开,可见雨本一手拿着锄头,一手抱着一捆青草站在妈妈身旁。

"收工了?"老人抱着明洁站起身来问。

"嗯。"雨本边应着边把锄头和青草放在地上,这当儿,明洁已扬着小手要扑进他的怀中了。

雨本很快地脱下自己身上的衬衣,把它卷成一根长带子,然后接过明洁让她站在地上,用那带子兜着她的两臂,示意她在前边跑,自己在后边追。小明洁在前边一摇一晃地边跑边笑,雨本在后边一拐一瘸地边笑边跑。

站在一旁的雨本妈望着儿子和小明洁的样子,也笑了,但笑着笑着,面前突然闪过雨本须发皆白、孤人独行的幻影,跟着便有两滴眼泪滚下她多皱的双颊——这是老人在欢笑中突然看到儿子的孤独晚景而留下的惋惜、悲酸之泪。老人用衣袖擦了擦眼角,弯腰拿起儿子放下的锄头和草捆,转身向村里走去。

小明洁跑了一会儿,大概累了,慢慢停下了脚步。这当儿,近处一个两三岁的男孩向远处一个男子喊道:"爹——"

也许是到了学语的时候,小明洁也张嘴跟着喊了一声:"结——"

雨本闻声笑了,忙对明洁说:"人家是在喊爹——"

聪明的小明洁转过脸来,跟着雨本的声音喊了一声:"爹——"

听到这声清晰的呼唤,雨本先是怔了一刹,跟着,赤裸的上身分明地颤了一下,随即,只见他猛地把明洁揽在了怀中。与此同时,幕外响起他欣喜而激动的心声:"啊,我也能当爹了……"

萌动未启的幼女的这声呼唤,一下子搅动了雨本心中那种每个男子都有的父性的感情,使他第一次体验到了当父亲的欢乐。一抹秘密的、很难让人察觉的微笑,使他的嘴唇分开了,同时,两行喜泪淌在了他的面颊上……

一轮皓月撵走了西天的晚霞,独自窥视这幅慈父揽幼女的人间画图……

〔《乡间》的音乐渐升渐高,显得格外欢乐、明快……〕

十一

〔画外音:"……又是五年过去了。这期间,雨本妈和水秀爹相继因病去世,雨本一人带着明洁生活……"

字幕:1968 年。

123

随着画外音出现:〕
　　白云淡淡,春阳暖人。
　　雨本家厨房里。雨本正站在锅台前用勺子搅着锅里的饭。此时可以发现,亲人的死亡、岁月的消磨、为父兼母的辛劳在雨本身上造成的最明显的痕迹——老多了。他似乎一下子从青年跨到了中年将了的阶段。
　　雨本拿起勺子向一个大瓷碗里盛饭,当他把盛满的一碗饭端放到小桌上时可以发现:碗里几乎全是红薯块。只有不多的一点面条说明这顿饭仍属于河南南部农村的那种常见的午餐——糊汤红薯疙瘩面条。
　　雨本用筷子把碗中的面条都拣进了明洁的小木碗里,尔后起身从锅台上拿过一个油瓶,用一根筷子向瓶里蘸了一下,接着抽出筷子放在小木碗上,立时,有两颗晶亮的香油珠滴到了碗里。
　　雨本用筷子在小木碗里搅了搅,然后走出屋门慈爱地喊道:"小洁,吃饭了。"见没应声,又走出院门喊道:"小洁——"
　　村中一块空地上,小明洁正和一群孩子嬉闹着,根本没听到爹爹的呼唤。
　　雨本一瘸一瘸地向那群孩子走去。

　　显得越发胖了的胖少妇——当初给明洁喂奶的少妇,此时端着一碗水饺走进了雨本家院子,她一迈进院门就高腔大嗓地喊道:"明洁呀,看我给你送啥来了!"及至走到厨房门口见屋里没人才自语道:"这爷俩上哪去了?"正在这时,一个中年妇女手托着一个半斤装的油瓶也走进了院子,她一见胖少妇站在院里忙问:"雨本在家吗?俺妮她姨送了点香油,我给他们爷俩拿了点来,好让他们拌个菜什么的吃着也香。"

"这爷俩都没在。我也正等他们,俺娃他舅爷今儿个来,我包了点饺子,给明洁送几个来。"胖少妇说着,招了一下手:"来,进屋放下吧。"

两人相随着进了厨房……

雨本拉着小明洁向院子走来。

小明洁边走边说着:"爹,二铁说他们今儿个包饺子吃,你给我包饺子了吗?"

雨本含笑哄道:"今儿个没有,等端午节了爹一定给你包。"

"不。"任性的小明洁停步不走了。

"好,好,爹明天就给你包,行吗?"雨本边说边弯腰抱起了明洁。

听到爹爹的许诺,小明洁高兴了,在爹爹怀里比划着双手:"我们包好多好多水饺,够吃一年的,行吗?"

"行,行。"雨本含笑点头。父女俩走进厨房,雨本让明洁坐在桌前,把她的小木碗递到手边,明洁立时香甜地吃起面条来。

雨本转身去端自己的饭碗时,蓦地瞥见了放在案板上的那碗水饺和那个香油瓶。他的目光凝定在这两样东西上,口中喃喃地:"这、这又是谁家送的?"

"管他谁送的,送来你就吃。"厨房门外突然有人接腔道,雨本扭头一看,原来是当年的李社长。

"哦,老队长,快进来。"雨本慌忙让道。

如今变成队长的李社长,也显得苍老多了,他提着一个白布口袋进了屋:"给,这三十斤麦子是队里照顾你们爷俩的,我给提了来。"

"不,不,俺不要。"雨本慌忙推辞。

"推啥哩?这是队里社员们的一点心意嘛!"老队长说着,把粮袋放到了案板上。

"我怎么能拖累大家,队里这两年的收成也不好。"雨本又低声说道。

"都是一个庄上的,讲啥拖累?"老队长边说边把案板上的那碗水饺端放到明洁跟前:"吃吧,孩子。"

小明洁看见水饺,先是一喜,继而抬头望一眼爹爹,那样子像是在问:"让吃吗?""吃吧,小洁。"雨本点了点头喃喃道:"记住,你是吃百家饭长大的。"

小明洁显然无心去听爹爹的那些话,只顾香甜地吃着水饺……

夜色浓重,万籁俱寂。

雨本家堂屋里,一灯如豆。

灯光下可见,明洁熟睡在爹爹怀里。雨本正穿针引线,吃力地缝着明洁的一条棉裤。

缝了一会儿,雨本提起棉裤看了看,这才发现,那两个棉裤腿一个长一个短。他笑着摇了摇头,拿起剪子,剪断刚才缝的那些线,又重新缝起来。

突然,怀中的小明洁身子动了一下,发出一声含混的呓语,聚精会神的雨本双手随之一抖,针跟着便深深戳进了他的指肚,殷红的血珠立时涌了出来。他急忙颤动双腿,小明洁又在爹爹双腿的颤动中安入梦乡。

雨本擦掉指肚上的血珠,又一针一针地仔细缝起来。

门无声地开了,二土和柳叶走进屋来,集全部精力于针上的雨本没有发现他们。只见柳叶小心地打开手中提着的一个小包,从中拿出二十几个鸡蛋放在雨本身后一个盛有绿豆的筐里。此时,二土已走到雨本跟前,伸手一下子夺过了他手中的针线。

"哦,是你们。"雨本抬头略有些惊异地说,"还没睡?"

"不是给你说过,有针线活都拿去让柳叶做吗?"二土望着雨本埋怨道,同时,把手中的针线递给了柳叶。

"她婶子干了一天活,也够累的。"雨本低低地不好意思地辩解道。

这当儿,柳叶已在桌前坐下,低下头去,挥动灵巧的双手缝了起来。

二土向雨本轻声地:"前几天刘庄仁贵哥去开封办事,我让他顺便打听一下肖丛铭那小子如今在干啥。仁贵哥回来说,肖丛铭已经不在开封师范学院了,说是和他老婆一起调到一个什么'五·七'干校去了。"

"噢,"雨本应了一声,随即感叹,"不知道他想不想孩子……"

二土愤愤地说:"他要想孩子的话,早回来了。"稍顿,又咬着牙恨恨地:"这会儿他就是想要孩子也不给他!"

雨本望着二土淡淡笑了一下,随即把慈爱的目光转向了怀中的明洁。

柳叶还在挥针缝衣,伴着那穿针扯线声响的,是小明洁那轻微的鼻息……

大雪铺地,晨风凛冽。

雨本家院里,雨本正在挥帚扫雪。

他扫完院子,跺了跺脚,向堂屋走去。

堂屋里间床上，小明洁睁眼躺在那里，见爹爹进来，慌忙将身子向被窝里缩了缩，显然是怕冷不想起床。

雨本走到床头，俯下身去慈爱地说："小洁，起来吧，饭快凉了。"

明洁拖着长音"哼"了一声，身子没动。

雨本用手指点了点明洁的鼻子笑着说："懒丫头，再不起来，我就把给你煮的那个鸡蛋拿去给二铁吃。"

许是这句话起了作用，明洁才不甚情愿地从被窝里爬起来，让爹爹给她穿衣服，但当她穿着薄衬衣的手臂一触到那棉袄袖子，又一下子将身体缩进了被窝，显然是嫌棉袄太凉。

雨本笑着摇了摇头，放下明洁的衣服，向外间走去。

雨本提着一个带有提手的瓦盆——这是河南南部农民冬季取暖用的器具，来到厨房灶膛口，弯腰用一块木板去灶膛里把火烬铲出装进瓦盆里，然后提着向堂屋走去。

雨本把火盆放在堂屋里间床头地上，尔后去床上拿过明洁的棉袄、棉裤放在火盆上边烘烤。

雨本把烤暖了的棉袄棉裤拿到床头笑着说："来，小洁，你摸摸还凉不。"

明洁伸出小手摸了摸，看来衣服确实烤暖了，只见她调皮地一笑，这才爬起身把胳膊伸进了袄袖……

〔《乡间》的音乐奏起，乐声中夹进了几个如嬉戏、似欢笑的音符……〕

十二

〔叠印：〕

雨本拉着小明洁走进一个挂有"任家庄育红小学"木牌

的大院……

雨本提着书包,领着明洁走进一个挂有"郑家庄初级中学"木牌的大院……

雨本扛着行李卷,领着明洁走进一个挂有"柳林镇高级中学"木牌的大院……

十三

杨树漫天飘花,柳絮随风飞舞。

〔字幕:1978年春。〕

柳林镇高中校院门口,中午时分。

雨本肩扛着一口袋东西,胳膊上挎一个小竹篮,一瘸一瘸地走进了大门。在院门一侧的传达室前,他放下口袋和竹篮,撩起衣襟擦着脸上的汗。

此时,一个五十多岁的男子从传达室里走出来向他打着招呼:"哦,是雨本呀,又给闺女送粮食来了?"

"是啊,大哥忙着哩!"雨本含笑搭话。

"来,进屋歇着等一会儿,我去叫明洁,她可能正在食堂里吃饭。"老传达又热情地让道,并同时给雨本倒了一缸子开水。

"麻烦您老了。"雨本边说边提着口袋和竹篮进了传达室。

老传达含笑摆手走了出来。

雨本喝了一口开水,尔后撩起衣襟扑扇着,驱赶着身上的热气……

学生食堂。

学生们正在售饭窗口前站队买饭菜,已经长成一个俏丽姑娘的明洁也在队中。每个同学几乎都是买一碗炒豆腐和两个白馒头。轮到明洁了,她递上去两张饭票说:"江师傅,三分钱咸菜,两个窝头。"

炊事员把咸菜舀到她的碗里,尔后递出来两个红薯面窝头。

明洁刚要伸手去接,只见大门口的老传达气喘吁吁地跑到她跟前说:"韩明洁,你爹给你送粮食来了,在传达室里。"

"哦?"明洁脸上立时露出了欣喜的笑容,她急忙转对炊事员,"我不要窝头,请给我换四个白馍,再添一勺炒豆腐。"说着,又重新递上了饭票。

明洁端着菜和馒头,欢快地向传达室跑去……

"爹——"明洁人还未到,声音先来。

坐在传达室里的雨本听到女儿的呼喊,脸上立时露出了慈祥的笑意,他急忙站起身来。

"爹,快吃饭。"明洁进门见到爹爹后没说别的话,只是急步上前把盛着馒头和菜的碗递到他手里。

雨本看着碗里的白馒头,向肚里咽下了一口唾沫后轻声地:"我来时在家吃过了,才走这几里地,不饿。你快吃吧!"

"吃过了?"明洁不相信地闪着漆亮的星眸问,"吃过了也得再吃。"明洁说着拿起一个馒头硬塞到爹爹手里。

"行,行,我吃。"雨本笑着掰了一块馒头填到嘴里,边嚼边慈爱地问:"这些日子学习紧不紧?"

"我们正课讲完了,正在总复习,准备高考。"明洁答完后急忙问,"爹,拿来的什么粮食?"

"麦子。"

"麦子,麦子,又是麦子!"明洁闻言气恼地跺着脚,"我不是跟你说过,我这里细粮票有的是,就是没有粗粮票吗?让你拿点红薯干、包谷来,你偏又要拿麦子!"她用玉般的牙齿咬着嘴唇,小酒窝一跳一跳的。不过谁都可以从明洁这番跺着脚说出的气话里,听出一种女儿对父亲的深深热爱和体贴。

"反正快接住麦子了,这陈麦不吃也是在那里放着。"雨本含笑解释着,"去吧,把粮食背到你们食堂里称称,称完把袋子拿来给我,我好回村跟后半晌上工。"

"嗯。"明洁不甚情愿地提着粮袋向门口走去。

"哎,等等。"雨本突然想起什么似的喊住女儿,随即去竹篮的毛巾下边拿出了六个鸭蛋,"这是你大姑昨个来家时拿来的几个咸鸭蛋,我不爱吃这东西,就给你煮煮拿来了。"

"我也不爱吃!"明洁又嘟起了嘴,露出了娇女在慈父面前撒娇的那副天真情态。

雨本边把鸭蛋往女儿口袋里装边蔼然地说:"憨丫头,哪有不爱吃鸭蛋的?"说罢,他大概突然意识到这话和自己刚才说的有些矛盾,便推了一把女儿:"快称粮食去。"

明洁走出了门。

雨本见女儿走远,把刚才那个掰了一块的馒头放回到碗里,弯腰从竹篮里拿出盖在毛巾下的两个红薯面窝头,端过桌上的开水缸,便边吃边喝起来。

雨本看样子确实饿了,一个窝头没有多久就吃了下去,等他拿起第二个窝头正要朝嘴里送时,门开了,明洁拎着空粮食口袋出现在门口。

雨本一怔,显然害怕女儿看见手上的窝头,急忙把拿窝头的手背在身后。但是晚了,明洁已经看到了。

雨本像做了什么错事似的向女儿尴尬地一笑。

明洁双眼定定地望着爹爹向屋里移着步,那目光中有吃惊、有气恼,但更多的是心疼。

"给我!"明洁命令似的向爹爹伸出了手。

"嘿嘿,"雨本不自然地笑着,他显然害怕女儿生气,"其实,这窝头吃着可甜了。"他边辩解着边把那个窝头拿到面前晃了晃,不料,被明洁猛地伸手夺了过去。

"我也不常吃这窝头,今儿个是因为来得太急,从你二土叔家拿了两个。"雨本显然是想宽慰女儿。

明洁无言地去桌子上拿过一个自己刚才端来的馒头,向爹爹面前一递,仍是命令地说:"吃!"

雨本尽量显得高兴地接过:"吃,吃,我吃。"

明洁双目定定地望着爹爹,待他一吃完第一个馒头,又立刻递上了第二个。

雨本接过后尽量轻松地说:"小洁,这几个馒头我都拿上在路上边走边吃,你放心去吧,别耽误了上课。"

明洁断然地说:"不上课了,我一会儿收拾收拾也回去!"

雨本吃惊地问:"回去干啥?"

明洁坚决地答道:"不上学了,回去干活!"

"你疯了?"雨本瞪大了眼。

"我不想让你一个人在家吃苦,我不想!"明洁边说边跺着脚,同时,有滴滴眼泪从她眼眶里涌出来。

"憨丫头。"雨本一边慈爱地说着一边抬手去擦女儿脸上的泪水,这时,明洁一下子扑到爹爹胸前呜咽起来。

雨本安慰地说:"吃个黑窝头有啥不得了的,也值得哭?我在家干活又不用个啥脑子,吃那么好干啥?你多吃点好东西,脑子灵醒了,学的东西就多,为国家多出点力那多值得。再说,快接住麦子了,等麦一打下来,我就也蒸白馍吃。广播匣子里说,以后农村的日子会越过越好,还愁没有白馍吃?你安心上你的学吧,啊!"

"呜呜……"明洁还在呜咽着。

"这么大了还哭?"雨本一边劝说着,一边用手指轻轻地梳理着女儿的秀发……

学校女生寝室。

明洁坐在床头,一边看着一本书一边啃那个黑窝头,一双红肿的眼睛里,还有两颗泪珠在晃动……

〔音乐轻起,旋律中抒着欢喜,也透着忧虑……〕

十四

天,水洗了似的蓝。

近午时的秋野,恬静、清新。

一块红薯地里,雨本正用力挥动豫西南地区特有的一种农具——钉耙,刨着红薯。

民歌《乡间》的音乐在天空轻轻飘荡。

"回村吧,雨本,晌午了。"不远处的一个社员向他招呼道。

"先走吧,我把这两筐挖满就回。"雨本说着又扬起了钉耙。他的身后放着两个柳条筐和一个勾担。

此时,只见明洁肩挂着一个书包,从地头向地里快步走来,离雨本还有几十步远,她就欢快地喊了一声:"爹。"

雨本闻唤停住钉耙转过脸来,慈爱地问:"今儿不是星期天怎么回来了?"

"我们高考结束了,学校让回来等通知。"明洁一边把书包向地上放一边答。

"考得好不好,能行吗?"雨本眼里荡着笑纹。

"这会儿还说不准,等等看吧。"明洁说着上前去拿爹爹手中的钉耙,"爹,我来,你歇歇。"

"去,去,你抡不动这钉耙,快坐下凉凉汗。"雨本急忙摆着手。

"我连钉耙都抡不动了?"明洁娇嗔地瞪了爹爹一眼,"我刨几下你看看。"

"去,去,别逗能。"雨本说着便扬起钉耙刨起红薯来。

明洁没办法,只得蹲下身把爹爹挖出的红薯收在一起,并拧去红薯上沾的泥土。

雨本挖了一会儿,大概估计已够装满两筐,便停下手来。他回头一看,见明洁在拧红薯上的土,急忙走过来夺下她手中的红薯:"不是叫你歇歇吗?怎么又干这个?看,手上沾了红薯浆了吧?"

"爹——!"明洁不满地叫了一声,"我什么也不能干了?"

雨本笑了:"回去吧,你先回去做饭,擀绿豆面条吃。"

"我不!"明洁赌气地说。她的这种执拗、任性劲,大概也就是因为爹爹那过分的疼爱而养成的。

"那你就坐着歇歇吧。"雨本边说边把红薯往筐子里装。

赌气站在那儿的明洁突然发现了放在一旁的勾担,便急忙上前拿起放在肩上,准备当爹爹一装完,上前挑起就走。

红薯装完了。明洁急忙上前把勾担的两个钩子挂在筐袢上,但当她抬头准备挑起时,却发现那担子已放在爹爹肩上了。

"爹,让我挑吧,你也歇歇嘛。"明洁的语气是央求了。

"去去,憨丫头,你嫩骨头嫩肉的,压伤了咋办?"雨本说着挑起了担子。

"就你行,就你中!"明洁生气地叫道,"给,给,都给你拿,都给你拿!"说着,把钉耙、自己的书包,连同爹爹脱放在地上的褂子都放在了筐子里。

雨本什么也没说,只是快活地眨了下眼,然后挑起担子一瘸一瘸地向地头走去。

见爹爹真的挑着走了,明洁又急忙心疼地跑上去把钉耙、书包和爹爹的衣服从筐里拿了出来。走了一截,她又跑上去从两个筐里各拿出一个大红薯抱在自己怀里,谁都明白,明洁这是在尽量减轻爹爹肩上的重量。

盘旋在近处天空上的两只飞鸟,大概被人间这颇有意思的一幕逗乐了,发出了一阵欢快的鸣叫……

几只归宿的鸭子嘎嘎叫着爬上被晚霞染红的小河岸,向村中蹒跚走去。

古榆下的洗衣石旁,雨本正用河水洗着一竹筛红薯。他洗完准备起身往回走时,腰围围裙的明洁跑了来:"爹,让我端回去。"

雨本把竹筛递给女儿,用衣襟擦着手上的水。这当儿,一群飞鸟落到了古榆树枝间,调皮的明洁见状急忙弯腰拾起一块石头,想要向树上砸。雨本在一旁轻声制止道:"小洁,别砸,这是它们的家。"

明洁伸了伸舌头,扔掉了手中的石块,然后望着树冠随口问:"爹,这榆树这么大,哪一年栽的?"

雨本摇了摇头:"说不上。我小时候它就这么大了。"

"书上说榆树通身都是宝,用处可多啦。"明洁闪着双眸望着爹爹,用带着几分炫耀自己学识的口气说,"说它活着的时候,可以给人遮阴、挡雨,可以保持水土,可以让人吃它的叶和皮;死了的时候,可以让人用它的干,烧它的根和枝。"

"是啊,这棵老榆树给了咱村里人多少好处。春天,人们来捋去它枝上的榆钱,拌点面蒸蒸吃个新鲜;夏天,人们从地里干活回来,总要到它下边晾晾汗;秋天,人们来把它落下的叶子扫起来喂羊;冬天,缺柴烧的人家还可以来砍它几个枝回去烧锅。旧社会,穷人家每年都要把它身上的皮剥去一层,回家碾碎熬稀饭吃。你奶奶当初就常说,做人应该像榆树,处处对人们有用处。"雨本感叹似地说道。随之,又望着明洁开玩笑地说:"晚点我要是死了,你就把我埋在这榆树下,饿了有这榆叶、榆皮,渴了有这河里水,夏天凉快,刮风下雨还能避避风雨。"

"瞎说,我不准你死!"明洁朝爹爹嗔怪地瞪了一眼。

"憨丫头,"雨本慈爱地望着女儿说,"人哪有不死的?你没听你老三奶常说,人们都是来给人间送点东西就又走了。连人家书上都说,人总有一死,不是比牛毛轻、就是比大山重嘛。"

"反正我不让你死!"明洁嘟着嘴叫道,"我这回要是考不上学,就回来替你干活,以后你就在家看看门、喂喂猪行了,啥事也不要你干,一定活他个大岁数。"

"哈哈哈……"这是我们第一次听到雨本放声大笑,那笑声里蕴含着多么满足和陶醉啊……

宝蓝色的夜空,纯净、美丽,一颗流星从中划过,绽出无声的闪光。

雨本家堂屋当间里,煤油灯火苗在欢快地窜动。

小饭桌旁坐着雨本和明洁。雨本面前放着一个簸箕,他正在抠着包谷穗上的米粒,大概是为第二天磨包谷面做准备。明洁正在专心地纳一只布鞋,那布鞋是老头式样,显然是给爹爹做的。她用锥、进针、紧线,动作明显不熟练,并且纳过的针脚也不细密。但她睁圆眼、皱紧眉、努起嘴的稚气情态,以及不时抬手去鬓边抿一抿针的认真姿势,使人一望而从深心里感到,她是在把对爹爹的全部挚爱织进那粗疏的针脚中。

伴随着父女俩做活的,是从墙缝里传来的时断时续的蟋蟀的低吟。

夜,乡间的秋夜静谧而美好。

当雨本把簸箕中的最后一穗包谷上的米粒抠完时,明洁也已把手中的那只鞋纳好了。她剪掉线头,转脸说道:"爹,来,试试合脚不。"

"算了,我今儿个挖红薯,脚上怪脏的,赶明儿吧。"雨本边把簸箕推向一旁边说道。

"不嘛!"明洁拿着那只鞋子蹲在了爹爹面前。

娇女在父亲面前都是有权威的。只见雨本此刻赶忙脱掉自己右脚上的旧鞋,并抬脚在另一条裤腿上蹭了蹭,尔后伸手去接鞋,不想女儿已把鞋套在了他的脚上。

"挤不挤脚趾头?"明洁一边把手指捺着爹爹脚上的鞋子一边问。

"不挤,不挤。"雨本脸上的每条皱纹里都满填着喜悦。

明洁这才站起来高兴地说:"那一只鞋底柳叶婶在帮我纳,等纳好了,我就赶紧把它也绱起来。"说着,用手拿起针线筐里一只做好的鞋帮摇了摇。

"慌啥,又不是等着穿。"雨本说着,拿过烟袋装上了烟。

"爹,你先去睡,我再看会儿书。"明洁边收拾着针线筐边说。

"你看吧。"雨本吸了一口烟后点点头,"不管大学考不上,学的东西不能丢,我听人家大队长说,以后要搞四个现代化,就是干农业,没有文化也不中。"

"嗯。"明洁边应边从书包里抽出几本书放在桌上,跟着,便把目光移到了一本书上。

雨本坐在一边,默默地抽着烟。

明洁完全沉浸在书中了,时间在寂静中悄悄地流淌。

雨本重新点着了一袋烟,但当他抬起头时,蓦地发现自己刚才吐出的烟雾正在女儿头部周围弥漫着,于是急忙掐灭了烟锅里的烟,并扬起手,轻轻地驱赶着那围在女儿面前的烟雾。

明洁仍在聚精会神地看书。

烟雾被驱散了,雨本放下烟袋,小心翼翼地拿起女儿放在桌上的一本书看着,这是一本《化学知识》,他翻了几页,显然不懂,又合上了。猛地,他发现了这书的书角都卷叠了起来,于是便把书放在自己膝盖上,伸出粗糙的手指,去一页页地熨平那卷叠起来的书角,他熨得那样认真,那样仔细,又那样小心……

蟋蟀还在低低地叫……

旭日跃上东山,韩榆河浴在一片金色的朝晖里。

雨本家堂屋外间,明洁正把一碗生萝卜丝和一小盘捣碎的辣椒向饭桌上摆。

坐在一旁的雨本扬起手中的烟袋去鞋底上磕烟灰。鞋正是明洁做的那双新鞋,不过鞋底的边上已经起了毛,看来,已经穿上不少日子了。

明洁又从厨房里端来了两碗红薯稀饭,递给了爹爹一碗。

父女俩围坐在桌子前,香甜地吃起来。

就在这时,已变成中年妇女的柳叶,手上拉着一个五六岁的男孩走进院子。那男孩的手上提着一个小竹筐,竹筐里装满了又大又圆的红枣。

坐在屋里吃饭的雨本和明洁此时急忙放下碗站起身来,明洁亲切地招呼道:"二婶、顺顺,快进屋来。"

小顺顺一迈进门槛就高声叫道:"大伯,明洁姐,我姨给我家送了红枣来,妈让我给你们送来一筐。"

雨本此时望着柳叶既欢喜又有几分埋怨:"留下让顺顺吃呗,送来做啥?"

柳叶这时含笑抬手指了指明洁,又指了指顺顺,尔后两手各伸出一个小拇指。聪明的顺顺立刻向雨本父女解释妈妈打的哑语:"我妈说,明洁姐和我一样,也是小孩,也要吃红枣。"

"咯咯咯……"明洁边笑边接过了那小竹筐。

柳叶也无声地笑了。

这当儿,雨本拿起筷子,去碗里夹起了一个大红薯块,用舌头舔去上边沾着的稀饭,吹了吹上边的热气,尔后递给顺顺:"拿住。"

顺顺不客气地接过,张嘴就咬了一口。

"慢点,小心噎着。"明洁逗着小顺顺。她的话音刚落,只听院门外"叭"的一声牛鞭响,随即就见二土赶的一辆牛车在院门外边停下,驾车的牛仍是当初雨本救出的大黄和二黄。二土扔下牛鞭快步向院里走来,他那粗犷的脸上分明地露着喜悦,进院中就扬起手中的一张纸大声大气地:"大喜信!"

"爹,你收工了?"顺顺此时从堂屋里跑出来迎接爹爹。

"你小子又来你大伯这儿混饭吃了?"二土笑着扬手拍了一下儿子的头顶,跨进了堂屋,同时向妻子送去一个笑。

"啥喜信?"明洁边问边伸手去接二土手中的那张纸。

"慢!"二土把手背在了身后,然后向明洁开玩笑,"小洁,今天你不给老叔我磕个头,就休想看到这喜信。"

"就你!好跟人家说笑,"明洁嗔怪地瞪了二土一眼,"从来没有个叔样!"

"嗬!教训起我来了。好吧,反正你今天不磕头,我就不给你!"二土说着又把那张纸在明洁面前晃了一下,明洁伸手去抓,但没有抓到,二土又把那张纸背在了身后。

这时,站在一旁微笑着的柳叶伸手去丈夫手里一下子抓过了那张纸,转身递给了明洁。

"哟?你们婶侄俩倒是一心!"二土笑着叫道。

明洁急忙展开那张纸看去。

〔特写:纸上边印着"录取通知书"几个字,下边盖着"开封师范学院"的鲜红印章。〕

"啊——!"明洁惊喜地叫了一声,扑到了爹爹怀里。

一直含笑站在那里的雨本有些诧异地问:"啥事,高兴成这样?"

"小洁考上开封师范学院了。"二土急忙接口。

"噢——"雨本低低地应了一声,随即抬起粗糙的右手轻轻地抚摩着女儿的秀发,他把所有的喜爱和欢乐,全部凝聚在掌心,化成这样一个极其平常的动作。

二土说:"通知书上要明洁后天去报到。"

"行,行。"雨本点着头,"我赶紧给她准备东西。"

"爹,到那么远的地方我害怕,你送我去吧!"明洁从爹爹怀里仰起头来说。

雨本连连应着:"好,好,我送你去。"

"我也跟你去开封,大伯!"站在妈妈身旁的顺顺这时也跑到雨本跟前叫道。

"嗬！顺顺也想去开封市？"二土上前拍着儿子的头笑着说，"这次不去，等将来你明洁姐大学毕业在开封工作了，接你雨本伯去享清福时，让他带你一块去逛逛汴京城！"

天真的小顺顺闻言仰脸问雨本："大伯，你去享福时带上我行吗？"

"行，行，"雨本脸上的皱纹因欢笑全部聚在一起了，他一边抚摩着顺顺的头一边连连颔首。

这当儿，院门外又忽地响起了三奶那苍老的嗓音："小洁在家吗？"话音刚落，满头白发、拄着拐杖的三奶出现在门口。

明洁见状一边急忙答道："在家，老三奶。"一边跑到院门口把三奶搀进了屋子。

三奶刚进屋就转向明洁："我刚刚听那些孩子们说，你考上大学了？"

明洁含笑点了点头："嗯。"

"是开封师范学院。"二土在一旁接口。

"我今儿个来，"三奶顿了顿手中的拐杖，神情变得肃穆起来，"不是来给你贺喜的，是来把丑话给你说到前头：你到了大地方，可不能变心忘了你爹啊！"

"你说到哪里去了，老三奶。"明洁笑着说。

"我是害怕呀！现今一些人一到大地方去，就忘了家乡，不要老婆、不养爹妈。先说到头里，晚点你要是不让你爹跟着你享福，可要小心老三奶这拐杖，到时候我非要扬起拐杖打到开封府去，找你论个道理不可！"

"老三奶，到时候我跟你一块去！"小顺顺在一旁晃着拳头。

"哈哈哈……"屋里的人都笑了。站在一旁的雨本也笑了,他笑得那样欢畅,以至有颗笑泪溢出了他那多皱的眼角……

院门外,眼睛一直定定地望着堂屋的大黄和二黄,此时也相继"哞——"地叫了一声,那模样似乎也在向雨本表示着祝贺……

十五

落霞满天,古老的汴京又将送走一个白昼。

开封师范学院门口。

雨本、明洁风尘仆仆地站在那里,雨本手提着一卷行李,明洁挎着一个装满书籍的大书包,老传达正指着校园里边的一栋楼房向他们介绍着:"那座楼的一楼就是'新生报到处',报到后,你,"老传达指了一下雨本,"可以住到学校招待所里。"

"行,行。"雨本点着头。

父女俩转身进了校园……

大楼楼下过厅内一个贴有"新生报到处"纸条的窗口。

明洁站在窗前,窗内一个中年男子正在填写一张表格,给她办理入学登记手续。

雨本坐在不远处的一个连椅上,一边吸着旱烟,一边用新奇的目光打量着过厅内摆着的沙发和盆景。

楼内走廊上,一个四五十岁的男子提着几大包中药,边用手捶着腰部边缓步向过厅走来。人们能够依稀辨出,此人就是当年的肖丛铭,不过他外貌上的变化委实太大:背明显地驼了;前额、眼角处刻下了一般中年人还不常有的深深的纹络;

一双浑浊的眼睛里闪着黯淡的光;头发稀疏且有三分之一变白了。他缓步走进过厅,在经过报到处窗口时,负责办理入学登记手续的那个中年男子抬头看见了他,便随口招呼道:"老肖啊,还吃中药哪?"

肖丛铭闻声停步转过身应道:"嗳,嗳。"稍顿又向那男子说道:"小陈,你前天要借的那本书我给你找到了,你有空去图书馆拿吧。"

"好,好。"中年男子点着头,并跟着指了一下站在窗前的明洁说,"老肖,这个叫韩明洁的新生是你的老乡,家也是你们县韩榆河的。"

"哦?"丛铭稍稍有些吃惊地向这边走了几步。这当儿,坐在一旁的雨本闻声也站起身来,但丛铭显然没有发现身后的雨本,只是边用目光审视着明洁边轻声问:"你家是韩榆河的?"

"嗯。"明洁有些害羞地点了点头。

"今年十几啦?"

"十六。"

"噢,"丛铭苦笑了一下,"那我离开村时你还没有出生哩。"跟着又随口问:"你父亲叫什么名字?"

"那是我爹。"明洁指了指站在肖丛铭背后的雨本。

肖丛铭在转过身子的同时,脸上原有的笑纹一下子僵住,黯淡的双眸闪电似地一亮,目光停在雨本右颊那长长的伤疤上,随之,又移到了雨本那只瘸了的脚上。在几秒钟短暂的呆怔之后,可见他的身子猛地颤动了一下。

此刻,对面的雨本也正把惊疑的目光定定地停在丛铭的脸上,他显然没有立刻认出对方。但慢慢地,他眼前浮现出丛铭当年那张丰腴英俊的脸,他在对照着。

"雨本哥——"丛铭发出了一声颤栗低沉的呼唤,与此同时,只听"啪"的一声,他手上的药包掉在了地上。

听到这声呼唤,雨本认出了,明白了,只见他的身子摇晃了一下,一边抓住丛铭伸过来的手臂,一边微弱地叫道:"丛铭……"

两人握着的手都在颤动。丛铭的眼中腾起了水雾。

"你不是——不在这儿做事了吗?"雨本吃力地问道。

丛铭颤声:"前些年我调到省教育干校去了,去年才回来。走,走,到家里谈……"

这当儿,窗内负责报名的中年男子朝着明洁开玩笑:"谢谢我吧,我给你找到了一个老乡。"

明洁在惊愕中羞涩地一笑……

我们曾经见过的丛铭宿舍。

电灯光下可见,屋内的陈设虽然依旧,但却显出那种对生活无所希求、得过且过的单身男人家里才有的凌乱。

一张小饭桌前,丛铭、雨本和明洁围桌而坐,桌上摆着几盘菜和馒头、稀饭,丛铭歉意地让道:"吃吧,一时也买不到菜。"

雨本轻声说:"不慌,等等家里人都回来了再吃。"

丛铭闻言身子一抖,手中的筷子险些落地。他抑制痛苦淡淡一笑:"家里没别人了,三年前,我得了肾炎后,她就走了,我们也没有孩子……"

又一丝惊异从雨本的脸上闪过。

丛铭感叹地说:"到如今才明白,人生其实是处处都有惩罚的!"

说完,急忙把馒头递到雨本和明洁面前:"吃吧,别凉了。"

雨本边吃边又关切地问:"你的病吃中药见效吗?"

"不怎么见效。"丛铭凄然地摇了摇头,"我这病是慢性病,很难治好,熬几年算了。"说着立起身,"你们吃,我去把药锅放到炉子上。"

坐在一旁吃饭的明洁见状急忙放下手中的馒头,起身拉住丛铭说:"大叔,你吃,我去把药锅放上。"

丛铭重新坐下后夸奖:"这闺女真是聪明、懂事。"说罢又转向雨本随口称赞说,"这闺女长得真像你年轻时的模样。"

"不,不是——"雨本急忙否认,但又猛地省略了"不是"后边的话,只是勉强笑道:"不像我,像她妈。"

丛铭也笑了笑:"你有这个好闺女,晚年就不用愁了。"语气中既有诚挚的祝福,又有隐隐的羡慕。

"她……"雨本又吃力地咽下后边的话,轻轻摇了摇头。他眼里闪现出难以察觉的惊慌和痛苦,虽然脸上还罩着淡淡的微笑。

丛铭边吃饭边又随口问道:"家里嫂子身体好吧?"

雨本脸上的肌肉猛地一缩,嘴唇张了张,但没有声音。

此时,重新坐在饭桌前的明洁轻轻接腔道:"我妈早就病死了。"

"噢——,"丛铭不安地应了一声。他大概感到自己不该去触对方心上的疼处,便急忙转变话题,"吃菜,快吃菜。"……

学校招待所的一个房间。几个学生家长正聚在一起谈天。

靠墙的一张单人床上,雨本默默地坐在床沿抽着旱烟。

他双眼里坦然和不安的神色在相互交替,内心里显然在思索着什么事情。

慢慢地,他面前出现了丛铭那提着药包边走边捶着腰部的模样,随之,耳畔又响起丛铭那凄然的声音:"我这病是慢性病,很难治好,熬几年算了……"

他猛地握了一下拳头,似乎下了什么决心,但几乎在这同时,双眼痛楚地闭上了,当又睁开时,那眼睛一下子变成一种浑浊的玻璃体,反射出面临大难、恐惧欲绝的光芒。

"爹,你洗洗脚睡吧。"明洁亲昵的一声呼唤把雨本从痛苦的思索中拉了回来,一盆洗脚水已放在了他的脚下。

"嗳,你的床也铺好了?"雨本抬头问女儿。

"铺好了,我们系的女生宿舍就在前边那座楼的二层。"明洁向门外指了指。

"那你也去睡吧。"雨本说着,把放在自己床头的书包递给明洁:"就势把这些书拿去。"

"嗯。"明洁接过书包,一只手顺势把爹爹嘴中的旱烟袋拔了,"爹,少吸一袋,要不又会咳嗽了。"

"行,行。"雨本笑了笑,磕掉了烟锅里的烟。

明洁这才转身向门口走去。

雨本含笑望着女儿的背影,就在这时,他耳畔又响起了丛铭那半是祝福半是羡慕的声音:"你有这个好闺女,晚年就不用愁了……"

雨本的眉头猛地一皱,跟着就见他站起身来急忙走到门外喊道:"小洁——"

已走出几十步远的明洁闻声停步:"爹,有事?"

雨本蹒跚着奔到明洁身边,双唇嚅动了好久才发出声音:"你——睡下时……记住盖好被子,别冻着了。"这话似乎不是他原本想说的。

"爹,"明洁娇嗔地瞪了爹爹一眼,"我又不是小孩,你快回去睡吧。"说罢转身又向前走去。

雨本定定地站在那里望着女儿的背影,慢慢地,幕外又响起了丛铭那半是祝福半是羡慕的声音:"你有这个好闺女,晚年就不用愁了……"

"啪!"雨本猛地用手拍了一下自己的额头,随即又颤声喊道:"小洁——"

不远处的明洁闻唤又急忙停住步:"爹,有事?"

雨本脚步踉跄地奔到明洁身边,嘴唇哆嗦着:"有……件……事,"他困难地喘了一口气后才又接着说,"我一直,瞒着,你……"

"啥事?"明洁诧异地闪着眸子。

"你不是我的亲生闺女。"雨本十分急促地说出这句话,似乎惟恐说慢一点就重又被卡在喉咙里。

"你说啥?!"月光下可见,明洁那双大眼里同时跳出两个表示惊骇至极的问号。

"当初,你妈妈病死后,你父亲要出外工作,托我养活你……"雨本缓慢而又吃力地继续说道。

"爹,你疯了?!"明洁惊慌地摇着雨本的胳膊,声调里带着哭音。

雨本缓缓地摇了摇头:"我说的全是真的……刚才叫我们吃饭的那个肖叔叔,就是你亲生父亲。"

听着爹爹这低沉的语调,望着爹爹那痛苦的面孔,明洁大概意识到了这消息的真实性,她停止了对爹爹的追问和摇晃,只是呆了似地站在那里……

"咚咚。"雨本在轻轻敲着丛铭的宿舍门。

门开了。丛铭边抠着衣扣边望着门外的雨本说:"招待所太乱吧? 我刚才说让你就住在这里,你偏要去住招待所。"及至看到雨本身后的明洁,才有些诧异地:"怎么,明洁也没去睡?"

雨本拉着明洁走进屋里。

丛铭看到明洁脸上的泪痕,有些惊异地:"出啥事了?"

雨本摇了摇头,尔后才声音微颤地说:"刚才吃饭时没有给你说,明洁这闺女就是你托我养活的那个孩子。"

"什么? 托你养活的孩子?"丛铭吃惊而又茫然的低声叫道。

雨本的身子在轻轻地哆嗦:"你看不出来了,她就是水秀临死前生下的那个孩子。"

"啊?!"丛铭发出了一声低而短促的惊呼,眼睛瞪到了最大程度,"不是说她已经——"

"她已经长大了,"雨本截住他的话,"你当初把她托付给我的时候她才两岁。"雨本两只眼定定地望着丛铭的脸,目光里包含的话比他实际说出的要多无数倍。

明白了,懂得了。丛铭面前急速地闪过十六年前的那个中午,他当时热恋着的那个姑娘,把雨本来的电报纸撕成碎屑扔在地上的情景。一阵颤栗由丛铭的脚跟升起,很快波及了他的全身,随之,就见他缓缓地、缓缓地向雨本跪下了双膝,与此同时呜咽着发出了一声呼唤:"雨本哥——,我……"

雨本一边抖着手弯腰扶起丛铭,一边向明洁轻声说道:"小洁,叫爸爸。"

明洁呆呆地站在那里,只是把凄惶的秀眼转过来望着丛铭。

丛铭艰难地移步走到明洁身边,一下子把明洁揽到了怀里,跟着发出一声痛切的呼唤:"孩子——"

……

〔音乐,徐缓而深沉……〕

丛铭宿舍里间。

灯光下,丛铭正细心地为女儿铺床:把床单拉平,把枕头放好,把被子拉开。

明洁怔怔地坐在旁边的一张椅子上,双眼视而不见地望着墙角。

丛铭端来了一盆温水放在女儿脚边,并把擦脚毛巾放在了床沿。

明洁依然呆呆地坐在椅子上。

丛铭倒了一杯开水,并在杯里放了一勺白糖搅了搅,尔后端放在女儿身旁的桌子上。

明洁仍是无言地坐在那里。

丛铭缓缓地转身向外间走去……

夜深了。室内的宁静和校院的宁静融为一体,造成一种几乎压迫耳膜的寂静。

如水的月光入室浸床,照在和衣躺在外间床上的丛铭脸上。从他那睁着的双眼里衍射出一种类似自责、痛悔的光。慢慢地,幕外响起他低微的、祈求似的心声:"孩子,你能允许爸爸把过去的罪愆,埋藏在灵魂的深处吗?……"

里间传来明洁含混不清的一声低语。

丛铭抬头不安地望了一眼里间的门,见门缝里还露着灯光,便缓缓地起来,走去轻轻推开了门。

里间,明洁没盖被子,和衣躺在床上睡着了。看得出,她的睡眠很不安宁:她不仅双眉紧蹙,而且腮边还挂着两颗晶莹的泪珠。显然,她刚才的那声低语是说的梦话。

丛铭轻轻地扯过被子替女儿盖好。

他定定地站在床头望着沉睡中的女儿,渐渐地,有两颗泪珠在他的眼睛里凝聚、晃动,终于,它们滚了下来,那么沉重而迟缓地滚着,最后跌落到了明洁的脸上。

丛铭见状一惊,刚要俯身用手擦去落在女儿脸上的泪水,明洁醒了,睁开了眼睛。

她望着站立床头的父亲的泪眼,缓缓地坐起身来,尔后,猛地一下扑到了父亲身上,发出一声带着呜咽的呼喊:"爸爸——"这是明洁叫的第一声"爸爸"。

丛铭紧紧地抱着女儿的身子,又把大滴的泪水洒在了她的秀发上。

"爸爸,告诉我,"明洁在丛铭怀里呜咽着说,"你当初为什么不把我带到身边?这些年你为什么不去看我一回?"

丛铭闻言身子痛苦地一抖,随即哽咽道:"爸爸对不起你……可是孩子……你能不能不问这些……"

明洁从爸爸怀里抬起了脸,一双泪眼里闪出的目光分明在说:

"为什么不能问?"

丛铭哽咽着:"……每个人都有些秘密要带进坟墓……孩子……你能允许爸爸把这些秘密也带进坟墓吗?……"

"爸爸——"明洁又痛切地呼喊一声,跟着,便把头深深地埋进了爸爸怀中……

十六

韩榆河苹果园。

夕阳的回光把树上未熟的苹果染成淡淡的红色。

一脸疲惫的雨本蹒跚着走进园门，与去开封前相比，他分明瘦得厉害了。

他缓缓地走到看园小屋后的水秀坟前，默默伫立在那里。

〔幕外慢慢响起他喃喃的声音："水秀……孩子考上大学了……学校在开封……他爸爸也在那儿……"〕

"雨本哥——"〔画外蓦地传来二土一声高兴的招呼。〕

雨本转过身去，只见二土提着一把铁锨从小水库那边的果园深处向这儿跑来。

"明洁到学校报到挺顺利吧？"二土边跑边大声问。

"嗳，顺利。"雨本点了点头。

二土跑到雨本面前站定，喘着粗气："你怎么不在开封住几天玩玩，这么快就回来了？"

雨本低低地说："家里的活这么忙，算了。"稍顿，又嘱咐，"今黑里你回去吧，我在这儿看园子。"说罢，又把目光移向了水秀的墓碑。

"你呀，不会享福！"二土抱怨地说罢，注意到了雨本的目光，便也望着水秀的坟墓低沉说，"水秀要是知道明洁上了大学，也该高兴的。"稍顿，又气愤地说，"每当看到水秀的坟，总想起肖丛铭这个狗东西，恨不得找到他一拳把他揍死！"

雨本闻言轻声道："人在年轻时都免不了要办些错事，哪能就这样办？"

"你这心肠就是太软！"二土不满地说。

雨本又随口接道:"丛铭这会儿已经知道错了。"

"他这会儿知道错了？你怎么晓得？"二土诧异地问。

雨本似乎意识到自己失言,但又不得不回答二土的询问:"他还在明洁考上的那个大学里做事。"

"哦？他看到你了？"二土的眼睛瞪大了。

雨本点了点头。

"他知道明洁是他的女儿吗？"二土的声音高得吓人。

雨本颤声解释:"给他说了。他有病,明洁在他身边好照顾他。"

"你?!"二土震惊地一把抓住雨本的手猛地摇晃了一下,边跺脚边发出一声气恼至极的喊叫:"你真憨呀——!"

"你真憨呀——!!……"这喊叫声在近处的山上引起频频的回响……

一个碎云蔽日的下午。开封市医院门诊部。

外科门诊室内,肖丛铭正坐在一个椅子上扣着上衣的纽扣,显然刚刚让医生做了检查。

旁边的一张桌前,一个中年男医生正在肖丛铭的病历上写着诊断结论,这当儿,门外传来一个姑娘的声音:"王医生,长途电话!"正在写诊断结论的男医生听到喊声后应了一声,随即放下笔跑了出去。

肖丛铭的眼睛漫不经心地向那尚未写完的诊断结论上瞥了一眼,但随之,就见他的双眼陡地睁大,那几行诊断结论中有七个字倏地变大呈现在人们眼前:"很快转为尿毒症"。

肖丛铭的身子猛地哆嗦了一下。

这时,外出接电话的中年医生又走到了自己的原位上坐下,接着写诊断结论。

医生写完后转向肖丛铭宽慰地说:"问题不大,放心吧。

你先回去,病历先留在这里,以后再转给你吧。"他显然不愿当面把那个严酷的结论告诉肖丛铭。

"医生,"肖丛铭声音微抖地说,"我已这么大年纪,不必再瞒我了,再说,我也已经看到了那结论。"

医生有些意外地望着肖丛铭,随即轻声说:"你既然已经知道了,那就拿去吧。不过,希望你想开点。"边说边把病历递了过来。

"谢谢!"肖丛铭接过病历后点了点头,缓缓地转身向门外走去。

肖丛铭脚步踉跄地走出医院大门……

远处的地平线上,一片浅灰色的雨云正向这边移动……

肖丛铭吃力地移动双脚进了师院大门,向宿舍走去。

一个迎面走来的中年男子叫道:"老肖,你的信。"

"哦,"丛铭机械地伸手接过对方递过来的信,"谢谢!"

丛铭把目光移向信封,上边收信人姓名一栏用钢笔赫然写着一行力透纸背的大字:"肖丛铭、韩明洁收"。

丛铭撕开信封,抽出了两叠信笺。他展开其中的一叠去看,目光刚一触到纸上的字,二土那愤恨无比的声音就陡然从幕外响起。

"肖丛铭,还记得我这个乡下人二土吧?!我听说你也想当'爸爸',特写信告诉你,等世界上所有的男人都死了之后,你再当'爸爸'吧!"

丛铭的身子猛一战栗。他又慢慢把目光移向信笺,二土那恨憎混杂的声音又从幕外响起。

"……有本书上说,一个男人要想当'爸爸',除了能娶得妻子外,还得有两个条件:一个是实心实意地把孩子领到人世上;一个是尽心尽力地照料孩子活到人世上。你肖丛铭究竟够哪个条件?听着!姓肖的,倘若你不把明洁还给我雨本哥,老子非同你到法院去论理不可!……"

丛铭双手抖索着叠起这两张信纸,又展开了另一叠信笺,但刚一展开,二土暴怒的声音就又猛地从幕外传来。

"韩明洁:你的良心叫狗吃了?韩雨本辛辛苦苦地把你养活大,你一考上大学就抛开他,去和你城市爸爸心满意足地住在一起,你好狠心啊!你知道你亲生父亲是怎样把你交给韩雨本收养的吗?你知道你妈是怎样死的吗?你知道你是怎样长大的吗?今天,我要在信上把这些都告诉你……"

丛铭缓缓地抬起脸来,他的眼睛——那是一双蒙着一层薄薄泪水、全然绝望了的眼睛,凄然地阖上了一刹,当又重新睁开时,两颗老泪滚了下来。

他的身子软软地倚在了一棵树上……

校门外大街上,一辆汽车那大概被损坏了的喇叭发出一声呜咽似的鸣叫……

天边,一阵隐隐的雷声传来……

黄昏,韩榆河苹果园内。

雨本正拎着水桶、拿着铁锨向看园小屋走来。

天边传来雷声,雨本仰脸望着远天那奔涌而来的乌云,自言自语:"要下雨了……"

雨本忙着把放置在看园小屋门口的工具向屋里拿。

风把果树的枝叶摇得哗哗作响……

晚饭后,开封师院肖丛铭宿舍。

骤雨敲窗,闪电不时扑入屋中。

室内，明亮的电灯光下，明洁正双手捧着一杯茶走到丛铭面前柔声地说："爸，你喝茶。"

"哦，"凝然坐在那里的丛铭急忙起身接过女儿递来的茶杯，"你去做作业吧。"

"嗳。"明洁应了一声，转身走到一张桌前，摊开了书本和作业簿。

丛铭默默地捧着茶杯，渐渐地，他的耳畔响起了当初雨本在把明洁交给他时说的话："……小洁，叫爸爸……"响起了市医院那个医生下午对他说的话："……希望你想开点……"响起了二土通过信笺传来的那句话："……老子非同你去法院论理不可！……"

一阵雷声使丛铭身子一震，幻音随之消失，丛铭把目光移向正在做功课的女儿，伴着窗外的风雨声，幕外响起他痛苦的低音："不……不能把秘密带进坟墓……"

韩榆河果园看园小屋内。

一盏风雨灯放在桌上，雨本一边吸着旱烟一边忧虑地望着窗外那如注的暴雨，嘴中喃喃地说："雨下得太大了……"

一道闪电划过，照出了在暴风雨中狂乱摇摆着的果树……

开封师院丛铭宿舍。

丛铭双眼凝望着做作业的女儿，幕外慢慢响起他凄怆悲凉的声音：

"……小洁，爸爸是世上活得最坏的一个人，人生分排给我的三个角色：朋友、丈夫、父亲，我一个也没演好……"

韩榆河果园看园小屋内。

雨本仍坐在床沿默默地吸着旱烟,渐渐地,他的面前又浮现出明洁的身影——明洁轻步走到他面前,关切地从他嘴中拔掉了烟袋,尔后娇嗔地说着什么……

雨本使劲地摇了摇头,赶走了那因思念而起的幻觉。

屋外的风雨声与刚才相比,分明小多了。

雨本磕去烟灰,披上蓑衣,一手提上风雨灯,一手拿上一把铁锹走出了门。

雨本蹒跚地移步在园中巡查……

开封师院丛铭宿舍。

丛铭仍然坐在原处双眼凝望着女儿,幕外的心声在继续响着:"……小洁,你知道吗?爸爸对你雨本伯欠下了一笔永远还不清的心灵上的债务……爸爸这一辈子都在把人生分配给自己的那份痛苦拿去让他吞咽……"

韩榆河果园内。

雨本仍在提着风雨灯巡查果园。

一股流水正猛烈地冲刷着一棵苹果树的根部,雨本见状,慌忙把风雨灯放在地上,用铁锹挖出泥土挡住流水,逼着水沿着园内小水沟流向园外……

开封师院丛铭宿舍。

丛铭仍坐在原处凝望着女儿,他那凄怆、低沉的混合着痛苦、愧疚的声音仍在继续:

"……小洁,对于你的妈妈,我犯下了一个男人可能对一个女人犯下的最大的罪过。罪人的良心是会替被害者复仇的,这些年来,每当想起你妈妈,我的心就被一种可怕的痛苦噬咬着。这桩罪过已无法赎回,只有待我去那个世界见到你妈妈时,乞求她的宽恕……"

韩榆河果园内。
雨本提灯来到了水秀坟前,见一股流水正冲刷着坟土,急忙放下风雨灯,挥锹堵水,给坟上培土……

开封师院丛铭宿舍。
丛铭仍坐在原处凝望着女儿,画外音仍在继续:
"……小洁,一个父亲应该给女儿的那些东西,我都一点没有给你。我过去确实不知道你还活在人世上。这些年来,我因愧见乡邻,一直不敢回韩榆河,见了同乡熟人,也总是悄悄躲开,所以一直以为你和你妈妈一同去了。要不,我可能会稍尽一点为父的义务……"

韩榆河果园内。
雨本提灯走上了小水库堤岸,他吃惊地望着那猛增了的翻卷着泡沫的水库。库岸有一处已经在漫水,他急忙去堤下挖土来堵挡……

开封师院丛铭宿舍内。
丛铭还坐在原处,他的画外音里已杂着呜咽:
"……小洁,爸爸把一切都告诉你,爸爸没有资格要你这个女儿,你应该是你雨本伯的女儿……只是,在我死了之后,你能每年到我骨灰盒前看一次吗?只一次,行么?你不知道我多么害怕孤独,我真怕到了那个世界后,又是一个人终年累月地生活……"

韩榆河果园内。
小水库堤岸上,雨本仍在用土堵挡着漫水处……

开封师院丛铭宿舍内。
丛铭坐在原处,声音颤抖地喊道:"小洁——"
"爸,有事?"正在做作业的明洁闻唤走了过来。
"小洁。"丛铭手索索抖着从口袋中掏出了二土寄来的那封信递过来,声音微弱地说,"有封信……"
"哦。"明洁接过来,伸出手指去掏信笺……

韩榆河果园内。
小水库堤岸上,雨本仍在用锨从堤下端土堵挡着漫水处,他脚步踉跄,显然已经精疲力尽了……

开封师院丛铭宿舍内。
双眼含泪的明洁,手拿着二土的来信震惊地望着肖丛铭,她的嘴唇哆动但却久久发不出声音。终于,只见她猛一跺脚,转身拉开门跑了出去,与此同时发出一声痛悔至极的喊叫:"爹——"
"小洁——"呆坐在那里的丛铭此时一惊,急忙拿过一件雨衣和一把雨伞追出了门外……
一声沉雷滚过,又只剩下了雨点冲刷大地的声响……

韩榆河果园内。
小水库堤岸上,雨本端着满满一锨泥土,摇摇晃晃地向已基本堵好的漫水处走来。眼看就要走到漫水处了,就在这时,只见他脚下陡地一滑,身子一个趔趄,扑通一声跌进了水库。

就着风雨灯的光亮可见,落水的雨本先是在水面上挣扎了几下,但随即就被浑浊的库水卷入了水底……

汹涌的库水发出蒙人的啸声……

放在岸上的风雨灯的火苗正焦急的跳动……

中午。韩榆河。

太阳在云团中时隐时现。

雨本家堂屋当间,雨本身裹白布安卧在灵床上,他的面容平静,只是在嘴角,还明显遗留着疲倦。

哀乐低回。

二土和老队长默默地拉上白布,盖住了雨本的面庞。

二土脚步蹒跚地向院门走去,刚到门口,陡地停步抬起头来。

院门外,站着手拿雨衣、雨伞的明洁和丛铭。

三人默默地对望着。明洁的目光是怯怯地,丛铭的目光是惊慌地,二土的目光则由一瞬间的呆怔变成了愤怒。

"滚开!都滚开!!"二土陡然歇斯底里地叫道。

跟在二土身后的老队长,此时默默地把二土拉离门口,转向明洁低低地:"进去吧,进去再看你爹一眼!"

本来呆在那里的明洁听到这话身子一抖,骇然地瞪眼向屋内望去,她大概看到了堂屋当间那白色的灵床,发疯似的向堂屋跑去,边跑边发出一声撕人心肝的凄厉悲叫:"爹——"

站在后边的丛铭此时也已看到了堂屋当间的灵床,只见他在身子猛然一颤的同时,投臂向屋内奔去,同时响起一声椎心泣血的悲呼:"雨本哥——"

〔撼人心魄的音乐……〕

十七

阴霾的天,迷蒙的雾。

韩榆河村头古榆下,黑压压站着全村的人。

离古榆躯干不远的地上,现出一个小小的墓坑。

豫西南乡间一次带着古老传统色彩的隆重葬礼正在举行。

古榆躯干四周,靠放着纪念一个农民的最好的物品——扎成人字形的柏枝、松枝和柳枝,捆成人字形的高粱穗、玉米穗和谷穗。

墓坑两旁,摆放着乡间表达祭奠之意的常用祭品——用碗盛着的水饺、馒头、面条,用盘盛着的苹果、葡萄、红枣。

村外路上,邻近村落自愿前来参加葬礼的男女社员络绎不绝。

墓坑旁,泪如泉涌的丛铭正抖颤着手把一个骨灰盒向墓坑里放,骨灰盒上没有照片,只有三个小小的字:韩雨本。

明洁双膝跪在墓坑边,一边呜咽着,一边摘掉自己挂在胸前的"开封师范学院"的校徽,轻轻地放在骨灰盒上。

神情肃然的老队长和两眼含泪的柳叶,各捧着一个用松枝、柳枝扎成的花圈,来到墓坑前轻轻放下。小顺顺紧跟在妈妈身后,两腮上挂着泪水,他待妈妈把花圈放稳后,上前把卷在松枝中的一条短短的白纸挽联展开,挽联上是几个歪歪扭扭的铅笔字:伯伯,你睡吧。这字迹显然出自顺顺之手。

一阵啜泣声从人群中传出……

古榆树干旁,二土正含泪拿着镰刀在树干上刻写着独特的碑文:这里躺着一个农人。镰刀割破了二土的手指,但他全然不知,仍然沉浸在对那已刻成的八个字的修饰上,任凭鲜血把那些字迹染成红色。

白发飘动的三奶一手拄着拐杖,一手提着满满一篮鸡蛋,蹒跚着挤过人群,走到了墓坑旁。她面对墓坑悲凉而哽咽地说:"本儿……三奶对不住你……三奶当了一辈子媒人,就没有成全你啊……你走了……三奶也没啥给你带,知道你爱吃个炒鸡蛋,就带了点鸡蛋来……你一辈子都怕别人吃苦,自己却吃了一辈子苦,你该享享福、养息了……"说罢,弯腰从篮子里拿起鸡蛋,一个一个地打碎,把蛋青和蛋黄抛洒在那小小墓穴的周围……

起风了,风摇榆叶,呜呜作响,如咽似泣……

云更低、天更暗,模糊了,一切都模糊了,银幕上只剩下了那棵古榆,古榆躯干上那行镰刀刻下的碑文"这里躺着一个农人"显得分外清晰……

豫西南民歌《乡间》的音乐在风雨中缓缓而起。伴着音乐,在榆树的树冠间慢慢出现了片名字幕:古榆……

诬 告

一间宽敞明亮、陈设豪华的办公室。

巨大的写字台后的墙壁正中,悬挂着一张笔力颇为遒劲、气势很是宏大的草书横幅:"江上有奇峰,锁在烟雾中,寻常看不见,偶尔露峥嵘。"横幅末尾是几行笔飞墨舞的小字:"读唐人钱起《湘灵鼓瑟》诗偶感随题。李进。1975年1月。"

靠近大门的一张单人沙发上,坐着一个年轻英俊的男青年,显然是秘书。他正拿着一把精巧的小剪刀,拆着放在茶几上的一沓信函。

一个上写有"江办崔秘书拆"的公用信封被剪开封口,秘书从中抽出一叠材料,略略看了几眼,放在茶几的一边。

一个写有"江青同志启"的公用信封被剪开封口,秘书抽出内件稍稍翻了一下,放在茶几的另一边。

又一个写有"敬爱的江青首长亲启"的信封拿在秘书手

里,他用手掂了掂,似乎感到它有点太重。他开始仔细地审视这个信封,——这是一个公用大号信封,左下方印的是"中国共产党南宛地区委员会"一行红字。他用手隔着信封轻轻摸了摸内里的东西,尔后拿起剪刀剪开了信封的封口。

他伸手去里边掏出一个被牛皮纸裹着的东西。

他小心地一层层打开包裹着的纸,最后一层纸揭开以后,露出一本精装的《革命样板戏唱段选集》。

崔秘书惊异地拿起那本书翻看着,当翻过十几页以后,猛地发现下边书页的中间部分被裁挖掉,成一个长方形的坑,里边放着一个用白纸包着的物件。

崔秘书更加惊异地拿出那个物件,开始揭去它上边包着的白纸,最后一层白纸揭开以后,只听他发出一声短促的惊叫:"录音带?!"

特写:纸中包着的是一盒录音磁带。磁带盒的下边压着一片写满钢笔字的白纸。

秘书抽出那片白纸默默地读着,脸上现出惊疑的神色。

正在这时,办公室一侧墙上悬挂着的金丝绒帷幕缓缓启开,露出一扇侧门。从侧门里望去,可见在铺有红色地毯的长廊上,有一个身着军衣的姑娘快步走来。

姑娘在办公室里站定,用略显急促的声调说:"崔秘书,首长马上要来这里办公。"

"哦。"崔秘书霍地站起来,很快地整理着茶几上的东西,待一切放整齐以后,恭立在茶几旁。

姑娘先是急步到一侧墙壁前看了看上边的温度计,尔后迅速整理了一下一个单人沙发。

又一个着军装的姑娘从侧门里走出。她与先进来的姑娘交换了一下眼色,然后两人分站侧门两旁,垂手侍立。

从侧门里望去,只见两个着便服的姑娘搀着身穿拖地长裙的江青缓缓走来。

江青被搀到刚才整理过的沙发前坐定。

一束西斜的阳光透过窗帘的缝隙,刚好洒在江青的身上,她有些不自在地望了窗户一眼,一个姑娘见状急忙走到窗前拉严实了窗帘。

又一个身着素服的姑娘端着一个精致的托盘从侧门里走出,托盘里放着一个式样别致的杯子。姑娘走到江青面前,单膝跪地,手举托盘。

江青缓缓伸手拿杯,端起轻轻呷了一口,然后皱了皱眉,把杯子放回托盘。

端托盘的姑娘小心地站起,很快,她的身影消失在了侧门后。

江青把目光转向恭立着的崔秘书身上,用干涩的声音问:"小崔,今天有些什么事?"

崔秘书看了一眼手里的小本,然后抬头轻声回答:"下午五点,在怀仁堂开政治局委员会;七点,请你在大会堂东大厅接见日本新闻界人士访华团;八点半,王副主席约见;九点四十,在钓鱼台礼堂审查上海京剧团排练的一个新剧目。"

"噢。"江青淡淡地应了一声,"还有别的事吗?"

崔秘书有些迟疑:"刚才收到了一封匿名信和一盒录音带。"

"哦?"江青扭头望着崔秘书,脸上现出颇感兴趣的神情,"念念我听听。"

崔秘书弯腰拿起那片白纸轻声念道:"敬爱的江青首长:您好!我是南宛地区的一个普通党员,今天直接给你写信,是因为有一件重要的事情要向你报告。"

江青的两眼慢慢开始睁大。崔秘书的声音变成了画外音:"我们这个地区的革委会副主任陈盼龙,表面上拥护你,暗地里却经常用恶言秽语诬蔑、诽谤你。今天给你寄去的这盒录音带,就是他的罪证之一。这是他在最近一次小型会议上的讲话中的一段,我是冒着生命危险偷录下来的。我认为,你是我国杰出的女革命家,是我们全党公认的一名卓越领导人,我作为一个党员,应该同破坏你的声誉和威信的人做坚决的斗争。由于担心这封信和录音带不能直接寄到你手里,恕我不署姓名。顺致,崇高的敬意。无限忠于你的一个党员。1976 年 5 月 20 日。"

"快,放录音!"江青面露愠色地发出命令。

崔秘书急忙走到一个橱前拿出一台盒式磁带录音机,熟练地将那盒录音带装上。随着开关的旋动,一个略显沙哑的男子的声音从录音机里传了出来:"江青,一看就知道不是个正经东西!……"

"啪!"江青狠劲地拍了一下膝盖。显然,这第一句话就激怒了她。

崔秘书慌忙关上了录音机。

"关上干什么?放!老娘要听下去!"江青怒叫。

录音机里又传来了那个男子的声音:"……别看她穿得花里胡哨的,其实难看死了……"

江青双目圆睁,两腮上的咬肌在颤动。

录音机里的声音在继续:"……接毛主席的班?根本办不到!……"

江青忽地站起,由于站得过猛,加之一只脚踩住了地上的裙摆,身子险些跌倒,两个戎装姑娘急忙向前扶住。她甩开姑娘们的手,激怒地在地毯上踱步。

录音机里的声音还在继续:"……几年间害死了不少人,这笔账早晚要算……"

"抓!快抓!快给我抓住这个陈盼龙!!"江青陡然挥动一只手歇斯底里地叫道,她再也没有听下去的耐性了。

屋里所有人都紧张、恐惧地望着她。

崔秘书慌忙抓起了旁边桌上一部电话机的话筒。

撼动人心、令人惊骇的音乐声骤起。与此同时,两个血红的草书大字"诬告"跳上银幕。

演职员表衬着下列画面出现。

一个矮胖的中年人神色庄重地站在一张办公桌前接电话,边听边在一张纸上飞快地记着什么……

矮胖子拿着那张电话记录纸,正严肃地向三个身着警服的人说着什么……

矮胖子和三名警察钻进一辆轿车……

轿车很快地冲出一个大院,在首都大街上疾驶……

轿车驰进机场……

矮胖子一行四人快步登上一架飞机……

飞机急速在跑道上滑行,拔地升空……

一

一间摆设讲究的小型客厅。

玉兰状吊灯把柔和的光线洒到分坐在沙发上的四个人身上:

——一个五十多岁的男子。几乎已全白了的头发和瘦削的身子,显示出他在生活中曾经受过什么磨折的样子;一双稍稍眯缝着的眼睛,给人一种藏有什么沉重心事的感觉;刻满皱纹的面孔,使人既觉可畏,又感可亲。此刻,他正微蹙双眉,默默地抽着烟。

——一个四十六七岁的妇女。她那残留风韵的脸庞上挂着的神色,那双看去很美的眼睛里露出的目光,那薄薄的嘴唇旁浮着的笑意,都教人把她排除在贤妻良母一类的妇女之外,而归于心机纤巧、气量狭小、能言善辩的一类女人中去。此时,她正仔细欣赏着一件蛋青色的男子衬衫。

一个二十六七岁的男青年。看去是中等身材,面孔英俊,衣着考究,头发后拢,戴着玳瑁眼镜,一副在那个年代里常见的干部子弟派头。只是那双眼睛有些特别:一对乌黑的眸子,像是刚从冰水里浸泡过似的,它们的每一次转动,闪射出的都是一种叫人看了有点不安的抑郁、清冷的光。此刻,他正翻看着一本书,不时把目光移向书外,陷入沉思。

一个二十二三岁的姑娘。除了她那修长、丰满的身材让人感到她已是一个成熟的姑娘外,她那翘在脑后的两条短辫,似笑非笑的俏丽脸庞,微微嘟起的小嘴,轻快闪动的眉梢和露着纯真光芒的双眼,都使人觉得这还是一个处在顽皮、淘气过程中的稚龄少女。此刻,她正挥动着灵巧的双手打一件毛线衣,不时把一束甜蜜而又羞涩的目光投射到男青年身上。

客厅里的气氛平静而和谐。

"小剑,来,穿上试试。"妇女抖着手上的衣服亲切地招呼男青年。

小剑闻声抬头,随着眼皮的眨动,原来清冷的目光变得恭敬、亲切。他含笑起身向妇女走去。妇女帮他脱下原来的衬衣,穿上新衣。

妇女边帮小剑扣衣扣边回头问丈夫:"老陈,你看怎么样?"

丈夫闻声转过脸来,他的目光一接触小剑的身子,立刻变得柔和起来。如果仔细观察还可发现,那目光中含有很大分量的关切、爱抚。他吐完关闭在胸腔中的烟雾后,缓缓起身走到小剑身旁,一边伸手替小剑整了整衣领,一边高兴地称赞:"很合身,不错,不错。"

"当然不错了。"女人接过话头,"小颖挑了半天,才选中这件。"

"妈——,就你的话多!"姑娘嗔怪地瞪了妈妈一眼。

"郑姨,以后不要再为我花钱了。"小剑感激地说。

"这有什么?咱们——"中年妇女的话音突然被门外一阵急骤的脚步声打断。随之,院子里传来了一个老妇人的问话:"你们找谁啊,同志?这是陈副主任的家。"

没有听到别人的回答,只听到纷乱的脚步声离客厅门越来越近。

屋里的四个人停止了说话,都面露一点惊奇之色。

"嗵"的一声,客厅的门被踢开,四个着便衣握手枪的人出现在门口。他们正是我们在前边看到的登上飞机的那四位。

屋里的四个人都吃惊地站了起来。

"你们要干什么?"陈副主任很快从短暂的惊慌中恢复了平静,用威严的口气喝问。

"这是地区革委会副主任陈盼龙。"陈妻也从最初的惊恐中清醒过来,用盛气凌人的口气警告来人。

"这证明我们没有走错。"来人中的那个矮胖子用缓慢低沉的口气说。说完,他向一名随从点了一下头。

那随从两步跨到陈盼龙面前,没等陈盼龙明白是怎么回事,已"咔"地一声将一副锃亮的手铐戴在了他的手上。

"不准随便抓人!"立在一旁的小剑见状猛地站在陈盼龙面前,护住了他的身子。

"你是什么人?"矮胖子凶狠地问。

"陈副主任的未婚女婿,金剑。"小剑毫无惧意地大声答。

矮胖子讥讽道:"嗬!名字起得不错,小心我折断你的剑柄!"说着,一把扯开了金剑。金剑在这猝不及防的扯拽中身子失去了平衡,"乒"的一声摔倒在一把椅子上。

"你们——干什么的?竟敢——"陈盼龙激怒地叫道。

"干什么的?也可以告诉你,公安部的,奉江青同志的命令来执行任务。"矮胖子边不紧不慢地说着边把一个盖有公章的白纸在陈盼龙面前晃了晃。

"啊?!"陈盼龙脸上的表情瞬间由激怒变为惊恐。

"带走!"矮胖子挥手发出了命令。

"不能啊!他是地区革委会副主任,为什么——"陈妻惊慌地喊道。

已经迈步出门的矮胖子回过头来挖苦:"关于他的职务,我想你已告诉过我一遍了。"接着,只见他眼珠一转,又厉声道:"顺便告诉你,这所房子已被查封,你们要立刻搬家!"

陈盼龙被推搡出门。他在跨出门槛的同时,回头向妻子大声喊道:"郑芸,快去找龚主任——"

一直呆立着的陈颖,此时一下子扑到了妈妈怀里,惊恐而又凄切地叫道:"妈妈——"

〔音乐——激愤、悲怆。〕

倒在椅子上的金剑慢慢地站起身子,他望了望门外被押走的陈盼龙,又看了看室内相抱啜泣的母女俩,乌亮的眼瞳里闪出一种特殊的光芒:一种原本就有的清冷和说不上什么含义的某种别的东西的结合……

二

深夜,乌云掩月,雷声隐隐。

一间阴森的审讯室。

矮胖子坐在审判席上挥舞胳臂质问着什么……

陈盼龙坐在被告席上一脸惊恐地摇头否认着……

矮胖子激怒地向旁边几个人挥了一下手。

几个人上前一把抓起陈盼龙,把他拖到了一侧壁前。壁上,悬挂着江青接见什么人的一张大幅照片。

在几个人的拳脚相迫下,陈盼龙跪在了这张照片前,但他还在摇头否认着……

陈盼龙被拉起,随之重被按着跪了下去,他仍然在摇头否认着……

〔韵律古怪、令人悚然可怖的音乐紧奏着……〕

三

上午,春雨淅沥,风声嘶嘶。

一个挂有"田山监狱会见室"木牌的小门。一位年逾六旬、面孔和善、剑眉朗目的老干部领着郑芸、陈颖和金剑无言地推开小门,走了进去。

室内,四人默默地坐在一排连椅上。他们身旁不远处的一张桌子后,坐着一个身着警服的中年警察,他是我们在前边见过的公安部来人中的一个。

通向监狱大院的一扇小门打开,两个便衣警察押着遍体鳞伤、举步维艰的陈盼龙出现在门口。

金剑急忙趋前扶住摇摇欲倒的未婚岳父。

郑芸、陈颖扑向前去,三人相抱痛哭。

有顷,陈盼龙抬头发现了静立在一旁的老干部,便急步跟跄扑到他的身边:"龚主任,我——冤枉啊——!你可以给我作证,我没有反对过江青同志,这一定是有人诬陷、诬陷啊……"

龚主任不动声色地用手指使劲摇了一下陈盼龙的手腕,陈盼龙始而一愣,继而明白了对方的用意,停止了哭诉。

龚主任用几乎是耳语般的声音问:"他们问你些什么问题?"

龚主任的这句耳语无疑地也传进了坐在不远处的那个中年警察的耳朵,只见他悄悄地伸手打开了藏在桌下的一个小型录音机的开关,但紧接着,他又轻轻地关上了开关。他的目光中流露出的善良的同情,对他这一举动的目的作了说明。

陈盼龙对龚主任轻声说:"说我在一次会议的讲话中攻击了江青同志。"

"胡扯!"龚主任激愤地小声叫道,"一个革命了这么多年的党员,怎么会去攻击江青同志、损害毛主席的威信呢?!"

"他们说已经有人作了揭发。"陈盼龙低声说。

龚主任悄声问:"据你判断,诬陷你的人可能是谁?"

陈盼龙轻轻地自语:"是谁?……很可能是农业局的陶机,他在最近的一次工作汇报中说了假话,被我狠批一顿并责令写检查……"

"你要坚持住,等到我查清……"

"要快啊……"

凝立一旁的金剑,表情复杂,目光含混,默默地听着他们的低声对话。

……

四

　　一间陈设素朴的办公室。坐在办公桌后的龚主任脸露怒色。

　　一个秘书模样的人把一叠材料放在龚主任面前的桌上："这是陈副主任今年来在各种会议上的讲话记录稿。"

　　龚主任看了一眼材料问："陶机来了吗？"

　　"在楼下等着。"秘书答完，又伏下身低声地说，"龚主任，这件事牵涉到江青同志，你要三思而行啊！"

　　"怕什么？"龚主任生气地瞪了秘书一眼，"我们这样做正是维护江青同志的威信。"稍顿他又激动地说："这次，我一要为老陈伸冤，二要刹刹这股诬告人的歪风！"

　　秘书默默向门口走去，临出门又转身说："陶机这人精得很，要想得到他的真话，必须——"他做了个欲擒先纵的手势。

　　"知道了。"龚主任点了点头，"叫他进来。"

　　秘书走出。少顷，一个穿戴讲究的中年干部走进屋来。他的模样，尤其是那双眨得很快的眼睛，猛看上去给人一种十分精明的感觉，细一审视却能发现，他其实并不属于那种城府很深、老谋深算的人物。

　　龚主任起身客气地让座："哦，小陶，快请坐。"

　　陶机神情惶惑地落座："龚主任找我有事？"

　　龚主任亲切随便地说："噢，小陶，有这样一件事想随便问你一下。最近，中央收到一封检举陈盼龙在一次会议讲话中攻击江青同志的匿名信,中央很重视,已经下令逮捕了陈盼龙,并认为这封匿名信的作者路线觉悟很高,责成地委寻找到这位同志,以便给予表扬。我们已找了几天没有找到,不知你能否提供一点寻找线索?"

在龚主任说话的过程中,陶机那对精明的眼珠就一直在转动,听到这里,一双眼睛分明闪出了欣喜之光,与此同时,银幕外响起了他低哑而激动的内心独白:"这倒是一个好机会……任何政界名人都是机会的产物……机不可失……"

龚主任依旧随便地说:"这样的好同志如果一旦找到,我真想提请党委讨论通过,把他提拔到重要领导岗位上来。"说着,吐了一口烟,透过袅袅的烟雾审视着陶机的面孔。

陶机似乎踌躇了一会儿,然后才有点不好意思地启口:"嘿嘿……龚主任,这事……嘿嘿,实际上,就是我。"

"哦?!"龚主任故作惊诧地站了起来,"原来就是你啊,哈哈,了不起,了不起。"

陶机含笑答道:"没什么,这是我一个革命干部应该做的。"

龚主任神情庄重地说:"你能否向党委写一个简单的报告,说明这件事就是你做的?"他的声调和目光没有协调起来,声调平稳,目光却在冒火。

"那可以。"

龚主任递过来一张纸,陶机接过就迅速伏案写起来。

龚主任压抑着心中的愤怒在陶机身后踱步。

陶机签好名,把那张纸递给了神态已恢复平静的龚主任。

龚主任看后点点头,叠好装进了自己的口袋。然后转身把桌子上的那叠材料拿起递向陶机:"这是陈盼龙一年以来在各种会议上的讲话记录稿,你把他在讲话中攻击江青同志的地方找出来!"语调开始变得低沉威严。

"这——"陶机脸上的微笑一下子僵住,变得如惊似呆,极不堪看。

"找吧!如果你觉得这些记录不准确,也可去找别的证据。"龚主任的语气中带着尖锐的嘲讽。

"这——"陶机的脸开始发白。

"这什么?!"龚主任激怒地拍了一下桌子,"你要找不出真凭实据,我就判你诬陷好人!"

"我——"陶机的腿开始发抖。

"老刘——"龚主任转向办公室里间大喊了一声。立刻,一个面孔端庄威严的五十来岁的白衣警察,出现在里间门口。

龚主任指着老刘对陶机说:"到他那里去,要么找出陈盼龙攻击江青同志的真凭实据;要么承认自己是诬陷。"

"走吧!"老刘拍了一下陶机的肩膀。

"不……不……不……"陶机对龚主任态度的这种陡然变化弄得有点不知所措了,他几次想让舌头听自己的使唤,但每次却只能吐出一个字。

"走吧!!"老刘把陶机向门口推去。临出门口时,陶机终于使脑子和舌头连结了起来,发出了一声悔之莫及的叫喊:"我刚才是胡说,我冤枉啊——"

……

五

月瘦如眉,星光闪闪。

还是那间监狱审讯室。

站在江青的照片下边的陈盼龙照样在摇头否认着什

么……

矮胖子就着灯光在一边烦躁地翻着看"审讯记录本",一张又一张,张张上边都是只有日期,没有口供。"啪"的一声,他把记录本扔到桌子上,气愤地向一个随从挥了一下手。随之,那人将一个类似小型警报器那样的东西搬到了屋里。

陈盼龙被绑牢在一根柱子上。

室内的人纷纷走出门外,最后走出去的矮胖子扭动了那件东西上的一个开关,跟着,一个音量超过六十分贝的尖利刺耳的声音在屋里响了起来。

陈盼龙吃惊地瞪大了眼睛。

在可怕的噪音刺激下,他使劲地想扯断手铐,不料手铐越勒越紧……

他拼命地想挣脱那绑缚着的绳索,但那尼龙绳却越挣越紧……

他烦躁地顿脚、踢腿……

他疯狂地张嘴大喊……

门开了,矮胖子进屋关掉了噪音器的开关。

矮胖子走到陈盼龙面前问着什么……

刚刚清醒过来的陈盼龙又摇头否认着……

矮胖子激怒地重新打开噪音器的开关,走了出去。

可怕的噪音又在屋内回响起来,在噪音刺激下,陈盼龙又开始重复刚才的动作……

六

从监狱会见室小窗口上勉强挤进来的几线阳光,照着坐在连椅上的郑芸、陈颖、金剑和龚主任四张神色抑郁的脸孔。

通向监狱的侧门打开,未戴手铐的陈盼龙出现在门口。他衣衫褴褛、蓬头垢面,失去焦点的目光毫无目的地四顾着。

陈颖痛楚地呼喊着"爸爸"向陈盼龙扑去,但陈盼龙却受惊似的后退了一步,脸上随即浮起一个滑稽的笑容,嘴里轻声叫道:"你干吗缠着我?"

陈颖呆住了。

郑芸急忙上前说道;"老陈,这是颖颖。"

陈盼龙咧了咧嘴角,痴呆地笑了。

郑芸上前刚想拉住丈夫的手,不料陈盼龙却突然大叫:"你干吗缠着我?"边叫边向妻子扬起了拳头。

郑芸惊恐地向后退着。

两名警察拉住了陈盼龙,并把他拖出门去。

郑芸惶惑地大叫:"他——他这是怎么了?"

会见室里的那个中年警察,同情地走到郑芸身边低声说:"他,疯了。"

"啊?!"

郑芸、陈颖、金剑和龚主任几乎同时惊叫了一声。本来站着的龚主任,此时重重地跌坐到了连椅上。

陈颖痛心至极地呼叫了一声"爸爸",便软软地倒在了妈妈的怀里。郑芸,也只是用一阵更加伤心的啜泣来抚慰怀中的女儿。

悲愤、凄凉的音乐奏起……

金剑一把抓住警察的手哑声问:"他真的疯了?"

"真的。"

"还能治好吗?"

警察悄声说:"据狱医说,很难治好,他的神经受到了极强烈的刺激。"

金剑无言地松开了对方的手,脸上浮现出了痛苦的神色,只是那双眸,却又流萤似的闪过一道说不出是什么含义的光。不过很快,他的一双眼睛在镜片后变成了两道弯弯的弧线,长长的睫毛垂了下来,似乎有意封锁与外界的通道,不让人看见里边的东西。

……

七

颓阳西倾,把几多光线洒进龚主任简陋的办公室。

龚主任在室内焦躁、恼怒地踱步。

身着警服的老刘走进。

龚主任急不可待地问:"陶机承认了吗?"

老刘点了点头:"刚开始还不承认,坚持说上次对你讲的是假话,他从来没写过匿名信,后来给他稍稍用了点压力,就承认是诬陷了。"

"什么压力?"龚主任瞪起了眼。

老刘笑了笑:"同志们对这种诬告人的人早就有气,这次免不了借此出出气。"

"胡闹!"

"只是动了几下拳头。"老刘含笑补充。

"他的供词拿来了吗?"

"在这里。"老刘从口袋里掏出几张纸递了过去。

龚主任看了几眼说:"好。你马上坐车去田山监狱,把公安部那位胖子接来,就说有要事相商。"

老刘担心地说:"万一他不理我们,不让翻案怎么办?"

龚主任激怒地挥着手里陶机的供词说:"他手无实据,逼人致疯,如果不许翻案,我就拿上这个同他到北京见毛主席,见江青同志!"

老刘转身向门口走去。

"慢着。"龚主任喊住老刘,痛苦地轻声说,"你顺便到卧龙宾馆去一下,用我两个月的工资定一桌酒席,尽量丰盛一些,今晚,我请胖子的客。"说完,跌坐在椅子上,无力地垂下了头。……

八

天阴得要滴下雨来,时辰很像是下午。

一条很窄的巷道。

陈颖脚步跟跄地提着一网兜蔬菜走着。她的身后,紧跟着一群孩子。孩子们边跑边喊:"快来看哟,她爸爸是反革命……"

满脸羞辱的陈颖陡然站住,转回身来气恼地望着这群孩子。

孩子们见状也猛地收住脚步,停止了喊叫。但她一转身迈步,他们又跟着边跑边喊:"快来看呀——"

陈颖一手捂脸,跌跌撞撞地奔进两间低矮的平房内,扑到了呆坐在床边的妈妈怀里。

外边,那群孩子围在门前,依然高声叫道:"噢——,她们被赶出洋楼了——""她们也住破房子了……"其中几个小孩还边喊边向屋里扔石块。

激怒的陈颖猛地从妈妈怀里站起,抹了一把脸上的泪水,急步跑到门外,使劲地在门坎上顿了一下脚。

孩子们先是一怔,住了声,但立刻又"噢——噢——"地喊叫起来,他们并不怕她。

不远处一个巷道口,站着金剑。他默默地看着这个场面,冷冷的脸上毫无表情。接着,慢慢地移步走来,手里提着一小口袋面粉。

孩子们扭头看见面色冷峻的金剑,"轰"地一下四散了。

紧咬嘴唇、强忍痛苦的陈颖见金剑走近,一下子扑到他肩上失声地哭了。她哭得那样伤心、那样痛楚,每个听到那哭声的人,都能立刻感受出姑娘那单纯、稚嫩的心灵承受了多么巨大的委屈和痛苦。

金剑无言地扶着陈颖走进了屋里。

一直坐在床边无声流泪的郑芸,抬起泪眼望了一下金剑手中的面袋,哽咽着说:"小剑……我们娘俩该怎么感谢你……"

金剑闻声使劲地咬了咬嘴唇,向肚里咽下了一口唾沫,尔后才深情说:"郑姨,一家人说这干啥?"

正在这时,房门重又开了,龚主任出现在门口。

"龚伯伯——"陈颖转身扑到了龚主任怀里。

"好孩子——"龚主任用手擦去陈颖脸上的泪水,"我是来告诉你们,诬告盼龙同志的坏蛋已经找到,公安部报请江青批准,已同意为盼龙同志恢复名誉。"

郑芸和陈颖闻声停止啜泣,抬起了泪眼。

金剑忽地瞪大了眼,但那目光中却似乎没有惊喜。

龚主任声调激动地说:"江青同志还亲自指示,要派名医给盼龙同志治病。"

陈颖情不自禁地喃喃着:"江青同志真是清官、好人啊……"

龚主任充满感情地说:"是啊,只要我们的心真正忠于毛主席,最终是不会受冤枉的……"

郑芸一边拭泪一边急切地说:"那个诬告人的坏蛋怎么处置?"

龚主任气愤地说:"要判刑!地革委决定明天下午就召开公判大会,公开宣判这个坏蛋,借以刹刹这股诬告歪风!"随之,他又轻声问:"你们参加明天的会吗?"

郑芸咬牙切齿地说:"去!一定去!我要亲眼看看这个坏蛋的下场!"……

九

一所可容千人的礼堂。

黑墨写就的"公判大会"四个大字悬挂在舞台上方。

舞台正中的一排桌后,身着警服的老刘正站在麦克风前高声宣读着判决书:"……诬告犯陶机,现年三十九岁……"他的身旁,陪坐着几个白衣警官。

舞台右侧,两个警察押着站立不稳的陶机。

老刘的声音从画外传来:"……捕前系地革委农业局干部,因不满地革委副主任陈盼龙同志对他的批评教育,遂起陷害之心……"

坐在台下观众席前排的龚主任、郑芸、陈颖和金剑静静地听着审判。龚主任面露如愿以偿的满意之情;郑芸、陈颖脸呈冤仇得报的痛快之色;金剑的两个嘴角挂着一丝将笑未笑的笑意,不过看样子,那笑如果笑出来的话,很可能是冷笑。

老刘在继续宣读:"……经南宛地区公检法军事管制小组批准,依法判处罪犯陶机有期徒刑十年,刑期从——"

"慢着!!"一个霹雳似的声音骤然打断了老刘的宣判。

可能因为这声音出现得太迅速、太突然,礼堂里的人包括老刘在内都没有听出它的出处。正当大家注目寻找说话的人时,只见前排座位上的金剑陡地站了起来。

坐在旁边的陈颖急忙拉住了金剑的衣襟,轻声说:"人家这是开会,嫌判他轻了,一会儿可告诉龚伯伯,快坐下。"

金剑甩开陈颖的手,大步向舞台走去。

台上、台下的人们都用惊异的目光注视着金剑。

金剑走到台上老刘面前站定。

老刘惶惑地望着金剑。

金剑用手指了一下舞台右侧的陶机,低沉而清楚地说:"请把他放了。"

"为什么?"老刘惊问。

"快下来,小剑。"郑芸在台下大声喊道。她转对龚主任低声说:"这孩子大概是让陶机给气昏了。"

金剑没有理会郑芸的呼喊,仍然冷冷地对老刘说:"请把他放了,诬告陈盼龙的不是他!"

"啊——"礼堂里立刻响起了一个集体的轻叫。

"是谁?"老刘的眼睛瞪大了。

"是我。"金剑的声音淡漠、平静。

"什么?!"实在是因为吃惊,老刘的声音有些变调了。会场的气氛随着老刘的惊问,也骤然变得紧张起来。

"别听他胡说!"陈颖在台下高声喊。

金剑扭头向陈颖含意不明,不,是意味深长地看了一眼,然后从裤子口袋里掏出一个信封和两件用白纸包着的东西向老刘递去:"这是我的罪证。"

"罪证?!"老刘停了半天才伸出手去,看来,这个长期做公安政法工作的人也被这陡然出现的情况弄得有点失态了。

"对。信封里装着的就是给江青的匿名信的原稿。那白纸包着的是两盒录音带,其中一盒是陈盼龙谈话的原始录音,一盒是经我删改后的录音。我将后一盒的复制品寄给了江青,陈盼龙就被逮捕了。"金剑平静地解释着,好像是说着另一个人的事情而不是自己。

龚主任、郑芸、陈颖愕然地望着金剑。

所有观众的目光都集中到了金剑身上,礼堂里出现了片刻的寂静。

老刘对身边的一个警察低声说了一句什么,那警察转身向舞台左侧的一张桌子走去,桌子上放着一台为大会录音的盒式磁带录音机。

警察将录音机提到宣判台上,换上老刘递过来的一盒磁带,随着旋钮的打开,陈盼龙略显沙哑的声音便立刻传了出来:"江青,一看就知道不是个正经东西……"

观众席上立刻传来几个人压抑的笑声。

"快关上!"老刘闻声惊慌地发出命令。

警察急忙伸手关了旋钮。

一道狂怒的光芒从老刘的双眼里射出。

一阵剧烈的颤栗摇撼着陈颖的四肢,她的血升到了脖颈以上。

一股可怕的寒冷浸入了郑芸的心房,她的嘴唇开始哆嗦。

一种杂有吃惊、迷惘、痛心等多种心理的神色出现在龚主任的脸上。

鸦雀无声的会场。

"你——!你——!为什么要害——"身子颤栗不止的陈颖猛地站起喊出了这几个不连贯的字。

金剑没有理会陈颖的质问,而是转向老刘:"请将姓陶的放了。"

老刘向押着陶机的两名警察点了一下头,其中一个打开了陶机腕上的手铐。

被除去手铐的陶机转身吃惊而又迷惘地望着金剑。

"怎么,不认识了?"金剑边问边摘下了眼镜。

"啊——? 甄幸?!"陶机发出这声惊呼时的语调,如同一个人失足落井时发出的一样,与此同时,只见他的膝弯忽然折下,不由自主地跪在了地上。

在听到陶机喊出的后两个字时,郑芸先是一怔,继而身子轻微地颤动了一下。

金剑向陶机讥讽地说:"你看牢房好坐,所以往身上揽?"

"不,我混蛋!……我以为会提拔……我混蛋……多亏你……感谢你……对不起你……"陶机语无伦次地说着。

老刘挥了一下手,一个警察把陶机拖向后台。

"你——为什么要害我爸爸? 你说呀——姓金的!"陈颖含着泪水哭喊道,这声音是心灵突然受伤的姑娘所能发出的最痛楚的呼叫。

陈颖的这声哭喊无疑地唤起了处在惊奇中的人们的同情心,观众席上立刻发出一片斥责甄幸的嗡嗡声。

金剑转身望着台下的陈颖,冷冷的目光中有着毫不掩饰的快意。他用刻薄、嘲讽的口气一字一顿地说:"小姐,这原因就是——我想让你尝尝失去父亲的滋味! 让她——,"他指了指郑芸,"体验一下失去丈夫的心境! 顺便告知,我的真名叫甄幸。"

"你——?!"陈颖后边的话被极度的气愤噎灭在了喉咙里。

"我——! 我本来想让你和你的妈妈继续尝尝人间已有

的各种痛苦,可是因为不愿让这位姓陶的代为受罪,所以不得不中断了计划,真遗憾!"金剑依旧平静地说。

"乒"的一声,陈颖昏倒在了椅子上。她的心与脑同时受了重伤,感情和理智一齐丧失。

"用得着这么激动吗?"望着倒下去的陈颖,金剑竟含笑地耸了耸肩说。

"揍这个小子!""把他拉下来!""叫他讲清楚!"观众席上发出了一片叫声。不少人已恼怒地站了起来。人们的同情心本来就在被害人一边,金剑的这种态度更加激怒了他们。

原来看押陶机的两名警察,在群众愤怒呼声的促动下,不待老刘发出命令,便急步趋前,"咔"的一声,将手铐戴在了金剑的腕上。

老刘挥手让大家安静,然后转向金剑厉声地:"你既然有胆量自首投案,总不至于不敢交待你的犯罪动机和经过吧?!"

"叫他交待!!………"台下又发出了一片愤怒的喊声。

龚主任怔怔地望着这个意想不到的场面。

郑芸脸上现出明显的不安和恐惧。

金剑望了望台下一张张愤怒的脸,又看了看刚刚被唤醒过来的陈颖,使劲咽下一口唾沫,才语调低沉地:"也好,既然大家愿意听,我,就来……交待——"

十

〔金剑缓慢低沉的画外音:"按说,我是不该诬害陈盼龙的,因为妈妈在我刚懂事时就告诉我,要永远感激、尊敬陈盼龙叔叔,是他在解放福丰县城的战斗中救了我们母子的命,那时,我正刚刚准备来到这个世界上……"

随着画外音出现:〕
夜。北斗回悬,河汉低垂。
一座县城在夜色中的剪影。
借着朦胧的星光可见,城楼上插有青天白日旗,几个持枪的哨兵在城头游弋。
几丝流萤的弧光在闪。
众音岑寂,偶尔传来一两声秋虫的鸣叫,打破了午夜时的清幽。
离护城河几百米处的玉米地里,埋伏着我军的攻城部队。战士们一双双警惕的眼睛,注视着隐现在夜色中的城楼……

一个小型地下掩蔽部。
就着摇曳晃动的烛光,我军两个军官在伏案察看一张军用地图。其中一个身材魁伟,粗眉大眼,看上去有三十二三岁的样子;另一个中等身材,眉清目秀,年纪在二十七八岁左右。尽管时间倒转了许多,人们还可以依稀辨出后者就是今天的陈盼龙。
陈盼龙指着地图上的一点低声说:"甄营长,这是块硬骨头。"
甄营长点了点头,继续看着地图。俄顷,一个年轻的通信员来到他们身边轻声报告:"营长、教导员,金副队长来了。"
两人转身看时,一个漂亮英武的女军人已站在面前,她腰际虽然束着皮带,但依旧可以看出,她的腹部凸起,怀着身孕。
陈盼龙惊异地说:"嫂子,你怎么来了?"
金副队长嫣然一笑:"我们卫生队四名同志奉命随你们

营参加战斗。"

"你——"陈盼龙回首望了望含笑的甄营长,"她的身子——?"

金副队长笑了笑用手向外一指:"快去外面看看谁来了。"

陈盼龙有些疑惑地向掩蔽部门口走去。

甄营长缓缓走到金副队长面前,伸手替她理了理额前的散发,温情地小声问:"身子行吗?"

"我也有些害怕,"金副队长把脸偎在甄营长的胸前柔声答,"可是队里人很少……也好,让孩子先听听枪声……"

甄营长理解地点了点头,充满感情地嘱咐:"战斗中要小心……"

掩蔽部门外堑壕里。夜色中可见陈盼龙正对着一个身影苗条的戎装姑娘惊喜地低声喊道:"郑芸——"

姑娘闻声猛地转过身来,随之又羞怯地垂下了头,夜色并不妨碍人们认出她就是今天的陈妻。

"托金慧嫂子捎给你的信收到了吗?"陈盼龙急切地轻声问。

"瞧你——让人听见?"郑芸娇嗔地瞪了对方一眼。

"哦……"陈盼龙惶恐地搓着双手。

正在这时,通信员走过来低声地说:"教导员,营长叫你。"

"噢。"陈盼龙歉意地望了郑芸一眼,转身急步向掩蔽部走去。……

晓雾初开,曙色熹微。

硝烟弥漫的县城街道上,战士们在激烈的枪炮声中冲杀……

金慧和郑芸正在一个街道转弯处给两个伤员包扎伤口。

包扎好的伤员被放上担架抬走,她们刚想站起身子转移一下地方,一阵炮弹撕裂空气的呼啸声突然从空中传来。说时迟,那是快,只见金慧猛地一跃,扑到了郑芸身上。

一颗炮弹在她们身边不远处轰隆炸响。

在近处指挥战斗的甄营长和陈盼龙闻声回头,两人相继发现被土块、砖头埋在地上的金慧和郑芸,金慧此时正摇摇晃晃地站起身来,但立刻又向地上倒去,显然是受伤了。陈盼龙和甄营长见状急步向她们跑去。盼龙在前,营长在后,就在他们跑到两人身边时,炮弹的呼叫声又骤然在空中响起,没有任何犹豫,只见陈盼龙纵身扑到了金慧身上,跑在后边的甄营长猛跃一步,扑向刚要从地上站起来的郑芸。

几乎就在这同时,两发炮弹又落到了近处的街面上,硝烟立时遮住了他们的身影……

秋阳高照,碧空如洗。

县城里两间临时由民房改成的病房。

甄营长和陈盼龙睡在外间的两张床上,金慧躺在里间。三人虽然头臂都缠有绷带,但精神很好。显然,已经过了几天的治疗。

郑芸正俯身金慧床前向她低语:"……师医院高军医告诉我,说你腹中的胎儿可以保住……"

一缕幸福的笑意在金慧的眉宇间浮现。

郑芸又满含歉意地说:"为了我,你受了这么多罪……"

金慧嗔怪地瞪了郑芸一眼:"瞧你,说这个干啥?……"

病房的门开了,营部的那个通信员冲进门来高兴地叫道:"营长、教导员、副队长,团里龚政委看你们来了。"他的话音刚落,一个身材高大的中年军人就已出现在门口。用不着费多大功夫,我们就可以辨认出他正是今天的龚主任。

"政委——"甄、陈二人高兴地叫道,并同时挣扎欲起。

政委急步趋前,按下他们的身子。就在这时,通信员和郑芸,把金慧连人带床抬到了外间。

政委笑望着三人亲切地问:"伤口还痛吗?"

"好多了,完全可以随部队出发。"甄营长高兴地答。

"出发?哈哈,办不到了。"政委笑着说。

"为什么?我们的伤又不重。"陈盼龙急了。

政委语气神秘地:"有一项重要任务等着你们去完成。"

"什么任务?"甄营长急问。

"当官!"政委干脆地答。

甄营长惊疑地问:"当官?"

政委的脸色慢慢严肃起来:"对!代表人民执掌政权。团党委根据上级指示,决定留下你担任这个县的县委书记。"

"书记?"甄营长瞪大了眼睛。

政委转向陈盼龙:"你担任这个县的县委副书记。"

"副书记?"陈盼龙张大了嘴巴。

政委转向金慧:"小金担任这个县的卫生局长。"

"卫生局长?"金慧扬起了眉毛。

"小郑原来不是当过演员吗?这次改干本行,"政委转向郑芸,"担任文化局长。"

"文化局长?"郑芸倒退了一步。

"我不会!"四个人几乎是同时说出了这三个字。

"不会?当初会打仗、治病吗?不会就学嘛!你们向我诉苦,我向谁诉?"

"你——?"甄营长不解地问。

"我也留下了,学着当地委书记。"

"这就好了。"四个人同时如释重负地说,似乎一下子都找到了靠山。稍一沉默,甄营长又语气诚恳地说:"政委,组织上既已决定我留下,我服从。不过,我想和盼龙换换,让他当书记,我当副书记。你知道,他比我经验多——"

"那怎么行?我也不会干!"陈盼龙没有听完就着急地叫了起来。

"哈哈,好,我把你的意见向上级反映反映。不过,你现在不要着急,要安心养伤。"政委笑着说。接着,他又转向金慧:"小金,你还有个任务,就是保证把孩子安全地生下来。"

金慧羞怯地笑了。

政委转而望着甄营长开玩笑地说:"甄诚,你准备给孩子起个什么名字?"

甄诚笑了笑:"说好了,大闺女玲玲跟我姓甄,这一个是男是女都跟她姓金,问她吧。"

"噢?"政委饶有兴趣地望着金慧。

金慧不好意思地:"我盼的是个男孩,要真是的话,叫他金剑算了。"

"金剑?哈哈,这名字不怎么样,"政委笑了,"以后的孩子除了当兵以外,主要的任务不再是拿剑了。"

"那你说起个什么名字好?"金慧含羞问。

"嗯——"政委在踱步思忖。

"我看叫甄幸挺好。"陈盼龙笑着接了腔,"就是真幸福的意思。"

"嗯,"政委点了点头,"可以,这个名字还可以,他们这一代以后是没有什么苦可吃了。不过,孩子姓甄,岂不剥夺了小金对孩子的所有权了?"

"哈哈……"人们都笑了。

"孩子以后真的不用吃苦了?"金慧止住笑显出几分天真地问,母亲总是为孩子想得很远。

"真的!嫂子。我们掌握了政权,工厂、土地都是我们自己的,我敢保证,等待孩子的只会是幸福!"陈盼龙高兴地说。

"要不是这样呢?"甄诚开玩笑地问。

"你找我!"陈盼龙自信地想拍胸膛,但由于胳臂上缠着绷带,终于没有举起臂来。

"哈哈哈……"所有的人都笑了,笑得那样欢快,那样舒畅。

〔音乐——奔放舒展、欢快流畅……〕

十一

〔金剑的画外音:"……这以后不久,我就来到了人间,果然,等待我的是幸福……"

随着画外音出现:〕

躺在襁褓里的甄幸,正在大口地吮吸着妈妈的奶头,白色的乳汁溢出嘴角,缓缓下流……

站在幼儿园舞台上的甄幸,正和几个小朋友一起,弯腰挥手,边舞边唱……

坐在教室里的甄幸,正边看课本边在作业本上写着"社会主义好"几个字,一笔一画,一丝不苟……

十二

〔金剑的画外音:"……可是,这种幸福生活在1959年的夏天,却突然中断了……"

随着画外音出现:〕

晴空。炎阳。不过在天边,已有几朵灰云在游荡。

一间陈设简陋但却干净、素雅的宿舍。矮腿小圆饭桌前坐着十来岁的甄幸和一个十三四岁的女孩,桌上放着一盘炒菠菜和四个盛满了面条的碗。

甄幸在分筷子。他把一双筷子放在一个碗旁:"爸爸的。"又把另一双筷子放在一个碗旁:"妈妈的。"然后把一双筷子递给女孩:"姐姐,你的。"最后把一双筷子放到自己面前:"我的。"

姐姐看了看桌上的马蹄表,自言自语地:"爸爸怎么还不回来?"

"你急什么?"甄幸瞪了姐姐一眼。

金慧腰围围裙,端着一小盘炒鸡蛋从厨房里走了出来。她穿着一身深色衣服,显得娴静、庄重。虽然十年过去了,但她似乎并不显老。她把盘子放在桌上,伸手扯起围裙擦着脸上的汗。

甄幸双眼定定地望着盘子里的炒鸡蛋,小嘴角流出了一丝口水,但他很快抬手抹掉了。

金妈妈望了望桌上的表说:"甄玲、甄幸你们先吃吧,吃了好去上学。"说完转身进了厨房。

甄玲听妈妈这么一说，便端起面前的碗吃了一口面条，然后伸手去夹盘里的鸡蛋。

"啪"的一声，甄幸打落了姐姐手中的筷子。

"妈妈——你看小幸——"姐姐又羞又气地喊。

金妈妈闻声走出厨房问："怎么了？"

甄幸理直气壮地说："爸爸还没回来，她就先吃鸡蛋，馋鬼！"

"谁是馋鬼？谁是馋鬼？"姐姐羞得满脸通红地质问弟弟。

金妈妈和解道："幸儿，快听话，姐姐要上学，让她先吃嘛。"

甄幸那对乌亮的眼珠在眼眶里转了转说："那好！"说完，他端起鸡蛋盘，向爸爸碗里拨起来，直拨得剩下两小块时，才把盘子递到姐姐面前："给，你先吃。"

被气得流出眼泪的甄玲，赌气地放下自己的饭碗，站起来向厨房走去。

妈妈刚要张嘴批评甄幸，门外突然响起了敲门声。

甄幸惊喜地说："爸爸回来了。"说完，端起那碗放满炒鸡蛋的面条，准备递给爸爸。

妈妈拉开了门，出现在门口的却是当年的营部通讯员。他神色抑郁地迈步进屋。

金慧热情地说："小姚，噢，姚秘书，快请坐。"

姚秘书语调微颤地说："不了。我是来告诉你……甄副书记已被宣布撤职，今天上午到地区接受审查去了。"

金慧震惊地问："为什么？"

姚秘书的声音慢慢地低了下去："具体不大清楚……只听说他有……右倾言论……"

"啊?!"金慧不由自主地后退了一步,身子向后倒去。

甄玲慌忙从厨房里冲出,扶住了妈妈。

姚秘书目光复杂地向这母子三人看了一眼,然后移步出门。在门外,他踌躇了一下,似乎想重新走进屋来,但很快,又咬了咬嘴唇,急步走去……

"砰!"甄幸手里的碗掉到了地上,碗摔八瓣,饭撒一地……

十三

〔金剑的画外音:"一个月以后,妈妈也被撤职,我们全家被宣布遣送丰庄村劳动……"

随着画外音出现:〕

午后,游云蔽日。

甄家宿舍前,提包挟裹的金慧和甄玲在含泪用目光同旧居告别。近处,停着一台拖拉机。已经显得十分苍老了的甄诚正向装满化肥的车兜里装行李。

金慧临上车前才发现甄幸不在身边,便着急地喊道:"幸儿,幸幸……"

同甄家相邻的陈盼龙家院里,甄幸正和一个六七岁的女孩在一个小土堆旁捏泥人。听到妈妈的喊声,他急忙把两个捏好的手拉手的泥人交给女孩:"颖颖,放好,等我回来再玩。"

"你啥时回来?"颖颖忽闪着大眼问。

"要不了几天。"甄幸说完,刚要抬脚向院外跑去,画外突然传来陈盼龙略有些颤抖的亲切招呼:"小幸,等一等。"

甄幸扭头一看,一边高兴地喊着"陈叔叔",一边快步向陈盼龙身边跑去。

陈盼龙与战争年代相比显得有些瘦了,样子像是刚刚害过一场大病。他把甄幸拉到旁边的一个自来水管前轻声说:"来,把手洗干净。"

甄幸顺从地伸出两手让陈盼龙给搓洗着。陈盼龙搓洗得那样仔细、认真,似乎要把心中对甄幸的关怀全部揉进那轻微的搓洗动作中。洗完了,又掏出手绢擦干。擦干后,又长久地拿起甄幸的两只手,用手指轻轻地抚摩着他那细嫩的小手臂,样子像是借这个动作来整理自己纷乱的思绪。借此机会可以清楚地看到,甄幸的右小臂上有一块蚕豆大的黑痣,陈盼龙的手下意识地在那黑痣上抚来摩去。蓦地,两颗泪珠滚过陈盼龙的双颊,滴落在了那块黑痣上。

"你怎么了,叔叔?"甄幸惊异地问。

"哦,没什么,"陈盼龙急忙擦掉了黑痣上的泪水,"你去吧。"

外边又传来了金慧的呼喊:"幸儿——"

甄幸低头向陈盼龙鞠了一躬:"叔叔,过几天就来看你。"说完,便转身跑出了院门。

一直呆站在旁边的颖颖急忙跑到院门口去看。

一阵拖拉机的轰鸣声传进院内,陈盼龙闻声无力地将身体斜倚在了院墙上。

手托泥人的颖颖急忙从院门口向屋里跑去,边跑边喊:"妈妈——甄伯伯他们走了——"

屋里,穿着时髦的郑芸,正坐在松软的沙发上悠闲地翻阅着画报,听到女儿的喊声,不经意地抬起头来。猛地,她发现了颖颖手中的泥人,脸色为之一变:"你又在玩泥?!"随着这声呵斥,颖颖手中的泥人已被"啪"的一声打落到了地上。

"你赔我的——,你赔我的——"颖颖看着摔得粉碎的泥人,"哇"的一声哭了起来,边哭边顿着脚向妈妈身上冲去……

……

十四

初春。榆吐嫩叶,柳条飘絮。

西沉的残阳,把很少一点红光洒到村头那块写着"丰庄"两字的木牌上。

村边两间低矮的草屋前,已经是地道的农村妇女打扮的金慧正在一个小柴垛前抱柴。

扛着锄头刚从地里收工回来的甄玲,把锄头靠在门口,急忙走过来接过了妈妈抱的柴。她边向屋里走边问:"妈,我爸还没收工?"

金妈妈叹了口气:"他还有几担粪没有挑完。"

母女俩说着刚要进屋,只见甄幸一手拿块红薯面菜饼子,一手拿棵生葱呼地从屋里跑了出来。

"干什么去,小幸?"妈妈问。

甄幸边嚼着饼子边回答:"去——玩———会儿。"因为舌头正忙着,仅有四个字的一句话中竟顿了两顿。

"记着早点回来吃饭。"妈妈大声嘱咐着,但没等她说完,儿子早连蹦带跳地跑远了……

村中,一个挂有"丰庄小学"木牌的不大的校园。

校园前的操场上,一群十来岁的男女小孩在晚霞映照下欢快地进行跳绳活动:两个小孩相隔五六米分站着,抡动着一条长绳。其余的孩子站成一队轮流跑上去跳着。

啃着饼子走过来的甄幸好奇地注视着这项游戏,看着看着,他把没吃完的半个饼子向身旁的一个男孩手里一塞:"你吃吧,我去跳绳。"

男孩接过饼子,毫不客气地吃了起来。

甄幸站进预备跳绳的队伍中,很快,轮到他跳了。他也像别人那样跑了上去,但刚跳了一下,两个负责抡绳的男孩突然住了手。

"怎么不抡了?"他站在那里有些诧异地问。

"你为啥也来跳,小坏蛋?"一个胖胖的抡绳的男孩带着明显的敌意问。

"谁是小坏蛋?"甄幸瞪起了眼。

"你!你爸爸是大坏蛋,你就是小坏蛋!"

"不准骂人!"甄幸涨红了脸。

"骂你了,怎么着?"

"骂人烂舌头。"甄幸狠狠地说。

"你再说一遍!"胖男孩向甄幸挥了挥拳头。

"骂人烂舌头!"甄幸又狠狠地叫。

"揍你这个坏蛋的儿子。"胖男孩向甄幸冲了上来。

"你敢!"甄幸也捏紧了拳头迎了上去。

两人撕打起来。

"打啊,打这个小坏蛋!"其余十来个男孩呐喊着冲上来为胖男孩帮忙,一齐向甄幸伸拳打去……

寡不敌众,甄幸终于被众男孩打得跌跪在地。

几个女孩惊恐地望着这一撕打场面,那个啃饼子的男孩急忙拔腿向校园里跑去。

土块、瓦片纷纷落在甄幸身上。

没有一声哭叫,更没有半句求饶,甄幸无声地忍受着同龄人的袭击。终于,他跪不住了,膝盖一软倒在了地上。

"干什么,你们干什么?"一个教师打扮的青年在那个啃饼子的男孩带领下,边从校园里跑来边喝道。可以认出,他就是原来的县委秘书小姚。

众男孩一哄而散。

姚老师急步趋前弯腰扶起了甄幸。

满脸血痕的甄幸站稳了身子后,忍住眼眶里打旋的泪水,向姚老师深深鞠了一躬,然后无言地、一摇一晃地向操场边走去……

十五

夜色轻笼,已经到了上灯的时候。

肩挑着一担空粪桶的甄诚,步履蹒跚地向家门走来。

屋内,借着昏黄的煤油灯光可见,甄幸正伏在妈妈怀里用泪水诉说着心中的委屈,瘦小的双肩在剧烈地颤动着。孩子们接受痛苦、悲哀和接受幸福、欢乐一样,只有一点就够他们用的了。

甄玲站在旁边,眼含泪水,默默地望着妈妈和弟弟。

门,被甄诚推开了。他双手扶住门框,大口地喘着气,身子摇摇欲倒,看得出,他脸孔上的每一道褶皱里,都满填着痛苦和疲惫。

"爸爸——"甄玲跑向前扶住爸爸。

"老甄——"金妈妈推开儿子上前搀住丈夫。

甄幸背对着爸爸,默默地站着。

"幸儿,快给你爸爸倒杯水。"妈妈支使着儿子。

甄幸一声没吭,一动不动。

"怎么了,小幸?没听见吗?"金妈妈边扶丈夫去椅子上坐边轻声责怪着。

"怎么了?"甄幸暴怒地重复着这三个字,猛地转过身来,几步跨到爸爸面前,狠狠抓住爸爸的胳膊摇晃着:"你说,你——为什么要当坏蛋?你?"他急急地说完这几个字后,使劲地推了一下爸爸。

被劳累和疾病折磨得精疲力尽的甄诚,在儿子的突然推搡下,身子失去重心,"扑通"一声仰面摔倒在地上。

"啊——?!"妈妈和姐姐同时惊叫一声。

"啪!啪!"妈妈在儿子脸上重重地打了两掌,痛心至极地吼道:"你?你这个东西给我滚,滚!!"

甄玲慌忙俯身去搀爸爸。

"滚就滚!"甄幸执拗地叫道,转身冲出门去。

"乓!"妈妈气恼地关上了房门。

"爸爸——"甄玲突然惊悸地喊道。

金慧慌忙转身,和女儿一同扶起了昏厥的丈夫……

一弯冷月当头,四周万籁俱寂,只有不大的夜风在门前的树梢上游荡着。

甄家屋里,甄诚躺在床上,望着妻子有气无力地:"去喊幸儿……回来睡觉……我的事……别告诉他……他不懂……"

"幸儿——""小幸——"金慧和甄玲的喊声打破了村庄

午夜时的寂静……

甄玲搀着妈妈走过村头晒场上的一个草垛时,猛地停步轻声说:"妈,你听——"

一丝若有若无的鼻息声杂在轻微的夜风里。

母女俩循声找去。蓦地,两人站住了。月光下可见,甄幸仰身酣睡在面前的一堆麦草上,脸上几滴尚未被风吹干的泪珠,闪着晶莹的光。

"幸儿——"金妈妈心疼地扑向了儿子……

十六

春阳渐高,丰庄小学校罩在一片暖融融的阳光下。

一间宽敞明亮的教室。

姚老师正用粉笔在黑板上写着:"用'幸福'一词造句"几个字。写完,他转过身来说:"为了了解一下上一课的学习情况,我们找两个同学在黑板上用'幸福'一词各造一个句子。"

四五十个男女小同学端坐在课桌前,聚精会神地望着老师,甄幸也在其中。

"何小荷。"姚老师点着名字。

"有。"随着一声清脆的应答,一个女孩走向讲台。

"甄幸。"姚老师又叫道。

"有。"甄幸也离开座位走向讲台。

姚老师给他们一人递一支粉笔。

何小荷拿起粉笔,略一思索,便在黑板一头写道:"我生长在社会主义社会很幸福。"

甄幸用粉笔顶住下巴,默默地站在黑板前思索。

姚老师轻声对甄幸说:"不要心慌,慢慢想。"然后向课堂高声说:"同学们,大家跟我一块读何小荷同学造的句子。"说完,扬起了教鞭。随着教鞭的指点,教室里响起了整齐的童音:"我——生——长——在——社——会——主——义——社——会——很——幸——福。"

"大家说这个句子造得对不对?"姚老师问。

"对——!"同学们异口同声地答。

姚老师高兴地用红粉笔在句子后边打上了一个对号。

这时,甄幸也已把粉笔放回到教桌上,走下了讲台。

也许是因为确信甄幸一定能把句子造对,姚老师没有向黑板上看就说:"下边,我们一块读甄幸同学造的句。"说完,随着他手中教鞭的指点,教室里又响起了整齐的童音:"社——会——主——义——社——会——的——幸——福——生——活——为——什——么——没——有——我——的——份?"念到最后几个字时,姚老师和全体同学都有些吃惊地瞪大了眼,声音也明显低了下来。

姚老师手中的教鞭指在最后一个问号上,半天没有放下来。

"这个句子对不对?"姚老师这句轻轻的问话不像是问大家,倒像是问自己。

同学们谁也没吭声,教室里出现了出奇的寂静。

"报告!"一个瘦瘦的男生举起了手。

姚老师用询问的目光望着他。

"我能回答甄幸这句问话。幸福生活没有他的份,是因为他有个坏爸爸!"男孩站起来闪着一双机灵的大眼说。

端坐在座位上的甄幸,听到这句答话,头无力地垂到了桌面上。

姚老师声音微颤地说:"不,不,我们今天不是来回答问题,而是造句。"说着,转身用红粉笔在那句话的后边缓缓地画上了一个对号。

正在这时,教室门"哐"的一声被撞开了,当初同甄幸打架的那个男孩气喘吁吁地出现在门口。

"严虎,你怎么现在才来?"姚老师转脸严肃地问。

"我——,我在看死人。"严虎低头讷讷地答。

姚老师吃惊问:"死人?"

"嗯。挑大粪的那个甄老头,今天可能有病,陶副支书照样让他挑,结果刚才一头栽在粪池旁,死了。"严虎急急地解释道。

"哪个甄老头?"姚老师的声音在抖。

"就是甄幸他爸爸。"严虎望了甄幸一眼。

"啊?!"姚老师倒吸了一口冷气,甄幸也呼地站了起来。

"临死前,他还对我三爷说,西坡的麦地需要再上一次粪,嘻嘻,这老家伙——"严虎继续说着自己的见闻。

"住嘴!"姚老师怒不可遏地喝道。

严虎吃惊地望着老师,稚气的目光似乎在问:"你为啥发火?"

姚老师扔下教鞭,飞步出门。

全班同学也轰的一声随后涌出了教室。

屋里,只剩下甄幸孤零零地站在座位前,他双目凝定,直视着黑板上自己刚才写的那些字。很久很久,才有两颗泪珠缓缓地走出眼眶……

十七

天低日没,冷风阵阵,凄神寒骨。

离村子不远的一处墓地里,几个社员在用铁锹挖一个墓坑。

距墓地一二百米外的一个土坎上,坐着甄幸。他双目一动不动地望着那个渐渐挖成的墓坑,一只手拿着一截树枝在地上下意识地划拉着,如果仔细朝地上看去,可见树枝下出现的是几个歪歪扭扭的字:"人为什么要有爸爸?"

一阵痛楚的哭声随风飘来,甄幸浑身电击似的一抖,起身抬头向村里望去——

村头,一支人数不多的送殡队伍向墓地走来。

队伍的前头,走着一个六十来岁的老汉,他手拿一卷黄表纸,每走一段,就点燃一张扔在地上,默默地用纸钱铺垫路径,引导亡灵行进。

接着,是由姚老师和几个男子抬着的甄诚那口薄薄的无漆棺材。

棺材后面,金妈妈和女儿相互搀扶、倚托着,抚棺悲哭。

天似有情,为这可怜人的下葬抛下了哀悼的白色雪花……

送殡的队伍在墓坑前停下。冷风把妈妈和姐姐那悲凄的哭声更加清楚地送到甄幸耳畔。他望着那徐徐入土的棺材,眼前慢慢出现了幻觉:

——爸爸含笑剥去一块糖的包装纸,向他嘴里填去,他刚要咬住,不料爸爸又猛地抽出,做了一个填向自己嘴里的动作。他扑到爸爸怀里撒娇,爸爸在俯首亲吻他的同时,又把藏在手里的糖块填到了他的嘴里……

——爸爸让他骑在脖子上在屋里转,妈妈含笑递给他一根小棍,示意他赶爸爸走快一点。他举棍打在爸爸身上,爸爸大笑着在屋里快跑……

——他在端着饭碗吃饭,不小心碗被姐姐撞落摔碎,妈妈"啪"地给了他一掌,他委屈地哭了。爸爸拉过他来,轻轻地给他擦去眼泪,并在妈妈脸旁狠拍两个手掌,样子像是在打妈妈耳光。他见爸爸为自己出了气,破涕为笑……

幻觉消失,一个新坟出现在眼前。甄幸大喊了一声"爸爸——"两膝"嗵"的一声跪在了地上……

雪,也许是春天的最后一场雪,纷纷扬扬,倾天而落……

十八

〔金剑的画外音:"……爸爸死后,灾难仍没离开我们。文化大革命开始后不久的一个上午……"

随着画外音出现:〕

一片成熟了的玉米地。十六七岁的甄幸和已变成了窈窕姑娘的姐姐正同一群社员一起掰玉米。望着一个个撑破包衣、玉颈裸露的玉米棒子,姐弟俩难得地笑了。

正在这时,地头忽然传来一个妇女惊慌地喊声:"甄玲——快回去,红卫兵要抓你妈妈游乡——"

甄玲和甄幸闻声一惊,放下手中的筐子,拔腿向村里跑去……

村头,一二百名臂戴袖章、手举红色三角纸旗的红卫兵,排着长长的队伍,推拥着几个胸挂纸牌的人向村里走去,金慧也杂在这几个人中。她双手反绑,胸前的纸牌上赫然用墨笔写着:"牛鬼蛇神——右倾机会主义分子的黑老婆金慧"。

迷惘、愤怒、鄙夷之色在金慧脸上交织着。看得出,她在努力镇静自己,尽量使纷乱的心绪不形之于色,并尽力把脚步迈得沉稳一些。

队伍行至村中小学操场时,村里的人纷纷围了上来。

队伍中间,一个年近三十的红卫兵招呼身旁的一个青年:"喂,严虎,姓金的气焰很高,得想办法制下去。"用不着细认,只需从那双眨得过快的眼睛上就可看出,这个中年人就是我们曾经见过的陶机。

"什么办法?"严虎脸上还挂着当年上小学时的稚气。

陶机转身向严虎附耳说着什么。

"能行吗?"

"保准行!这是中国所有女人都害怕的武器。"陶机满有把握地点头。

严虎转身走出队伍。

游乡队伍在继续行进,口号声接连不断。

严虎突然出现在队前金慧身边,飞快地将拴着绳子的一双破鞋挂在了她的脖子上。

金慧始尔一怔,继而激怒地摇晃身子,企图把那双破鞋甩掉。无奈双臂被死死拖住,不能如愿。

屈辱,使得她那本来就有些苍白的脸显得愈加像白纸一般。

路边传来两个老头的低声对话:"哎啊,不是听说这媳妇挺正派的吗?……""难说,红卫兵没有根据恐怕也不敢这么干……"

金慧的身子不由自主地哆嗦了一下。

两个老太太的轻声交谈又从路边飞来:"唉,这媳妇的脸这下可算叫丢净了……";"活该!谁叫她只图一时高兴失身……"

金慧痛苦地垂下了眼睑。

路边飘过来两个男人的嬉笑:"嘿嘿,没想到,徐娘半老——";"哈哈,俗话说,美妇不惯空房嘛……"

金慧无力地垂下了头。

几句女人的怒骂又撞进人们的耳朵:"这东西,孩子都那么大了,还……";"呸!……"对于失贞女人的蔑视,是生活在中国这个古老国度的妇女一种最悠久的本能。

金慧的脚步踉跄了。

"妈妈——"甄幸的喊声使金慧猛地抬起头来。她痛苦地望了儿子和女儿一眼,只一眼,就又重新垂下了头。

甄玲死命拖住就要冲进游乡队伍的弟弟,暴怒的甄幸低头向姐姐手上咬了一口,但甄玲并没有松手,仍是死死地抓住:"求求你……别去……"

游乡队伍渐渐远去。甄幸用手使劲地擂了一下自己的脑袋,痛苦地蹲在了地上……

十九

暮霭四合。

甄家屋里,金妈妈坐在矮凳上,面色苍白,双眼定定地望着跳动的油灯火苗,一动不动。

"妈妈,吃点吧!"甄玲端着一碗红薯稀饭站在妈妈身边唏嘘着说。

"妈妈,少吃点吧!"甄幸捧着一碟咸菜站在妈妈身边哽咽着叫。

金妈妈似乎没有听到儿女的呼叫,仍然静静地坐在那里。

"妈妈,吃点吧!"姐弟俩一同哭着请求。

妈妈终于抬起头来,接过了女儿手中的稀饭。她声音微颤地:"来,咱娘仨一块吃。"

"不,你吃吧,锅里还有。"姐弟俩几乎是同时说。

"来吧,一块吃。"妈妈又说了一遍。

甄玲拉过一个小凳,坐在妈妈的右腿前;甄幸顺势一跪,伏在妈妈的左膝上。

妈妈用筷子从碗中夹起一块红薯送到甄玲嘴边,甄玲张嘴咬了一点点。

"吃吧,玲子。"妈妈说着,两颗泪珠掉进碗里。

"我不大饿。"甄玲没有说完,一串泪水滴在了碗沿上。

妈妈把红薯送到甄幸嘴边,甄幸也张嘴咬了一点点。

"幸儿,吃吧。"妈妈说着,又有两滴泪水跌进了稀饭里。

"我中午吃得太多。"甄幸想把话尽量说得平静些,但是失败了,泪水伴着话音落到了碗里。

碗里的稀饭大概因为加进了这些泪水显得增多了。

"玲子,家里还有白面吗?"妈妈颤声问。

"还有一点。"甄玲答。

"记着,吃完了先到东院黄大娘那里借一点,轮到咱家使磨时再磨。"

"嗯。"甄玲点了点头。

"妈,明上午让我姐姐给你做白面条吃。"甄幸用尽量轻松的口气说。

"好……吃面条……"

……

苍白的月亮把一缕白光通过屋顶的缝隙泄到床上。

妈妈居中,甄玲、甄幸一左一右,母子三人和衣在床上躺着。

甄幸伸出手,轻轻擦掉妈妈脸上的泪水,低声恳求着:"睡吧,妈!"

"嗯。睡吧。"妈妈说着闭上了眼。

睡魔也把甄幸那疲倦的眼皮合了起来……

甄玲、甄幸相继说了一句含混的呓语,又进入了不很安宁的梦乡。

甄幸紧抓着妈妈衣襟的那只手终于松开,慢慢从妈妈胸前滑下。

金妈妈轻轻起身,悄无声息地下了床。

煤油灯被点着了,就着微弱的光亮,金妈妈颤着双手穿针引线。

她拿过甄玲的一件上衣,开始钉牢上边一颗松动的扣子。"啪",一滴泪水落在扣子上,溢满了四个扣眼……

她拿过甄幸的一条裤子,细心地缝补上边的一道裂口。"噗",一颗泪珠顺线滚下,浸湿了黑色的纤维……

她把补好的衣服轻轻放回床边,含泪的双眼久久地注视着女儿、儿子的脸。

她俯身枕上,似乎想吻吻女儿、儿子的脸颊,但立刻,她又抬起了头,大概是怕惊醒熟睡了的孩子。

她慢慢地转回身,轻轻吹熄了油灯。

屋外,星月依稀,四境凄寂……

酣睡的甄幸翻了一个身,一只手习惯地往妈妈身上放去,但落空了。他伸手向稍远一点的地方摸去,什么也没摸着。

他睁开眼睛,向着黑暗处喊了一声:"妈妈。"

没有任何应答。

"妈妈。"他提高了音量,声音里透着一股惊慌。

"喊什么,小幸?"甄玲一骨碌坐起来,迅速擦亮了火柴。

就着光亮可见,屋里不见了妈妈。

"妈妈——"甄玲预感到什么,跳下床惊慌地向门外跑去。

"妈妈——"赤脚的甄幸跟在姐姐后边喊。

"妈妈——""妈妈——"姐弟俩惊慌的喊声在深夜冷寂的空气中飞快地传开去。

"幸儿……妈在这……"一声断续的应答从村外的田野里飘忽传来。

姐弟俩循声向田野里奔去。

下弦的残月映照着一个长满乱草的田埂。

田埂下,脸孔惨白的金慧一手捂腹、一手撑地挣扎着站起,但接着,又重重地倒了下去。她的身旁,一个画有死人骷髅的农药瓶在缓缓地滚动。

"妈妈""妈妈",甄玲、甄幸的喊声由远而近。

"妈……在……这……"金慧拼命答着,又挣扎着站起身子,跟跄向孩子奔去。但没走多远,又重重地摔倒在地。

月光下,已经看得见姐弟俩的身影了。

金慧艰难地撑起上身,她已没力站起来了。可能意识到已经等不及孩子来到身边,她用尽全力向孩子断续地说着最后的嘱咐:"天凉了……记着……"

"妈妈""妈妈",姐弟俩终于奔到了妈妈身边。但就在这时,金妈妈那只扬起的惨白、颤栗的手,无力地垂到了地上。

"妈妈——"姐弟俩同时发出一声凄厉的呼叫。

西沉的弯月大概不忍倾听这人世上的悲声,倏地钻入地平线,留给大地一片无边的黑暗。

"妈妈——"姐弟俩那撕裂人心的呼喊,被陡然而起的一阵夜风卷走,隐隐约约地在远处回响……

二十

〔金剑的画外音:"妈妈走了……只剩下了我和姐姐……"

随着画外音出现:〕

早晨,甄家屋前,树上残留的几片黄叶在寒风中抖颤。

屋里,甄玲正在土坯垒成的锅台前洗碗。她虽然正值姑娘们最宝贵、最快乐的年龄,但生活的苦痛已在她的嘴角、脸颊和眉梢上留下了明显的痕迹——忧郁和凄楚。

门外,甄幸提着一桶水从远处走来,边走边大口地喘着气。

甄玲扭头发现,急忙出门接过水桶,并低声埋怨道:"你的烧还没退,谁让你去提水的?"

甄幸没说话,只是喘着气望着姐姐把水提进屋里。

正在这时,背后响起了自行车铃声。甄幸转过身来,发现一个邮递员来到面前。

"甄幸,你家的汇单。"邮递员叫道。

甄幸一怔,随即走向前去,接过一看,果然是一张肆拾元的汇单,汇单上"收款人姓名"一栏填着"甄玲、甄幸"四个字;"汇款人姓名"一栏写着"恕叔"两字。

甄幸在邮递员的小本上签了名,然后急步走进屋里:"姐,南宛市的恕叔又寄来四十元钱。"

甄玲接过一看,自言自语地:"奇怪,妈妈去世后,每月寄来一张。"

"姐,恕叔是谁?"

甄玲摇了摇头:"不知道。"

"取不取钱?"

姐姐断然地:"不,不能用这不明不白的钱。"

一阵上工的钟声从村里传来。

"噢,你在家里歇着,我去上工了。"甄玲说着,走到桌前拉开抽屉,把那张汇单放进了一个小木匣中,可以看出,那里边已有一叠相同的汇单。

甄玲担起了两只粪筐快步走出门槛。

甄幸默默地拿起一把铁锹,跟在姐姐后边。

甄玲扭头发现弟弟手里的铁锹,有些生气:"干什么去?"

"干点轻活,少挣两分。"甄幸小声答。

甄玲没说话,但那眼圈,却分明地红了……

二十一

本来就不暖的阳光,又被破絮似的云块遮住了,天显得格外冷。

地头,几十个男女社员正在用粪筐把一堆粪向地里送。

甄玲使劲挑起两筐粪,向地中间走去。

甄幸杂在十来个中年妇女和老头中间,用铁锨向粪筐里装粪。看得出,他很卖力,大颗的汗珠从脸上不断滚下。

"哎——甄幸倒会偷懒!"一个哑嗓音突然从画外传来。镜头拉开,只见陶机站在粪堆边,两手插到裤兜里,一副威风凛凛的样子。

甄幸闻声停下手中的活,抬头惶惑地望着来人。

一个中年妇女见状急忙搭话:"支书,这孩子干活可勤快了,不会偷懒。"

陶机耸了一下鼻子:"不偷懒?为什么别的男子和姑娘都挑粪,他这个大小伙子倒装粪?"

中年妇女有些生气地说:"你不知道他正在生病?"

陶机不再搭理中年妇女,转身向一个挑空粪筐的年轻姑娘喝道:"你把担子让给甄幸,回去再找一副。"

姑娘望了望脸色苍白的甄幸,显然不忍心递过担子,站着没动。

甄幸明白了这是怎么回事,他霍地扔下铁锨,走向前从姑娘手中拿过了担子。

"快装粪!"陶机向两个装粪的妇女发出了命令。

两妇女无奈,只得扬锨装粪,但待两个粪筐各装了半筐后,就住了手。

"为啥不装满?"陶机一边责问一边从一个妇女手里夺去铁锨,抡开膀子向里边装了起来。两个粪筐,都被装得冒了尖。

"挑吧!"陶机用目光逼视着甄幸。

甄幸默默无言,弯腰把担子放在了肩上,准备挑起。

"快放下,甄幸!"随着这个洪亮的声音,一个身体健壮慓悍的男青年跑到了甄幸跟前,伸手卸下了他肩上的担子。

"干什么,严江?"陶机厉声喝问。

"你想压死他?"严江咬着牙反问。

"哥哥!"站在一旁的严虎急忙向前拉严江。

"滚一边去。"严江伸出有力的胳膊把弟弟推了个趔趄。

"严江,我想你是不愿落个立场不稳的罪名的。"陶机的口气里充满着威胁。

严江说:"你——"

默默无言地站在一边的甄幸,此时忽地一下脱掉了身上的薄棉衣,裸露出鲜嫩的、沁满汗珠的双膀。他夺过严江手中的担子,弯腰放在了肩上。

严江重新伸手来取担子,但被甄幸猛地推开了。

甄幸咬牙鼓气,使出全身的力气,挑起了两个粪筐,摇摇晃晃的向地中间走去。

整个粪场上的人群一片静肃,人们的目光随着甄幸的身姿慢慢移动着,不少人脸上现出肩受重负的表情,好像那粪筐压在自己肩上。

汗珠顺着甄幸那憋得通红的脸颊成串地滚下。他的身体开始像喝醉了酒那样晃荡起来,行走的速度明显的慢了,但没有停。

从地中间挑着空粪筐向回走的甄玲,猛地发现了肩挑重担的弟弟。她吃惊地张大嘴巴想要呼喊,但那喊声升到她的喉咙口时却又寂灭了。她大概知道,弟弟现在是靠憋着那股气承担重负,突然的呼叫会在他身上造成可怕的后果。她只能手抓领扣,在心上为弟弟分担重负。

快了,快到放下粪筐的地点了。压在甄玲和社员们心上的那块石头在慢慢地移开。但就在这时,只见甄幸的身体猛烈地摇晃了一下,旋即向地上倒去。

"小幸——"甄玲扔下粪担,发疯似的向倒下的弟弟跑去……

二十二

夜色正在轻轻地遮盖村庄,四周的一切都显得模糊了。

甄玲背着很大一捆柴草从田野向村里走来。她那匀称、丰满的身子前倾得厉害,柴捆显然不轻。快到村头时,她放下柴捆,直起腰用手擦了擦额头上的汗珠。

当她重新弯腰去背捆柴时,猛地发现柴捆上的背绳已放在了另一个人的肩上。

那人背起柴捆后,才回首向她看了一眼。虽有夜色遮掩,但还可以认出他就是为甄幸挑粪打抱不平的严江。

甄玲那平时露着忧郁、凄楚的面孔,被一朵掺有羞涩、甜蜜、满意等多种成分的小小的微笑照亮了。但她的嘴里执拗地轻声说:"我背得动。"

"我知道!"严江没有看她,只是干脆地说出了这几个字,在前边走着。

甄玲掠了掠被汗水浸湿了的鬓发,默默地跟在他的身旁。

"小幸的病好些了吗?"严江边走边关切地问。

"还不见轻。"甄玲忧伤地答。

严江突然转过身来,急迫地低声说:"你和小幸两人生活太苦,答应我前天跟你说的话,把我这个棒劳力添到你们家吧!"

甄玲闻声一怔,随即用一个处女独有的自尊和羞怯的动作,把眼睛低垂了下来。她的双手不安地卷着衣角。

"行吗?"严江轻声催促着。

甄玲抬头望了望严江背上的柴捆,随即心疼地低声说:"你不嫌压得慌?"

严江这才意识到肩负的重量,转身放下了柴捆。

"行吗?"严江又在催促,人总是急于得到幸福的。

"你将来不会嫌弃……我们吧?"甄玲垂首颤声问,她的眼眶已镶满泪珠。

"瞎说!"严江边说边冲动地抓住了甄玲的双手,"结婚后,外边的活由我一人去干,你只需在家里喂猪、做饭,小幸愿干就干点活,不愿干就看点书,我要把你们过去受的亏全都补上。"稍顿,他又宣誓般地说:"如果将来我要欺负你和小幸了,上天有眼,雷打龙抓!"

正如很少沾酒的人喝一点就要醉一样,甄玲那缺少抚慰的心灵,被这番虽然不多但却温暖的话语感动了。她不由自主地扑入严江的怀中,把脸紧紧贴在他那结实的胸膛上。许久,才抬起泪光莹然的脸庞问:"你妈同意吗?"

严江一边伸手拿掉沾在甄玲秀发上的草屑一边充满信心地答:"我今晚就跟妈说……"

……

二十三

中午,太阳被重重的云层遮着,没有撒下几缕光来。

甄家外间屋里,甄玲正用几块砖支着药锅在给弟弟熬药。

离药锅不远的床上躺着甄幸,他双颊潮红,似睡非睡。

甄玲朝药锅下填一把芝麻秆,眼睛定定地望着那跳动的火苗,慢慢地,眼前出现了幻觉:

粉刷一新的房屋。
甄玲正高兴地在锅灶前忙着做饭。
甄幸正聚精会神地坐在小桌旁读书。
门开了,满头大汗的严江扛着锄头走了进来。甄玲见状,急忙上前接过锄头,并递给严江一条毛巾示意他擦掉脸上的汗水。
严江高兴地接过毛巾,边擦汗边坐在甄幸身边,指着桌上的书向甄幸说着什么,像是在辅导他学习什么问题。
甄玲高兴地把两大碗面条分别递给严江和甄幸,并给他们碗里浇上滚动着油珠的蒜汁。
一家三口人围坐在小饭桌前香甜地吃着面条……

"姐,药熬好了吗?"甄幸的喊声猛地把甄玲从幻觉中拉了回来,她抬头一看,急忙从砖架上拿下了药锅。
甄玲把熬好的药倒进碗里,端到了弟弟床前。
甄玲扶起弟弟,使他成半躺姿势,然后端起药碗喂他喝药,一匙一口,一口一匙。
突然,门外传来嘈杂的人声,甄玲刚想放下药碗出门看看,一个沙哑的老妇人的哭声已从门缝冲进屋来:"甄玲,你出来,我问问你,你为什么要把我的江儿往火坑里拉?为什么啊?!……"
甄玲闻声一惊。立刻,羞辱的红晕罩满了她那恬静的脸孔,随后,一阵寒颤又滑下她那洁白的脖颈。她扔下药碗,步履踉跄地奔进了里间。

屋外,一个披头散发的五十多岁的老妇人一把鼻子一把泪地在哭喊着:"甄玲,你不知道你爸爸是什么人吗?你为什么要来祸害我的儿子?……我们家是贫农啊……"她的身边围着不少看热闹的孩子和妇女。有两个妇女望了望屋里,转身想把老妇人拉开。

老妇人挣脱着别人的劝拉,使劲地哭叫着:"不行,今天她甄玲不回答我我不走,我那憨儿子叫她迷住了,寻死觅活的……"

围观的人越来越多,那个在粪场上不忍心把粪担交给甄幸的姑娘从远处跑来,一把扯着老妇人的胳膊,声调哀怨地:"走,妈,我求求你……快走……"

老妇人更加生气地哭喊着:"你求我……我求谁?他们两个要真是结了婚,连你将来的孩子也不能当兵、当工人啊……甄玲,你说,你今后还勾引我的儿子吗?"

"嗵"的一声,甄家屋门打开了。被激怒连眼白也烧红了的甄幸出现在门口,他的手里提着一把明晃晃的菜刀。

像是收音机的音量旋钮被陡地关上了,老妇人立刻止住了哭喊,周围看热闹的人们也都吃惊地瞪大了眼。

甄幸缓缓地走出门外,低沉地叫道:"走开!不然我要杀人!!"语气冷得如冰,硬得似铁。

老妇人惊恐地朝后退去,围观的人群也小心地、悄悄地散开。

望着渐渐走远了的人群,甄幸手中的菜刀"当"的一声落到了地上。菜刀在地上跳了一下,砍破了他赤裸的右脚上的小拇趾。殷红的血立时涌了出来。但他全然不觉,只是呆呆地站着,两眼痛苦地望着迷茫的远天……

甄家里间。甄玲伏身床上伤心地啜泣着。一个姑娘最珍重的财产——声誉,被夺走了,甄玲那颗脆弱的心,碎了。

甄幸默默地站在床前望着姐姐,动了动嘴唇,但没有出声,他不知道该怎样劝说。

一阵上工的钟声从村里传来。

"姐姐,下午你在家里歇着,我去上工。"

甄玲闻言虽没收住成串的泪水,但也止住了哭声。她坐起身摇着头:"不,不——,你有病……"但少顷,她又轻声说:"那你——去吧,小心别——累着……"

"嗯。"甄幸边答边走向外间屋。他先从暖瓶里倒了一碗开水,然后拉开桌子抽屉从里面拿出一个小纸包,小心地打开纸包把几颗白色的结晶体倒进碗里,看得出,那是糖精。他用筷子把糖精在碗里搅匀,并喝了一小口尝了尝,这才把碗端到了里间姐姐面前:"姐,喝点水,喝完你睡会吧。"

姐姐哽咽着接过了碗。

甄幸缓缓地走出了门……

落日衔山,黄昏的翳影在向四野慢慢流动。

面带疲劳的甄幸扛着镢头走到门口,推开了虚掩着的家门。

"姐,你歇着,我来做饭。"甄幸边放镢头边说。

里间没有应声。

甄幸走到面板前,见上边放着擀好的面条,便转身拿起水瓢向锅里添水,边添边问:"姐,添几瓢?"

仍然没有应声。

甄幸有些诧异地走到里间门口向里望去。里间床上,空无一人,只有姐姐那叠放得十分整齐的被褥。

甄幸转身出门喊道:"姐姐——"

依然没有应声。

甄幸一边自言自语:"哪去了?"一边又重新踱进屋里。

突然,他的眼睛睁大了:外间他的床上,放着一叠衣服,衣服旁边压着一张纸。

甄幸急步趋前拿起那张纸看着,手抖,色变。

甄玲凄婉的低音从画外传来——

小幸:

  见到这张纸时,不要再找姐姐了。面条已经擀好,你自己烧水下着吃。家里剩下的三块七毛多钱,我放在你那件蓝上衣的口袋里。以后衣服破了,拿到南院忠勤嫂那里让她帮助补补。现在天冷了,记住晚上睡觉时把脚头的被子压好。还有,你今晚睡觉前别忘了吃药。小幸,别挂记姐姐,姐姐去找爸爸、妈妈,心里很高兴,只是不能照顾你了,你能原谅姐姐吗?

"姐姐——"甄幸痛彻心肺地叫着冲出屋门……

〔音乐——雄浑、悲怆……〕

离村不远的一个小水库的堤坝上,站着不少人。人群中间的地上,浑身透湿的甄玲一动不动地仰躺着。长期盘踞在她脸上的忧郁和凄楚,如今不见了踪影,她的脸显得十分宁静,只有那双依然睁着的眼睛里还露出一丝幽怨,似乎在用幽怨的目光询问渐渐隐入暮色中的苍天:"人生就是这样吗?"

严江跪在地上,一边抚摸着甄玲那已变得僵硬了的手,一边痛切地哭诉着:"我害了你啊……"

周围的几个社员,都在擦着眼泪。姚老师杂在人群中,一只手痛苦地在胸前的衣服上揉搓着。

甄幸冲进人群,有一分钟的时间,他只是怔怔地望着姐姐那已无血色的脸,一双眼睛里干干的,一丝泪光都没有。随后,只见他猛地伸手抓住跪在地上的严江的脖领。严江刚刚站起,就见甄幸突然挥拳向他胸口打去,猝不及防的严江又重重地倒在了地上。这一拳可能太重了,严江挣扎了半天才从地上跪起一条腿。此时只见他猛地夺过旁边一个社员拿在手中的镢头,众人以为他要反抗,刚要伸手拉住,不料却见他抬手把镢头递向甄幸:"来,小幸,照这打!"他指着自己的头,声音里充满着恳求。

甄幸瞪着发红的双眼,急促地喘着气。慢慢地,他背转了身子,漫步向暮色笼罩的田野走去,不久,他又加快了脚步,变成了快跑。

姚老师一惊,随后疾步追去。

一直默默地站在人群中的严虎,也跟在姚老师身后跑去……

〔音乐——韵律深沉,如泣如诉……〕

二十四

甄诚小小的坟冢。坟头上长满的枯草在晚风中沙沙摇动。

甄幸脚步踉跄地从黑暗中跑来。他气喘吁吁地在坟前站立片刻,随即扬起双拳使尽全力向坟顶砸去,与此同时嘴里发出了愤怒至极的嘶喊:"甄诚——,你还我妈妈……还我姐姐……你还我……"

姚老师赶来坟前,默默地望着俯伏在坟头上的甄幸,大颗的泪珠顺颊而下。不远处,严虎站在黑暗中,悄无声息地望着眼前的情景。

甄幸发疯似的用手扒着坟上的土。

"小幸——"姚老师颤声喊。

甄幸闻声扬起泪眼模糊的脸,定定地望着姚老师,半晌才陡然歇斯底里地叫道:"安慰?又来安慰?我没有请你!"

姚老师依然声音颤抖:"对死者是应该尊重的,何况这还是你父亲的坟墓,你怎能……"

"父亲?哈哈……"甄幸失去理智地一下子站了起来,"什么叫父亲?仅仅把孩子们领到人世上的人能叫父亲?不,那叫父本!我没有请他把我领到人间来,没有!你知道吗?"

"你——?"姚老师语噎喉间。

甄幸又要弯腰扒土,双手却被姚老师猛地扯住:"听我说……你爸爸是被冤死的。"

甄幸吃惊地瞪大了眼:"你说什么?"

姚老师也惊恐地睁大了眼,显然他也为自己刚才说出的话震惊了,但随即,他咬了咬牙,脸上露出一种"豁出去了"的神色,这才又痛苦地说:"你爸爸是含冤而死!"

甄幸猛地抓住姚老师的胳膊:"你说清楚!"

"十一年前,他遭人陷害……"

"谁?"

"陈……盼……龙,现在的地委副书记。"姚老师像是作了很大的努力才说出了这句话。

甄幸闻言浑身一震,双眼迷惘地望着对方,半晌,才颤声问:"你……说明白点!"

姚老师缓慢痛心地:"要说明白,得从1959年夏季……县委在丰庄召开的那个现场会说起……"

二十五

〔随着姚老师的叙说——〕

"丰庄小麦高产现场会"的红纸黄字会标映满银幕。

镜头拉开,可见是设在丰庄小学操场上的一个临时会场,场上人头攒动,红旗飞舞。主席台两侧挂着两幅大字标语:"人有多大胆";"地有多大产"。

主席台上,一个农村青年干部正在兴高采烈地讲着话:"……我们丰庄生产队今年的小麦亩产所以能达到一万一千斤,基本的经验是密植……"他,正是我们已经见识过的陶机。陶机身后的一排桌旁,坐着地委龚书记、陈盼龙和甄诚,他们正兴致勃勃地听着青年队长介绍经验。姚老师手拿文件夹坐在他们身边,身份显然是秘书。

陶机说:"……我们队所以能有这样高的产量,还有一条重要的原因,就是县委陈书记亲自在这里蹲点指导……"

龚书记听到这里,转向陈盼龙小声地说:"地委打算把你们搞的这个试点经验转发全区并报省委。"

陈盼龙急忙摇头:"不,不。这经验还很不成熟,很不成熟。"话虽这么说,但他脸上的欣喜和满意之情却没有掩饰住。

甄诚此时也向陈盼龙语气真挚地说:"看来你是对的,当初我不该反对你来搞这个高产试点。"

陈盼龙自负地一笑。但立刻,又有一丝不安从他的眉梢掠过。

龚书记闻声也转身向甄诚笑着说:"老甄,你住这一年多医院,出来后要注意使思想跟上飞速发展的形势啊!"

甄诚认真地点了点头。

青年队长陶机高兴地宣布："……下边，请领导和同志们参观我们队里的粮仓和社员家庭的粮囤！……"

一个很大的粮仓里，立着几个用土坯垒成的大粮囤，囤里满盛着麦子。囤上分别写着："10亩，11万斤"；"15亩，16.5万斤"；"12亩，13.2万斤"……

龚书记、陈盼龙、甄诚和到会人员望着粮囤在高兴地议论着……

记者在忙着拍照……

又是一个和刚才相同的粮仓，参观的人们照样在用各种动作表示自己的惊异和羡慕……

一户社员家里，地、县委领导和几个到会人员望着盛满麦子的粮囤，在向这家的主人高兴地说着什么，主人无表情地垂手恭敬地听着……

摄影记者的镁光灯在闪烁……

又一户社员家里。龚书记、陈盼龙、甄诚和姚秘书望着盛满麦子的粮囤在愉快地交谈着。随后，他们走出了房门。这家的四口人——一个四十多岁的妇女、一个十七八岁的男青年、一个十二三岁的女孩和一个十来岁的男孩，默默目送着他们，妇女面露惊惧，青年目衔气恨，女孩和男孩神情惶惑。可以辨出，那两个男孩，就是严江、严虎兄弟；那个妇女和女孩，就是在甄家门前哭闹一场中见过的母女俩。

龚书记一行刚出屋门，两扇木门就在他们身后无声地关上了。

龚书记和陈盼龙说笑着走出了院门。

甄诚拉住姚秘书的手,指着院子里的一棵苹果树说着什么,样子似乎在评价果树修剪得好坏。就在这时,屋里传来严虎的哭声:"我不吃,我不吃。"

"不吃给我滚!"严母气恼的声音。随即是"啪"的巴掌声。

"哇——"严虎的哭声。

"这东西确实不好吃。"严江的声音。

"不吃你也给我滚!"又是严母的声音。

甄诚和姚秘书对望了一下,然后转身向屋门走去,推开了虚掩着的门。屋内,母子四人围坐在一张小饭桌前,桌上放着一竹筛用地瓜面、青菜和粗麦面混合在一起做成的窝头和几碗开水。见甄诚进来,全家都站了起来,严母显得十分慌张,急忙用一条毛巾盖在了窝头上;严江双眼盯着来人,目光中含有明显的敌意;严虎抹了一把脸上的泪水,有些害怕的和姐姐一块向妈妈身边靠。

甄诚指了指粮囤,语气和蔼地问:"大嫂,刚分了这么多麦子,为什么不给孩子蒸点白馍吃?"

严母嘴角动了动,没有说出话来。

"哼!"严江望着甄诚气愤地"哼"了一声,扭过脸去。

"节约也不能过分啊,大嫂。"甄诚依旧平和地说。

"节约?!"严江扭身激怒地叫了一声后,猛地抄起门后一把镢头向粮囤走去。严母见状慌忙上前拦阻,但被儿子推了个趔趄。严江抡镢向土坯垒成的粮囤壁半腰狠狠砸去。

严母惊呼:"江儿——"

甄诚和姚秘书怔怔地望着这母子俩的举动。

严江三镢头下去,粮囤壁被砸开了个洞,他伸手把砸碎了的土坯从洞口拿开,然后转身向甄诚做了个请看的手势。

甄诚带着莫名其妙的神情走向前低头看去——

洞口的特写:洞里露出的不是麦子而是麦秸草。

甄诚和姚秘书吃惊的面孔。

严江愤怒地说:"全队所有粮囤里装的大部分都是麦秸草。"

霎时,甄诚的前额起了变化,一条条的皱纹像云层般地凑拢起来,最后,竟变得非常阴沉可怕。忽地,他转身抓起严江的胳膊大步向门外走去。

严母惊慌地望着儿子随甄诚走出门外……

在刚才参观过的一户社员家里,严江抡镢将粮囤壁半腰砸开一个洞,甄诚伸手从洞里摸出一把麦草……

在刚才参观过的生产队粮仓里,严江跳上一个粮囤,从囤边的麦粒中伸进手一揭,一张苇席露了出来。原来,整个粮囤上边只有薄薄的一层麦子,下边全是麦草。接着,严江又抡镢从半腰砸开了另一个粮囤壁,甄诚伸手从里边摸出的依然是麦草。他怒不可遏地摔掉手中的麦草,向身边的姚秘书大声叫道:"去把陶机叫来!"

姚秘书急忙转身走出仓门。

甄诚激怒地在仓库里来回踱步,一只手烦躁地去解领扣,因用力过猛,把两枚扣子扯掉了下来。

陶机在门口出现,他在跨进门槛的同时,已感觉到屋内的气氛不大对头,待他一看到粮囤壁上的破口里露出的麦草,脸霎间白了,眼中的得意即刻消失了。

甄诚几步跨到陶机面前,暴怒地叫道:"你竟敢——?!我……我——"说着,突然扬手向陶机的脸上狠狠打了一掌。

陶机惊骇地后退一步:"不,不能——甄副书记,这事陈书记——他知道。……不怨我。"

"什么?!"甄诚因为震惊把眼瞪得更大。

陶机害怕地说:"陈书记……同意……这样做。"

正在这时门外传来了脚步声,随即,陈盼龙出现在门口。显然,他没有立刻感受出屋内异样的气氛,只是高兴地说:"老甄,龚书记刚才坐车走了,他让我告诉你——"蓦地,他的目光触到了粮囤壁破洞里露出来的麦草,话音戛然而止,脸上露出了惊慌和尴尬的表情。

甄诚的双目定定地望着陈盼龙,谁都可以从那目光里读出一种激怒的谴责和深深的痛心。

直到陈盼龙无力地垂下了头,甄诚才挥手示意屋里的其他人出去。当人们走出门后,他急步跨到陈盼龙面前一字一顿地说:"你要向全县人民检讨!!"沉默良久,他又沉痛地说:"看来,还是'右倾'一点好,今后,我还要当我的'右倾分子'……"

陈盼龙身子瘫软似的斜倚在了粮囤上。

甄诚缓缓地跨出门去,来到在门外低头站着的陶机面前,他凝立片刻后歉疚地轻声说:"小陶,刚才我不该……动手。来,打我两掌,出出气。"

陶机不知所措地望了甄诚一眼,又垂下了头。

甄诚笑了一下:"哦,你不好意思,我来。"说完,猛地抓起陶机的手向自己脸上"啪""啪"打了两个耳光。

陶机吃惊地缩回了手。

甄诚笑了笑:"好,我们谁也不欠谁的了。现在你去把会计、保管员找来,咱们一块商量商量给社员补分麦子的事。"

陶机点了点头,慢慢地移步向村里走去,在走出几十米以后,只见他又猛地回头看了甄诚一眼。天啊,那目光中竟还闪射出那么多的仇恨……

二十六

〔姚老师的画外音:"……恰恰就在这天下午,我们回到县城的时候,又发生了另外一件事,这件事也许你还能记得一点……"

随着姚老师的叙说:〕

甄诚和姚秘书各背一个军用挎包在县城街道上走着。两人显然都还沉浸在上午的事件中,面色冷峻,脚步匆匆。

他们走过一个挂有"县委招待所"木牌的大门时,一个肩背挎包、怀抱三四瓶酒的青年也从街道上急步向门口跑来。他跑得委实太快,以至本来想让路的姚秘书来不及躲闪,两人身子就撞在一起了,与此同时,只听"叭"的一声,一个酒瓶掉在地上摔得粉碎。

"哎呀,这瓶大曲——"拿酒瓶的青年发出一声惊呼,声音里充满了抱怨和惋惜。

"对不起,对不起!"慌乱中的姚秘书竟急忙蹲下身来,伸手想揽起那已四散流开的酒液。

已经走过门口几步的甄诚闻声回顾,转身走了过来。

"怎么搞的,你走路怎么不长眼?"青年涨红了脸朝姚秘书叫道。

"噢,对不起,我赔!"姚秘书一边道歉,一边急忙从口袋里掏出了一张拾元的人民币。

"赔是小事,"青年的声音也低了下来,"我是按每桌两瓶买的,这一来就要耽误酒席上用了。"

听到这句话,甄诚的目光落到了青年的挎包上,那里边也装着几瓶酒。

正在这时,从招待所院里又走出一个中年男子,只见他大声向青年喊道:"小马,快,席上的'红葡萄'已经喝完了。"

青年闻声急忙向院里跑去。

姚秘书见状慌忙喊道:"哎——,我赔的钱。"

门口的中年人本要转身走去,听到这声喊叫,又转过头来,随之,只听他惊喜地喊道:"甄副书记。"声音未落,他已经跑到了甄诚面前,抓住了对方的手。

甄诚脸露笑意地问:"江会计,什么人在这里摆酒宴?"

江会计答:"文化局郑局长。"

甄诚依旧含笑地问:"给什么人摆的?"

"地区和其他几个县文化局的人,他们在咱县开现场会。"

"用的是私款吧?"

"私款?"江会计撇了撇嘴,"光酒钱就是这个,"他伸手比了个"八"字,"她能掏得起?"

甄诚脸上的笑意陡然消失了。他转身向姚秘书挥了下手:"你不是要去赔钱吗?走,进去看看!"

三人转身向大院里走去……

招待所餐厅。

五个铺有白色台布的圆形餐桌周围,围坐着三四十个男女干部。

酒宴显然已进行了一些时间,摆满每个桌面的丰盛菜肴,多已下去大半,席上的人也都已面带桃红,唇沾油腻了。

几个桌上的人正在打开新摆上的酒瓶,向杯里斟酒。

中心桌上,一个胖胖的中年男子举起高脚酒杯,含笑地望了坐在身旁的郑芸一眼:"来,为福丰县文化工作取得的巨大成绩再干一杯!"

"来,来,来!"众人响应,举杯扬脖。

一个瘦瘦的中年男子边举筷去夹盘里的二块糖醋鱼边媚笑着说:"这次来福丰参观文化工作,真是眼界大开,受益匪浅呐!"

另一个和他年龄相仿的人没等嘴里的东西咽下去就迫不及待地接口:"同感,同感。郑局长到底是行家出身,领导有方啊!"

这丝毫没加掩饰的恭维和奉承,使郑芸的脸上分明地添上了一点得意。她矜持地微笑着说:"大家过誉了。这次诸位光临,接待或有未周,谨此致歉了。"此时的她,无论从衣饰上看还是从风度、言语上看,都十分像一个干部了。

正在这时门开了。我们见过的小颖颖喊着"妈妈"向郑芸身边跑来,她的身后,紧跟着小甄幸。

郑芸见状有些生气地问:"你们两个怎么跑来了?"

"钱叔叔告诉我们你在这里嘛!"颖颖略带委屈地答。

"嗳?这不是颖颖吗?快!"一个女干部说着转身把颖颖抱放在了自己的膝上。

另一个男的边把甄幸抱放在一个椅子上边问郑芸:"这是谁的孩子?"

"甄副书记的。"郑芸笑答。

两个干部殷勤地为颖颖和甄幸伸筷夹菜。颖颖和甄幸先还有点害羞,但很快,就不客气地大口吃了起来。

宴席气氛又恢复如初,宾主酬酢,杯盘撞击,觥筹交错。

餐厅门又无声地开了,甄诚和姚秘书走进门来。

欢饮的人们并没有发现他们的到来,屋里气氛依旧。

甄诚的目光在一个餐桌上落定,慢慢地,桌上那些冷盘热碟和酒杯,幻变成了丰庄严江家饭桌上的一筛菜窝头和几碗开水,与此同时,耳畔骤然响起了小严虎那凄怨的哭叫:"我不吃,我不吃……"

幻觉消失,甄诚痛楚地眨了眨眼。蓦地,他的目光停在了甄幸身上,一股怒意即刻从眉梢跳出。

"甄副书记来了?!"一个转身向座下扔烟蒂的人发现了甄诚,发出了一声喊叫。

听到这声喊叫,郑芸的脸上立刻现出一丝不安。喊声刚落,马上就有几个人离座来拉甄诚和姚秘书入席。

甄诚含笑推辞,不过,他笑得很勉强。

"甄副书记既然来了,哪有不入座之理?"那个胖胖的中年男子叫道。

甄诚平静地说:"不,我是因为招待所的会计病了,来代他收钱的。"

"收什么钱?"胖子不解地问。

"就是这酒宴的钱!"甄诚依旧平静地答。

"啊?!"几张餐桌上同时发出一个压抑的惊呼。郑芸双颊上的红晕立时被苍白所替代。

甄诚仍然平静地说:"这五桌酒席共花二百一十九元六角四分,参加宴会的共有二十八位男同志,九位女同志和两个小孩。男同志每人收六元。女同志喝酒少一点,每人收五元,小孩每人收三元三角二分。"

这平静的声音似乎有巨大的震慑作用,以至于几个已在嘴里填满食物的人竟停止了咀嚼,餐厅里的音量一下子降到了零分贝。

"大家坐下来继续吃吧,谁吃完到我这里交钱就行了。"甄诚说完,走到一张放碗筷的桌前坐下,并顺手掏出自己的钱包,数出三元三角二分钱放在桌上:"这是我儿子甄幸的。"

坐在郑芸身旁的那个瘦瘦的中年男子望着郑芸嗫嚅地说:"原来……没有说让交钱啊?"

郑芸的嘴唇在哆嗦。

"是啊,我们本来是想用公款的,见上级没有这个规定,所以只好请诸位破费了。"甄诚接过来答。

"哼——"胖子斜瞪了甄诚一眼,然后转向餐桌大声地说:"交钱就交钱,谁还交不起这几块钱。"说罢,从口袋里掏出一张五元和一张一元的人民币"啪"的一声放在了甄诚面前的桌上。

"好,六元,交一个了。"甄诚平静地说道。

胖子几步冲出门去。

"啪"!又一个人赌气地把钱放在了甄诚面前,甄诚照样平静地说道:"又一个六元。"

又一个人把钱放在了甄诚面前。

又一个。不过钱放在桌上的声音却越来越小了。

再一个。

……

屋里只剩下了端坐在餐桌前的郑芸和呆立在她身边的颖颖和甄幸。

郑芸慢慢地站起身来向门口走去。谁都可以看出,她的双眼里蕴藏着没有发作出来的怒气。

甄诚语调平和地说:"小郑,没带钱吗?"见对方没有回答,便又接着说:"我这里有。"说完,从自己的钱包里掏出八元三角二分钱放在了那堆钱里。

"哼!"郑芸瞥了甄诚一眼,迈步跨出了门槛。这一眼包含了多少内容啊,有恼怒、有气恨、有轻蔑,还有"咱们走着瞧"的暗示。

甄诚双手哆嗦着开始整理那堆钱。

一直呆站在那里的颖颖,此时跑过去抓住甄诚的胳膊问:"甄伯伯,为什么要收钱?"

"因为——"甄诚的声音很厉害地抖颤着,许久,才从喉咙里迸出来一句:"因为这是很多叔叔阿姨用这个——"他说着抬手向额头上抹了一把,然后把手掌伸到陈颖面前:"用这个换来的!"

特写:甄诚那粗糙的掌心里,汪着几颗晶莹的汗珠。

颖颖和甄幸似懂非懂地眨巴着眼睛……

二十七

〔姚老师的话外音:"……就在这天晚饭后……"

随着姚老师的叙说:〕

县城陈家宿舍。

里间,雪白的灯光下,可见坐在写字台前的陈盼龙,烦躁地把手中的钢笔扔到了桌上。桌上放着一本稿纸,上边写着几个潦草的钢笔字:"我的检讨"。

郑芸把一杯茶水放在丈夫面前,看了一眼纸上的那几个字,语带讥讽地说:"这几个字写得不错!"

陈盼龙斜眼瞪了妻子一眼,恼怒地说,"去——"

郑芸面露愠色,继续讽刺:"你的本领就是向我发火吗?"

"你——?!"陈盼龙暴怒地站了起来,向妻子抡起了巴掌。

"你敢?"陈妻见状吃惊地后退了一步,但随即又走前两步,把脸向丈夫伸去:"你打,你打!"

陈盼龙的巴掌在半空中停了下来。他望了望妻子那挑衅性的面容,无力地垂下了巴掌。这,似乎显示出了他平日在家庭中的地位。

外间屋门外,姚秘书手拿文件夹走到门口。他很随便地推开外屋虚掩着的门,看得出,他是这里的常客。但就在他跨进门坎的同时,从里间屋里传来了陈妻恼怒的声音:"在外边受了气拿到家里出,有本领为什么不在外边出?"

姚秘书闻声收住了脚步,他踌躇了一会儿,然后退出门外,轻轻地带上了门。

他想转身走开,但随即,门缝里又飞出了陈妻的声音:"在文化局里,我这个局长说句话尚没人敢不听,而你这个县委第一书记,反倒受别人的气。"

这声音使他不由自主地停下了脚步,回首侧耳倾听起来。

屋内,坐在椅子上的陈盼龙眼含痛苦地望着妻子轻声恳求:"好了,我的祖奶奶,求求你,让我安静一会儿。"

"想安静?"郑芸依旧是讥讽的口气,"那你干脆去告诉甄诚,把第一书记让给他,这样你就彻底安静了。"

"不许胡说!"陈盼龙恼怒地拍了一下桌子。

"胡说?"郑芸扬起了眉毛,"他逼着你向全县作检查是为了什么？难道仅仅是因为浮夸？谁不知道浮夸现在在全省已成了公开的秘密。告诉你,他这是以此为借口,想败坏你的声誉,搞垮你的威信,最终取你而代之。"

"你——?"陈盼龙仰脸吃惊地望着妻子,他的心房显然被她的分析震动了。

"我——,我是想告诉你,权力争夺是政界一切事件发生的最终原因。"

"住口——"陈盼龙涨红着脸叫道,"你要知道,他是我的战友。"

"战友?"郑芸撇了撇嘴,"你读过列国志吗?知不知道商臣就是以'熊掌难熟'为借口立逼其父自杀让权的?你看过《贺后骂殿》这出戏吗?记不记得赵光义就是在烛影下操斧戮兄夺权的?你听说过清宫'巧改遗诏'的故事吗?晓不晓得雍正就是以'毒参汤'害父篡权的?父子、兄弟为了权力尚且如此,战友之间难道还会留情吗?"

"那是过去,我们现在是无产阶级,是共产党员。"陈盼龙的语气与其说是同对方辩论,倒不如说是向对方解释。

"共产党员?共产党员就不是人吗?只要是人,就知道美食可口,华服爽身,因而也就知道权力的重要。你,应该去学着认识人类的心。"

"别说了……我决不相信甄诚想夺我的权……"陈盼龙没有信心地争辩道。

"你不要被当初他让你当第一书记这件事所欺骗。我敢说,他现在后悔了。当初他所以这样做,是因为没有料到在社会主义社会中权和利是连着的。"

陈盼龙脸上的表情说明他的心被说动了,但在他的心灵深处,还好像有些东西在挣扎,他痛苦地叫道:"别说了……"

郑芸欲罢不能地说:"你还记得那本很有名的小说上写的'在政治上,是没有人,只有主义,没有感情,只有利害'的话吗?"

"你走开……我不想听……"陈盼龙无力地叫道。

郑芸带着胜利的微笑,迈着轻快的脚步向外间走去,随之,画外传来她咬着牙发出的内心独白:"甄诚,你让我丢一次脸,我要你用十倍的代价偿还!"

陈盼龙怔怔地坐在写字台前。

他急切地抓过那张写有"我的检讨"几个字的纸揉搓着,与此同时,低声喊道:"小芸——"

郑芸闻声从外间屋走进来。

"你说怎么办?"陈盼龙哑声问。

"与其坐而挨整,不如——"郑芸脸上现出了一丝笑容,一般地说,看人的笑脸是会感到舒服的,但此刻看到郑芸的笑,却能使人的心脏为之一缩。"不如起而反攻!"她从牙缝里吐出了后半句话。

陈盼龙的目光在催促她说下去。

郑芸又低声说:"我从省文化局老刘那里听说,省委最近要开展一场反右倾斗争,甄诚说过'看来还是右一点好',我们完全可以利用这一点——"

陈盼龙眼睛中露出迷惑不解的光。

郑芸继续小声说:"我们可以把这番话演绎一下,向地委写一封揭发信。"

"那,万一——"

"怕什么?你是第一书记,只要你一口咬死,他就永远不能翻案。"

"现在就写?"陈盼龙仍然有些迟疑。

"对！搞政治要和搞军事一样珍重时间。"郑芸那还算好看的脸上现出一种教人害怕的残忍表情。

"那你来……写吧……"

一丝快意浮上郑芸的脸孔,看来,报仇确实是一种无上的快乐,尤其对于女人。……

屋外,站在窗边的姚秘书看到这里,身子禁不住猛地哆嗦了一下……
　……

二十八

姚老师的叙说画面消失,银幕上渐现出甄幸那被愤怒扭曲了的脸。他喃喃地自语:"原来……是这样……"蓦地,他转身抓住姚老师的胳膊嘶声问:"为什么不早告诉我?……为什么?"

姚老师沉下了目光,也沉下了声音:"我,害怕……"

甄幸慢慢松开姚老师的胳膊,转向坟墓凝望片刻,痛呼一声"爸爸——"重又扑倒在了坟头上……

严虎依然悄无声息地站在原地,浓重的夜色遮掩着他的身影,也掩了他脸上的表情。

四野,顿时充满了甄幸那痛楚呼叫所洒下的深深的寂寥……

二十九

一灯荧荧如豆。

空空荡荡的甄家屋里,甄幸挥泪伏在一张小桌上写信。

信纸的特写:

敬爱的县委:

    我有冤要向你诉……

几大滴泪水落到了信纸上……

晓色洒满窗台。

甄幸仍在桌上写信……

艳阳斜照室内。

甄幸还在桌上写信……

暮色挤进屋门。

甄幸依然在伏桌写信……

一个小镇邮局的门口,甄幸手拿一叠信封在最后一遍检查信封上的字:

    北京

        毛主席、党中央收

    中州市

        省委办公室收

    南宛市

        地委办公室收

    福丰县

        县委办公室收

检查完毕,甄幸小心翼翼地把信分别投进了邮筒。看得出,与信同时投进去的,还有另外一个宝贵的东西——希望……

三十

〔金剑的画外音:"……一直等到1976年2月,我的上诉信没有得到一字回音……于是,我决定不再待在家里等……"

随着画外音出现:〕

清晨,甄幸把几个红薯面饼子装进一个旧挎包,走到小桌前拉开抽屉,望着木匣里边的那一厚叠"汇款通知单"犹豫了一会儿,然后拿起其中两张装进口袋,转身向门口走去……

甄幸身背挎包,走进了一个挂有"县委办公室接待室"木牌的房子。

接待室内,甄幸含泪向一个四十来岁的中年男子诉说着什么。中年男子同情地听着,听完,向甄幸做了个无奈他何、心想助而力不足的手势……

甄幸身背挎包,走进了一个挂有"地委办公室接待室"木牌的房子。

接待室内,甄幸含泪向一个四十来岁的中年妇女诉说着什么。那妇女听着听着面露惊慌之色,急忙示意他住口,然后拉他出门,指着走廊对面一个挂有"副书记办公室"木牌的门口让他看,大概是告诉他要小心点。正在这时,陈盼龙手拿一个文件夹从办公室走了出来。中年妇女见状急忙把甄幸拉进屋门,甄幸瞪着发红的双眼,从门内仇恨地盯着陈盼龙渐渐远去的背影……

甄幸身背挎包,走进一个挂有"省委办公室接待室"木牌的房子。

接待室内,甄幸向一个三十来岁的青年干部诉说着什么。那青年先是心不在焉地听着,末后却突然从沙发上跳了起来,大声地训斥着甄幸,甄幸吃惊地瞪大了眼……

甄幸身背挎包,走在北京长安街上……

新华门外不远处,甄幸定定地站在街边,双眼不安然而是满怀希望地望着新华门口。

一辆上海牌轿车驶出门口,甄幸急忙向街心跑了几步,但又猛地站住,轻轻地摇了下头,退回到街边上。

一辆红旗牌轿车刚刚驶出门口,甄幸就飞快地向街心跑去。他刚刚冲到街心,轿车已驶到了他的跟前。"嘎"的一声,轿车来了个急刹车。

车内,仰躺在后座上的江青被猛地颠起。江青愤怒地斥责着司机,司机嗫嚅着用手指了指车前。

车前,甄幸正向围上来的几个警察和江青的卫士哭诉着什么。

卫士转身来到车旁,打开门向仰躺在后座上的江青报告着什么。甄幸站在车前满怀希望地望着。

江青气恼地指着卫士的鼻子斥责着。卫士边上车边对车前的警察挥手,示意他们把甄幸架开。

轿车"呼"的一声开走了。甄幸怔怔地望着越行越远的轿车,目光中既有失望也有惶惑……

北京车站月台。两名警察推着甄幸走上一列待发的客车。

甄幸拼力抗拒不想上车。

一名警察同情地向甄幸说明着什么。

甄幸终于被推上列车。

列车缓缓开动了,另一名警察从口袋里掏出两个面包塞进甄幸那空无一物的挎包。

两名警察跳下列车,列车员"嘭"的一声关上了车门。

甄幸冲到门口,使劲地敲着窗玻璃。窗外,京郊的建筑物飞快地向车后退去。

甄幸慢慢地擦去脸上的泪水,牙咬下唇,脸上现出一种一不做二不休的冷酷表情……

三十一

时近黄昏。

南宛市一家土杂品门市部里。甄幸拿起挑选好的一把宰猪刀向自己左手中指指肚上狠狠割去,像在试验刀锋的利钝,又像表示一种决心。女售货员望着他指头上涌流出来的鲜血,惊骇地捂上了眼睛。甄幸淡漠地用衣襟擦了一下手上的血,转身走出了店门……

夜色已浓。

甄幸手握尖刀,缩放在上衣口袋里,在南宛地委大院对面的人行道上徘徊,双眼紧张地注视着对面门口进出的人。

少顷,借着大院门口的电灯光可见,陈盼龙和一个干部从院里边谈话边向门口走来。

甄幸浑身一震,急步跨过街道,向大门口走去。

距离陈盼龙越来越近,尖刀被甄幸慢慢从口袋里拔出。就在这时,一辆吉普车从院内"呼"地驶出,停在了陈盼龙身边,车上下来了两个人围在陈盼龙身旁说了几句什么,随后,陈盼龙一弯腰上了车。

吉普车飞快地驶走了。甄幸懊恼地随车追了几步,随后沮丧地沿着人行道走去……

三十二

甄幸沿着幽暗的人行道缓缓地走着。

对面街上,一个姑娘骑着自行车和他同向而走。就在姑娘要越过一条胡同的时候,猛地从胡同里飞出两辆自行车。三车相遇时,只听"咔嚓"一声,随之就见姑娘的自行车失去控制地向街中心斜冲而来,与此同时响起了姑娘的怒骂:"眼瞎了,没看见姑奶奶——"肇事的两个青年边转弯飞车反向走去边回骂:"姑爷我没——"双方的骂声尚未全部出口,只见从小伙子驰去的方向高速驶来一辆轿车,轿车司机大概看见了街道中心摇摇晃晃骑车的姑娘,但急鸣喇叭,示意离开。

惊魂未定的姑娘听到急骤的喇叭声,慌忙蹬车向甄幸站立的街边躲来。但她在惶急中没有看到,她的正前方,一辆解放牌汽车正风驰电掣地驶来。

解放牌汽车司机猛地发现一个骑车的姑娘冲到车前,转向已不可能,惊慌中死死地踩下了制动闸,但是晚了,巨大的惯性仍然驱车前冲,一场伤人车祸瞬间就要发生。

说时迟,那是快,只见道边的甄幸此时像猿猴那样敏捷地冲向街道,一把把姑娘从自行车上拖下,拦腰抱住就地滚去。他们刚刚滚走,汽车车轮就碾过了那辆倒地的自行车。

汽车在不远处停了下来,司机向两人跑来……

近处街道上的行人向两人跑来……

市医院急诊室门前。姑娘细眉紧皱,两眼紧张地注视着急诊室门口。这时可以清楚地看出,她,正是我们在前边见过的陈颖。

门开了,一个身穿工作服的医生从里边走出,姑娘急忙上前焦急地问:"医生,他怎么样?"

医生:"脑子轻度震荡,肩、臂肌肉受伤,腹部被他身上带着的一把尖刀戳破。"

姑娘紧咬嘴唇,默默地点了点头……

三十三

朝露满窗,旭日将升。

送饭的护士轻轻推开了甄幸的病房门,走了进来。

坐在床头打盹的陈颖闻声急忙站起揉了揉眼,伸手接过一碗稀饭。

陈颖弯腰扶起昏昏沉沉的甄幸,用枕头和几件衣服垫在他身后,使他成半躺姿势,然后端碗拿匙,给甄幸喂饭。

甄幸先是不自觉地、只是依靠下咽食物的本能咽着送到嘴里的饭,继而开始香甜地吃起来。再而慢慢地睁开了眼。他怔怔地望着给自己喂饭的陈颖的面孔,渐渐地,陈颖的面孔在他眼中幻变成了姐姐甄玲的面孔,姐姐在给他喂饭,一口一匙,一匙一口……

甄幸脸上现出了一丝笑意,几乎就在这笑意出现的同时,只见他大喊一声"姐姐——",猛地扑到了陈颖的怀中。

这突然的惊吓使陈颖端碗的手禁不住一抖,"啪"的一声,饭碗掉在了地上。

大概饭碗落地的声音陡然刺激了甄幸的神经,使他立刻从幻觉中清醒过来。他猛地从陈颖怀中抬起头来,吃惊地问:"你是谁?"

"你救活的人。"陈颖颤声答。

"我救活的人?……"甄幸喃喃地自语着,显然,他在极力回忆忘掉了的事。许久,才重又开口:"为什么不回家去?"

"爸妈昨天坐火车去省医院看病去了,家里没有人,再说,你救了我的命,我应该——"

"你应该回家。"甄幸打断了对方的话,"走吧,我不会施恩求报!"

"不。"陈颖扬起还露着几分稚气的脸孔执拗地答。

"走吧!"甄幸的口气不容分辩。

"不!"陈颖答得更干脆。

"走吧!!"对方的固执使甄幸生气了。

"不!!"陈颖嘟起小嘴,还是硬邦邦的一个字。

"走……吧……"甄幸的声音突然变低了,与此同时,只见他手捂腹部,上身慢慢地向床边倒去。

"啊——!"陈颖发出一声惊呼,急忙伸手去扶……

三十四

深夜。甄幸病房。市街的宁静和室内的宁静融为一体,屋里只能听得见甄幸入眠后的呼吸声。

如水的月光透过窗棂,甄幸那因发烧而显得潮红的脸沐浴其中。

陈颖坐在病床前,把关切的目光投向昏睡中的甄幸。有顷,只听甄幸嘴里传出了"水……水"的轻微呼唤。

陈颖闻声急忙打开室内的电灯,冲了一杯糖水。

她扶起甄幸上身,让他倚在自己怀里,然后用汤匙舀来糖水。

她伸出舌尖试试水温,然后小心地吹动匙内糖水,几缕白色的热气轻轻飘走。

她把汤匙送到甄幸嘴边,甄幸闭目甜甜地吸吮着。

喂了几匙糖水后,陈颖从另一个杯里舀来药水。甄幸先是照样甜甜地吸吮,但很快,他大概尝出了药的苦味。眉峰微蹙,陈颖急忙换喂糖水,甄幸又甜甜地吸吮着。

当陈颖把最后一匙药水送到甄幸唇边时,忽听甄幸大喊:"闪开……汽车……危险……"随之,只见他猛地抓住陈颖拿汤匙的胳膊,使劲地撕扯起来,一个手指的指甲深深陷进陈颖小臂上的肉里,几滴殷红的血,顺着姑娘白嫩的手腕滚落了下来。

陈颖始而吃了一惊,待她明白了甄幸在昏迷中喊出的这些话的含义,又陷入了深深的激动中。她一动不动,任凭甄幸撕扯自己的胳膊,泪水打湿了她那长长的睫毛。

甄幸慢慢地安静下来,双手从陈颖胳膊上滑落下去。

陈颖掏出手绢,小心地擦去甄幸溢在嘴角上的药水和挂在前额上的汗珠。

甄幸又沉沉睡去。

陈颖睁着一双大眼,定定地望着甄幸那苍白而俊秀的面孔。清幽幽的眸子里闪出的光,除了含有感激和钦佩的成分外,似乎还多了一点其他的内容……

三十五

丽日中天。

窗玻璃映过来的阳光,漪澜成波,在陈颖那酣睡的脸孔上晃来荡去。连续熬夜的疲劳使她伏在床边上睡着了,头枕在盖着被子的甄幸身上,脸朝一边歪,嘴唇当中露出皓白牙齿的珍珠似的尖梢。一条短辫梢上扎着的丝带被揉掉,几绺秀发散罩在脸颊上。她睡时的容貌比她醒时更添了几分魅力。

甄幸一觉醒来,感到身上压得厉害。刚想活动一下身子,猛地发现了甜睡着的陈颖,急忙停止了身子的挪动。

他定定地望着陈颖那别扭的睡姿和那张浴在阳光下的脸孔,那脸上浮着的神色,分明是极度的疲劳;两只好看的眼睛周围,也已被辛苦围上了一圈淡淡的青色。望着望着,甄幸的眼眶湿润了。

他伸出一只手拿过自己的上衣,轻轻地盖在了陈颖身上。

他小心地拿起陈颖那个滑落在床帮上的扎辫子的丝带,把它放在陈颖的手边,但不久,他又拿过来放在手心里轻轻地抚弄着。

陈颖那鲜润的嘴唇嚅动了一下,发出了一声含糊的呓语。甄幸闻声手一哆嗦,急忙又把丝带放回到了陈颖手边……

三十六

夕阳从一朵朵争奇斗艳的鲜花上收回了自己的光线,医院花圃罩在一层淡淡的暮霭中。

身着病员服的甄幸,右臂吊在胸前,在陈颖的搀扶下,正漫步在藤蔓交结的花圃小径上。

甄幸边贪婪地呼吸着沁满花香的空气,边语调诚挚地说:"你照顾了我这么多天,我该怎么感谢你呢?"

"怎么感谢?"陈颖俏皮地眨了眨眼,"那还不好办?!先磕几个头,再叫两声姐姐,然后端上两碗水饺。"

"你?"甄幸被对方的回答弄怔了,但立刻,他明白自己被对方善意地戏弄了,禁不住红了脸。

"咯咯咯……"陈颖放声笑了,笑得那样天真、欢畅,以致引来了近处不少散步的病员的目光。

"你看——"甄幸又窘又急地用手势告诉陈颖别人在注意她。

"怕什么?谁愿看就让他看呗。"陈颖依旧笑着说。

甄幸低下了头。少顷,他似乎为了摆脱自己所处的尴尬局面才又开口说道:"相处这么多天,我还不知道你的名字哩。"

"叫我小颖好了。"陈颖大方地答。

"家就在本市吗?"

"嗯。"

"父母做什么工作?"

陈颖迟疑了一下然后答:"都在当工人。"随即反问:"你叫什么名字?我在你住院单上填的是我的名字。"

"我叫——"甄幸沉吟着,随之银幕外响起他的心声:"现在还需要拿刀剑,就用妈妈当初起的那个名字。"他有些激动地对陈颖说:"我叫金剑。"

"金剑?你也叫金剑?"陈颖惊愕地反问,脸颊微微有些发红。

"怎么？你不信？"甄幸也有些慌乱,他大概以为对方发现自己说的是谎话。

"不,我是说你和一个人重了名。"

"噢——"甄幸舒了一口气。就在这时,一根藤蔓突然绊住了他的脚,使他的身子向前踉跄欲倒。

陈颖急忙拼力扶住,无意中触动了甄幸胳膊上的伤口,甄幸轻轻地"哎哟"一声。

陈颖忙扶甄幸坐在路边的一块石头上,弯腰要去看他臂上的伤口。

"没什么,没什么。"甄幸急忙推辞着,但突然,他的目光在陈颖的手腕上停住了,那上边有一条长长的血痕。

"这是怎么了?"甄幸惊问。

"你夜里发烧说胡话时抓的。"陈颖笑答。

"啊?"心疼和内疚使甄幸忘情地抓住陈颖的那只手腕要来察看,但由于用力过猛,加上弯腰站着的陈颖身体重心前移而且猝不及防,只听"嗵"的一声,陈颖扑倒在了甄幸怀里。

"哎啊!"陈颖显然是怕碰着甄幸身上的伤口,发出了一个低声的惊呼。

"啊?!"甄幸也惶恐地叫了一声,他被眼前这个意想不到的局面吓得脸色发了白。

他一边把陈颖从怀里向外推一边惊慌地解释:"我……无意……原谅……该死……"他因又羞又窘使得舌头和脑子失去了协调。

正要从甄幸怀里抽出身子的陈颖,抬头发现甄幸那被吓得煞白的面孔,突然咯咯地笑了。

甄幸闻声身子一震,一把把陈颖推出了怀抱。

"咯咯咯……"继续笑着的陈颖竟又倒在了甄幸的怀里。

"你——?"甄幸手足无措了。

陈颖扬起淌着笑泪的脸孔顽皮地说:"我试试看能不能把你吓死,我是个老虎?怎把你吓成这样?"

"快走开!"甄幸抬起那只没有受伤的手用力推着陈颖。

"不!"陈颖那分天真的固执劲儿又来了。

"快走——"甄幸推着的手停下了。

"不!"

"快——"甄幸的手抓住了陈颖的一只胳膊。

"不!"

突然,甄幸那只强有力的手臂把陈颖一下子搂到了胸前,与此同时,低下了头去。

直到此时,天真单纯的陈颖才看到了危险,发出了一声真正的惊呼:"啊,你?!"她用力想挣脱出对方的怀抱,但是晚了,甄幸的嘴唇已在她脸上印下了第一个吻。这一吻像是一种神奇的药物,立刻使用力反抗的陈颖身子瘫软下来,迅速解除了她要做反抗的决心。当甄幸再一次寻吻陈颖的嘴唇时,她竟轻轻地抬起头来迎了上去……

刚刚欢快地爬上树梢的皎皎月轮,大概突然发现了这里的秘密,知道自己上来的不是时候,急忙扯来几片云絮遮住了自己……

〔音乐——热烈、浓郁,令人心醉……〕

三十七

甄幸病房。

柔和的电灯光映照着紧紧偎倚在一起的一对恋人。

〔琴声柔曼、悠扬,只是偶尔有几个杂乱的音符加入,破

坏了这音乐的和谐……〕

陈颖从甄幸怀里扬起发红的脸孔娇嗔地：“真坏，刚才你存心——，我竟不知道。”

甄幸回答给对方的是甜甜的一吻，尔后才有几分认真地开口说：“你将来不会骂我吗？”

“骂你干啥？”

“我以救命之举来要挟、强取你的爱情，在道德上应该排在乘人之危索财与持刀拦路抢劫之间……”

"去，胡说！"陈颖急忙捂住了甄幸的嘴。

甄幸幸福地笑了。这笑，是许久以来我们在甄幸脸上第一次见到的。

望着情人的笑脸，陈颖故做忧虑地说："唉，听人说，来得快的爱情走得也快。"

"胡扯！"甄幸立刻驳斥道，"只要不进坟墓，我这颗心就永远不从你那里收回。"

陈颖显然为这坚决的回答陶醉了，但她依然顽皮地反驳："有一本书上说，对求爱的男人说的话，相信三分之一就要上当。"

"别信那鬼话。"甄幸认真地安慰对方，"咱们将来建立家庭后就能知道，我的每句话都是可信的。"

"家庭？"陈颖瞪着那双对未来生活充满甜蜜憧憬的眼睛问："你爸妈欢迎我去你们家吗？"

这句问话像一阵疾风，陡地刮走了甄幸脸上的喜悦。

陈颖发现了甄幸神情上的这种变化，不安地轻声问："你心里好像藏着什么痛苦？"

甄幸低沉说："岂止是藏有，而是塞满了。"

陈颖低声说："听人说，解除痛苦的方法之一，是把痛苦说出来。你能不能给我说说?"

甄幸缓缓说:"回忆痛苦往事是一件更加痛苦的事。"

陈颖体谅说:"那,那就别说了。"

甄幸冲动地抓住陈颖的手:"不,我要给你说,应该给你说。"

陈颖脸上露出甜甜的笑意,她在等待着。

叩门声。

陈颖闻声急忙从甄幸怀里跃起,走去拉开了门。

一个女护士站在门口望着陈颖:"你爸妈来了,在院长室。"

"爸妈从省里回来了?"陈颖惊喜地叫着向门外跑去。但她很快又从门外跑回来俯在甄幸耳边急切地说:"一会儿我爸妈来了,你就说你是省军区金司令的儿子。"

"为什么?"甄幸吃惊了。

"你不知道,我妈只想给我找个高干的儿子,正在托人把我介绍给金司令的儿子金剑,你俩刚好重名,我们就先骗骗我妈,不然不行。"陈颖诡谲地眨着眼睛,她的爱情胜过了她的孝心。

"不,我本来是个穷光蛋,你妈不同意就算了。"甄幸执拗地叫。

"听我的!"陈颖瞪起了那双杏眼。

"好……好。"甄幸让步了。

陈颖转身跑了出去。

望着陈颖的背影,甄幸笑了,这笑里不含一点杂质,全是欢喜。

外边传来了一阵脚步声。很快,陈颖领着一男一女两个干部出现在门口。

甄幸坐在床上，含笑望着来人。但立刻，他脸上的笑容先是冻结了，继而溶化了。面前的这位男子竟是他欲寻不能的陈盼龙，他的身后无疑就是郑芸了。

"你好，小金同志，感谢你救了小颖。"陈盼龙含笑说着向甄幸身边走来。

仇恨的火花在甄幸的双眸里跳跃，他的左手在慢慢握成拳头，与此同时幕外响起他激愤的心声："原来是这样……可惜刀子不在……怎么办？……用拳打……不！一人偿四命……太便宜他……也好……这倒是接近他的一个机会……"

昏黄的电灯光为甄幸神情的变化打了掩护。待陈盼龙和郑芸走到病床边时，甄幸的左拳早已松开，神态已变得十分坦然，他平静地说："没什么，没什么。"

陈盼龙边察看甄幸臂上的伤口边歉然地说："我们两个因去省医院看病，拖到现在才来看你，真对不起。"

甄幸很流利地说："不用叔叔、阿姨费心。"

郑芸关切地问："小金，你家住什么地方，我们好通知一下你家老人放心。"

陈颖急忙代答："他家住在中州市，他爸爸就是省军区金司令。"

"哦?!"陈盼龙和郑芸都面露惊异之色，郑芸的神情除惊异之外还带有几分欣喜。

"你怎么不早说?"郑芸白了女儿一眼，然后转望着丈夫说："这个医院条件很差，我看不如把小金接到咱们家去住吧?"她在说到"小金"这两个字时，分外地增加了几分亲热。

陈盼龙稍一沉思后点了点头："也好，走，咱和王院长说一下。"说着，和郑芸走出了病房。

陈颖关好房门,急步扑到甄幸怀里高兴地低声叫道:"成功了,我们骗住了他们。"

甄幸像被火烧着那样一下子推开了陈颖,努力压抑着心中的愤怒冷冷问:"当初为什么对我说你爸妈是工人?"

"怎么?生我的气了?我那是怕你因我爸妈的地位,在我们的感情中偷偷地掺水。"说完,又一次扑到了甄幸的怀里。在这炽热的爱情面前,甄幸再也没有推开陈颖的力量了,他紧紧地、紧紧地把陈颖搂在了怀里。但就在这时,他的目光触到了左手中指指肚上的那个刀痕,随之,面前又猛地闪现出了爸爸、妈妈、姐姐的幻影,他一惊,搂着陈颖的手不由自主地松开了。

门外传来了脚步声。

陈颖从甄幸怀里跃起:"爸妈来了。"说着奔出了房门。

陈颖的身影刚在门口消失,只听"啪啪"两声,甄幸抡掌打了自己两个耳光。随后,只见他仰脸向天,痛楚地喃喃低语:"爸、妈、姐,原谅我,原谅我曾经爱上我们仇人的女儿……我以后会给她痛苦的……会加倍给的……"

……

三十八

冬物尚余,春景初丽。

陈家客厅,盆花吐香,窗明几净。

甄幸站在穿衣镜前,陈颖正在为他细心地抻衣襟。此刻,他戴着一副玳瑁眼镜,身穿笔挺的涤纶中山装,头发考究地后拢,显得文雅大方,风度不凡。只是右胳膊还缠着绷带,吊在胸前。

陈颖退后几步审视着,尔后开玩笑地低声说:"这么一打扮,倒真有几分司令员儿子的派头了。"

甄幸报之一笑,不过那笑带着讥讽和仇恨,可惜沉浸在爱河中的陈颖并没有觉察出来。

陈颖扶甄幸在一个沙发上坐定,一个保姆模样的妇女立刻将两杯茶放在他们面前的茶几上。

正在这时,客厅大门开了,满脸笑意的郑芸出现在门口。她边向屋里走边高兴地:"小金,你爸爸的警卫员小严来军分区办事,听说你在这里,要来看看,你陈叔叔坐车去分区接他了,马上就到。"

"啊?!"甄幸和陈颖两人的眉毛几乎同时弯成了惊骇的弧度。慌乱立刻罩满了两人的脸孔。好在郑芸转身上楼了,并没有注意到他们神情的变化。

甄幸和陈颖四目相视,尽管两人惊慌的原因不同,前者是怕复仇计谋暴露,后者是怕婚姻因此遭阻,但慌乱的程度相同。

倒是陈颖先镇静下来,她轻声地:"别怕,一会儿实在不行由我来先对爸爸说,你别开口。"

甄幸刚想张嘴说点什么,门外突然传来了汽车引擎声。

已换了一身衣服的郑芸很快地下了楼,她向女儿挥手示意到门外迎客,陈颖不得不步履迟缓地向门口走去。

甄幸猛地从沙发上站起,用双眼飞快地搜索屋里,最后,在门后一个粗杆拖把上停住了目光。他向拖把走去,但晚了一步,门已开了,一个年轻英武的军人出现在门口,甄幸急忙收住了脚步。

"是他?!"甄幸震惊的心声。立刻,青年军人的脸孔在甄幸眼前叠化成了在丰庄小学操场用拳头揍他的那个胖学生和妈妈脖子上挂破鞋的那个胖青年。甄幸仇恨的心声响起："严虎,我们又相遇了。"

甄幸那只没有受伤的左手立时握成了拳头。

可能由于客厅里的光线太暗,严虎并没有立刻认出十步之外的甄幸,他只是快步向甄幸身边走来。但走着走着,他的脚步放慢了,在离甄幸两三步远的地方站住了。

甄幸与严虎四目相对。前者的目光,仇恨中掺着嘲弄,后者的目光,震惊中伴着困惑。

甄幸飞快地内心独白："打倒他,再掐死陈盼龙,然后冲出去!"

严虎的心声："这是怎么回事?"猛地,他面前闪过甄幸在父亲坟前听姚老师诉说的情景。跟着,他的目光变了,变成了理解和同情,还加一点明显的担心。

严虎跨前一步,用热情亲切的口吻说："小金,你换了眼镜,我差点不认识了,快坐,身上的伤怎么样了?"

甄幸听到这意想不到的声音,呆住了,以至于好长时间没有出声。

一直到严虎去扶他向沙发上坐时才如释重负地说："好多了。"

一直呆站在旁边,怀着绝望心情等待谎话被揭穿的陈颖,听到这里,吃惊了,迷惘了。

严虎流利地："你爸妈去外地疗养了,我来分区办事,听说你出差在这里受了伤,顺便来看看。"

甄幸望了望陈家三口人,顺口问道："我爸妈身体怎么样?"

"没什么,放心吧。噢,我刚才在商店里给你买了点吃的东西,还在车上放着。"说完,急忙向门外走去。

不久,严虎提着几包礼品又走了进来。他边把礼品向桌上放边抬腕看了看表:"哟,我要马上走赶火车。对不起,小金,不能久坐了。"说着,走来与甄幸握手。

一个白色的纸团在握手的时候从严虎的指缝里出现,放进了甄幸的手里。

陈盼龙热情地挽留:"小严,午饭马上就好,吃了再走吧。"

"不了,叔叔。我要赶车,改日再来玩。"严虎一边谢绝一边与他握别。

郑芸亲切地上前扯住严虎的胳膊:"小严哪,这次你有事,阿姨不留你了,以后有机会可要来玩。回去告诉小金他爸妈,就说他在这里和在家里一样。"她在"家"字的下边加了着重号,并努力加强声调中的亲切意味。

严虎含笑点头:"那让叔叔、阿姨费心了。"

甄幸和陈家三口送严虎出门。

严虎上车,车轮转动。甄幸用感激的目光望着渐行渐远的吉普车。

陈家三口转身回屋的时候,甄幸迅速地展开了手中的那个纸团,纸上字迹的特写:

"伸冤靠组织,不可乱来,速走。"

甄幸嘴里轻轻地吐出了两个字:"谢谢……"

……

三十九

午后,陈家通客厅的一个房间。

陈颖一边仔细地向甄幸右臂上缠绷带一边轻声问:"刚

才那个姓严的警卫员怎么竟认了你？"

甄幸眼珠转了一下，然后含笑低声答："实话告诉你吧，我本来就是金司令的儿子。"

"你——？！"陈颖停止了包扎，吃惊地后退了一步，水汪汪的两只眼里，一只中闪出一个问号，一只里跳出一个惊叹号。

甄幸仍然含笑地说："记不起是哪个名人说过，世上男人在考验未婚妻的方法上很少有重复的。"

陈颖呆立良久才喃喃地说："那你……也该早告诉我一声。"

甄幸仍旧含笑地说："告诉早了怕你在我们的关系中违心地加糖。"

陈颖秀眉紧皱，无言地坐在了凳上。

甄幸故作诧异地说："俗话说，子凭父贵、妻藉夫荣，你怎么反倒不高兴了？"

"我担心我们可能要分开。"陈颖低低地说。

"为什么？"甄幸紧张地问，显然是担心自己的身份暴露了。

"家庭地位低于男家的女人是最容易被抛弃的。"陈颖的话音越来越低。

"不，我决不会！"甄幸冲动地抓住陈颖的胳膊摇着，在这一刹那，他又忘记了仇恨。热烈的恋情，能使最清醒的头脑失去控制。

陈颖不能自制地把头斜靠在甄幸的胸前颤声说："我……真怕，你会离开我……"她边说边拿起甄幸的左手轻轻地抚弄着。

突然，甄幸的目光掠过了自己左手中指上的那个刀痕，身体禁不住一抖,随即响起了他低沉的内心独白:"你在干什么?……你应该给她的……是……痛苦!"

甄幸猛地推开胸前的陈颖,随即掩饰地捂住腹部,"哎呀,这里伤口疼。"

陈颖一惊,立刻心疼地上前搀住了他的胳膊……

四十

傍晚,中原的初春,还有不少的寒意。

陈家通客厅的房间,甄幸裹着一条毛毯仰躺在床上思索着什么。

门开了,陈颖拉着爸爸的手走了进来。甄幸见状急忙想坐起,但被陈盼龙用手势制止住了。

陈盼龙仔细地用手摸了摸床上的铺垫后关切地问:"小剑,这床睡着舒服吗?"

"很好。"甄幸含笑答。

陈盼龙慈祥地说:"以后你觉得生活上有哪些地方不舒服,尽可以给我说。"

陈颖接过话头自豪地向甄幸:"生活上需要什么东西你尽管给我爸爸说。告诉你,他是世界上最好的爸爸,他的心肠属于——噢,对了,属于柔肠。不信我告诉你一件事,他现在每月都给福丰县一个姓甄的孤儿寄去生活费——"

"颖颖!"陈盼龙张嘴打断了女儿的夸奖,并且脸颊立刻变得苍白起来。

听到颖颖的最后一句话,甄幸的身子分明地颤动了一下,幕外随即响起他鄙夷的心声:"原来是他寄的钱……想用几张钞票来乞求三个亡灵的宽恕……办不到……"

"说说有什么不好？爸爸真是学雷锋的先进分子，只想当无名英雄。"陈颖边说边撒娇地靠在了爸爸怀里。

甄幸尽量不露讽刺痕迹道："陈叔叔古道热肠，令人感佩。听人说，一个人百年之后在坟墓上留得最久的东西是名声，陈叔叔将来一定会留个惜孤怜贫的好名声。再说，这孤儿日后若讲良心，也必会衔恩报德——"

陈颖有几分好奇地打断了甄幸的话："整天听人们说要讲良心，究竟怎样才叫讲良心？"

甄幸故意沉吟了一下："我也说不清，不过，像陈叔叔这样热心照顾孤儿的举动，就应该算做讲良心。我想，凡上合信仰、下合民间慈悲原则之举动，都应该算做讲良心。"

陈颖摆出一副存心要问倒甄幸的样子："如果不讲良心又该怎么着？"

甄幸扫了一眼陈盼龙，大概是怕暴露出自己的身份，急忙隐去了嘴角上的嘲笑，尔后才低声说："听我爷爷说，每个人临终前都要对着良心的镜子照一照，凡是照出污点的，死后不能安寝。"

陈颖吃惊问："真的吗？"

甄幸答："也许是胡说。"

陈颖和甄幸前者无心后者有意的对话，无意地戳中了陈盼龙心上的伤口，只见他脸上露出了心绞痛病人常有的那种痛苦表情。他掏出手帕，想借擦汗掩饰自己的失态。但蓦地，他拿手帕的手在额头上停住了，双眼的目光落在了甄幸的右小臂上，那上边，一块铜钱大的黑痣在衣袖捋起处露了出来。立刻，当初甄家下乡时他给小甄幸洗手的情景又在眼前闪过：

自来水管旁，他小心地托住小甄幸的胳臂，用手指轻轻地、轻轻地抚摩着甄幸右小臂上的一块黑痣。两滴泪水落在上边,他急忙抬手擦去……

陈盼龙的目光在那个黑色的印记上边定定地停留了几秒钟,尔后又移到了甄幸的脸上,他的身子似乎颤动了一下,但接着,又轻轻地摇了摇头。

"小剑,你休息会吧,颖颖,咱们走。"

靠着女儿的搀扶,他步履蹒跚地走出门去,和刚才进屋时的动作相比,他似乎陡然老了许多。……

四十一

夜,出奇的黑。

在那个通客厅的房间里,甄幸正就着蓝荧荧的台灯光,仔细地擦拭着一把小型菜刀。刀锋,已被擦得锃亮。

一阵门铃响声传来,甄幸急忙把菜刀向裤带上别去。然后起身走出房间,经过客厅,打开了大门。

门外,停着一辆轿车,一个样子像秘书的人站在车旁问:"小金,你郑姨在家吗?"

"不在,她和小颖看电影去了。"

"哦。那你来帮帮忙。"那人招了一下手,然后打开后边的车门,同司机一起搀出了浑身瘫软的陈盼龙。

甄幸见状,急忙向前扶住。

陈盼龙被搀到客厅里的一张双人沙发上。

秘书低声对甄幸说:"刚才陈副书记开会时突然头昏,吃了点镇静药。"说完,从臂下的黑皮文件夹里取出一份材料递给甄幸:"陈副书记醒后,请把这份文件给他看一下,明晨我来取。"

甄幸接过,放在茶几上。

秘书转身出门,汽车引擎声渐渐消失,一切归于安静。

甄幸眼中的柔光陡地逝去,换上了两道仇恨的火光,那两束火光在陈盼龙沉沉入睡的面孔上晃动着、燃烧着。

"嗖"的一声,甄幸拔出了菜刀。他双眼凝望着那发出寒光的刀锋,嘴里喃喃低语:"父母泉下当知,血仇儿子已报。"说完,狠狠地举起了菜刀,但那菜刀却在空中停住了。此时,只见陈盼龙的脸上可能因遇美妙梦境而现出了淡淡的笑意。甄幸在停住手中的菜刀的同时轻轻地摇了摇头。

甄幸慢慢地收回了菜刀。随之,幕外响起了他的内心独白:"……猝然死去可能是安息而不是一种痛苦……不,这种方式不能偿还我的苦痛……"

他苦恼地垂下了头。但猛地,他的目光在茶几上放着的那份文件上停住了。文件题头的特写:

请　阅　件

（机密）

　　糖厂工人韩晓上书中央,揭发本厂书记丁志强攻击江青同志的罪行,王洪文副主席亲自指示,迅速逮捕丁犯志强。

甄幸装好菜刀,紧皱双眉,陷入了苦苦的思索……

四十二

午饭后,陈家客厅里。

甄幸和陈盼龙在闲坐品茗。

甄幸指着旁边桌上放着的一台国产"601"牌录音机随便地说："叔叔,这种录音机与昨天小颖带回来的那个盒式磁带录音机相比,确实太笨重了。"说着,随手按下了录音机的开关。

"是啊,那种盒式的携带方便。"陈盼龙信口答。

"叔叔,"甄幸随手拿起茶几上翻开的一本画报,指着上边的一幅装束怪诞的女人照片问,"这是江青同志吗?"

陈盼龙看了一眼,点了点头："对,江青。"

录音带在缓缓地转动。

甄幸翻开一页画报,指着上边的一幅《沙家浜》剧照说："叔叔,你看胡传魁这个家伙长得多难看!"

陈盼龙扭头看了一眼,笑了笑说："一看就知道不是个正经东西。"

录音带在缓缓地转动。

甄幸又翻开一页画报,指着上边一幅穿戴奇异别致的外国女游客的照片说："陈叔叔,你看这个女的穿的衣服!"

陈盼龙看了一眼笑笑说："别看她穿得花里胡哨的,其实难看死了。"

录音带在缓缓地转动。

甄幸又翻开一页画报,指着上边一幅王洪文接见什么人的大幅照片问："叔叔,听人说王副主席能接毛主席的班,是吗?"

"什么,接毛主席的班?"陈盼龙吐了口烟,依然含笑地说,"这事不大清楚。"

录音带在缓缓地转动。

甄幸又指着一幅中南海的风景照片羡慕地："什么时候能进中南海看看就好了。"

"进中南海?哈哈——"陈盼龙笑了,"根本办不到!"

录音带还在缓缓转动。

甄幸又翻开一页画报,指着上边一组"评《水浒》,批宋江"的新闻照片给陈盼龙看,并随口问:"叔叔,听广播里说宋江受招安后害死了梁山不少好汉,是吗?"

"是啊,几年间害死了不少人。"

录音带仍然在缓缓转动。

甄幸合上画报,端起茶杯呷了一口说:"叔叔,下午我想和小颖一起去医院算算住院费。"

陈盼龙吐了口烟,随便地说:"去吧,这笔账早晚要算。"

录音带依旧在缓缓转动。

……

录音带依旧在转动,不过录音机已被移放到了甄幸所住的那个通客厅的房间里,屋里亮着灯光,说明时间已是晚上了。

录音机里传出午饭后甄幸和陈盼龙的那番对话:

"叔叔,这是江青同志吧?"

"对,江青。"(以后的声音隐去)……

甄幸手里拿着另外一个盒式磁带录音机站在旁边,手指不时地开关着录音机的开关……

甄幸打开盒式磁带录音机的开关,里边立刻传出陈盼龙的声音:

"江青,一看就知道不是个正经东西。别看她穿得花里胡哨的,其实难看死了。接毛主席的班?根本办不到!几年之间害死了不少人,这笔账早晚要算……"

夜阑人静,冷雨敲窗。

就着幽暗的台灯光,甄幸在伏案写信。纸上的字迹特写:"敬爱的江青同志:"
……

黎明。就着依稀的晨光,甄幸在小心翼翼地包装一盒录音磁带,然后把它装进我们曾经见过的公用信封……

上午。甄幸在邮局柜台前,小心地把那个信封放在了一个邮局工作人员手里,然后俯耳向他说了几句什么。人们可以认出,那个工作人员正是当初甄幸的未婚姐夫——严江……
……

四十三

〔金剑的画外音:"……这,这是我诬害陈盼龙的动机和经过……"〕

回忆画面消失,公判会场重新出现在人们面前。

审判台前,老刘木然地站在那里。

观众席前排,陈颖和妈妈垂首掩面坐在座位上。龚主任一手支额静坐原位,像是一尊永世不动的石雕。

观众好像还都沉浸在甄幸的讲述中,敛声屏气。

会场坟墓一般寂静。

一个警察轻轻地碰了碰老刘的胳膊,使他身子一震,从沉思中醒了过来。他嘴唇嚅动了好久,才终于发出了声音:"把犯人押下去。"……

空旷的审判会场,只有龚主任、郑芸和陈颖还保持着原来的姿势在座位上坐着,一动不动……

四十四

黄昏,细雨如丝,不过,沉重的铅灰色云块正在向天顶集结,预示着这雨只是暴雨的前奏。

一间徒有四壁的斗室。

甄幸用戴着手铐的手拿着一个小石块在石灰墙上刻着不太清晰的字:

```
爸妈姐
爸妈姐
  之
  位
```

甄幸退后一步,面对着墙上的字,慢慢地跪了下去。口中喃喃地低语:"……你们的仇报了……安息吧……"

房门无声地开了,面色苍白得像大病初愈的陈颖出现在门口,她的身后站着龚主任、老刘和一名警察。

甄幸扭头发现陈颖,脸上的肌肉轻微地抖动了一下,随即浮起一个讥讽的微笑。他慢慢地站起身来,带有几分戏谑地望着她。许久,才缓缓地语气刻毒地开了口:"怎么样?受骗了吧?哈哈,对我的成功你作何感想?"

陈颖毫无表示,只是眉峰轻轻耸动了一下,脸色显得越加苍白。她默默地迈步进屋。

望着走进来的陈颖,甄幸继续嘲弄:"怎么?想算账吗?"

陈颖身子哆嗦了一下,依旧无言地走来。

银幕外响起了甄幸低沉的心声:"不能放过这个讨还债务的最后机会……"

两人间的距离越来越小。突然,甄幸举起戴铐的双手闪电般地狠狠向陈颖脸上砸去。

望着甄幸打来的双手,陈颖没有躲避,更没有任何反抗的表示,甚至连歪一歪头也没有,只是在那狠狠一击过后,伸出舌头舔了舔嘴角上渗出来的鲜血。

那个警察见状,急步趋前抓住了甄幸那又要扬起来的双手。

望着口渗鲜血的陈颖,甄幸又冷酷地笑了:"哈哈,小姐,我现在可不可以说,你我两人所收获的痛苦的重量基本上能够相等?"

陈颖似乎没有听到这些,只是在刚才甄幸跪过的地方默默地站下。

甄幸继续嘲讽她:"小姐,我觉得把人生的悲苦统统盛到我的碗里未免太贪心,所以就稍稍向你碗里拨了一点,你要不要我给你介绍介绍下咽悲苦时的舒服感觉?"

陈颖脸上表情依旧——正和过度饥饿反会失去饿感这种生理现象一样,过量的痛苦会在脸上造成一种反常的平静。她两眼只是定定地望着甄幸刚才刻在墙上的那些字。

甄幸把目光转向龚主任故作恭敬地说:"龚主任,你现在觉得,我取的'甄幸'这个名字怎么样?是不是有点不怎么那个?"

短短的几个小时,已在龚主任身上造成了一个可哀的改变:身子一下子佝偻下来,目光迟钝无神,满脸的皱纹全被收缩一团,样子像是陡然增加了十岁。他闻声浑身一抖,无言地把目光移向了甄幸刻在墙上的那些字。

甄幸继续嘲讽说:"从我这个普通平民的感受来说,二十多年来你学当官学得不错,我祝愿你能继续这样当下去。"

龚主任吃力地抬手捂住了胸口。

正在这时,门口又匆匆进来一名警察,他径直走到龚主任跟前低声地说:"我们刚才整理陈盼龙副书记在田山监狱住过的牢房时,在一个墙缝里发现了一封信,大概是他在神经失常前写的。"说着,从口袋里掏出一个折叠的纸条递给了龚主任。

龚主任接过,从口袋里摸出眼镜戴上,默默地展开看了一会儿,然后伸手向甄幸递去。

一丝轻蔑的笑意在甄幸的眉宇间慢慢地酝酿出来。他非但没有伸手接,反而挖苦地说:"保存好,留给他将来的未婚女婿看吧!"

龚主任闻言手一哆嗦,信纸从手里滑落了下去。

信纸缓缓地飘落到了甄幸的脚下。甄幸终于没能忍耐住,还是低头把目光投向了它。立时,画外传来陈盼龙痛苦、低沉的声音:

"小剑:

"我是多么希望这封信能到你的手里,但恐怕是很难如愿的了。

"直到刚才去审讯室前为止,我一直认为自己坐牢是无辜的,并迁恨于农业局的陶机。然而,当我在审讯室听了他们给我放的罪行录音后,我明白了,一切都明白了……

"你可能以为我明白了这一切之后会转恨于你吧?不!当初入狱时我所以喊冤,是因为不知道这惩罚到来的因由,当我知道这因由之后,我将永远不会叫屈了。自从十多年前我犯下那桩罪行之后,我就知道惩罚早晚会到来,但我没有料到,它是这样来到的。"

伴随着陈盼龙的声音,银幕上渐现出田山监狱那间阴森的审讯室。室内,陈盼龙正震惊地望着审讯桌上放着的一台盒式磁带录音机……

画面慢慢恢复原状,陈盼龙的声音在继续:

"小剑,不,甄幸,你来到我家的第一天晚上,我就认出了你。当时,我以为你并不知道过去的事情,仅仅是因为同颖颖相爱才冒名走进我家的。所以,这以后,我抱着赎罪的念头,千方百计想促成你和颖颖的婚事。我当时希望你从此以后就生活在我的身边,我好竭尽全力,把你失去的父爱还给你一部分,也好借此给我心上的伤口撒一点疗治的药粉。可惜,我当时不知道你是抱着复仇的愿望来的,倘若我知道的话,我可能会帮助你的。这些年来,我是既害怕惩罚的到来,又盼望惩罚的来到。多少次,我想实行自我惩罚,以偿还心灵上的债务,但每到施行时,我怯懦的性格和对人生的留恋特别是对女儿的留恋,都毁掉了我的决心。如果有你的帮助,我大约会顺利地达到目的。譬如说,在我们登山游玩的时候,我可以让你推我下崖,而只留给别人我失足坠落的痕迹,那,该多好啊……"

伴随着陈盼龙的声音,银幕上渐现出陈家客厅。厅内,陈盼龙目光慈祥地望着面前的甄幸,并伸手为他细心地整理着衣领……

画面慢慢恢复原状,陈盼龙的声音在继续:

"不说这些了。我写信不是想向你说这些,只是想求求你不要在颖颖身上施报复。给你制造痛苦的是我和她的妈妈,你惩罚的对象应该是我俩而不应该是她。请相信我的话,尽管她是两个良心上蒙有尘土、罩有蛛网的人的女儿,但她的心上,却没有沾染一点污迹。况且,她又以一个姑娘所能有的全副热情爱着你。答应我吧,请答应一个老人和父亲的请求,不伤害她,别伤害她啊……"

伴随着陈盼龙的声音,银幕上渐现出甄幸当初住过的病房。房内,陈颖正偎倚在甄幸怀里,娇笑着向他说着什么……画面慢慢恢复原状,陈盼龙的声音在继续:

"我现在多么希望有一把刀或一点毒药,好帮助我去寻找你的爸爸、妈妈,去祈求被我冤死的战友的宽恕。但是,办不到了,他们看管得很严。目前,我只有一个法子,就是和他们一起来折磨自己的神经。这法子在他们的配合下,已经很见效,现在给你写信,就是忍着剧烈的头痛来进行的,并且思路已经不清。我估计,要不了两天,我的记忆就可以丧失,神经就可以失常,那时候,我的日子可能就好过了。"

伴随着陈盼龙的声音,银幕上渐现出一间阴暗的牢房。牢房一角,陈盼龙正借着窗口透进来的一线电灯光在一张纸上挥笔写着什么。他不断停笔捶着脑袋,显然在极力回忆脑子中的东西……

画面慢慢恢复原状,陈盼龙的声音在继续:

"别了,甄幸。你这个名字还是我起的呢,真没想到,使这个名字失去意义的又恰恰是我。小幸,如果你真的能收到这封信,求你不要把它拿给颖颖看,否则,她会忘掉我的。我害怕孤独,我害怕我的灵魂没有女儿来陪伴。我多么希望她的头脑里能永远保存我这个当父亲的影像……"

……

甄幸的身子开始摇晃,原来支持他的那股力量似乎在消失。他有些费力地抬起头来,但蓦地,他的眼睛瞪大了,只见在他刚才跪过的地方,静静地跪着陈颖。她双眼凝视着甄幸刚才刻在墙上的那些字,身子一动不动。

一团金星在甄幸眼前晃动,随之,他的身子便瘫软似的向地上倒去。

跪在地上的陈颖和站在旁边的龚主任急忙伸手去扶,甄幸重重地倒在了陈颖的怀里。

甄幸慢慢地睁开了眼睛,但在眼睑开启的同时,泪水喷泉似的涌流了出来。他望着陈颖那像白纸一样的面孔,终于颤抖着嘴唇吐出了三个字:"原……谅……我……"

陈颖那蓄积已久的眼泪终于失去了控制,喷涌而下,倾注到了甄幸的脸上。许久许久,她才声伴泪出:"请求原谅的不应该是你,而是我。我曾尽情地享用过父母给我的一切,但直到今天才知道,我享用过的每件东西上都沾有甄伯伯、金阿姨、玲玲姐的血……"一种忍受剧烈疼痛的表情突然闪过陈颖的脸孔,她困难地喘了一口气,"好了,不说这些了……我就要去找甄伯伯他们当面请求宽恕——"

"你说什么?"甄幸闻声挣扎着从陈颖怀里坐了起来。龚主任闻言也扬起了眉毛。

"我是来告诉你,"陈颖的额头和两鬓出现了豆大的汗珠,声音里有一种抑制不住的颤抖,"我就要去见甄伯伯他们了……"

"什么?!"甄幸闻言猛地站了起来,望着陈颖大声惊问。

"甄伯伯他们见了我,"陈颖还在平静地顺着自己的思路说下去,"还会骂我吗?"她的呼吸开始变得十分急促,声音也已低多了,并且随着脸上现出的强忍呕吐的表情,她的两个嘴角流出了带有血丝的白沫。

"天啊!你喝了毒药?!"甄幸突然惊恐地叫道。龚主任、老刘和那位警察也急步走到了陈颖身边。甄幸猛地转向龚主任哀求道:"龚主任……龚伯伯,求求你,快救救她!"

龚主任、老刘、警察急忙伸手去搀跪在地上的陈颖。

陈颖一手紧捂腹部,一手推开三人的胳膊:"不用麻烦了,我喝了超量的盐卤……药性已经开始发作……"

"啊?!"龚主任闻言震惊地后退了一步,身子软软地靠在了墙上。老刘急忙向警察挥手:"快,叫救护车!"警察随老刘飞步奔出门去。

甄幸"嗵"的一声双膝跪在了陈颖面前,边用戴铐的手抓住她的一只胳臂摇晃着边嘶声问道:"你,你为什么要……?"

陈颖费力地抬起头来,艰难地启口:"父母欠下的债子女应该偿还……这是义务……何况我还的……仅是三分之一……"一阵突袭而来的剧痛打断了陈颖的话,跟着就见她的身子猛地向地上倒去。甄幸急忙伸手扶住,与此同时响起他那揪心的哭喊:"陈颖……小颖……颖颖……"

一声闷雷猛地从天空中滚过。雨,骤然变大了……

JS 卫星的发现

一

浩茫宇宙。

星系、星云、星座、星团。

地球在缓缓自转。

一颗人造卫星,绕着地球在旋转。

卫星内部,一台台高精度仪器的信号灯闪闪烁烁,伴着一阵轻微的电子讯号声响,两行英、中文字幕出现在幕旁:

北美洲。

西经:00000、北纬:00000(经纬度数码很小、银幕上看不清楚)。发现一巨大深井……

地球缓缓旋转。

卫星紧绕地球侦看。

轻微的电子讯号声依然……

在缓慢旋转的地球表面,渐渐出现字迹巨大的片名:"JS卫星的发现"。

这几个字如巨人的脚印,硕大、血红、触目……

二

一座石牌坊营门。垒砌在营门上的那些长条石块,颜色已变成苍褐,其中有一块上还可依稀辨出斧凿的三个字:西校场。

营门正中,悬挂着一个玻璃匣,匣内静卧着一个生了绿锈的铜戟。

营门西侧,是六角星檐的鼓亭和香亭。鼓亭正中,置放着一丈八牛皮大鼓;香亭正中,安放着一巨大陶质鼎式香炉。

营门口,站着持枪肃立的哨兵。

一望而知,这是一座很有些年代的中国军营。

残阳熔金,晚风习习。

几只归宿的斑鸠掠过营前,向远郊的那片槐树林里飞去。

就在这斑鸠撒下的叫声中,副营长杜一川由营区向营门走来。他,三十来岁的样子,黝黑、略瘦,说不上漂亮,但身上透着一股受过正规训练的军人特有的强悍、敏捷和庄重。

他走近营门,注目铜戟,眼光郁郁。片刻之后,他摇摇头,收回目光,向营门外走去。

营门外就是街道,这里虽然是宛城的西郊,街两旁高楼不多,但热闹还颇有几分。茶馆、饭铺、酒店、旅栈、卦摊,一家挨一家;买卖人的嗓门,卖唱人的胡琴,录音机里的女人,把一股

股音浪向苍茫的暮空抛去。一个唱河南坠子的女人的声音,极清楚的传过来:

　　……军笛号角领前站,
　　两杆大旗是杏黄,
　　一杆写:勇跃战阵,
　　一杆写:奋争疆场。
　　步队单刀拿在手,
　　马队手使虎头枪……

杜一川止步,侧了耳听,不过,只一刹,便又急急向前走,似要把那声音摆脱掉。

"哟,是杜营长呀!这么急慌慌的要去哪?"一娇滴的女声响起,一川被人拉住。他这才发现已经走到了一家酒馆前,年轻的老板娘正含笑站在身旁。

"不来赏光喝几盅?傍黑喝点酒,一夜都舒服,来吧,大营长!"老板娘偎近身,紧拉着杜一川的胳膊。

杜一川先是想挣出胳膊,但随即,一双郁闷的眸子一动,便痛快地叫:"中!来二两,宝丰大曲!"说着,就在一张酒桌前坐下了。

　　……坐纛旗下一员将,
　　年少气盛不寻常,
　　金盔、金甲映浮云,
　　七尺花枪生冷光……

坠子声又亮亮地传过来,一川一杯大曲落肚,热气正往上升。听到这唱词,一股莫名的烦躁涌出来,"嗵"一下挥拳砸桌上,空酒杯滴溜一转,"啪"地落地,变得粉碎。

老板娘回身看地,俏脸一怔。

"对不起,"一川意识到了自己的失态,"杯子我赔!"

"嗨呀我的大营长,一只杯子,说啥赔?"熟谙人心的老板娘看出了他心绪不好,忙又送上一只杯子。

杜一川重又默默地向杯中倒酒,杯中酒满,他端杯猛地仰头喝尽。

"呵,副营长,你也来喝了?"随着这个瓮瓮的声音,三连司务长在杜一川的对面"嗵"地坐下,朝他咧嘴一笑,跟着便去上衣袋里掏出一张拾元的票子"啪"的一声摔在桌上,叫道:"掌柜的,八两泸州!"

随着那张拾元票子飞出来的,还有一张姑娘的照片。照片飞落到杜一川面前。

司务长忙伸手拣过去。

"未婚妻?"杜一川淡淡地问。

"过去是。"司务长嘲弄地笑了,"听说咱们营撤销,我要转业回乡政府,不跟了!可就她这副模样,不跟我也省得老子以后恶心!怎么样,副营长,你看她能打几分?"他把照片伸到了杜一川面前。

杜一川默默端起了自己的酒杯。

"她娘的!怕连三分也不值,还跟老子摆谱!"司务长"啪"地把照片扔到桌上。不过片刻之后,他又伸出一个手指去桌上沾点酒,粘起照片放进了上衣袋:"老子还要好好给她展览展览!来,喝,副营长,一醉方休,醉了快活!来,干!我们二营为国什么力没出过?现在说不要就不要了,撤销,多干脆!不过,撤了也好,以后咱再也不受他军规约束,自由自在!干!"

司务长的语音一停,那边的坠子声便又飘了过来:

　　……征尘滚滚遮日光,

马上众将斗志昂

大队好似千层浪

又如瀑布下山岗……

杜一川伸手端杯,杯却被一只白嫩的手拿走了,一个姑娘急切地低叫道:"副营长!"

杜一川仰脸一怔,桌旁站着营部的女医助成蓉。

"营里要出事了!"没容杜一川开口问,成蓉就急切低声说:"营里好多干部都在一连连部聚着,一连长说要领上大伙去师部闹一场,问问这次裁军为什么偏撤我们营!"

"哦?"杜一川眉峰一抖,霍然站起。

三

淡红色的夕照映着一个不大的木牌:一连连部。

连部内,长方形的会议桌四周都是人,或倚、或坐、或立,众人无声,却几乎都在手上夹一根烟,低了头,默默地吸,任那烟雾从鼻孔、嘴角溢出,在室内聚拢。

长方形会议桌的正中,坐着脸色阴沉沉的一连长秦田齐。他长长地吸一口烟,又慢慢地把口中的烟雾吐出来,他的双眼直盯着眼前那盘旋升腾的雾,慢慢地,在那烟雾中间,他的家——那个远在豫东兰考县境盐碱滩上的小村——显了出来。从村头西间破旧的土墙草屋里,走出了他的妻子和女儿。

妻子弓了腰拉着粪车向地里走,九岁的女儿在后边推。吱咯、吱咯,平板粪车的车轮慢慢地滚,沉重地转,响声尖得刺心。

"娘,爹啥时回来领咱去?"女儿问。

"快了,快了,再有一年。"

"不会再变了吧?"

"不会,不会,你爹已当了十四年兵了,明年就到了带家属的年限。"

"我那时就在城里上学吗?"

"那是!你爹的营房就在宛城西郊,你上学自然在城里。"

"那我们星期日也去公园玩行吗?"

"当然行!"……

吱咯、吱咯,粪车的车轮响得刺耳。

秦田齐的双眼猛地一闭,幻觉消失。

他伸出青筋暴突的手,把烟头重重地摁灭在烟缸里,尔后,抬起了头。络腮胡子多日没刮,硬硬的胡茬立在他那粗糙的脸上,使他的面孔有些可怕。

他的声音阴厉、低沉:"我们见了他们,主要说些啥?"

"说啥?主要说一条,为什么偏撤我们营?是我们战斗力不强?"倚在窗台上的一连副连长愤愤地叫,"还不是因为我们营在上边没有人!师里、团里的主要头头都不是从咱营出去的,咱们他妈的是前妻的儿子,要扔就扔,谁心疼?……"

一个瘦瘦的干部接口:"反正这次是大裁军,已经撤了那么多部队,咱营撤了也就撤了吧,我看眼下咱们还是先想想转业的事要紧。"

一连副连长不满地反驳:"说得轻巧,为什么偏撤我们营?!"

秦田齐把目光从副连长身上移向了墙壁。墙上贴着、挂着许多锦旗和奖状,他的目光停在那面写有"攻如猛虎"的暗红色锦旗上,幕外随之响起他愤怒的心声:凭什么要撤销我们营?! 凭什么？妈的，闹一场！怕啥？顶多不过是去坐监，坐监前也要出出这口气！

他猛地扭过头，又朝着室内的人们低沉地问："还要说些啥？"……

四

残阳已坠，只有西天边的余霞，把几缕橘黄还投在街上。

杜一川和成蓉急急地向营房走。成蓉在前，杜一川在后。

杜一川望着成蓉那窈窕的后背，几幅往事的画面闪到眼前——

有病发烧的杜一川仰躺在床上，成蓉正用酒精棉球在他胸前、脚上擦，那么轻、那么柔。他慢慢睁开眼睛，默望着成蓉的举动，眼中露出感激。

成蓉给他喂饭。她轻手扶起他，让他的头靠在她胸前，尔后双手环过来，一手端碗，一手拿匙，一匙一匙地喂。杜一川的眼中，溢着一种莫名的舒服。

她坐在床头为他读兵书：《水网地的进攻》。他望着成蓉的目光中，掺了一种火辣辣的成分。

一川从野外训练回来，经过营部卫生所门口，默望着屋里正在甜甜嚼着虎皮豆的成蓉，目光脉脉含情……

〔回忆画面消失。〕

一川仍跟在成蓉身后走。

已经快到营门。一个商亭立在街边，杜一川看到那商亭，双脚突然停住。

〔几幅回忆画面又猛地出现在一川眼前——〕

也是一个黄昏。一川正在这商亭前买烟，忽然看到成蓉从不远处的营门出来,向营区后的小树林里走。他立时眉梢欢喜地一扬,急忙又转身去买了两包成蓉爱吃的虎皮豆,快步向成蓉追去。

蓦地,他发现教导员万彬正站在树林中向成蓉招呼,他吃惊地站住,闪在一棵树后看。

成蓉急急地向万彬怀里扑去,两人紧紧地拥抱在一起。

一川呆住,手中的虎皮豆被他攥紧捏碎,纷纷坠地……

〔回忆消失,他身子靠在商亭壁上,不动。〕

正在前边疾步走着的成蓉,忽然发现杜一川停步不走,诧异地转身走回来含了笑问:"怎么了,副营长?"

"教导员不是在家吗?来喊我干啥?"他冷冷地问,乌亮的双眼在成蓉那苗条的身上极快地扫了一下。

杜一川一提教导员,成蓉原本就露红晕的脸,霎时红得更艳。她声低低地说:"这事他知道,就是他让我出来叫你回去的。"

"叫我干什么?"杜一川的话依旧很冷,"他是教导员,营党委书记,他不会去处理?我不就是个代理营长?!"

成蓉轻柔地解释:"他说,叫你回去商量商量。"

"商量!"他带气地重复了一遍这两个字,终于无话可说,便扭开头,径直向前边的营门里走。

"小杜!"石牌坊营门的一侧,突然传出一声苍老喑哑的声音。两个老人蹒跚着向他身边走来。那独臂的老者是二营过去的老营长成史柱;那白发白须的老人,是住在营门对面的魏五爷。

"有事?老营长、魏五爷。"杜一川转身迎向二老,口气极尊敬。

"这个戟,"成史柱抬手指了一下悬挂在营门正中的铜戟匣,"出的年代不知道,但也算一件文物了。当初国民党的部队弃营南逃时,你魏五爷悄悄取下保存起来,直到我领兵进驻西校场时,才又献出重新挂上营门。后来博物馆几次来人要,都被我顶了回去。听说从明儿起这里已不再做军营,五爷想问问能不能把戟取下来,交到博物馆去?"

"当然可以。"杜一川抬头望一眼那暗绿色的铜戟,点头。

"那就——"

"老营长!"成蓉含笑打断了成史柱的话,"杜副营长有点急事——哎,流星!"正说话的成蓉向远天一指。

众人抬头,正在变成宝蓝色的空中,依稀可见一颗流星向东南坠。

"七点五分。"成蓉边看表边小声叫。

"这丫头!"成史柱慈祥地看了一眼成蓉,尔后朝杜一川笑笑:"你有急事就快去忙吧!"

杜一川转身向营里走,边走边又抬头向刚才流星坠落的天空看。

空中,一颗人造卫星在转动。

卫星内部,一台台高精度仪器的指示灯闪闪耀耀,伴着一阵轻微的电子讯号声,两行英中文字幕出现在幕旁:

亚洲,中国东北部。东经:126°;北纬:44°。发现一坦克兵营消失……

地球缓缓旋转。

卫星紧绕地球侦看。

轻微的电子讯号声依然……

五

　　天还没有全黑,只是有些暗,万彬宿舍前木牌上写的"教导员"三个字,仍然看得清楚。

　　杜一川一脸不快地向门口走来。他步子很重,到了门口,"咚"地推开门,动作中显然带了气。

　　但门开之后他却一愣:只见教导员万彬正双手捂腹坐在桌前,英俊的脸上露出一丝痛楚。

　　"怎么了,不舒服?"杜一川因嫉恨而生出的不快顿时飘走,口气中含了关切。

　　"胃疼得厉害。"万彬紧咬着牙。

　　杜一川转身朝外间喊:"成医助,快,给教导员看看病!"

　　在门外的成蓉听说万彬有病,忙慌慌地奔进来,"快,躺到床上,我看看。"她急急地去搀恋人的胳膊。

　　杜一川看见成蓉脸上对万彬的那份心疼和关切,眼中顿时又晃过一丝妒意。

　　"杜副营长,"万彬一边往床上躺一边开了口,"听说一连长要领人去师里闹事,你是不是去看看?"

　　杜一川立刻颔首:"好吧,你快休息。"

　　看到杜一川出了门,成蓉忙关切地俯身问万彬:"怎么了?你刚才不是还好好的么?是吃什么不卫生的东西了?"她是那种爱上一个男人就把心全给了对方的女人。

　　万彬不答,只侧耳听杜一川的脚步声。待那声音越去越远,听不见时,他才扭头,望着焦急的成蓉,"噗哧"笑了。

　　"你?"成蓉一愣,触诊他胃部的手停住。

　　"嘿嘿,"万彬露出洁白的牙齿笑了,笑得十分得意,"我不过是略施小计！"

成蓉问："你的胃不疼？"

"当然不疼！"万彬拍了拍他那强健的裸露着的上腹。"我是不想去管一连长他们那事！你知道世上什么人最可怕？散兵！他们平日受军纪约束,将种种野性压制得死死的,一旦变成散兵,失了约束,野性就会可怕地涌出来,撤销了编制的兵就是散兵,现在去做思想工作,谁听？所以让杜一川去处理吧！"

"你？!"成蓉惊呆,双眼凝住,不动,直盯着万彬那张由英俊而变得陌生的脸。

"呆什么？现在我把好消息告诉你！"万彬又笑了,"刚才接到姐姐的电话,说爸爸给我活动好了,把我调到未撤的九师政治部,明天上午就来接我。你先在这里等几天,我一去九师就想办法,很快可以把你调过去！你说,可以吗？"他摇了摇她一只手。

成蓉没吭声。她的双眼早已从万彬的脸上移开,望向窗外。她的目光渐渐变得散乱,眸子上浮了迷惑,似乎不能立刻明白眼前的事。

"来,小蓉。"仰躺在那里的万彬,声音变得极低、极柔,抬手去搂成蓉的腰。有一刹那,成蓉弯了身,那动作有些机械,似乎是出于习惯。但当万彬的嘴就要触到她的唇时,她像是猛地从梦中醒来一样,一下子直起了腰,挣开他的手,转过身。

"小蓉,蓉！"他急忙探身又抓住了她的手,刚想把成蓉的身子往床边拉,不防"咚"地一下,他的胳膊被重重甩开。

他立时辨出,这不是嗔怪、佯怒,于是急忙诧异地问："怎么了,你？"

成蓉已跑了出去……

六

"准备登车!"一连长秦田齐挥拳砸在了桌上,尔后,抓起了桌上的一个包裹。

屋里的人也呼地一齐立起。看得出,人们讲出的烦,诉出的怨、倾出的恼,聚在一起,膨胀成一股力,左右了群体的情绪。

就在这时,门开了,杜一川出现在门口。

一团烟雾旋转着向杜一川扑来,他猛地咳了一声。

他抬头望着一连长那冷极了的眼神,平静地开口问:"老秦,这是要上哪? 去师部?"

一连长声音阴沉地:"知道了还问什么?"

杜一川笑了笑,他没有生气,他和秦田齐当战士时就在一个班里,知道他的倔脾气。"大伙坐下,听我说几句,咱们这次裁军,是为人类和平做出的一个贡献,单就军队建设说,也是一项重要——"

"少啰嗦!"一连长猛地打断了他的话,"愿跟我们走,就出去上车! 不愿,就走开! 少给我们讲大道理,听够了!"

"我就讲——"

"你别的别讲! 你就给我讲讲这个怎么办?"一连长说着,"呼"一下把手中的包裹朝杜一川扔来,杜一川伸手没接住,"啪"一下落地,包裹散开,露出了一堆一连历史上获得的各种奖状和锦旗。

杜一川双眼突然瞪大。看见了,那其中的奖状、锦旗,好多还是他在一连时和同志们一块争来的。他的目光最后停在那面写有"攻如猛虎"的暗红色锦旗上,与此同时,幕外骤然响起密集的枪声和凌乱的话音:"……哒哒哒……同志们,冲呀……拿下747高地,为祖国效力!……"

秦田齐的声音:"……一川,别管我,上!"

杜一川的声音:"……田齐,血,你的胳膊!"

秦田齐的声音:"……少啰嗦!打!……"

一个陌生的首长声音:"……这面锦旗授给一连!……"

杜一川的声音:"挂好,老秦!这是血换来的!"

秦田齐的声音:"放心……"

杜一川的目光仍直望着"攻如猛虎"四个字。

秦田齐愤懑地叫道:"营队一撤,这些锦旗和奖章谁还替我们保管?把它们扔到哪里?这哪一件不是我们用血汗挣来的?别人不心疼,你也不心疼?!"

一股水雾从杜一川的眼中腾起,那些水雾眼看就要变成泪。他急忙摇了一下头。

杜一川慢慢地弯下腰,手抖着将包裹包好,这才颤声说道:"二营的撤销令既已下达,现在去闹,就是违令。咱二营的历史上还从未有抗拒军令的事情。这些东西,"他指了一下那些奖状和锦旗,"就装在我们的心里吧!人向前走,也许需要不断丢掉一些过去的东西,要不,就不可能走得松快。"

"装心里?"墙角传来一个嘶哑的声音,"心里早被各种难处塞满了!天明以后我们就等着转业了,可你想过转业的难处没有?"

一个体魄粗壮的干部霍一下站起身接口:"连排干部千把块钱的转业费,要安家,送礼,买便衣,再喝场告别酒,剩下的够干什么?二连副指导员这批转业,想买张床,可转了几个家具店都不敢买,太贵,还不是买席梦思,是买木床!木头的!"

杜一川身子一震:"木头?"他的眼前突然闪过营部的仓库,那仓库里堆放着一些木材。

"走,登车!"秦田齐又猛地吼道。

众人一齐向门口走。

一川见状,慌忙伸手拦住:"别,别,大家的困难我想法解决。这样吧,我决定了,把咱们营部仓库里存的木材给大家分一点,每人半方!"

屋里的人都一愣。

一连长鄙夷地说:"你少来这一套!几块木头就把我们打发了?"

杜一川歉疚说:"我代表营里向大家检讨,我们这段时间没有注意帮助大家解决实际问题,现在请同志们跟我去仓库领木材,回去盖房子,打家具都行!"

有两个人向杜一川身边靠了靠。

秦田齐的嘴角上露了一丝嘲弄。

"走,跟我去领!"杜一川又紧跟着催。

又有几个人向杜一川身边凑了凑……

七

成蓉头脑昏沉地向一连连部走,脚步踉跄,面容痛楚。

她的面前闪过一幅幅往日的画面。

——篮球声。篮球在空中飞动,队员在场上奔突。身穿白色背心,蓝色短裤的万彬,在场上打球。他的这身打扮,使他的美全显示了出来,四肢强健,骨盆狭窄,肌肉发达,肋骨匀称、胸廓很宽。

坐在球场一边的成蓉,双眼随着万彬的身子移动,乌亮的双眸显露着一种分明的喜欢。

——大礼堂。舞台上方写着长长的大字会标:"'我们这个时代的军人'演讲比赛大会"。潇洒、漂亮的万彬在台上侃侃而谈。

坐在观众席上的成蓉被万彬的演讲紧紧吸引住,双眸随着他那恰到好处的手势转动,目光中流出一种明显的仰慕。

——小树林。万彬急切地向成蓉招手,成蓉欢喜地向他怀里扑去,两人紧紧拥抱在了一起……

成蓉痛苦地捂上了眼睛。

"走,跟我去领!"杜一川的话音突然传来,她抬头一看,才发现自己已经走到了一连连部门口。

"走吧!跟我去仓库领木材,一人半方!"杜一川又在重复。成蓉听到这话先是一愣,但随即似乎明白了杜一川要以此来制止闹事的用心,理解地望着杜一川。

杜一川转过身子,领着几个人向门外走来。

成蓉见状,急步上前轻声对杜一川说:"副营长,管理员去他老乡家了,我去喊他拿仓库钥匙。"

"噢。"杜一川看清是成蓉,立刻问:"教导员的病怎么样了?"

她的脸顿时因为羞耻涨得通红:"没……大事。"话语禁不住有些吞吐。

"要好好照顾他!"杜一川郑重地说,但转身向前走时,却又小声嘟囔道:"妈的,用得着你去嘱咐?"

"啪"!他抬脚踢飞了路上的一个石块。

上弦月迟迟疑疑地升起,夜,到底来了……

八

万彬宿舍。

桌上,一台袖珍录音机的磁带在缓缓地转,男中音的歌声轻轻地在屋中旋:"……忘不了那一晚,我俩在河边,你脚伸清水里,头靠我胸前……"

就在这舒曼的歌声中,万彬打开箱子,收拾着自己的东西,做着走的准备。

歌声依旧在响:"你含羞地送来樱唇,我们紧紧地接吻——"

门咚一声被推开,杜一川走了进来。"胃疼好些了?"他问,待看到万彬的举动,又有些意外。

万彬脸上掠过一丝尴尬,急忙含笑点头。

"……你当时已经应允,我们不久就结婚……"歌还在响,万彬赶紧伸手关了录音机。

杜一川没去注意万彬的神色变化,只是急急地说:"教导员,刚才我没同你商量就做了个决定,把仓库里的木材给连排干部们分分,每人半方,先消消大家的气,免得他们真去闹事,把咱二营的最后声誉给毁了,对他们自己也不好!"

万彬听罢,沉吟了一刹,尔后笑笑:"一川,有件事还没来得及给你说,我明天可能就要调到九师工作了。营里的事你看怎么办好就怎么办吧。"

杜一川吃惊地瞪大了眼,霎时明白了对方收拾东西的原因,一股怒气随之从他的两鬓涌出。

屋里的空气顿时凝固了起来。

片刻之后,杜一川把目光从万彬身上移开,慢慢咬了牙,强抑下心中的怒气,缓步向电话机走去。

他拿起话筒,用平静的声调说着:"……参谋长,为了解决连排干部的困难,我们营决定——"话刚讲到这儿,送话筒突然被一只手握住。

杜一川抬了头,万彬含笑站在面前。

"不应该说'我们营决定',而应该说是'你自己的决定'!"万彬带着笑道。

有一刹那,杜一川没弄明白对方的话意。但很快,一缕冷笑出现在他的嘴角,他从牙缝里迸出了三个字:"明白了!"猛地把对方的手拿开,对着话筒一字一句地更正:"为了解决连排干部的困难,我杜一川决定……"

喊来了营部管理员和成蓉,默默站在门口。她对室内的情形显然看得很清,她望着万彬的目光里,第一次露出了一缕厌恶。

万彬满意地向门外走,到了门口,看见停立在那里的成蓉,先是一怔,跟着抬手扯了一下她的胳膊含笑低声道:"小蓉,走,帮我收拾一下东西。"

成蓉冷冷地拿掉了扯着她的手。

万彬先是一惊,脸上随即现出一丝愠怒。成蓉连续两次冷冷的反抗伤了他的自尊。

杜一川打完电话,径直出门,向营部仓库走去。成蓉刚要抬脚和营部管理员跟上,背后响起万彬一声低沉地喊:"成蓉!"

成蓉停步,但没转身。

万彬走到她身边,神情冷峻,看样子要对她说几句厉害话训训,但当他的目光一停在成蓉那莹洁美丽的脸庞上,他眼中的冷峻和愠怒又顿时飞走,他的面孔又溢满了柔情。他出口的话温柔亲切:"小蓉,你怎么那么关心分木材的事?军区纪委最近三令五申,在精简整编中严禁私分营具,违者严究。杜一川这样办是要倒霉的,你去掺和什么?你总不会也想去分半方木材吧?"

"说完了?"成蓉平静地问。

万彬点了点头。同时上前,想去握成蓉的手。但成蓉退后一步,冷冷地开口:"谢谢你……"说罢,转身便走。

万彬僵立在那里,愕然地看着成蓉的背影。

片刻之后,他似乎显冷似的瑟缩了一下身子。

已经升高了的弯月,在地上拉出了他清晰的倒影,那倒影好细、好长、好静……

九

营部仓库门口。

杜一川站在那里,就着昏黄的灯光,默望着营部管理员分发木材。

片刻之后,他慢慢地转身向自己的宿舍走去。

他迈着沉重的步子走进宿舍,拉开了灯。灯光下可见,这是一个标准的部队单身干部宿舍:叠成方块的军被,装着衣服的炮弹箱子,放置整齐的日用物品,摆满兵书的三屉桌子。

他走到桌前,习惯性地拿过桌上那本读了一半的《战役学》,摊开学习笔记,拿起笔,低头读起来。

刚读两行,他猛地抬起头来,一下子意识到再读这些书已经无用了。

他"呼"地扔下笔,摊开了面前的书。

他痛楚地坐那里,一动不动。室内好静,只有日光灯的镇流器发出轻微的呲呲声。

他的双目慢慢失了焦点,他又望见了自己的过去。

——臂缚砖头练瞄准,累晕在雪地上的杜一川。

——拿着一张"神枪手"奖状的杜一川。

——在地上摸爬滚打磨得双膝出血的杜一川。

——手捧着一张"单兵战术尖子"奖状的杜一川。

——在单杠上飞跃旋转不慎摔到地上的杜一川。

——手拿着一张"军体比赛第一名"奖状的杜一川。

他摇了摇头,勉强把面前的回忆赶走,但转瞬之后,幻觉又出现在他的眼前:

〔衬着孙武、戚继光、岳飞的巨大戎装画像,映出下列画面:〕

旌旗、黄尘、大军在开进。步兵、炮兵、装甲兵,如铁流滚滚向前。

行进的队伍中间,出现一辆敞篷吉普。两鬓斑白的杜一川口衔烟斗,威武庄重地坐在车上,他的身边和身后,是参谋和卫士。他转身向参谋说了一句什么,仿佛是:加快前进速度!

队伍更快地向前运动。

密集的枪声、炮声中,杜一川站在军帐中的一幅军用地图前,镇静地思考并发布命令。

巨大的凯旋门。

杜一川驱车驶进凯旋门。

欢呼的人群。

《人民日报》第一版消息特写:挥师戍边的杜将军一川昨日抵京。

一条巨大的挽幛:卫国英雄杜一川将军永垂不朽!

杜一川身着戎装,胸覆军旗,含笑闭目仰卧在松柏和鲜花丛中……

幻觉消失。

一丝冷酷的自嘲爬上了杜一川的嘴角。

他的手慢慢拿过那本笔记,另一只手伸过去,抓住一页,"哧啦"一声,撕下来。响声真脆!

那哧啦的撕纸声刚落,幕外响起一个中年妇女的声音——杜一川母亲的幻音:川儿,你在撕什么?鞋样儿?天哪!这是你姐姐剪的,花了几天时间,快放下!

"哧啦!"又一张纸。

中年妇女的声音继续:放下!听见了吗?这是你姐姐的心血!她专门跟人家学剪的新样子!

"哧啦!"又一张纸。

中年妇女的声音继续:这孩子咋这样不听话?你姐姐费了好大的力气,快,放下!啪!你是找打!

"哧啦!"

"哧啦!"

他撕得那样从容、那样认真、那样镇静,一片片白色的写满了字的纸从他的手中滑下,飞落到地上。一本笔记撕完,他又拿起了另一本。

他慢慢地蹲下来,掏出了火柴。

"哒。"火头闪一下。

"哒。"燃着了,火光腾起来,好白!

他盯着那火光,火光在变大、变亮,他似乎很开心,突然间咧嘴笑起来,而几乎是同时,两滴晶亮的东西出现在他的眼眶里,摇着、闪着、晃着。

"副营长！"门外突然响起一个男子的喊声。

杜一川急忙掏出手绢擦擦眼睛，起身应道："请进！"

营部管理员推门走进来报告："副营长，一连长和另外七八个干部不来领木材。"

"哦？"他回望了管理员一眼，说，"你先回去休息，我去看看他们。"

杜一川急步出门向一连连部走去，但刚走到操场边上，又慢慢停了步。

他苦恼地抬头望天。

天上，彤云遮月，众星闪耀。

一颗人造卫星，在星海里游转。

卫星内部，一台台高精度仪器的信号灯闪闪耀耀，伴着一阵轻微的电子讯号声响，两行英中文字幕出现在幕旁：

北部非洲。东经：……，北纬：……（经纬度数码很小，在银幕上看不清楚）。增设一军用机场……

地球缓缓旋转。

卫星紧绕地球侦看。

轻微的电子讯号声依然……

十

人静、风微。

杜一川还静静地站在原地。

街上的坠子声仍在隐隐传过来："……宗保一听怒满胸，下巴一抖虎目睁，催开坐下白龙马，银枪舞动不留情……"

杜一川摇摇头，似乎要把那坠子声赶走，继续沉入自己的思绪，但一个苍老的声音突然从画外响过来："……那时住在这里的好像是七、八、九三标,我常趴在院墙头上看他们练刀……"

一川循声望去,原来是老营长成史柱和魏五爷两位老人,在空旷的操场里蹒跚着踱步。

"你们还没有睡?"一川走了过去招呼。

成史柱见是一川,笑应:"没呐,人老,瞌睡少了。这营房明天就要变成学校了,我和你五爷想再走走看看。"

"知道么,小伙子?这西校场清朝时住了清军三个标,我那时常趴在墙头上看他们练刀。"魏五爷接口朝一川说,"听我爹讲,外国人烧了北京圆明园后,这西校场的兵两天没吃饭,兵营里到处是哭声!"

"是么?"杜一川吃惊地环顾了一眼静静的营区。

成史柱闷声地接口:"那时候空有军营!"

"看见了,那个石台子?"魏五爷又扬起手中的拐杖,指了一下卧伏在操场边的一个石台,"那叫点将台!听说当初王莽和刘秀开战时,刘秀在这台上点过兵。后来杨家后代杨再兴抗金,在这台上点过将。再后来,张自忠带兵去随州同日本人决战,也在这台上阅过兵。1948年,成营长领兵进了西校场。"

随着魏五爷的讲述,杜一川眼中的石台子上,依次闪过黑衣黑马的刘秀、白盔白甲的杨再兴、扬眉按剑的张自忠,独臂挎枪的成史柱的身影。

魏五爷的声音在继续:"历朝历代,咱宛城都驻很多兵,五个校场全驻满。只是到了解放后,兵才越驻越少,先是东校场变成了机床厂,后是北校场变成了农科院,这次又该你们西校场变了。"

"是呀,都在变,"成史柱感叹道,"大概,人类越成熟,从事军人这项职业的人是会越少的吧？一个民族，当兵的越来越多，驻兵的地方越来越大，怕也不是一桩好事情……"

杜一川默默地听着，眉心间现出几道沉思的竖纹。

就在这时，不远处传来一声喊："杜副营长，团长电话找你！"

"哦？"一川应了一声，转身向两位老人点点头，"我去看看。"便匆匆向营部走去。

伴着杜一川那匆匆的脚步，夜空中又断续地飘过来了坠子声：

"……这才是上山虎遇见下山虎，云中龙遇见雾中龙，铜盆遇见铁扫帚，丧门神遇见白虎星，二人杀得难分解，马来马往尘飞腾……"

十一

营部。

灯光下，杜一川手握电话筒站那里。

话筒里清晰地传出一个中年男子气汹汹的训斥："……你杜一川好大胆！谁叫你私分营产的？你还有没有纪律观念？你知不知道上级的三令五申？你是不是也想趁机发财？立即收回分发的木材！马上写出书面检查！……"

正在一旁床边给通信员打针的成蓉，也吃惊地听着从话筒里传出来的声音。

杜一川脸上先是现出一股莫名的委屈，随即便又堆满了愤怒，幕外同时响起他愤愤的心声：妈的！老子也不管了！天亮之后我还是谁的副营长？还管这些鸟事做甚？"我——"他猛对着话筒吼，但只吼了一个字，又突然噤口。

他放下话筒,坐在那里,许久未动。

手捏针管的成蓉,默然站在一旁。

一直待在室内的营部管理员,也无言地立在那里。

静寂。

成蓉双眼直盯着一川的双眉,她看到他那两只蚕眉紧紧地蜷起,不停地搐动,不禁生出一阵疼惜和着急。

她忧心忡忡地看着杜一川。

"管理员,"杜一川忽然转过头来喊,"已经分下去的那些木材,总共值多少钱?"

"值——"管理员默算了一刹,"两千九百五十元,当初因为是拨价,这木材比市面上便宜。"

"这样,这些木材算我买了,送给同志们的。我先把两千二百元的存折交给你,你待会就骑自行车拿去交到团里,剩下的部分,等我的转业费发下来时再扣!"杜一川说罢,慢慢地掏出一根烟,点着,起身走出门。

管理员见状慌忙制止地喊:"副营长,那笔钱你可不能动!"

杜一川未理会,走远。

成蓉疑惑地望着管理员。

管理员转向成蓉解释:"那笔钱是他牺牲在云南的大弟的抚恤金,早些日子他娘拿来让他买石灰、钢筋准备盖房子给他小弟娶媳妇的,他还叫我替他打听哪里卖这些东西。"

成蓉听罢,脸上现出激动的表情,随即快步出门,向杜一川宿舍走去。

杜一川宿舍。

他拉开抽屉,从一个塑料本子里找出了存折,拿起,关上抽屉,刚要走,他猛地又把存折放进抽屉。

他欲关抽屉,又犹豫地停住。

就在这时,成蓉走进屋来,因为感动而冲动地开口:"副营长,你不该——"

正在烦躁、犹豫的杜一川闻声"呼"地扭过头来打断了成蓉的话:"不该什么?"他眉心中露出了几分可怖的狰狞。他心里窝着的委屈、气恼、烦躁正无处发泄,听到成蓉这半句含有指责意味的话,看到这个深爱而不能得的女人,禁不住恨恨地叫道:"你们什么都应该!应该调走!应该拿钱不管事!应该继续穿军装!我们掏钱买点木材不应该了?!什么叫该?什么叫不该?我说你该立刻从这里滚出去!去跟你男人一块走!不该在这里多嘴!"

成蓉愕然地瞪大了眼,一番好心得到如此地回报,使她委屈至极。

她的脸先是由白转红,随即又由红转白,苍白、煞白。一阵轻微的颤抖从她的下颌生起,极快地向全身蔓延。泪水迅速在她双眼中积聚,猛烈地冲出眼睑,向双颊上滚。

杜一川伸手拿出抽屉里的存折,大步走了出去……

十二

营部。

管理员手中为难地捏着杜一川给他的存折。

一旁,杜一川大口地吸着烟。

这时,门口一阵脚步声,擦去了泪痕的成蓉出现在门外。

一川一惊。

杜一川昂起头,不看她,眼望着墙角。

"这个,添上!"成蓉几步过来,把一个纸折往管理员手中一塞,走了。

杜一川诧异地瞥过眼去。

〔特写:一千元的活期存折!〕

杜一川的双目倏然定住。他把头俯低,似乎想看清存折上"成蓉"那两个字是用什么笔写的。随即,他的嘴张开,像是要喊出一句什么,但终没有一个音节出来……

十三

弯月被乱云缠住,悠悠地向围墙那边坠。

树木和房屋的阴影在逐渐地变大、变浓。

营部卫生所,里间。

成蓉坐在自己的床前,没有开灯,隔窗默望着夜空。

噗嗒,一串泪珠滚下。紧跟着,她那漂亮的双眼里又已注满了泪。为啥?心酸?委屈?屈辱?气恨?说不清。

泪水迷蒙中,她忽然隔窗看到夜空中又出现一颗流星,好明、好亮、好灿烂,迅疾地向东北方划一道银线,转眼间就落了。

她抹去眼泪,拉灯,看表。然后从抽屉里拿出那本"流星观察记录",很快地用钢笔记下:22.47′。第二颗。划向东北,持续大约两秒。那"流星观察记录"本已用去大半,能够看出这是她的一个爱好。

记完,拉灭灯。她又把目光望向夜空。

宝蓝色的天帷上,因弯月的下沉,星儿显得密了。

无意之中,她看到了一颗正在空中运行的卫星,她的目光随着那卫星移动。

在空中旋转的卫星。

卫星内部,一台台高精度仪器的信号灯闪闪耀耀。伴着一阵轻微的电子讯号声响,两行英中文字幕,出现在幕旁:

欧洲东部。

东经:000000(经纬度码很小,银幕上看不清)。

发现新设一炮兵营地……

地球缓缓旋转。

卫星紧绕地球侦看。

轻微的电子讯号声依然……

默坐在那里的成蓉,眼前慢慢出现了幻影——

万彬、一川同时站在她的面前。

万彬双手捂腰,假装胃疼……

杜一川点头答应去做一连长的思想工作……

万彬平静地收拾着自己的东西,做着走的准备……

杜一川在一连连部说着什么……

万彬含笑要求正打电话的杜一川改正措辞……

杜一川手握话筒听着团长的训斥……

万彬提醒成蓉不要去参与分木材……

杜一川向成蓉发火吼叫……

成蓉双手捂眼,把幻影赶走,尔后仰身和衣向床上躺去,但片刻之后,她又坐起,几下脱去外衣,拉被盖上身蒙了头,分明是想赶快入睡,好把今晚的一切全都忘记。

室外。带了几分醉意的二连司务长手中捏着未婚妻的照片,踉踉跄跄地向自己的宿舍走着。

边走边含混地嘟囔:"你不跟我,我还不希要你哩!"

突然,脚下绊到了一个砖块,他身子一个趔趄,手碰到了前边的树上,擦破了皮。

手中未婚妻的照片落地,他慌忙弯腰拾起,边拾边叫:"想跑,先别慌!我要叫大伙给你打打分,就你这个地瓜脸,还——嗬,手流血了?"他边自言自语,边扭头向近处的营部卫生所走去。

"成医助,给我包包手!"他在门外喊。

成蓉显然已经睡着,室内没有应声。

司务长边用手推门边又叫:"成医助,包包手!"不想,门在他的推动下,吱呀一声开了。

"噢,不在。人呢?……"司务长自言自语地说着,踉跄着走了进去。

杜一川宿舍。

一川默默坐在床沿抽烟。

他的眼前幻现出成蓉被他骂后的愕然、委屈的面影。

一股愧疚浮现在他的脸上。

他起身走了出去。

营部卫生所,外间。

司务长拉亮了灯,嘴上仍自言自语:"没有人我自己包。"

他在外间的诊疗桌上找纱布,没找到,便又掀开通往里间的门帘,拉开了里间的灯。

几乎在灯亮的同时,他意外地瞪大了眼。

成蓉躺在床上,两条雪白的胳膊放在被子外边。

刺眼的灯光,终于把成蓉从沉沉的梦境中解救了出来,她睁开了眼。

最初的那一刹,她似乎不能理解司务长怎么会站在她的房间里,于是探起身,懵懵懂懂地问:"你怎么进来了?"

在看到成蓉睡姿的第一眼,平日严格的军纪养成的惯性,使司务长立刻就想扭头往外走。但随即,就见他猛地抬手从口袋里掏出了未婚妻的照片。

"你们这些女人!"他看着照片咬牙低叫了一句。

蒙眬的醉意中,眼前的成蓉似乎就是自己的未婚妻,一股恨意突然从他的眼底升起。

司务长的那种眼神,到底把成蓉从懵懂中惊醒了,她慌忙叫道:"你出去!"

他"啪"地摔下照片,向成蓉走过来。

"你要干什么?!"成蓉骇然地低叫,本能地揪紧被子。

"你们这些女人!"他咬着牙叫。

他猛地向床上扑去。

"啪!"他挨了重重一巴掌。

门外。

刚走到卫生所门前的杜一川,忽听屋里传出了"呼、咣"的声音,一怔。军人特有的敏感使他意识到:屋里出了事。

他迅捷地闪步到门边,飞快地进了屋。

司务长扭过了仍充溢着恨意的脸。

杜一川震惊、意外地瞪大了眼睛。

仰躺在那里的成蓉,胳膊上被抓出了血痕。

一瞬间的呆愣过后,成蓉双手捂脸,发出了令人心碎的低泣。

司务长脸上的恨意先是转成了茫然,最后又变成了恐惧。

他呆呆地站在了那里。

"畜生!"杜一川咬牙骂道,愤怒地攥起了双拳。

他猛地向司务长扑去,拎起他的衣领,抡起拳,咣咣咣!挥起掌,啪啪啪!抬起脚,咚咚咚!

司务长没有反抗,没有防护,没有哀求,听任副营长打着、砸着、踢着。

当杜一川终于住手之后,司务长仍摇晃着身子把青肿的脸伸到他面前。

打累了的杜一川在急促地喘息。

司务长见杜一川不再动手,突然转身去旁边的器械盘里抓起一把手术剪。

杜一川一惊,要行凶?

司务长眼中的恐惧消失了,他懊悔地攥住剪子,向自己的左胸口扎去。一川见状,急忙伸手抓住了剪子。他挣扎着,挣不开副营长铁钳一样捏着的腕,便双眼恳求地望着一川。

"杀了我这个畜生吧!"司务长呜咽着跪下去。

杜一川低头,蓦地注意到,一个漂亮姑娘的照片,扔在地上。

杜一川认出,这照片就是傍晚喝酒时司务长掏出来的那张,是已宣布同他断绝关系的未婚妻。

"当啷"一声,剪子从一川手中落地。

一阵愧悔的呜咽。

一阵心碎的低泣……

十四

万彬宿舍。

最后一只皮箱被万彬扣上,尔后他关了在一旁拉响着的袖珍录音机,长舒了一口气。

他打了一个响指,愉快地自语了一句:"可以走了。"

他拉开门,舒臂、扩胸、深呼一口夜气,突然,他的双臂停在半空,眼睛看到了成蓉卫生所里的灯光还在亮着。

她还没睡?他的眼睛像是在问。

一股爱意和着一股柔情出现在他的脸上。

他轻步向卫生所走去。

卫生所里。

室内只剩下了杜一川和成蓉。

成蓉仍在双手捂脸低泣。

杜一川没了主意,不知该怎么安慰,只轻声重复着:"别哭……别哭……别哭……"

成蓉勉强止了低泣,哽咽着说:"副营长,麻烦你把药柜里的消炎粉和纱布拿来,帮我包包肩上的伤口。"

"好,好。"一川急忙应道,转身拉开了药柜门。

室外。

万彬刚走到窗口,忽听屋里有轻轻的男人声音,不禁一愣。一种情人特有的警惕,使他停步,就着窗帘的缝隙往里看去。

他的眼睛蓦然瞪大,额上的血管凸了出来。

室内。

杜一川正小心地把消炎药倒向成蓉肩上的伤口。看到莹白肌肤上那沁血的伤处,他的脸上现出一种痛楚,好像那伤口就在他的身上。

窗外。

万彬牙咬了起来。

双眼已变得血红。

他慢慢地转身。

他摇摇晃晃地隐向一片黑影里。

卫生所的门"吱呀"一响,杜一川走了出来。

刚走出十几米远,一个人影突然挡在了面前。

一川一怔:"教导员?"

借着就要沉下去的弯月,可见万彬脸上全是要雪耻的愤怒。

"你怎么了?"一川看到对方的神色,有些意外。

"你干得真漂亮!"六个裹着仇恨的字,挟一股冷气,跳出万彬的牙缝。

一川双眉先是一拧,随即又舒开,他似要把刚才发生的事讲清楚,但嘴刚刚张开却又戛然止住。

万彬仇恨地说:"你以为我好欺负?"

一川努力让自己脸上浮点笑,解释道:"我是去找成蓉要点药。"同时画外响起一川的低音:"不能让万彬知道真相,万一他再去找司务长,难保不会惹出麻烦!"

"咚!"万彬一拳砸在了杜一川的胸口上。这一拳太重、太猛、太狠,猝不及防的一川倒退几步,仰倒在了地上。

疼痛使得杜一川蜷起了身,眼前一团金星。金星消失后,他的两只拳头猛地攥紧。但转瞬之后,他的双拳又慢慢松开了。

杜一川咬牙忍住疼,低低地开口:"教导员,万彬同志,你要冷静!"

话未说完,身上又挨重重两脚。

杜一川紧咬着牙,强抑着自己不还手。

就在这时,卫生所的门"吱呀"一声拉开。显然是被踢打声惊起了的成蓉,走了出来,惊异而默然地看着这边。

"知道我不好欺负了吧?!"万彬又咬牙低叫一句,喝醉了酒似的蹒跚着向宿舍走去。

杜一川仰躺在地上,一动不动,只把两眼望向宝蓝色的夜空。但随即,他猛地跳起,趔趄着奔向远处的越障跑道,对着那作为障碍的木板墙,咚咚咚地踢着、踹着。

在他猛烈而愤怒的攻击下,木板在摇动,响声喑哑、沉重。"咔!"痛楚的呻吟中,木障裂了,一片木屑飞出来,刺破了杜一川的手。这反抗更加激怒了杜一川,他呼哧着粗气,更狠地踢,更猛地踹,终于"哗啦"一声,木障碎裂了一大块。

他定定地站那里,似乎在欣赏自己的胜利。但突然捂住脸、身子萎缩似的蹲下去。

指缝里涌出了晶莹的泪。

一辆夜行的马车,从营外的什么地方辘辘而过,一记鞭响之后,起了一阵悠长的马嘶……

十五

起风了。风不大,但已可摇动营区里的梧桐树叶,让它们起一阵喧哗。

就要坠地的弯月,光线弱得可怜,营区的石板路面,已经变得十分灰暗。

就在这石板路上,响起了缓慢的老人脚步和魏五爷苍老的声音:"……我记得很清楚,中央军十七团驻西校场时,常有些当兵的开小差,就在那边院墙的小角门旁边,有两个逃跑的小兵被打死。"

魏五爷和成史柱老营长缓步走过来。

成史柱接口:"嘀,你的记性真好!那是谁呀?"他忽然看到旁边的越障跑道上蹲着一个人。

"是我,老营长。"杜一川慢慢站起来。

"哦,是小杜。你蹲这里干啥?"两个老人摇晃着走过来。

杜一川吞吐着:"看看……这木障。"随即便掩饰地扭了话题:"都半夜了,二老还不休息?"

"俺们这就去睡,"成史柱点着头,"噢,有件事想给你说一下,你五爷刚才和我商议,明早取下营门口的铜戟时,是不是举行个仪式。"

"哦。"杜一川应一声,扭脸向不远处的营门望去。明亮的营门灯下,铜戟匣默默地悬在那里。

"这是规矩!"五爷接口道,"过去,只要兵营易主,取戟升戟,都要焚香、擂鼓、行礼的。除了国民党军队逃跑那次,剩下都是这样办的,我见过多次。"

"那好吧。"杜一川低低地应一句,随之叹口气。

成史柱喑哑地接道:"是呵,二营是没了,这是叫人不太痛快。可是孩子,你想过没有?在一营之前,已经有多少军队的多少营队都完了,不过不像咱这个完法罢了。当年台儿庄血战时,我随我爹正在豫东买弹药,血战结束的那天晚上,我们专门去看了看。那晚也有月光,月光下只看见一片趴着、跪着、仰着、横着、竖着的死人,就像大片麦田里收割后捆起来的麦个子,数不清楚,看不到边。地上全是血,土都被血泡软,我的脚几次踩到血坑里,鞋都湿透了。那时我十二岁,看着看着害怕了,小声问爹说这些死人的妈妈咋办?爹说,哭呗!于是我就想,这些人的妈妈要是一齐哭起来,声音会有多大?!"

一川惊异地看着老营长。

老营长那溢着豪气的脸上的皱褶里,夹着一缕含义莫名的忧愤和苦痛:"我想,人类应该越来越聪明,要是世界上其他军队的营队也像咱这个完法,就好了……"

一川的身子抖了一下,他仿佛是明白了什么,两个铿亮的光点在他的眼中扩大。

他无言地直望着老营长。

一阵汽车的引擎声突然传来。一川身子一震:"什么车响?"

"哦,大概是一连的汽车。"成史柱随口接道,"我和你五爷刚才从一连过来,听他们嚷嚷着要开车去师里,不知去干啥。"

"是么?"杜一川猛一激灵。

他刚才的不振倏然抖去,迅速转身向一连连部跑去。没跑出多远,看到了两只雪白的汽车大灯。

汽车向营门开去,可以隐约看见,车上站着七八个人。

杜一川改向营门没命地跑去。

十六

车灯如柱。

弯月沉下之后的黑暗被车灯撞开,车前的石板路变成一道光的河流。

一连长秦田齐手扶着车前大厢板,牢牢站定。

汽车向营门口驶去。

汽车急驰带起的夜风,撕扯着他的头发和胡茬。

他一动不动,面孔上浮着一不做二不休的神情。

车到营门口停住。前灯照亮悬在营门上的铜戟,它静静地卧在匣里。

哨兵看清车上的一连长之后,缓缓拉开了铁栏门。

就在这时,杜一川喘吁吁地站在了车头前。

秦田齐一怔。

车灯把杜一川草绿色的军装映成了灰白。

引擎停息。

"回去!"杜一川待自己的喘息平定之后,低声喊。

"让开!"秦田齐冷厉地叫。

"老秦,回去!有话回去说!"杜一川的声音里加了恳求。

"让开!"秦田齐低沉地重复。

杜一川恳求:"老秦,同志们,有什么难处,全给我说,我一定想办法解决,行吧?"

"给你说了你能解决?"秦田齐嘲弄地低叫,"你能让我们二营不撤?你能把我们二营每个连的荣誉室保存下来?你能保证老刘和我的老婆孩子变成随军家属?你能给我们副连长安排个位置?你能把小邹转成志愿兵?你能解决什么?"

杜一川:"老秦,听我说——"

"少啰嗦,让开!"一连长打断杜一川的话,声音愈冷愈沉。"你知道我的脾气!"

"我不会让开的!老秦,除非车从我身上开过去!"

秦田齐气极了吼:"让开!!"

杜一川恳求地叫:"老秦,回去!这对你们没好处!"

"让开!"秦田齐呼地从腰间拔出了手枪,一拉枪机,枪口指向了杜一川。

车上的人都一愣。但他们并没觉得惊奇,显然,都把这一举动看成是对杜一川的吓唬。

杜一川眉不跳,色不变,他不相信对方会向自己动武。他望望一连长手中的枪,甚至在脸上浮出了一丝笑:

"老秦——"

"让开!"一连长又冷厉至极地叫。

杜一川:"还是先回——"

砰!

枪声清脆,弹头撕裂了滞重的空气。

杜一川脸上的笑意突然间僵住。左腿蓦地一软,想跪下去,但他踉跄几步,上前抓住了汽车保险杠。

鲜血迅疾地涌出杜一川的左裤腿。

车上、车下的人都被这一枪惊呆。

死一般的静寂。

最先从木然中醒过来的是站在一旁的营部管理员,他转身没命地向营部跑,边跑边喊:"成蓉——成医助——"

营门哨兵慌忙上前伸手扶住杜一川。

秦田齐握枪的手在抖,几缕淡蓝色的枪烟溢出枪管,飞向明亮的营门灯,掠过铜戟匣,向夜空飘。

秦田齐直直地盯着手中的枪,似乎在怀疑:是它响了?!响了?!

外衣都未来得及扣的成蓉,拎了药包随管理员飞快地跑来,一下扑在杜一川脚前。止血、检查、包扎。边包边急急地低声宽慰:"小腿肚,贯通伤,没伤骨头,还好。快,抬到卫生所!"

但杜一川紧抓汽车保险杠,纹丝不动。

成蓉无奈,只好双膝跪地,进一步扎紧绷带。

杜一川直盯着一连长,脸上只有惊愕和苦痛。成串的汗珠从额上滚下,砸到保险杠上。

秦田齐呆呆地看着杜一川那扎起绷带的左小腿,目光慢慢失去焦点,变得散乱,幕外同时响起他忆起的声音——

秦田齐："……我是747,我是747,请炮火压制4号,压制4号！一川,我们上！"

哒哒哒……

杜一川："田齐,小心！"

秦田齐："没事,上！"

杜一川急切地说："田齐,闪开——哒哒哒……"

秦田齐慌而歉疚地说："一川——伤了哪里？左腿……怨我！一川,你是为我……"

"咚！"秦田齐猛扑到驾驶室顶上。手枪在铁质的顶盖上旋转了两下,哧啦滑溜下了地。

"同志们,"杜一川极慢地开了腔,声音抖得厉害,"因为二营的撤销,你们都遇到了不少的难处,而这些难处,我大都不能帮你们解决,我向你们表示歉意！"

管理员突然高声插嘴："昨晚分的那些木材,就是副营长用弟弟的抚恤金买了分送大家的！"

车上的人默立,头垂下去。

杜一川制止地望一眼管理员,又吃力地开口："营队撤销,离开军队,我和大伙一样难受——"

他的身子一晃,呼吸变急促,脸惨白。"我们快回卫生所！"成蓉着急地去扯他的手,但杜一川执拗地摇了下头,抓保险杠的手,依旧不松。成蓉没法,只好拼力搂住他的胳膊,让他的大半个身子紧倚向自己。

杜一川十分吃力地说："我们……也许……应该……换一个……角度……去……考虑……换一个……角度——"

他的声音低下去,头软软地靠在了成蓉肩上。

成蓉慌慌地叫："副营长——"

车上站着的人,纷纷跳下了地……

十七

营部卫生所,里间。

杜一川阖眼躺在成蓉床上。

杜一川口中含混地说着:"……娘,包谷一窝点几颗?牛咋这么瘦?没人割草?……我以后不忙了……割草……"

他的声音渐小渐无。只把一只手紧紧攥在成蓉的腕上。

他的眼睑一动,慢慢从昏沉的幻境中醒过来,睁开了眼。

他最先看到的是成蓉那满是关切、心疼的脸,离他那样近,那样近。随后发现,自己抓着她的手,抓得很紧,很紧。

他慌忙松开成蓉那只已被他攥得发红的手腕。

成蓉低而关切地问:"疼得轻些了?"

"嗯。"他应着。望着离他很近的成蓉那红润的双唇,他的眼中似有一点醉,又似有一点酸。

"一川,"万彬迈着重重的步子从外边走进来,到了他床前,"我叫人把秦田齐关在营部仓库了,待一会儿押送到上边去!"

杜一川乌眸一跳。

万彬说:"现在还不知道他行凶的真正动机,估计师保卫科审讯后就会清楚。你安心躺着,待一会儿送你去师医院。"他的语调中也含了关切。严重的事态,让他暂时抛开了自己与杜一川个人之间的不快。

杜一川缓缓地说:"教导员,谢谢,我不用去师医院。"

万彬说:"那你的伤——"

杜一川摇了摇头:"这个不用担心,伤点皮肉。"

"管理员,"杜一川撑臂坐起身,向站在床尾的管理员说,

"请扶我去仓库看看。"

"不,你的伤!"成蓉慌忙伸手去拦,她的一双眼里满是心疼。

"不要紧,没伤骨头,没事。"杜一川撩开被执意要下床。

成蓉见拦不住,只好仔细地为他穿袜穿鞋。没待管理员上前,她已扶起他,让他倚在了自己身上。

一步一步,两人一起缓缓走向门口。

万彬站在那里,望着两人的背影,不动。嘴角现出一丝恨意,不过,只是一闪,极快地。

天,已经显出雪青色,黎明到底艰难地来了。星,稀疏了许多,银河只剩一个模糊的轮廓。

"看,天上!"搀着一川的成蓉突然轻声喊。一川闻声抬头,只见一颗流星在天幕上急速滑行,坠向西北方。

"嗬,是第二颗了。"杜一川记起,晚饭后和成蓉一起回营房时,也曾看到过一颗。

成蓉轻声说:"是第三颗。昨夜十点四十七分,也有一颗。"

一川诧异地说:"是么?一晚上就坠了三颗?"

"是的。"成蓉慢慢地扶了一川走,"这是我看到的第九百四十八颗了,我喜欢观察流星,我想看看自己一生究竟能观察到多少颗流星的坠落!"

杜一川扭头,无言地看了一眼成蓉,又仰脸向天,去望那黎明时分的天空。

空中。

一颗卫星在悠然游动。

卫星内部,一台台高精度仪器的信号灯闪闪耀耀,伴着一

阵轻微的电子讯号声响,两行中、英文字幕,出现在幕旁:

　　大洋洲。

　　西经:000000,南纬:000000(经纬度数码很小,银幕上看不清楚)。发现新增大型驱逐舰一艘……

　　地球缓缓旋转。

　　卫星紧绕地球侦看。

　　轻微的电子讯号声依然……

十八

　　营部仓库。

　　天已大亮,明亮柔和的晨光隔窗射进屋内。

　　墙角,秦田齐默默蹲在那里。

　　他目无所视地望着脚前的地,地上,爬动着一群蚂蚁。

　　幕外响起他茫然不知所以的低低的心声:怎么会响了?怎么能打他?怎么会响了?怎么能打他?……

　　锁响了,有人在开门。

　　他没动。依旧蹲那里,依旧目无所视地看蚂蚁。

　　仓库门外。

　　营部管理员正在用钥匙开门。

　　杜一川由成蓉扶着站在一旁。突然,一川的眼睛看见,在仓库房门的一侧,堆着昨夜分下的那些木材。

　　他一怔,诧异地问:"管理员,那些木材是怎么回事?"

　　已经打开了锁的管理员扭过脸答:"刚才,大家都不吭不哼地送了回来。"

　　杜一川无语地盯着那些木材,良久,才向仓库门里移步。

　　仓库里。

秦田齐依旧蹲在墙角。

脚步声响到身边,他仍未抬头,只是把双手一握,两腕并一起,伸到膝盖上,摆那里。

一川由成蓉扶着站到了秦田齐面前,吃力地弯下腰,抓住了秦田齐的一只手腕。

秦田齐身子一动,抬起了脸,他看到了杜一川那苍白至极的颊,那露着疲乏的眼,那吃力弯着的腰,那缠了绷带的腿。

他的喉结一动,但没有声音。

一川用力拉了一下田齐的手腕。

秦田齐慢慢地站起了身。

杜一川默默地伸出手,抻了抻对方揉皱的衣襟。

秦田齐直直地看着杜一川。牙,紧咬了下唇,下巴上的长胡茬,微微地晃。

杜一川又抓住秦田齐的手腕,无言地抚摩着。

一缕鲜红的血,在秦田齐的下唇渗出、集聚,随之越过那些胡茬,缓慢地向下滴去。

室内极静。

落在窗台上的两只鸽子,"呼啦"一抖翅,又飞进湛蓝的晨空里……

十九

万彬宿舍。

万彬刚放下饭碗,就听门外响起一声轿车的喇叭,"嘀——"

万彬出门,只见一个穿戴讲究的少妇正从轿车上走下,万彬有些意外地上前:"姐姐,来这么早?"

"早？这种非常时期，早点报到好！懂吗？"姐姐瞪了他一眼。

万彬领姐姐进屋，犹豫地问："姐，待一会儿团里和国医大学派来的接收点验组才能到，现在就走，好么？"

万彬姐姐未理会他的话，伸手拿起他的一个提包，就出门向车上装。

万彬只好和姐姐一起，抬着箱子向轿车后货兜里装。

不远处的食堂那边，几个干部站在那里，冷冷地向这边看，并没过来帮忙。

万彬向他们看一眼，又急忙收回目光，脸上露出一丝明显的尴尬。

东西装好，他站在车旁，默默四下里望，眼中闪过一丝留恋，毕竟，这是他生活了几年的营房。

他向杜一川的宿舍走去，似乎要去告别，但走了几步，又犹豫地站住。

"教导员，"不想杜一川已从宿舍里拄一根木杖走了过来，身后跟着管理员，"不知道你一早走，没给你做顿送行饭，真抱歉！"

"别客气。"万彬握住一川和管理员的手，脸上是一副真挚的依恋神情，别离能柔化人的心。但是，当他越过杜一川的肩头，看到卫生所门口的成蓉时，嘴角上又闪过一丝恨。

万彬松开两人的手，说声："再见！"便转身去拉车门。

"等等。"杜一川低喊一声，然后去管理员挎着的一个挎包里掏出了一摞书，全是他往日买的那些军事理论著作。他默然摩挲了一会儿，向万彬手上递来："这些书，我以后用不着了，你带上吧。以后万一边地有事，要靠你们了……"

万彬先是意外，随即慢慢伸手，接过了那些书。

书在他的手中轻轻地抖。

万彬声极低、语带解释地:"我这次去九师,也是……想再在军队上干……,你……能……"

"还有,"杜一川打断了他的话,声音有些颤,"昨晚,成蓉没有做对不起你的事,你要给她常来信!这话若不足以使你凭信,我只有按俺宛城乡下人的法子,发誓!此话若是欺骗,让杜一川的左腿回乡就断!永不能——"

"一川!"万彬猛地抓住对方的手,摇起来,摇得那样快,那样急。一抹艳艳的红晕,倏地蹿上他的耳根,漫向他的脸。

"上车吧,姐姐在等着。"杜一川轻声说。

万彬转身去拉车门,车门似乎很沉重,他拉得吃力,缓慢。

营部卫生所门外。

成蓉默望着那边接万彬的轿车,珠贝似的上牙,轻咬着下唇。

看到万彬在拉车门,她的双脚动了一下,却又随即停住。

轿车启动。

成蓉的双脚不自主地向前移了一步……

载着万彬的轿车,消失在了营门外。

杜一川抬腕看表,尔后转对管理员:"上级和国医大学的点验组该到了,吹号,集合!"

西校场响起了最后的一次军号。号声嘹亮、悠长、激越……

二十

朝阳跳上东天。

灿烂的阳光照耀着石牌坊营门,照耀着营门左侧香亭里那陶质鼎状的香炉,照耀着营门右侧鼓亭里的丈八牛皮大鼓,照耀着悬挂在营门正中的暗绿色的铜戟。

铜戟静静卧在匣里。

营门内左侧,四列军人肃立在那里。

杜一川拄一根短杖站在队前。

随着一声低低的喇叭响,一辆面包车驶抵营门外。

哨兵行礼,面包车缓缓驶进营门。

车门打开,身着军装的团长和着便装的国医大学的领导们鱼贯下车。

杜一川把短杖靠在左腿旁,发出一声低沉、浑重的口令:"立正——"

四列军人刷地并拢脚跟。

队列肃静、庄重、严整。

"报告团长、校长,二营全体在营军人,欢迎你们来到!"杜一川以尽量平稳的步子上前,敬礼、报告。

"谢谢!谢谢!"校长慌忙鞠躬,随即关切地轻声问,"你的腿怎么了?"

杜一川平静地回答:"绊着石头摔了一下,不要紧。"

"要不要看看?"校长身后的一位国医教授急忙趋前。

"不用,不用,你看,不疼!"杜一川为了证明自己的话,咬牙轻轻跺了一下脚。

他的额上立时沁出一层冷汗。

站在队列中的成蓉,眉梢心疼地一耸。

在成蓉身后的那一列,三连司务长目不斜视,笔直地站着,保持着标准的军人姿态。

"校长,"杜一川转向医大校长,"我们管理员待一会儿向你们移交营房、营具、营产,从今天起,大院就由你们来管!我们二营等待转业的干部,将在几天内搬到另外的地方去住。现在,请你们稍候,我们取下营门上的铜戟!"

杜一川说罢,转脸望向队列的后面。那里,站着老营长成史柱和魏五爷。

两位老人看见一川的目光,颔首,蹒跚着分头向营门两侧走。魏五爷走向香亭,成史柱走向鼓亭。

香亭里,魏五爷点着了随身带来的长香,插入香炉,烟缕袅袅地飞出香亭,向空中飘去。

五爷双膝跪地。

鼓亭里,成史柱独臂拎起巨大的鼓槌,向着那一人多高的牛皮大鼓,重重地擂去。"咚——"鼓声雄浑,苍劲,引来巨大的回声。

成史柱神色凝重。

杜一川朝营门下的哨兵挥手,示意按下降戟按钮。

带着绿锈的铜戟徐徐下降。

"敬礼!"随着杜一川的口令,所有的军人一齐向着那古老的铜戟,举臂、致礼。

国医大学的领导和营门外涌来的群众,一个个默然肃立。

长香在烧。

大鼓在敲。

营部仓库窗户内。

一连长秦田齐贴窗站立。

窗上的铁栏杆横在他脸前。

他的双眼瞪大,望着营门,望着门口那肃立的队伍,望着那徐徐降下的铜戟。

他的面孔百感交集,双唇在轻微地嚅动。

他的右手缓缓举起至额前,向着营门,向着那肃立的队列,向着正在降下的铜戟,敬礼。……

营门口。
铜戟缓缓下降。
长香在烧。
大鼓在敲。
当铜戟降至半人高时,杜一川拄杖走过去,慢慢地取下,抱在怀里。
生了绿锈的铜戟,表面似有一层暗红的釉质。
鼓声停息。
站在一旁的国医大学的一个女同志,看见那悬挂铜戟的铁链,突然灵机一动,跑回车上,拿下国医大学的校徽——一个铝制的带有圆形框架的中药"杜仲"。她将校徽挂上铁链,巨大的"杜仲"又缓缓上升。
静穆的空气中,远处已开始营业的茶馆里,又隐隐飘来了坠子声:

"……杨宗保勒马在山顶,
遥望战后的七里坪,
双拳一抱向苍天,
人间何日能太平……"

巨大的"杜仲"还在缓缓上升。
众人的目光随"杜仲"向上移动。
天空。

人造卫星在缓缓转动。

卫星内部,一台台高精度仪器的信号灯闪闪耀耀,伴着一阵轻微的电子讯号声响,两行英、中文字幕出现在幕旁:

亚洲,中国中部,东经116°37′,北纬34°58′。发现一陆军军营消失……

地球缓缓旋转。

卫星紧绕地球侦看。

轻微的电子讯号声依然……

重铸真情

一

一个乡间常见的灶台。

一只白嫩的手麻利地揭开灶台上的锅盖。

一口铁锅敞露在我们面前。

锅底部有一道用面糊着的长条形疤——锅显然裂过缝。

那只白嫩的手摸了一下面疤处,似乎是放了心,随后收回。

一瓢水倒进了锅里。

又一瓢水添进去。

镜头拉开,才见是一个身形窈窕的姑娘——秋芋在预备做饭。

秋芋把预先切好的一盆红薯块倒进了锅里。

她的心情显然很好,边盖锅盖边哼起了一支轻快的小调。

她在灶口前坐好,熟练地打起了火镰,点燃了火绒。她嘟起小嘴一吹,火绒上荡起火苗,她抓过一把柴草点燃,填进了灶膛。

灶膛里的火光映着秋芋姣美的面庞。

突然,一阵嘶嘶的声音由灶膛里传出。

秋芋一怔,停了哼曲,歪头向灶膛里看去。只见一线水流正由锅上注进灶膛,火苗正在迅速地被浇灭。

"妈——"秋芋扭头向外喊,"锅又漏了!"

伴着一阵脚步声,一个中年妇女——秋芋妈跑进镜头。

秋芋妈慌忙地揭开锅盖,拿瓢去把锅里的水和红薯块舀出去,边舀边叹气:"这口破锅!"

秋芋妈在一只碗里和了点面糊,要重新去糊那条裂缝。

在一旁瞪眼看着的秋芋忽然推开妈:"算了,这样凑合,下顿说不定又要漏,我拿去让祖宛哥给补补!"说着,两手一伸就把锅从灶口上取出。

二

一只很大的风箱在响。

拉动风箱的是一个壮健结实的小伙——祖宛。

风箱旁边是一个不大的化铁炉,炉内有红红的铁水在沸腾。

炉子四周放满了各种口径的新锅。——一望而知这是一个铸造铁锅的作坊。

祖宛边拉风箱边看铁水,神情十分专注。

"祖宛哥!"画外传来秋芋脆脆的喊声。

祖宛闻唤扭头,看见秋芋拎着一口铁锅向他走来。

秋芋皱起好看的双眉:"俺家的这口锅总漏,爹又舍不得钱买新的,求你给修修,行吗?"

祖宛停了风箱,接过锅对了正午的阳光看去。一缕光透过破缝晃到他的脸上——这是一张淳厚深沉的面孔。

他放下锅,拿起炉旁的铁锤,照着锅底"啪"地一敲,敲出了一个大洞。

"哟!"秋芋惊得叫了一声,"你咋——"

祖宛没理会秋芋的惊叫,双手端锅"砰"地向地上一摔,眨眼间铁锅被摔成了一堆碎片。

秋芋惊愣在那儿。

祖宛依旧没理会愣在那儿的秋芋,只弯腰拾起旧锅片向化铁炉里扔去。

祖宛拉动风箱,那些铁片转眼间化成了水。

秋芋这时似乎明白了什么,收起惊愣,只定定地看着。

祖宛停了风箱,用长勺舀了铁水向锅模上倒去。

片刻的冷却后,一只铁锅出现在祖宛手中的大钳子上。

祖宛拿锅向炉旁的大水缸中淬去。

"嘶啦"一声,腾起一股白色的水雾。

祖宛就在这水雾中拿起小锤,利索地修去锅边的小毛刺。

祖宛把崭新的铁锅捧到秋芋面前。

秋芋先是退了一步,随后急伸双手接住,感动地小声叫道:"祖宛哥!谢——"

祖宛截断秋芋的话:"快回去做饭吧!"

秋芋拎了锅扭身刚要走,画外突然传来一声含了笑意的询问:"不给点手工费么?"

镜头拉开,才见是一个嘴嚼烟袋的四五十岁的汉子——祖宛爹满脸笑意地踱来。

秋芋调皮地看定祖宛爹,笑叫:"不给!"说罢,拎锅脚步轻快地迈过两家院墙的豁口,向自家灶屋跑去。

祖宛爹望着秋芋的背影笑道:"鬼丫头!"

祖宛红了脸,目不斜视地拉着风箱。

风箱旁边的木杆上悬挂着的布幌:"麻山镇郝记铁锅"迎风飘扬……

三

傍晚。

秋芋家。

秋芋爹——一个忠厚的中年男子,背着一大捆柴,提着一个盛满刚挖来的草药的篮子走进了院子。

"爹,回来了!"秋芋由堂屋欢喜地迎出来。

秋芋爹一边把手中的药篮交给女儿一边高兴地说:"爹今天挖了个好东西回来!"

秋芋:"啥?"

秋芋爹扔下背上的柴捆,走过来从药篮里翻出了个一拃长的东西晃着:"看见了吧?人参!"

"好吃吗?"秋芋的两个弟弟、一个妹妹闻声都从屋里跑出来,围住了父亲。

秋芋爹夸耀地说:"当然好吃,这是大补的东西,人吃了浑身都是劲!"

秋芋妈这时端一瓦盆洗脸水过来嗔怪道:"看把你高兴的,快洗洗吧!"

秋芋爹一手接这脸盆一手把那颗人参交到妻子手上："好生放着！"

秋芋双眼看着妈把人参放进墙龛里。

四

晚饭后。

秋芋在灯下纳着鞋底。弟妹们在一旁玩闹。

但秋芋分明有些心不在焉，双眼不时抬起，飞快地扫一眼那个放有人参的墙龛。

趁弟妹们闹抢什么玩具的当儿，她迅捷地站起，双手伸进墙龛，飞快地掰了一截人参，装进衣袋，尔后闪身出门。

五

祖宛家后院。晚饭后。

一支蜡烛在化铁炉前晃动。

祖宛正在把白天做出的锅一口一口摞起。

封好炉子的祖宛爹拍拍手上的灰说："宛儿，摞完你也去睡吧。"说罢，先回前屋了。

祖宛仍在烛光下摞锅。

"祖宛哥——"黑暗里传来秋芋的一声轻喊。

祖宛闻唤扭头，意外地用目光寻住站在暗处的秋芋。

"过来！"秋芋边低喊边向祖宛招手。

祖宛急忙放下手中的锅走过来。

"给你！"秋芋把掰来的那截人参塞到祖宛手里。

祖宛在黑暗中诧异地问："啥？"

秋芋附在祖宛的耳朵上:"人参,我爹说是大补的东西,人吃了浑身是劲!"

祖宛显然对人参也毫无所知:"哦?"

秋芋低声催促:"快吃了,吃了你明儿化铁、做锅更有力气!"话音中露出深深的爱意。

祖宛有些不好意思把人参向口中填去。

秋芋问:"好吃么?"

祖宛在黑暗中皱眉嚼着,尔后猛扬头吃药似的咽了下去:"好吃!"口气很轻松。

秋芋一颗心落地:"好吃就行。我走了。"言毕,轻快地向自家院中走去……

六

早晨。霞光满院。

正在柴垛上抱柴的秋芋突然听到爹在堂屋里的一声怒吼:"谁?这是谁干的?!"

秋芋手一哆嗦,扭头向堂屋门口看去。

爹手拿着秋芋昨晚掰剩下的那半截人参奔到门口,痛惜地叫:"天呵,这要少卖多少钱呐!"

秋芋妈闻声也从厨房来到院中诧异地说:"我昨天放进去时好好的呀?!"

秋芋爹瞪着几个刚刚起床睡眼惺忪的秋芋的弟弟妹妹喝问:"说,这是谁干的?"

几个孩子都急忙摇头表白:"不是我!"

秋芋也慌忙摇头,之后,又提示地说:"是不是猫——"

秋芋爹显然气糊涂了,也不去细辨猫吃不吃这东西,只对了秋芋妈吼:"我早就说不养猫,都是你!"他气呼呼把半截人参扔到妻子身上,噔噔地走出了院门。

秋芋望着爹的背影伸了伸舌头,脸上现出一个调皮的笑意,但见妈的目光扫过来,又急忙把脸上的笑容抹去——

七

上午,祖宛家后院。

化铁炉又已升起,祖宛手拉着风箱,风箱的呼嗒声响彻院子。

祖宛爹和祖宛的哥哥达宛——一个壮健的汉子,正在端勺浇铸铁锅,祖宛妈忙着拉动锅模子。

一个铸锅作坊的忙碌情景呈现在我们眼里。

呼嗒作响的风箱忽然停了。祖宛的爹妈扭头去看时,只见拉风箱的祖宛正手提着鼻子,两只手都沾上了鲜血。

祖宛娘先慌了:"咋啦?我的儿!"边叫边跑到祖宛身边。

祖宛含混地说:"鼻子突然流血了。"

祖宛娘一边端来凉水拍打着祖宛的额头止血一边问:"是碰着了?"

祖宛说:"没。"

祖宛娘说:"用手指挖鼻孔了?"

祖宛说:"没。"

祖宛娘说:"那就怪了,这天又不干燥,咱家又没吃啥上火的饭食。"

血已止住的祖宛小声地问:"娘,人参是不是上火的东西?"

祖宛娘一怔:"人参?哪来的人参给你吃?"

祖宛把嘴附到娘的耳朵上说着什么。

娘忽然两手拍腿笑了。

祖宛爹也一愣:"笑啥?"

祖宛娘又附着丈夫的耳朵说了一阵,祖宛爹也随之哈哈笑了:"你们这对小冤孽呀,人参是那么吃的吗?"

祖宛也摸着塞了棉花的鼻子不好意思地笑了……

八

正午。不大的麻山镇在我们的眼中一点一点拉近。

秋芊背着一捆柴,一手提挖药的小镢头一手提盛着草药的竹篮,向镇街走来。

〔画外传来一声关切地喊:"秋芊!"秋芊闻唤停步,一边抬手抹汗一边扭脸。〕

街边一个钉鞋小摊后边站起一个男子,那男子的一只胳膊变残下夯。他手拿一双女皮鞋向秋芊跑来,满脸含笑极殷勤地说:"累吧,我来帮你背。"

秋芊急忙摇头:"成五哥,我背得动。"

成五的目光停在秋芊的胸前。由于汗水溻湿了衬衣,秋芊的双乳极清晰地显露出来。

秋芊注意到了成五的目光所在,脸一红,急忙又移步前行。

成五嘻皮笑脸地赶上:"秋芊,我用几块好皮子给你做了一双皮鞋,你穿上试试。如今城里的女人都时兴穿这个。"

秋芊有些意外:"我有鞋穿呐,俺不要。"

成五再次嘻皮笑脸地赶上:"秋芊,我让四婶后晌去你家一趟。"

秋芋不解地问:"让四婶去俺家干啥?"

成五嘻嘻一笑,意味深长地答:"你回去就知道了。这双鞋我先给你留着!"

秋芋不明所以地转身,加快步子向家里走去。

九

秋芋家。白天。

秋芋一边用布巾擦脸一边问妈妈:"妈,四婶来咱家了?"

正在缝补一件衣服的秋芋妈抬头高兴地说:"来了,你来看,你四婶给你送来了两块花布。"边说边起身从身旁的一口旧木箱里拿出两块颜色鲜艳的花布。

秋芋吃惊地说:"她无缘无故地送我花布干啥?"

秋芋妈含笑地说:"说媒呗,她要给你往成家说,成家的老五,会钉鞋的那个。"

秋芋的脸冷了下来:"谁让她多事的?"

秋芋妈嗔怪道:"傻丫头,有女千家求嘛!当个姑娘家,有人提媒才好哩,一直没人提媒,还不要让你长老到家里?"

秋芋不高兴地说:"我不让她管我的事!"

秋芋妈劝慰道:"依我看,那成五对咱倒挺合适,人家会钉鞋,每天都能挣来活钱,跟他过日子,以后受不了大苦。有一点不如意的是,他的右胳膊有些毛病,我看那也没有什么大不了的,人家不是照样钉鞋?人无百好,金无——"

秋芋生气地截断妈的话:"把花布退给成家!"说罢,摔门跑出去。

秋芋妈一愣。

十

祖宛家前院。白天。

各种口径的成品锅放满了院子。

顾客满院。顾客中有赶毛驴车来的.有挑着担子来的,有背着背篓来的。湖北的、陕西的、安徽的,几省的口音都有。

祖宛娘站在一张小桌后边,手上提着算盘,一脸精明地在与一个顾客讲价:"再少一个子儿也不中!"边说边拿目光在挑拣铁锅的人群里机警地逡巡——一望而知是一个强悍有主见的老板娘。

一个少妇迟迟疑疑地走进院子,弯腰去挑拣铁锅。

祖宛娘发现那少妇进院后先是一愣,随即高叫道:"嗨,你怎么进了院子?"

那少妇红了脸:"大婶,我想来买口锅。"

祖宛娘严厉地说:"买锅找个人来呀,你咋能随便进俺家院子?"

那少妇喏嚅地说:"那……好吧……俺到外边等着……这是钱……你让人给俺挑一口蒸馍锅。"边说边把一叠钱递到祖宛娘手上。

祖宛娘接过钱朝那少妇坚决地一挥手:"你出去吧,我一会儿让人给你送过去!"

刚刚走进院门的秋芋见状,有些惊异地走过来低声问祖宛娘:"大婶,为啥不让她进来亲自动手挑锅?"

祖宛娘冷厉地说:"她是个再嫁过两次的寡妇,身子不干净,进院子会给我郝家带来晦气!"

秋芋惊住,默望着那少妇出门的背影。

祖宛娘叫住一个小伙:"你挑挑蒸馍锅给她送出门去!"边说边指了一下站在院门外的少妇。

秋芋伸了伸舌头,迈步向后院的作坊走去。

十一

祖宛家后院。白天。

祖宛和他爹正在做锅,风箱呼嗒,铁水正红。

祖宛爹舀出铁水浇铸时,见锅模子位置放得不恰当,老人立时生气地说:"这又是你哥干的活,马马虎虎,达宛——!"他高声向前院喊。

没有应声。

祖宛正在边拉风箱边加炭,显然不能过去相帮。

画外这时响起秋芋的声音:"郝大伯,我来帮你!"秋芋随之出现在祖宛爹身边,麻利地挪动锅模子。

祖宛爹顺利浇着。

秋芋又帮着加焦炭、倾炉子。

一锅铁水浇完。

祖宛爹满意地放下铁水勺,一边点燃旱烟袋一边笑望着秋芋开玩笑说:"秋芋是个勤快闺女,怎么样,晚点来给我当儿媳妇吧?!"说着,看了一眼小儿子祖宛。

秋芋虽然面孔羞红了,却也敢大胆笑着回道:"只要俺妈点头就行。"

祖宛爹慈祥地说:"要当我的儿媳妇可有一个条件!"

秋芋笑着:"啥条件?"

祖宛爹依旧含笑说:"就是得把这做锅的事儿传下去!"

秋芋看了一眼满脸通红的祖宛,诡笑着答:"行呀!"

祖宛爹哈哈笑了。这时前院传来祖宛娘的一声喊："他爹——"

"哎,来了。"祖宛爹边笑边向前院走去。

一直垂眼在炉前忙活的祖宛这时抬头轻声喊："秋芋。"

秋芋闻唤走到祖宛身边。

祖宛从衣兜里掏出一双棉布手套,递到秋芋面前："这是一个陕西人来买锅时送给我的,给你,上山挖药时戴在手上。"

秋芋感动地推辞道："你戴吧,你做锅手要常和铁东西碰——"

祖宛不由分说地抓过秋芋的手,把手套往她的手上戴。秋芋没动,一双手顺从地停在祖宛手里。

祖宛把一只手套给秋芋戴好,又去戴第二只时,忽然停了。提着秋芋的小手,慢慢往上抬起,胆怯而小心地把秋芋的手指填进自己口中,像吮吸糖块似的吸吮着。

秋芋没动,任凭祖宛贪婪地吸吮着自己的手指,只把目光垂到地上。

祖宛声音低微而激动地喃喃着："秋芋——"

秋芋的声音也发着颤："祖宛哥……你该去找找四婶。"

祖宛不解地问："找四婶干啥?"

秋芋说："她想把我说给成五……"

祖宛吃惊地攥紧了秋芋的手,"真的?"

秋芋颔首。

祖宛急切地说："我吃罢夜饭就去找她……"

十二

晚饭后。

镇街静寂,只有临街人家的灯光从窗隙钻出横躺在街道上。

祖宛匆匆走来。

祖宛走过一个挂有镇公所木牌的大门时猛听到院里有人高叫:"赶紧敲锣告诉大家!"

祖宛一怔。

这当儿,镇公所的大门"呼隆"一声被拉开,一个人拎一面铜锣走出门:"当!——"一声锣响猛然在镇街上响起,让人骇异。

祖宛被这锣响惊得身子一颤。

"当——"又一声尖利的锣响。

各家的门窗在这锣声中相继打开。

"乡亲们,日本兵就要来了——!请赶紧锁门进山——"敲锣人声嘶力竭地喊。

祖宛骇然地自语:"日本兵?"

敲锣人边敲边走边喊:"日本兵就要来了——"

人们相继开门跑到街上互相探问,随后又都很快返身进屋。

逃难的人群开始出现在街上。

一直呆站在那儿的祖宛这时也急忙返身向来路跑去……

十三

夜。祖宛家门前。

祖宛娘和祖宛的哥哥达宛、大嫂背着包袱提着篮子走出院门。

祖宛娘扭头对送出门的祖宛爹和祖宛不放心地交代:"你爷俩也记住早点走!"

祖宛爹用烟袋朝老伴挥道:"放心吧,我和祖宛没有累赘,随时都可以跑!"

祖宛娘一行的身影隐没在黑暗里。

祖宛爹扭头对祖宛交代:"睡觉灵醒点,别脱衣裳,日本兵要是真来了,咱就出后院向北边的山里跑;要是不来,咱明早还开炉做锅!"

祖宛点头:"嗯。"

十四

夜。秋芋家院里。

祖宛从院墙的豁口处跳进院中,轻声喊道:"大叔,大婶。"没人应声。

祖宛松了口气,自语道:"走了就好!"

祖宛刚返身要从豁口处回自己院子,猛听到什么地方传来一声微弱的呻吟。

祖宛一怔,停步侧耳倾听。

又是一声微弱的呻吟。

祖宛循声找去,低了声问:"谁在那里?"

一阵轻响,秋苇忽然从黑暗中闪了出来。

祖宛一愣:"你怎么还没走?"

秋苇说:"俺爹刚从山上挖药回来,他下山时落了崖,把一条腿摔坏了,勉强挪回来,这会儿已肿得走不成路了。"

祖宛问:"哦?大叔在哪?"

秋苇说:"我和娘把他抬放到了夹墙里藏着,娘和弟弟、妹妹们进山了,我留下照看爹。"边说边领祖宛来到夹墙边,点亮蜡烛。

秋苇爹满脸痛楚地躺在夹墙里。

祖宛说:"大叔,让秋苇进山,我来照护你。"

秋苇爹感动地说:"当然行……只是……"

秋苇断然地说:"不用,倘是日本兵不来,你明儿还要做锅,干那活不能分心;再说有这夹墙躲,来了也不怕!"边说边出了夹墙,吹熄了蜡烛。

祖宛在黑暗中继续低声劝道:"走吧你,你留在这儿我真不放心。"

秋苇也低声地说:"你和两个老人留在这儿,我走了也不放心。"边说边抓住了祖宛的手:"出不了事的,这夹墙隐秘得很。"

祖宛不再说话,只把秋苇慢慢拉到怀里。

秋苇顺从地偎在祖宛怀里,四周很静。

祖宛的手像蛇一样地慢慢沿着秋苇的胳膊向她的颈下爬去。

秋苇依旧没动。

祖宛怯怯地动手解开了秋苇褂子上的一个衣扣。

秋苇没拦,只是在祖宛去解下一个纽扣时,抬手把他刚解开的那个衣扣悄然扣上。

祖宛在黑暗中解完秋芊的最后一个衣扣,以为大功告成,想要掀开衣襟时才发现,衣扣又都被秋芊扣上了。

祖宛重新去解第一个纽扣,他的喘息明显变粗了。

秋芊待他去解下一个纽扣时,又把第一个纽扣扣上了。

祖宛分明是害怕再像刚才那样前功尽弃,解开第二个纽扣后又去检查第一个纽扣,发现秋芊又重新扣上后一下子急了,他不再解纽扣,而是由衣襟下边一下子把手伸进了秋芊的胸脯。

秋芊显然没料到祖宛有这一招,身子一颤,不过转瞬间就彻底软到了祖宛怀里。

祖宛的手在秋芊的胸口上拱动。

祖宛寻找秋芊的双唇。

秋芊双唇微启迎了上去。

一阵长长的吻。

祖宛抱歉似的耳语:"我晚饭时吃了辣椒,你觉得我的嘴唇辣吗?"

秋芊的回答也像耳语:"不辣……甜……"

十五

黎明,东天染上了最初的红晕。

祖宛爹出门看看东天,自语似的:"看来又是虚惊。"随后进屋,对和衣睡在床上的祖宛叫道:"宛儿,起来,看来日本兵不会来了,升火做锅!"

祖宛闻唤,起身揉着惺忪的睡眼。

十六

祖宛家后院。

炉火又已升起。

祖宛拉起了风箱,风箱的呼嗒打破了镇子的静寂。

祖宛爹开始做浇铸前的各样准备。

祖宛对爹轻松地说:"秋芋和她爹也没走,就藏在夹墙里。"

祖宛爹"哦"了一声。

十七

麻山镇头。晨雾飘绕。

渐亮的曙色里,突然出现一群战马的剪影。

一面太阳旗,在晨风里荡动。

一个日军军官挥着雪亮的军刀向镇内一指……

十八

祖宛家后院。

风箱的呼嗒声响彻院子。祖宛把风箱拉得悠然自如。

祖宛爹正在挥勺浇铸。

显然是风箱的呼嗒声影响了他们对四周响动的倾听,直到后院的小门被"哐啷"一声踢开,几把闪亮的刺刀伸进院中两人才知道发生了变故。

风箱戛然停止拉动。

几乎在风箱声停止的同时,马嘶、狗吠、人吼的声响同时涌进院内。

祖宛和父亲惊呆在原地。

几个日本兵先是用枪指着郝家父子,直到看清了放在地上的锅之后才明白了这是一个铸锅作坊,随之收起枪,捡起那些铁锅饶有兴味地看。

一个日本兵笑着将看罢的锅摔到地上,铁锅砰然一声碎了。

另一个日本兵也举锅摔下,铁锅碎片正起。

又一个日本兵举锅摔下。

祖宛爹心疼得想要上前阻止,但被祖宛死死拉住。

一个日本兵撞开了库房的门,看到摆满了库房的各种口径的锅,嗷地叫了一声,冲进去。

那日本兵举起一摞锅向地上摔去。

碎片成堆。

一个军官进院,看到手下在摔锅,高兴地叫:"统统地砸烂,让中国人没锅做饭,饿死他们!"说罢,两手各拿一个铁锅,悠然一碰,"嗵"的一声全碎了。

祖宛爹气得闭上了眼睛,身子抖颤。

碎锅铁在一层层加厚。

十九

秋芋家院子。

几个日本兵端枪仔细地搜索着屋子。

一个日本兵搜到有夹墙的那间屋子,很有经验地拍拍墙壁,把耳朵贴在墙壁上听。随后对一个同伴叫道:"夹墙的是！"

另一个日本兵将信将疑。

坐在夹墙内的秋芋,隔了墙缝,紧张地注视着外边的动静。

二十

祖宛家后院。

一个骑马的军官下马进院。

正摔锅的几个兵见他进来,都"嗨"一声停手立正。

那军官先是看一阵化铁炉,随后又拎起一口锅端详了一阵,接着对翻译说了一气日本话。

翻译对祖宛爹说:"老头,太君问你会不会造行军锅?如果你能造出九口行军锅,你现有的锅将不被摔碎,房子也不烧,你和你儿子的命也能保住!"

祖宛爹沉默着。

祖宛紧张地看着爹。

祖宛爹沉了声对翻译说:"我什么锅都会做,但你要拿来个模型。"

翻译点头,转身朝门外叫了一声。

一个日本兵背来一口行军锅,锅底上有几个分明是被枪打出的破洞。

祖宛爹接过那行军锅,仔细地审视了一阵,扭头对祖宛:"拉风箱。"

风箱重又响了。

那军官饶有兴致地拄着军刀看祖宛爹忙碌。

二十一

秋芋家。

夹墙内,秋芋和他爹惊骇地隔着墙缝看正用枪托捣着夹墙的日军士兵。

二十二

祖宛家后院。

化铁炉上铁水沸腾。

祖宛爹趁日军不注意,飞快地从炉旁抓了一把东西扔进铁水里。

他这才去舀铁水,开始浇铸第一口行军锅。

二十三

秋芋家。夹墙内。

秋芋恐惧地由墙缝注视着砸夹墙的两个日本兵,夹墙眼看就要被砸破。

秋芋急俯爹的耳畔说了几句什么,尔后把辫子往肩上一缠,张张嘴咬着辫梢,悄然扒开夹墙的一个通口,从另一端爬了出来。待她重又把通口堵好后,转身高叫着"妈妈——"向祖宛家后院跑去,那目的,显然是想把砸夹墙的日军士兵引开。

砸墙的日军忽见一个姑娘跑了出来,当即停了砸墙去追秋芋。

秋芋刚刚跳过院墙上的那个豁口就被那两个日本兵抓住。

两个日本兵边叫着"花姑娘"边把秋芋抱在怀里。

一个日本兵"呼啦"一声撕开了秋芋的上衣。

秋芋雪白的胸脯一下子裸露在了初升的阳光里。

"祖宛哥——"秋芋惊骇而凄厉地喊。

二十四

响着的风箱骤然停下,祖宛在瞥见秋芋受辱的同时飞快地抓起了一个浇铸的长柄铁勺。

刚刚浇好第一口行军锅的祖宛爹这时猛然挥锤砸向了锅底,锅底粉碎。

正看着那口行军锅的日本军官惊叫:"你的,要干什么?"

祖宛爹冷冷地答:"我有个条件,答应了才做!"

日军翻译问:"什么条件?"

祖宛爹指了一下正在不远处,挣扎的秋芋和近处的祖宛说:"你们必须让那个姑娘和我儿子走远我方再干!"

一个矮胖的日军士兵闻言挺起刺刀便向祖宛爹扑来。

祖宛爹闭上眼睛:"你们可以把我们三个都杀了,但你们得不到行军锅!"

那个拄刀而立的军官这时大声地哼了一下,这使挺刀要刺祖宛爹的士兵和那两个调戏秋芋的家伙随即住手。

那日军军官用抓钩把那口已被祖宛爹砸破的行军锅抓过来抓过去地审视,大约很满意,随即便朝祖宛爹点了一下头说:"我答应你的条件!"

祖宛爹转对祖宛向不远处的山坡急切地一指:"你拉上

秋芋,顺着这条进山的小路直走,快!"

祖宛有些迟疑。

祖宛爹用锐利的目光剜了儿子一眼。

祖宛走过去拉住被吓得半呆的秋芋向后院门外走。

在后院门外,秋芋回了一下头。

祖宛爹高声叫道:"走吧,记着学做锅!"

祖宛拉着秋芋跑起来。

祖宛爹注视着祖宛和秋芋奔跑的背影。

两个日军士兵端起了枪。

那个日本军官"哼"了一声,两个兵赶紧放下了枪。

远处的祖宛和秋芋隐进了山根的树林里。

日军军官对祖宛爹说:"你的,干!"

祖宛爹没再说话,只是重又拉起了风箱。

二十五

山根树林。

秋芋含泪回头充满担忧地说:"大伯他——"

祖宛回望一眼老屋,没再说话,只是拉了秋芋向山沟深处跑去。

二十六

祖宛家后院。

一溜九口行军锅摆在了院里。祖宛爹取出烟锅吸烟。

那日本军官满意地逐一看着,在脸上浮一丝笑说:"不错!"接着一挥手,两个兵立时扑上去扭住了祖宛爹。

祖宛爹没有吃惊也没有喊叫。

日本军官换了狞笑,对翻译飞快地说了一阵。

翻译转对祖宛爹:"太君说,你做的锅和做锅的手艺都不错,但你库房里的那些锅和你自己,却不应再在世上存下去!中国人不配吃饭,只配吃草!"

祖宛爹也冷笑着:"不配用锅做饭吃的不是我们中国人,而是你日本兵!不信你试试,我给中国人做的锅,你们用力才能摔破,可我给你们做的锅,你手一提就破!"

翻译把话译给那日本军官。

那军官一怔,急忙上前去提那些行军锅,看上去完好的锅,这会儿手一提,锅底便"啪"的一声裂掉了。

九口行军锅转眼间变成了九堆废铁。

祖宛爹哈哈笑了,边笑边有意转向秋芋家的房子——他知道秋芋爹藏在夹墙里,分明是想让他听见——高叫:我郝家的锅还会铸下去!

那日军军官"嗷"的一声扬起战刀向祖宛爹劈去。

鲜血溅红了银幕。

被劈死的祖宛爹的遗体被日军士兵抬起扔进了化铁炉里。

黑烟四起。

郝家的房子已被点着,火光冲天。

二十七

秋芋家房子夹墙里。

秋芋爹凑近墙缝的眼睛里含满热泪——他对郝家铸锅作坊里发生的一切看得清清楚楚。

他牙咬下唇,血珠下滴……

二十八

黄昏。麻山镇恢复了静寂——日军显然已撤走。

祖宛和秋芋喘息着奔进后院。

眼前的情景令他们骇然地后退了几步。

"大伯——"秋芋撕心裂肺地哭喊着向被炸毁的化铁炉奔去,那儿,只露着祖宛爹的一条腿。

祖宛捂脸缓缓蹲了下去。

秋芋爹拖着一条腿,艰难地爬过院墙的豁口,向作坊爬来。

地上,是一层又一层破碎的锅铁片和瓦砾……

二十九

一座竖有"郝老大之墓"石碑的坟墓。

秋芋跪在坟前嘤嘤泣诉:"郝大伯,你是为救我才死的……"

祖宛呆然站在坟前。

纸幡在风中飘动……

三十

白天。

被焚烧过只留下断墙的祖宛家院子里,出现了三个临时搭起的草棚。

祖宛娘坐在自己住的那个草棚里对达宛、祖宛两个儿子和大儿媳沉声交待："从今天起，我们得想另外的糊口法子。达宛、祖宛出去给人打点短工，我和达宛家的在屋里纺线卖钱……"

三十一

白天。

祖宛坐在自己住的草棚里，两眼一动不动地盯着草棚前那化铁炉的残骸。

祖宛娘端一碗稀饭进来："宛儿来，把这碗稀饭喝了。"

祖宛既没应声身子也没动。

祖宛娘叹口气："光伤心有啥用？"说着，把饭碗放到祖宛手上，转身出门。

祖宛依旧没动。

三十二

秋芋默默走进棚里。

她看见祖宛的木然样子，没有说话，只是把饭碗从祖宛手上拿过，自己双唇凑近碗边试了试饭的热度，接下来把饭碗端到祖宛嘴边轻轻说道："我知道你为作坊被毁，难受，都怨我，要不是因为我，大伯他也不会……"

祖宛抬手，轻轻拍拍秋芋的手腕，那动作分明是劝止秋芋再说下去。

盈泪欲滴的秋芋不再说话，只是用筷子把饭扒到祖宛口里。

祖宛艰难而顺从地咽着……

三十三

山里。

秋芋在挖药草。几乎每挖一棵药草时,她的眼前都闪过一次那被炸毁的化铁炉。

背篓里已挖了满满一篓。

她忽然瞥见一处陡坡上有几棵杜仲。

她欢喜地跑上去把那几棵杜仲挖掉,但在撤离陡坡时一脚踩空,扑倒滚了下去。

在翻滚的过程中她始终没有扔掉杜仲,待几棵树把她挡住,她爬起来见怀中的药草完好时,欢喜地笑了……

三十四

县城。中药收购铺。

秋芋在数着一叠钞票。

三十五

县城一家卖化铁炉的店铺。

背着药篓的秋芋走到一个化铁炉前问价钱。

店主用手比划出一个很大的数字。

秋芋脸上的笑意一下子没了。

她无精打采地走出店铺。

三十六

县城大街。

秋芋走过一个铁器铺子。

赤膊的铁匠们打制农具的叮当声吸引了她的注意。

她停了脚步,看着铁匠们忙乎。

一个瘦瘦的中年汉子——显然是这家铁器铺的掌柜,他在摆满镰刀、铁锹、镢头等农具的柜台后边盯住了秋芋。

一双色迷迷的目光在秋芋的胸前乱晃。

秋芋注意到一个铁匠把几块废铁扔到炉上,烧红后打制成一把镰刀。

她的眼前忽然闪过祖宛家那成堆的破锅片。

她急急走上前问一个铁匠:"大叔,你们买不买废铁?"

正忙乎的铁匠指了一个柜台里的瘦子:"问秦掌柜!"

秋芋于是急忙走到柜台前迫不及待地问:"大叔,你们收不收废铁片?"

秦掌柜立刻热情地应道:"收呀,姑娘,你家有废铁?"

秋芋高兴地答:"有。"

秦掌柜说:"有多少,收多少!"边说边向秋芋身边凑。

秋芋根本没留意到秦掌柜色迷迷的目光,只问:"多少钱一斤?"

秦掌柜指了指挂在铺子门房的一块小木板:"那上边写着。"

秋芋看了那小木板一眼,扭身便走,脚步变得急切而轻快……

三十七

麻山。镇街后响。

成五在街边摆摊钉鞋,边敲砸着鞋钉边哼着小曲:有老夫打坐在大堂之上——

祖宛挑一担柴草进街,满头大汗。

坐在街边钉鞋的成五看见,停了哼唱,嘻笑地说:"嗨,做锅匠变成卖柴郎啦,来,坐下歇歇,祖宛老弟!"

祖宛放下柴担,边擦着脸上的汗边招呼道:"成大哥,忙呐。"

成五问:"咋样,卖柴没有做锅挣钱多吧?"

祖宛的脸色暗了下来。又无言地挑起柴担,向街里走去。

成五重又拿起小锤边敲砸边唱道:"忽听得有民女在堂前喊冤——"

又一阵脚步声响进成五的耳畔,他抬头一见是背着药篓的秋芋,双眼立时一亮,欢喜地跳起来叫:"秋芋,进城卖药刚回来?"

秋芋应道:"嗳。"没停脚步。

成五跳上前拦住秋芋:"秋芋,坐下试试那双皮鞋吧,那是我特意给你做的!"

秋芋看见了前边挑着柴草的祖宛,急欲赶上去,对成五有些不耐烦:"你给别人试吧!"

成五扭身从装钉鞋工具的木箱里摸出那双我们见过的皮鞋:"试试吧——"

秋芋一闪,笑道:"想让我穿你的鞋走你要我走的路,没门!"说着已快步走开。成五沮丧地叹道:"你?!"

三十八

麻山镇街。后响。

祖宛把柴担在一家门前放下,和那户主一起称重,看那户主付钱。

秋芋赶过来,语气高兴地叫:"祖宛哥!"

祖宛扭头看见她:"药卖了?"

秋芋一边点头一边急急地说:"我找到挣钱买化铁炉的法子了!"

祖宛愁眉未展地问:"能有啥法子?"

秋芋立时眉飞色舞地对祖宛讲述着。

随着秋芋的讲述,祖宛的面孔渐渐开朗起来……

三十九

黄昏。

郝家铁锅作坊遗址上,祖宛和秋芋正在拣拾那些碎铁片。

祖宛的哥嫂看见,走过来诧异地看着。

达宛问:"兵荒马乱的,还捣腾这东西干啥?"

祖宛答:"卖给城里的铁器铺,然后再用这钱买化铁炉。"

达宛说:"算了吧,这年头多一事不如少一事,万一日本兵再来,不是还得完?"

祖宛没再应声,只是低头拣拾着。秋芋嘴张了张,又把话咽了回去。

铁片叮当。

四十

清晨。田间土路。

祖宛挑着一担铁锅片走着。

担子显然很重,扁担深深地弯了下去。

他身后紧跟着背着背篓的秋芋。秋芋的背篓也分明不轻。

秋芋腰弯如弓,喘息粗重如鼓。

祖宛听见秋芋那粗重的喘息,急忙放下自己的担子,赶过去接下秋芋背上的背篓:"歇歇,秋芋。"

秋芋一屁股坐在地上,大口喘着。

祖宛抱怨地说:"你不该背这么多!把身子压坏咋办?来,给我匀点。"说着,就要把背篓里的铁片往自己的担子上拣。

秋芋抓住祖宛的手:"你的担子也不轻,我背得动!"

祖宛感动地抬手抿了抿秋芋那被汗水浸湿的头发,低声说:"秋芋,你——"

秋芋打断祖宛的话:"郝大伯是因为我死的,铁锅作坊是因为我被毁的,我要让郝大伯九泉之下瞑目!"……

四十一

县城大街,铁器铺。

秋芋和祖宛在数钞票。

瘦瘦的秦老板站在柜台里,一边吸着铜水烟袋一边拿双眼直直盯着秋芋胸前。大约因为忙乱,她胸衣上的一个扣子开了,嫩白的双乳半隐半现。

先数完钞票的秋芋高兴地抬头,猛碰到秦老板那淫邪的目光。这才见自己的衣扣开了一个,急忙抬手把扣子扣好。

秦老板语意双关地说:"姑娘,长这么漂亮,靠卖废铁赚钱,可是死心眼儿哟。"

秋芋瞪他一眼,伶牙俐齿地答道:"你收废铁,我有废铁卖,咱是钱货两清,别的少啰嗦!"说完,拉起祖宛就往外走。

秦老板拖长了声音在后边不冷不热地问:"是吗——?"

四十二

晚霞灿烂。

平畴、远山,绚丽一片。

几只将要归巢的鸟儿在空中进行最后的飞旋。

画外传来秋芋清脆的笑声。

秋芋背着空篓脚步轻快地跃过一条小河上的踏脚石。

祖宛挑着空担含笑走在后边。

秋芋欢喜地说:"祖宛哥,照这个卖法,我们再卖九到十趟,差不多就可以把买化铁炉的钱凑齐了。"

祖宛笑着应道:"嗯。"

秋芋把背篓扔到溪畔,高兴地走到水边:"洗洗,浑身都是汗味。"说完,双手捧水浸脸。

祖宛也扔下担子,走到水边。

秋芋由于弯腰捧水洗脸,褂子的后襟上拉,露出了白嫩的肌肤。

祖宛的眼睛盯住那裸露的部位,一刹那,蹲下身轻轻把手贴在了那裸露的部位上。

秋芋的身子一悸，但没挣没动没吭。

祖宛得到了鼓励，把手伸进了秋芋的衣服里。

祖宛的手在秋芋的衣服里蠕动，由后背、到肩头、至前胸。

秋芋闭上了眼睛，身子慢慢后仰，倒在了祖宛怀中。

在清澈的河水里，可见秋芋的上衣被祖宛完全撩了上去——一幅模糊而绝美的画图。

祖宛的手慢慢下移，触到了秋芋的粉红裤带。

祖宛的手犹豫了一下，尔后动手去解。

秋芋两只小手立时按住了祖宛的手，画外同时响起秋芋低微的声音："等买来化铁炉了再……"

四十三

清晨。

祖宛挑着锅铁担子出门。

四十四

清晨。

秋芋家院里。

秋芋背篓里放满了碎锅片，她蹲下欲背起。

秋芋爹走过来。

秋芋向爹解释说："我帮帮祖宛哥把这——"

秋芋爹用理解和支持的眼神止住女儿的解释："去吧，来，我把篓子放你肩上。"边说边帮女儿把篓子背起。

四十五

白天,县城大街,铁器铺前。

祖宛和秋芋满脸惊愕地看着铺门旁的小木板。

小木板上写着一行粗大的粉笔字:本铺不收废铁。

秋芋急切地问站在柜台后的秦老板:"你原来不是说我们有多少废铁你就收多少吗?"

秦老板满脸快意地答:"我已经收得够用了!"

秋芋换成了乞求的语气:"秦老板,我们正在难中,求你帮帮忙,多收一点废铁吧。"

秦老板阴沉地说:"你们在难中,我也没在福中呀。再说,像你这样漂亮的姑娘,怎么会在难中呢?"

秋芋指了指放在地上的担子和背篓依旧恳求道:"秦老板,看在我们累得浑身是汗的分上,你就把这些废铁收下吧。"

秦老板的目光中又露出了淫邪:"我真想再提醒你一回,像你这样的姑娘,挣钱的法子有的是,何必要——"

"我们走!"一直沉着脸站在一旁的祖宛这时恨恨地瞪了一眼秦老板,猛把秋芋拉转了身。

祖宛气愤地挑起担子。

秋芋无奈地背起了背篓。

秦老板阴笑着:"二位走好——!"

四十六

黄昏。

祖宛家的院。

祖宛扔下沉重的担子,钻进草棚,把自己的身子扔到地铺上,双手抱头,闭上眼睛。

秋芋放下背篓,默默地走进棚子,在地铺前蹲下。

秋芋的手指轻轻抹去祖宛眼角的一颗泪珠。

秋芋宽慰他:"祖宛哥,你别急,我去想办法!"……

四十七

晚饭后。

一个墙上挂有猎枪的人家。秋芋正在面对一个老人诉说着什么。那老人听罢,在怀里摸出了几张可怜的钞票递给秋芋。

秋芋怅然地摇头,没接钞票,默默地转身出门。

四十八

正午。

一个摆有石门墩、石狮子的院子。

秋芋正在对一个满身石渣的中年石匠说着什么,石匠听罢,去兜里掏出一个可怜的装钱的布包让秋芋看。

秋芋沮丧地笑笑,转身出门。

四十九

后晌,县城大街。

一个写有"洪记当铺"的柜台外边,秋芋把一个小包袱递给柜台内的一个伙计。

伙计打开包袱,一样一样地看着包袱内的东西。那是几件秋芋穿的大半新的衣服,一面镜子,一只手镯。

伙计看后笑了,显然是嫌当物不值钱,他朝秋芋伸出两个指头晃晃。

秋芋先是愕然地看着那伙计,随后又慢慢把包袱原样拿了过来。

她满面绝望地走出当铺门。

五十

后晌,县城大街。

秋芋挎着没有当成的小包袱缓缓走过"秦记铁器铺"。

秋芋慢慢停住双脚,向铺子里看去。

秦老板正在满面春色地接待顾客。

秋芋的双眼渐渐抬高,望向了远天。

她的眼前慢慢幻现出当初日军围住祖宛爹、祖宛拉她逃走的场景,画外传来祖宛爹的一声无音的高喊……

秋芋的上牙咬紧了下唇,仿佛下了什么决心……

五十一

夜。秋芋家。

秋芋在默默地梳头。

她用发夹把头发别好。

她脱去旧外衣,换上了一件大半新的衣服。

她轻轻拉开门走了出去。

五十二

夜,祖宛家后院,祖宛所住的草棚。

一盏旧式油灯的昏黄光线在棚里晃着。

祖宛坐在地铺上,默默地向棚外看着。

淡淡的目光下,被日军炸毁的化铁炉露出一个黑色的剪影。

画外传来祖宛低微的心声:爹,儿子实在没有办法恢复祖业了……秋芋突然出现在棚门口。

祖宛有些意外地看着秋芋。

秋芋进棚后,先是无言地转身关上了棚门,随后一口吹熄了灯。

祖宛有些惊异,轻声叫道:"秋芋!"

秋芋依旧无言,只是缓缓抬手在解自己的衣扣。

就着从草棚顶部漏进来的月光可以看清,祖宛吃惊地瞪大了眼睛。

朦胧的月光下露出秋芋美丽的裸体剪影。

祖宛还愣在那里。

秋芋向祖宛扑去。

祖宛的愣怔在一瞬间飞走,亢奋充满了他的眼睛。

他猛力把秋芋压在了身下。

一阵在黑暗中的翻滚……

五十三

弯月斜沉。

草棚里安宁平静。

秋芋静静地躺在祖宛臂弯里。

满足地侧躺在那儿的祖宛突然抬手摸了摸自己那只被秋芋枕着的胳膊:"水珠?你在哭?"

秋芋急忙在黑暗中抬手抹了抹自己的眼睛:"没有。"

祖宛也伸手摸了摸秋芋的眼角,断定道:"你是在哭!"

秋芋掩饰地说:"我昨晚做了个梦,梦见老天爷让我俩永远不得相见,刚才想起来,心就又酸了。"

祖宛疼爱地说:"小傻瓜,还信梦?"边说边欠身亲了一下秋芋。

秋芋故作轻松地说:"也许真不该信。"说完,眼角又滚出两滴泪来,但她没让黑暗中的祖宛看见,就急忙用被头擦去。

祖宛很快沉入了睡乡。

秋芋悄悄地坐起,久久地望着祖宛的睡态……

五十四

县城。白天。

秦记铁器铺里锤声叮当。

正在招呼顾客的秦掌柜突然一怔,他看见了秋芋。

一身旧衣的秋芋定定站在柜台外边。

二人对视,秋芋的眼中是屈服之后的淡然;秦掌柜则是猎物终于就范的欢喜。

秦掌柜先是对一个伙计说道:"你来招呼柜台。"尔后对秋芋傲然地一挥手:"跟我来!"

五十五

铁器铺后院厢房。

秦掌柜对随后进屋的秋芋冷冷下令:"把门关上。"

秋芋转身,缓缓关门。

秦掌柜把一身花花绿绿的衣裤扔到秋芋身上,依旧冷冷说道:"把身上的脏衣服换下来,我喜欢看到一个干净爽利的姑娘!"

秋芋默然而顺从地换着衣裤。

秦掌柜拿着水烟袋绕着秋芋看了一圈,这才满意地点头:"嗯,这才像个陪我上床的姑娘!"

秋芋双眼漠然地看着墙角。

秦掌柜朝墙边的一张大床一指:"上去吧!"

秋芋一步一步地向床边走着。

秦掌柜说:"不要自己脱,我来!我喜欢给姑娘们脱衣服!"说罢,把手上的小烟袋往桌上一墩,大步向床边走去……

五十六

厢房。

一双手提着一叠钱放到秋芋手上:"拿住,以后每次都是这个数!不会亏待你!"

秋芋起身穿衣。

秦掌柜的画外音:"把那身新衣服穿回去吧。"

秋芋无语,仍照样去穿自己的旧衣服……

五十七

麻山镇笼在西沉的残阳里,远山朦胧。镇街上,正在收拾鞋摊的成五听到一阵脚步声,转身看了一眼,随即叫道:"秋芋,进城了?"

满脸屈辱和疲惫的秋芋走进画面。

成五关切地问:"你的脸色不大好呀,累的?"

秋芋努力浮出一个笑意:"没事,成五哥。"言毕,头一低,急步走去……

五十八

夜。

秋芋卧室。

秋芋呆然拥被坐在床上。

秋芋妈轻步进屋,走到女儿床前,一边为女儿压着脚头的被子,一边问:"芋儿,今儿个又进城干啥?"

秋芋身子一颤,声音低微地说:"我在城里的王家药铺给他们帮忙晒中药,想挣点钱帮帮祖宛哥把作坊恢复起来。"

秋芋妈理解地说:"应该的,咱家有你爹和我撑着,日子过得去,你该去帮帮祖宛家,他们家被害得太惨了。只是别太累,我看你脸色不大好。"

秋芋故作高兴地说:"没事,我这身子结实着哩!"但待妈妈刚一出门,她就又猛地抬手捂住了脸。

有晶亮的水珠从她的指缝间溢了出来。

一阵轻微得几乎听不见的饮泣传进我们耳里……

五十九

又是一个后响。县城秦记铁器铺。

身着一身旧衣的秋芋满腔疲惫地走出铺门。

她把一卷钱塞进衣服兜里……

六十

铁器铺外。

祖宛的大嫂臂挎一个竹篮正和一个女人说话。她猛地瞧见秋芋从铺内出来很觉意外,刚要开口招呼,又见秦老板边扣着衣扣边出门目送秋芋,又急忙噤口。

她狐疑地望着秋芋的背影。

秋芋没有看见祖宛的大嫂,只是机械地走向远处……

六十一

夜。

祖宛家后院草棚。

祖宛在灯下默然摆弄一个用泥捏的化铁炉。

他突然一阵心烦,把泥捏的化铁炉扔到了棚子一角。

棚外猛地传来秋芋的一声低喊:"祖宛哥。"

祖宛闻唤,眉头一展,跳起来奔到棚外急切地问:"秋芋,这一个多月怎么总不见你来?我去找你几次,大婶总说你去城里了。"

秋芋低了声:"我去城里给人家做活,早出晚归的。"言毕,把一个布包朝祖宛怀里一塞:"给!"

祖宛问:"是吃的?"及至打开布包就着棚里漏出的灯光一看,全是票子,才又惊问:"哪来这么多钱?"

秋芋答:"给人做活挣的,你用它去买做铁锅的化铁炉吧!"说罢,转身就走。

祖宛见状抓住秋芋的胳膊,笑着想要弯腰把她抱起进棚。

秋芋身子怕冷似的一抖,坚决地推开祖宛的胳膊:"快想做锅的事儿吧!"言毕,就扭身跑了……

六十二

白天。祖宛娘住的草棚。

祖宛捧着秋芋给他的那一包钱高兴地对娘和哥嫂说:"够了,这些钱足够买做铁锅的用场了!"

祖宛娘惊叹地问:"天呵,你从哪里弄来这么多钱?"

祖宛说:"是——"他显然还不想公开自己和秋芋的关系,犹豫了一下,尔后说成:"是我给人打短工挣的!"……

六十三

白天,祖宛家后院铁锅作坊遗址上。

一个崭新的化铁炉立了起来。

风箱是新的,舀勺是新的,耐火砖是新的,模具是新的,一切都是新的。

祖宛高兴地拉起了风箱。

焦炭立时吐出了红色的火舌。

达宛在挪着模具。

祖宛娘在笑着拣拾废铁片往炉子里扔。

六十四

白天。铁水沸腾。

拉风箱的换成了达宛。

祖宛像他爹那样执勺浇铸。

一口又一口锅浇成。

六十五

傍晚。秋芋家院子。

秋芋定定地站在院墙边向祖宛家后院看去。

化铁炉已停,祖宛正把一溜新锅摆在院中。

画外响起秋芋颤抖的心声:"郝大伯,郝家的铸锅祖业没有断掉⋯⋯"

两滴晶亮的泪水滚下她的眼角⋯⋯

六十六

白天。祖宛家后院。

十几个买锅的人在挑看新锅。

祖宛一边热情地招呼一边收钱。

热闹和喜气充溢着小院。

六十七

县城。绸布店。

祖宛热汗淋漓地跑进店内,仔细地看着柜台内的绸缎。

他扯了两块绸缎衣料跑出店门……

六十八

傍晚。秋芋家。

秋芋正在做饭,神色中露出一股凄楚。

坐在灶前烧火的秋芋妈望着在锅上忙活的女儿,高兴地说:"祖宛家的作坊总算又红火了。"

秋芋淡淡地点头:"嗯。"

屋外忽然传来祖宛的一声喊:"秋芋——"

秋芋闻声停了忙活的手。

秋芋妈理解地说:"是祖宛喊你,去吧。我这些天见你有点躲他,你俩——"

秋芋瞪了一眼母亲:"妈!"随之走出厨房门。

六十九

两家相隔的院墙豁口处。

祖宛把在县城买的两块衣料递到秋芋手上:"这是我用卖第一批锅的钱给你买的。"

秋芋手拿衣料努力显出高兴的样子:"祖宛哥,你该把钱用到做锅上去。"

七十

祖宛家后院,祖宛的大嫂抱着孩子走过来,看见祖宛和秋芋正在说话且秋芋手上拿着绸缎衣料,急忙止步,闪身到草棚后注意倾听。

七十一

豁口处。

祖宛满脸欢喜地说:"你是功臣,应该犒劳!"跟着,又低了声,"秋芋,我打算待再卖几批锅后,就把你正式娶过来!"

秋芋闻言身子一震,头猛地低了下去,说了句:"俺不愿意。"就匆匆转身走了。

祖宛显然是把秋芋的态度看成了害羞,只微笑着目送她走进屋里。

七十二

不远处的茅棚后。

大嫂不屑地撇了撇嘴,扭身走开了。

七十三

晚饭时分,祖宛家。

一家人正坐在草棚里吃饭。

大嫂忽然对丈夫说:"郝达宛,你明日去扯身绸缎来,我要缝衣服!"

祖宛娘觉了诧异,忙开口:"你不是刚缝了一身新衣裳吗?"

大嫂故意找茬地问:"咋?缝了就不兴再穿新衣服了?兴别人扯绸缎送给不相干的女人,就不兴俺这正正经经的郝家媳妇穿身绸缎衣服?"

达宛不明所以地问:"谁买绸缎送不相干的女人了?"

大嫂高腔大嗓地说:"反正有人!"

一直蹲在一边闷头吃饭的祖宛这时抬脸瞪着大嫂:"你说谁?"

大嫂说:"说谁谁知道!咱这郝家铁锅刚刚卖出几口,可就买绸缎送人了,要是再卖多了钱,还不要给人家起房盖屋了?"

祖宛气恼地把饭碗往地上一墩:"我买了你能怎么着?"

大嫂弦外有音地说:"那是呀,俺这做媳妇的,能管得了谁?可郝家到底也是弟兄两个哩!"

郝达宛在老婆的冷言挑拨中不满地朝弟弟"哼"了一声。

祖宛娘息事宁人貌似公正地说:"好了好了,你们当大哥大嫂的,肚量大点;祖宛以后记着别大手大脚花钱,咱这作坊刚开了张!"

祖宛生气地一扔筷子,出门走了。

七十四

白天。祖宛家院子。各种口径的铁锅摆满了院子。

顾客满院。有赶毛驴车来拉铁锅的,有用扁担来挑锅的,有用背篓来背锅的。

驴叫、人喊、锅响。热闹非凡。

祖宛娘、达宛和大嫂都在忙着应付顾客。

化铁炉旁只剩下了祖宛一人忙活。他拉一阵风箱,又赶忙跑过去浇铸。

秋芊猛地出现在风箱前,伸手拉动了风箱。

祖宛执舀铁勺高兴地走过来对秋芊低声笑道:"你看,真需要把你赶紧娶过来!"

秋芊佯装没听见,只忙着拉动风箱并用一只手去向炉上加焦炭……

七十五

傍晚。祖宛家。

祖宛娘正在数一只小木箱里的钞票,那显然是白天卖铁锅的收入。

老人边数边对坐在一旁的小儿子祖宛说:"这一天的进项快赶得上过去你爹在世时的样子了。"

祖宛正在收拾一个小锅的模具,边收拾边说:"娘,我有桩事想和你商量。"

祖宛娘:"啥?"

祖宛边收拾模具边说:"我想把秋芊娶过来算了。"

祖宛娘直盯着儿子,许久没说话。

祖宛停下手中的活,有些意外地扭头看着娘:"你是不是担心我们结婚花钱?秋芊是明白人,我们办婚事不会花多少钱的!"

祖宛娘声音沉沉地说:"我倒不是担心钱,你嫂子告诉我,说镇上现在对秋芊有些议论。"

祖宛一愣,脸上现出了怒色:"啥子议论?"

祖宛娘说:"说有人在城里看见,她跟一个啥子老板——"

祖宛猛然吼道:"她胡扯!"说罢,扔下手中的模具就向外跑去。

七十六

达宛、大嫂的住屋——可以看出,草棚已经换成了瓦屋。

祖宛噔噔地进屋。

正在灯下缝补什么的大嫂见状一惊,停了针望着祖宛。

坐在一旁吸烟的大哥也一愣。

祖宛一下子伸手抓住了大嫂的脖领,怒不可遏地问:"说!你在造秋芊的什么谣?"

大嫂被祖宛的气势吓住,连忙摇头:"我,我哪造她什么谣了?"

祖宛咬牙切齿地说:"告诉你,你要敢再诬蔑秋芊,我会杀了你!"说完,松开手,转身奔出门去……

七十七

正午。

化铁炉旁,只有祖宛一个人坐那里吸烟歇息。

院子里很静。

秋芊家的屋后忽然传来一个男子压低了声音的喊:"秋芊、秋芊!"

祖宛闻声一愣,就起身过去隔了院墙伸头看。

秋芋家屋后站着的竟是县城铁器铺的秦老板。

祖宛满脸都是惊色,画外同时传来他的心声:"他找秋芋干啥?"

山墙那边传来了秋芋的脚步声,祖宛急忙把身子往院墙下一隐,侧了耳倾听秋芋冷冷的低音"你来这里干啥?"

秦老板笑嘻嘻地声音:"嘿嘿,想你了!你怎么好长时间不去?你让我等得好着急!"

祖宛的身子猛一悸,两只手下意识地各抓了一块砖头。

秋芋冷厉地说:"你快走开!我永远不想再见到你!"

秦老板依旧笑嘻嘻地说:"怎么?不想挣钱了?以后我每次给你价钱加倍!实话说,没有你,我这日子可是过得没滋没味……"

祖宛的双眼痛楚地闭上了。他的眼前闪过了秋芋当初给他那包钱的情景,他在这一刹明白了那些钱的来历。

他把手中的砖块捏得粉碎……

七十八

两只通红的蓄满狂怒的眼睛。

镜头拉开,可见这是祖宛,他蹲在一片包谷地里盯着地头的土路。

秦老板满脸沮丧地走过来。

祖宛"呼"的一声如老虎一样扑到了秦老板面前。

秦老板只来得及"呀"了一声,脸上就挨了重重一拳。

秦老板在这沉重而突然的打击下仆倒在地,叫了一声:"你要钱我给你——"

"嗵!"祖宛又是狠狠一脚踢过去。

秦老板在地上打滚:"妈呀——"

祖宛骑到秦老板身上;抡拳没头没脑地打起来。每一拳都带了千钧的怒气。

秦老板的叫声越来越低。

祖宛猛揪住秦老板的脖子拎起他满是鲜血的脸,咬牙切齿地问:"认得我么?"

秦老板努力睁眼辨认,待认出祖宛之后才又急忙解释求饶:"那不怨我,是秋芋找上门的,我今日是来镇上办事……并不是想来强迫……"

祖宛暴怒地边踢边吼:"滚、滚、滚……"

七十九

不远处的地头,祖宛的大嫂挎着一篮青菜吃惊地看着祖宛打人。待看清了被打的是她当初见过的秦老板,听清了秦老板的辩解之后,她立刻明白了缘由,脸上浮起一个讥讽的笑意。

她看着秦老板在远处跟跄着走。

她看着祖宛用双拳砸着自己的头。

她的脸上却是幸灾乐祸。

她转身向镇里走,口中哼起了一个轻松的小曲……

八十

夜。祖宛的睡屋。

祖宛和衣仰躺在床上,双手揪着自己的头发。

祖宛娘端一碗饭进来放在祖宛的床头:"不吃饭怎么能

行?为这样的女人生气犯不着!"

祖宛猛地翻身向墙。

祖宛娘走出门去,门外立刻传来祖宛大嫂故意抬高的声调:"娘,当初我说的那些话没有错吧?"

祖宛闻言呼一下坐起,猛抓住娘刚才放在床头桌上的饭碗向门外摔去:砰——!

门外的声音戛然而止。

八十一

白天。秋芋家。

秋芋妈对正要出门的秋芋软声地说:"芋儿,昨儿个你五婶又来说成五要与咱做亲的事,妈知道你心在祖宛身上,你和祖宛的事究竟咋样,你给我说个准话,我和你爹也好拿主意!"

秋芋闻言身子一抖,勉强在脸上露个笑容说:"妈,我在家又不吃闲饭,你还要催我走?"

秋芋妈叹口气:"女大当嫁,妈还能留你到什么时候?"

秋芋刚要说话,街上突然传来"当当"的锣声。

秋芋一怔,侧耳倾听。

街上传来的喊声:"日本投降了!……"

四处传来奔跑的脚步声……

八十二

祖宛家门口。白天。

祖宛娘和祖宛站在门口,看街上人们欢呼日本投降的高兴样儿。

祖宛娘说:"宛儿,你该去你爹坟上烧几张纸,告诉他日本人投降的事,好让他也高兴高兴。"

祖宛答:"嗯。"

八十三

镇边田野。

祖宛手拎一卷火纸向我们见过的祖宛爹的坟墓走近。

坟头那边这时已升起了袅袅青烟,祖宛一愣,心想:"谁在烧纸?"

祖宛轻步走近方看清,原来是秋芊跪在坟头烧纸,边烧边喃喃说道:"……大伯,日本人已经投降,铁锅作坊也已恢复,你可以瞑目了……"

祖宛默然看了一刹,脸上渐渐浮上了下了决心后的坚定,他缓缓上前,挨着秋芊跪下了。

秋芊这才发现祖宛来了,一时有些不知所措。

祖宛一边把带来的火纸往秋芊已点燃的纸堆上放一边说道:"爹,儿和媳妇秋芊来看你了……"

秋芊闻言满脸通红,慌忙起身向远处走去。

祖宛喊了一声:"秋芊——"

秋芊既没回头也没应声,只是急急地移步……

八十四

夜。祖宛家。

祖宛走进娘的睡屋。

祖宛娘又在清点白天卖锅的钱。

祖宛说:"娘,你把咱们赚来的钱分成三份吧!"

祖宛娘一愣:"咋了!"

祖宛没回答娘的问话,只按自己的思路说:"一份留着你养老;一份给哥嫂他们过日子;一份给我用。"

祖宛娘说问:"你干啥用?"

祖宛说:"娘,我想添置点东西。"

祖宛娘说:"好吧,不过不要乱花,要把钱攒下预备以后娶媳妇!"

祖宛无语,只深深地吸了一口旱烟……

八十五

县城大街。白天。

祖宛赶着一辆显然是借来的牛车。

牛车上装满了东西:新桌子、新椅子、新箱子、新柜子、新被子、新床单、新枕头、新陶质脸盆、新尿壶……

车驶出街口,祖宛跳上车坐到车帮上。

祖宛悠然地挥着牛鞭。

牛蹄翻飞,牛铃叮当……

八十六

秋芋家院门口。白天。

祖宛"啪"地甩了一下长鞭,勒住牛车。

满街的人都围过来看祖宛买来的这一车新东西。

秋芋和她爹妈闻声也都吃惊而意外地走到院门口。

祖宛对秋芋大声地说:"来,卸车!这些都是咱们结婚用的东西!"

秋芋一听这话,扭身就又跑进了屋里。

祖宛对秋芋的爹、妈说:"爹,妈,卸吧!"

两个老人相互对视了一眼,他们当然早就知道女儿对祖宛的感情。如今见祖宛已把结婚用的东西买了,随即上前帮助祖宛往院里卸那些东西。

车上的东西卸完,祖宛向秋芋的睡屋走去。

秋芋正站在门后双手捂脸流泪。

祖宛尽力笑着:"我们一两天内就结婚,你都要做新娘了,还哭?"

秋芋哽噎着:"不!"

祖宛低沉地说:"你什么都不要讲,一切按我的安排做就行!"

秋芋仍旧哭着说:"不!"

祖宛声音发颤地说:"你是这地上最对得起我们郝家的女人,我就要娶你!"

秋芋哭着说:"你不知道!"

祖宛沉沉地说:"我什么都知道!"

秋芋抬起满是泪水的脸惊问:"你知道什么?"

祖宛轻轻拿起秋芋的手抚着说:"秋芋,你只要今后看出我郝祖宛有一点点嫌弃你,你都可以用剪刀扎死我!"

秋芋闻言,身子一战,猛地扑到祖宛怀里哭开了,为了把哭声抑低,她张嘴咬住了祖宛的肩头。

祖宛无言,只用手轻轻地在秋芋背上抚着,直到秋芋的哽咽慢慢停止。

祖宛搬起秋芋的脸,一边用手替她擦着脸上的泪水一边低声嘱咐:"做点准备,咱们后天就结婚!"

秋芋无语地点点头。

祖宛深深地亲了一下秋芋的双唇,尔后转身出门。

八十七

秋芋家院里。白天。

祖宛指着卸满院子的那些新买的东西对秋芋的爹妈说:"这些既是我送的聘礼,也算你们给秋芋的陪嫁。从后天开始,你们就把我当女婿,该咋使唤就咋使唤,你们家的苦日子,我也要操一份心。"

两个老人感动而高兴。

八十八

祖宛家院里。白天。

祖宛拿着赶牛车的鞭子走进院子。

大嫂见他进来,立时撇了嘴对坐在她身边的一个纳鞋底的邻居妇女高声说:"哟,娶一个破鞋都要送一车东西,要是娶一个黄花闺女,那不得把郝家的钱柜连化铁炉全送过去?"

祖宛闻言停步,扭头对大嫂恼恨至极地说:"你要再胡说,小心我揍死你!"

大嫂显然也着恼了,霍地扔下手中的鞋底高了声叫:"咋,自己做的事还怕别人说?那不明明是个破鞋——"

祖宛气得"噢"的一声冲过去,抡掌就给了嫂子一个耳光。

大嫂发泼了,放大声音喊:"郝祖宛,你敢娶烂破鞋还怕老子说？全镇的人呀,你们快来看哟,郝祖宛为一个烂破鞋女人来打他的嫂子了——!"

祖宛痛苦地看了眼院墙那边的秋芋家,他知道秋芋他们一家会听得清清楚楚。他暴怒地冲过来想把嫂子扯进屋里,不料他大哥这时从院外奔进来,赶到他背后就一拳砸到了他的头上。

祖宛踉跄着扑倒在了地上。

身坯高大的达宛骑到祖宛身上抡拳暴打,边打边吼:"你为一个贱女人敢打你的嫂嫂,反了你了! 我今天非要教训教训你个辱没祖宗的东西!"

大嫂趁机上前朝祖宛身上猛踢着。

几个邻人进院拉开了达宛和大嫂。

被打得满脸是血的祖宛,趴在地上朝站在屋门的娘嘶声喊:"娘,你评个理,评个理呀——"

祖宛娘狠了声冷冷地说:"告诉你,只要我不死,你休想把那个名声不好的秋芋娶过来! 我们郝家老门老户,不能娶这样一个媳妇辱没门庭!"

祖宛震惊至极地看着母亲。

祖宛咬牙切齿决心把事情说明白:"你知道你们当初重新做锅的钱是从哪里来的吗?"

祖宛娘显然也已明白钱的来历,却依旧冷冷地说:"是你打短工挣来的!"

祖宛喊道:"那是——"

祖宛娘明白他要说什么,坚决地截断小儿子的话:"是你打短工挣的,你亲口给我说的!"

祖宛望着娘的那副决绝神态,突然冷得可怕地笑了:"哈……哈……哈……"

八十九

傍晚。

祖宛家院子。

秋芋的爹、娘还有弟、妹们，默默抬着祖宛白天用牛车拉过去的那些东西来到院里放下。

秋芋爹对祖宛娘说："东西都在这儿，我们不敢高攀！"

祖宛娘冷冷地站在那里，一语未发。

九十

祖宛家院门口，鞋匠成五默然而惊奇望着这一幕。

九十一

白天。

铁锅作坊。

眼眶青肿的祖宛蹲在一旁，一边大口吸烟一边看着化铁的炉子。

达宛和几个雇来的帮工正在炉子前忙活。

祖宛猛地站起，伸手抓过一个铁锤咬牙向化铁炉走去。

达宛看见，威严地喊："你要干啥？"

祖宛狞厉地说："我要砸了它！"

达宛说："你敢？！你敢为一个破烂女人来毁家产？天下贞节女人有的是，你为啥偏迷上了她？"

祖宛抡锤扑上去。几个雇工见状把祖宛扯住。

祖宛气咻咻地喘着粗气……

九十二

秋芋家。正午。

成五提着几包点心出现在院门口。

他有些迟疑和犹豫地走进院里。

秋芋爹妈看见,起身让座:"成五,进来坐。"

成五小心地说:"大伯、大婶,我相信秋芋妹妹的清白,要是你们二老不嫌弃,我……"

秋芋的爹妈互相对视了一眼,默默低下头去……

九十三

夜。祖宛睡屋。

一灯如豆。

祖宛呆呆坐在床上。

门忽然被轻轻推开,秋芋闪身走了进来。

祖宛见状急忙下床,百感交集地说:"秋芋,我——"

秋芋没容他说下去,只是扑上来用亲吻堵住了他的嘴。灯在她衣襟的扇动下熄了。

黑暗中可以看出,秋芋在快速地解着祖宛的衣扣。

祖宛先是对秋芋的举动有些意外,随之也开始在扯秋芋的衣服。

一阵粗重的喘息声灌满我们的耳朵。

两人在床上翻滚着的影子……

九十四

　　一缕晨光透进祖宛的睡屋。

　　刚从酣睡中醒过来的祖宛,发现身边已不见了秋芋,只在他的枕边发现了一个纸片。

　　祖宛急切地拿过纸片去看。

　　〔秋芋的画外音响起:"祖宛哥,这是我们的最后一夜,爹妈已把我许给了成五,几个月后就成婚……"〕

　　祖宛撕心裂肺地叫了一声:"噢——"与此同时挥拳向床头砸去,木质的床头"啪"的一声断裂了……

九十五

　　一个鲜红的喜字映满银幕。

　　一双手在缠着一匹红绸,镜头拉开,可见这是一个轿夫在向花轿上蒙缠红绸。

　　成五满脸喜色地在轿前走来走去地催:"快点,快点,该起轿去接新人了。"

　　轿夫缠绸的手加快了速度。

九十六

　　也是一双手在缠着东西,不过这不是在缠绸,而是在缠着一根麻绳。镜头拉开才可看清,这是祖宛在用麻绳仔细地捆绑着一个炸药包。

祖宛面色如冰。

九十七

〔悠扬的唢呐声响起。〕

成五新房前。

成五拉着秋芋走进新房。

"轰"———一声巨响惊天动地。

成五和秋芋一齐惊住。

唢呐声戛然而止。

九十八

郝家铁锅作坊。

满天的铁锅和化铁炉碎片鸟一样在天上飞舞。

碎铁片纷纷落地。

作坊被炸成废墟。

祖宛娘震惊至极地叫道："天呐——"

九十九

祖宛家院墙外不远处。

身背小包袱的祖宛望着砰然落地的碎锅片，慢慢转过身子。

他大步向远处走去……

一百

成五和秋芋洞房。夜。

红烛明亮。秋芋呆坐床沿。

〔成五的画外音:诸位慢走!〕

成五走进屋内,迫不及待地上前把秋芋抱放到床上,慌乱而又急切地去解秋芋的衣服。

秋芋的上衣被解开之后,成五惊奇地发现,秋芋肚子上缠着一层又一层红布带。

他不知所以地小心解着那布带,一层又一层。

秋芋雪白的肚腹一下子袒露出来——那已是一个高高隆起的孕妇的肚子。

成五像被火烫似的叫了一声:"哦?——"

秋芋一脸平静。

成五暴怒地向秋芋打起了耳光:"你他妈的真是个婊子!"

秋芋一动不动,只任被打出的鼻血顺脸淌着。

成五低吼:"说,这是谁的野种?"

秋芋淡了声答:"祖宛的。"

成五吼叫:"滚……滚!!"

秋芋闻声一言不发,只默默地起身,平静地去穿衣服。

秋芋下床向门口走。

满脸怒色的成五见状,突然抓住秋芋的手,嘶声喊了一句:"你还真走?……"

秋芋默然站住,依旧目无所视。

成五缓缓地缓缓地在秋芋腿前蹲下身去,哀嚎似的叫了一句:"噢——"

成五把头深深地埋进秋芋站立的双腿之间……

一百零一

清晨。

成五、秋芋新房。

成五在小心地为坐在床沿的秋芋穿鞋——是我们曾经见过的那双皮鞋。

秋芋一脸漠然。

成五边为秋芋穿鞋边仰脸向秋芋恳求:"孩子晚点生下来,就先随我的姓吧……"

秋芋无言,只是眼上的睫毛一抖,合上了眼帘……

一百零二

〔字幕:麻山铁锅的再一次振兴,是在几年以后。〕

衬着字幕,出现包了头巾成为少妇的秋芋,她正在郝家铁锅作坊的旧址上拣拾着碎锅片,她的身后,跟着一个面孔酷似祖宛的小孩。

那小孩也正学着妈妈的样子拣拾碎锅片。

一篓碎锅片被倒进一个写有"麻山镇锅厂"字样的化铁炉里……

一口新锅被生铸出来……

〔字幕继续:麻山铁锅的大量出口,则是在三十年以后。〕

衬着字幕,出现一个现代化的锅厂,阔大的自动化铸造车间里,一个面孔酷似祖宛的青年男子,正指挥工人们开动铸锅机铸造一口又一口新锅。

　　一个老妪——老年秋芋,默默地站在一边,直直地盯着现代化机器把一口又一口新锅铸造出来……

热与冷

一

夏末。川滇边界的乌蒙山区。

峰峦叠嶂、峡谷幽深、山林苍翠、雾岚如云。

一条玉带似的简易公路飘绕在山间。

阳光下,一个白色的斑点在公路上飞快移动。

镜头从高处推向白色斑点——这是一辆正在高速行驶的白色伏尔加轿车。

飞旋的车轮。

车轮扬起的灰尘。

车在急转弯时发出的声响尖利刺耳。

白色轿车的一侧车窗外,一只手高擎着一个透明发光仿佛水晶球的物体——一个白色的输液瓶。

输液瓶在阳光下像一个闪光的警灯。

车内,高举输液瓶的一个中年男子——王方跪在前排座椅上,满眼焦虑地盯着后排座椅。

后排座椅上,躺着一个浑身鲜血昏迷不醒身着迷彩服的男青年。

他的头枕在一个穿白大褂医生的腿上。医生一手摸着他的脉搏。一手抓住他正在输液的手臂。

一个穿税务制服的中年人缩着身子,几乎是用手捧着青年的腰和腿。

负伤的青年的头随着车身的颠簸在不停摇晃。

一个被鲜血染红的士兵证放在轿车的驾驶台上……

二

一辆正在行驶中的大棚客车。

车内,一个面孔狰厉的歹徒——秦景,举着一把匕首猛向一个身着迷彩服的青年刺来。

鲜血喷溅染红了整个画面。

一个农村少妇——韩芸,惊恐地捂上了眼睛。

被刺的青年一手捂着刀口一手握拳向对方打去。

又有三个面露狞色的人尖叫着向负伤者扑来……

三

飞速行驶的轿车。

车内,受伤青年在含混地低声呻吟。

医生焦虑的脸。

王方催促司机:"快!"

司机一踩油门

车箭一般飞远……

四

大棚客车已经停下。

歹徒秦景跳下了车。

被刺青年咬牙用背心兜着流出的肠子紧接着也跳下了车窗。

他摇摇晃晃地向歹徒们追去。

他的身后留下一溜鲜红的血迹。

路在他面前摇晃起来。

就在这时,一阵紧急的刹车声由画外传来。镜头拉开,我们才见是刚才在山路上奔驰的那辆伏尔加轿车。

被刺青年跟跄着扑到轿车面前,从衣袋里摸出染血的士兵证朝车内递去……

五

白色伏尔加轿车在县城狭窄、拥挤的街道上驰过。

司机瞪大眼睛猛冲。

一个水坑里的泥水"哗"的一声,瓢泼似的喷上来,遮住了整个挡风玻璃。

银幕一片模糊。

待银幕清晰时,汽车已经停在县医院门口。

六

急诊室。

一位医生边向纸上填写什么边向王方问道:"伤者名字?"

王方急切地递上那个染血的士兵证。

医生接过打开,姓名栏里的两个字:金涛。

〔这两个字快速由小到大,几乎占满银幕〕

七

一个医生和一位护士以及王方、司机用担架抬着金涛上楼。

一层又一层。

输液瓶摇晃着。

担架摇晃着。

金涛摇晃着。

这种摇晃显然刺激了昏迷中的金涛的残存意识,只见他嘴唇嚅动了几下,似乎是想要大喊什么。

金涛嚅动的嘴唇化为他张口大喊的画面。镜头拉开,才见他手指着一座桥上正摇摇晃晃向河中倾翻的一辆公共汽车对身边的一个军官——林冬——大喊(无声)。

林冬领着一群干部战士包括金涛向河边奔去。

干部战士跳进水中抢救落水的乘客和伤员。

林冬和金涛及战友们抬着一个个担架跑进一家医院。

担架在金涛手中摇晃着。

摇晃着的担架化为金涛躺着的担架……

八

手术室。

一位医生麻利地剪掉金涛身上的背心、裤头。

金涛的伤体呈现在我们眼前。

医生惊愕的脸。

护士骇然的眼。

金涛满是刀口尚在冒血泡的胸部。

金涛腹部外露颜色已变暗的肠子。

医生果决地说:"立刻手术!"

九

挂号处。

挂号员对王方说:"伤员是你们送来的,帮忙帮到底,也把钱交了吧。"

王方生气地说:"你知道这个当兵的是怎么伤的?他是为救人!救别人!懂吗?"

挂号员说:"可这钱,也该交吧!不交钱,动完手术你拿不出药来。"

王方气得发抖:"你听着,这钱,地方不出部队会出,部队不出我出!"

挂号员讪笑道:"说话算数?"

王方吼道:"把你的心放到肚里!"

十

手术室。

闪亮的无影灯。

医生正在清理伤口的手。

护士大口罩上露出的不安的眼。

不知是局部麻醉的面积太小还是怎么的,金涛似乎是被触着了,身子猛一搐动。

金涛满是汗珠的惨白的脸。

十一

金涛惨白的脸化为充满痛楚的脸。

一把匕首猛地刺进了他的胸部。

他忍疼挥拳向对方打去。

依旧是在行驶中的大棚客车内。

车厢里旅客们那一张张惊慌、害怕和漠然的脸。

金涛向乘客的求援的眼。

带血的匕首又一次刺进了他的腹部。

刘冰香恐惧地张嘴高喊(无声)……

十二

一个挂有派出所字样的大院。

脸上溅有血点的韩芸喘吁着奔进院内,惶顾了一下四周,尔后猛撞开了一扇门。

门内正伏在办公桌上阅读什么的一个警察吃惊地站起:"干什么?"

韩芸急切慌张喘息着叫:"杀人——"

她的声音被哽噎住,她咽了一口唾沫后才又把刚才的话叫出口:"杀人了——"

警察吃惊而迅速地从身上拔出枪几步过来抓住韩芸的胳膊:"哪里杀人了?"

韩芸又咽了一口唾沫后才指向外边说出:"汽车上,公共汽车上——"

十三

手术台。

医生清理伤口的手。

大堆染血的纱布。

示波器上跳动着的曲线……

十四

一间挂有"县长办公室"木牌的房子。

王方正在对一个中年人——陈县长急切地汇报着什么(无声)。

陈县长急急地站起,抓起衣架上的衣服,同时对站在屋中的另外一个年轻人果断地交待着什么,那位年轻人神色严肃地点头,并立刻拿起了电话。

陈县长快步出门。

王方紧随其后……

十五

手术台。

俯身手术台的医生的背影。

金涛依然惨白的脸。

示波器上跳动幅度明显变小的曲线……

十六

手术室外走廊。

陈县长在走廊上焦急地来回走动。

他的身边站着王方和另外两个正在擦汗的干部。

又有几个满头是汗的干部由走廊尽头快步走来。

陈县长面对站在他面前的几个干部,神色肃穆地说:"必须尽一切力量抢救这位见义勇为的士兵,你们各部门要紧密配合,做到要什么给什么,要什么有什么!"

众人一齐点头。

陈县长转对一位人武干部:"立即通知这位士兵所在的部队来人!"

人武干部答:"是!"

陈县长又转对另一位干部:"你们民政局立即通知这位士兵的亲属!"

那位民政干部答:"是!"

陈县长又转对另一位干部:"你们财政局立即拨出五万元给医院,作为抢救费用!"

那位财政局干部吃惊地问:"五万?"

陈县长说:"我们这个月宁可不发工资!"他边说边握拳朝自己腿上砸去……

十七

手术台。

医生正在缝合伤口。

示波器上的曲线跳动幅度有些恢复正常。

最后一针缝完,钱医生扯下口罩,一边去擦汗水一边无力地倚在墙上。

他边喘息边对身边的护士交待:"特级护理!他仍在危险中!"

十八

西斜的阳光由走廊一头探进来,在地板上摊开一片红色。

陈县长焦虑地朝刚刚走出手术室的医生走去。

手术医生仍在用手帕擦自己脸上的汗,手帕已被汗水湿透。

陈县长问:"他怎么样?"

医生轻微喘息着说:"他被捅了十四刀,凶手太残忍了!腹部伤口宽四公分,肠子流出五十多公分,胸部八刀,伤口太密,我缝合时找不到一块好皮肉……要不是王方他们送来的及时,这个兵早已经完了。"

陈县长默默地听完,缓缓地抬起双手,一手拍在医生肩上,一手拍在王方肩头,他的手长久地停在两人肩头,他似乎要用这个动作表示出他对这两位下级的满意。

手术室的门再次打开,术后的金涛被推了出来。

推车被摊在走廊地板上的那团红光罩住。

陈县长快步走了过去……

十九

病房。

金涛面无血色,紧闭双眼。胸前、腹部贴满纱布、胶布。鼻孔里插着输氧管,手背上插着输液针。

护士和一个男医生正在金涛床头桌上摆放医疗器具。

男医生对护士轻叫:"把那个拿下去!"

护士拿起一团电线问:"是这个?"

男护士加重了语气:"对,扔下去!"

病床上的金涛似乎被"扔下去"三字触动,只见他的身子猛一悸。

二十

"扔下去!"画外突然传来一声狰狞的叫声。

镜头拉开才见这仍是在大棚客车上,歹徒秦景正揪住少妇韩芸往车外推。秦景身后的一个歹徒正在嚣张地喊:"扔下去!把她扔下去!她不给钱就把她扔下去!"

韩芸拼命地挣扎着。

秦景狞笑着说:"没钱你就下去玩玩!"

车在高速行驶,路在快速后退。

韩芸的上半身已被秦景推出了窗外。

韩芸哭喊着闭上了眼睛。

"住手!"随着这声断喝,金涛一把伸手将韩芸拉回窗内并猛力扯开秦景推韩芸的手。

秦景转对金涛恼怒地咆哮:"你想找死?"边叫边猛朝金涛脸上打了一拳。

金涛抹了一把嘴上的血沫也抬脚踢了对方一脚。

秦景凶恶地吼道:"捅了他——"边吼边和同伙同时拔出了雪亮的匕首。

匕首猛地刺进金涛的胸口……

二十一

病房。

陈县长默望紧闭双眼的金涛。

他轻而坚决地对身旁的一个公安干部说:"一定要抓住凶手!你们公安局要全力以赴!"

公安干部低声地答:"是!"

二十二

公路上。

我们见过的那辆大棚客车。

两辆警车停在大棚客车旁边。

几个警察正在勘查现场。

一个警察拿出皮尺走过来对一个公安干部报告:"局长,那个金涛受伤后兜着肠子又追了歹徒五十二米!"

局长没有开口,只是默默地盯着地上那已变干了的血迹。

一直站立在公安局长旁边的韩芸这时转身,一步一挪地登上了如今已空无一人的大棚客车。

车内零乱肮脏。

她的目光掠过一排排座椅,环视车内。

她目光上视,顶板上有血迹。

她目光侧视,车窗玻璃上有血迹。

她目光下视,车厢板上有一摊血。

几只苍蝇在血上爬来爬去。

她缓缓地蹲下,挥手赶走苍蝇,尔后摸出手帕,轻轻地去擦车厢板上的血。她擦得那样仔细,又那样小心,边擦边有两滴清亮的泪水在双颊上坠。

她把那些血全部擦净后,慢慢地折起手帕,小心翼翼地装进衣袋,那模样极像是在装一件既珍贵又易碎的宝贝……

二十三

一弯细月印在宝蓝色的天幕上。

寂静笼罩着浸入月色中的医院。

金涛的病房里,除了输液盐水的滴落声,就是他那不规则的呼吸。

他仍旧面无血色地躺在那里。

年轻的女护士坐在床头,默默地守护着他。

房门被轻轻推开,一位年近六十的老头拎一个暖瓶进来。

护士低声地问:"姜大爷,你还没睡?"

姜大爷摇摇头,把暖瓶放好后慢腾腾地从衣袋里摸出一卷钱递给护士:"这是金涛身上带的五十多块钱,做手术前从他衣袋里掏出来的,我记性不好,放你手上吧。"

护士边接边问:"多少钱?"

昏沉中的金涛突然搐动了一下身子——

二十四

"给钱!"一个蛮横的声音猛然由画外响起。

随着这声蛮叫出现了那辆行驶中的大棚客车。车内,歹徒秦景正朝韩芸伸着手。

韩芸扭过脸吃惊地问:"凭啥给你钱?"

秦景不耐烦地说:"叫你给钱你就给钱!"

韩芸生气地说:"我没钱给你!"

秦景威胁地说:"真没钱?"

坐在秦景身边的一个矮个青年——韩芸的男人冯小柱害怕地碰了碰妻子,悄声说:"他讹人,给他几个钱算了。"

韩芸坚决地说:"不给!我没钱!"

"舍不得钱就给表!"秦景说着一把抓住韩芸腕上的手表。

韩芸一挣,表带断了,手表掉落在地。她很快地弯腰拣起来,放进裤兜里。

秦景说:"你这个婆娘胆儿不小,钱不给,表也不给……"

"扒她衣服!"画外传来另一个歹徒的叫声。

秦景一把抓住韩芸衣领,往下一拉,衣服被撕开。

秦景摸了一下韩芸雪白的胸脯。

韩芸恐惧地一声尖叫,两手本能地抱在胸前。

坐在一旁的金涛眼里开始跳起火苗。

冯小柱怯生生站起,对秦景说:"大哥……"

秦景亮出匕首,在冯小柱头上轻轻拍了两下:"想脑壳搬家?"

冯小柱吓得面如土色,连忙坐下不语。

秦景得意地收起匕首,转身对韩芸说:"你不是说没有钱嘛,那就让我搜一搜!"说着,突然把手插进韩芸胸前又摸又抓。

"流氓!流氓!"韩芸挣扎着。

冯小柱埋下头装作没看见。

金涛站起,拍拍秦景肩头,强忍怒气地说:"兄弟,谁家没有姐妹,你这样做不好,太过分了!"

"关你屁事!"秦景转身啪啪打了金涛两个耳光。

金涛两眼喷火,双手紧握成拳提了起来,不过他的拳头很快又慢慢松开。只见他吃力地咽了一口唾沫,分明把愤怒也一并咽进了肚里。他尽力平静地对秦景说:"好了吧,该撒手!"

秦景凶恶地说:"你要再多嘴,我捅了你!"转身逼问韩芸:"你今天究竟给不给钱?"

韩芸怒火满腔:"不给不给,死也不给!"

冯小柱哀求道:"娃他妈,就那点钱,你就给他吧!"

"呸!"韩芸扭脸朝丈夫吐了一口。

"好,死也不给,我成全你。"秦景一手抓住韩芸的头发,一手抱住韩芸的腰,往车窗外推去。

韩芸的头、肩都吊在窗外。她边哭喊边用两只手死死抓住车窗边沿。

冯小柱在后面紧紧抱住妻子的腿。

"放手——!"金涛猛然站起吼了一句……

二十五

病房。

绚丽的朝霞扑进来,满室溢彩。

护士揉了揉发红的双眼,给输液架上又换了一瓶葡萄糖水。

一直坐在病床一侧的姜大爷突然用胳膊肘碰了一下护士:"小赵,你看!"他指了一下躺在床上的金涛。

金涛的手指头动了一下,又动了一下,随后双眼慢慢睁开。

小赵惊喜地说:"你醒了?!"

姜大爷喜极地说:"孩子,你又活了!"

小赵像一只蝴蝶飘飞到病房门外对着走廊高叫:"他醒过来了,金涛醒过来了!"

坐在走廊尽头地上抱膝打盹的韩芸和丈夫闻声抬起疲惫的脸来。

倚在走廊长椅上的王方边揉着眼边站起身来去抓旁边的电话。

他对着话筒报告:"陈县长,金涛醒过来了!……"

二十六

病房内。

金涛茫然地看着病房四壁,看着病床前站立着的人。

手术医生关切地俯身问:"小金,你感觉怎么样?"

金涛答非所问地:"要是当初有一个人站起来,我也不会……伤成这样……"

金涛的目光越过医护人员的肩头,望向空茫的远处。

他又看见了那辆大棚客车——

二十七

大棚客车车内。

金涛正与歹徒们搏斗。

秦景"嗖"一下拔出了刀子。

一个人从背后卡住了金涛的脖子。

金涛挣扎着呼叫:"帮帮……我……"

旁边一个座位上立即站起一个男孩,那男孩对身旁一个穿司法工作人员制服的男人惊叫:"爸爸,他们要杀人了!"

男孩的爸爸一下子把孩子按坐在椅子上,同时用手捂住了他的嘴巴。

乘客们一双双脸孔的特写:害怕、气愤、事不关己、隐忍、欲言又止、冷漠……

匕首猛地刺进了金涛的胸部。

鲜血喷了出来……

二十八

大街。阳光铺满街面。

电线杆上的喇叭突然响了:"川县广播电台,现在播送金涛专题新闻。"

行人们都自动停下来倾听。

喇叭声:经医院抢救,见义勇为的金涛同志终于苏醒过来……

倾听广播的人们露出了笑容,尽管彼此并不认识,但都轻松的互相点头……

二十九

病房门口。

姜大爷拦住要进屋的韩芸:"他刚刚苏醒,身体非常虚弱,需要休息,请回吧。"

韩芸哀求:"大爷,让我看看他,我就是他救的那个苦命女人……"

姜大爷明白了。点点头,推开了门。

韩芸几乎是扑到床前的。她看着金涛惨白的面孔和满身的纱布,嘴唇一阵哆嗦,泪珠在眼眶里打滚。

金涛认出了她,脸上第一次浮出了一丝笑容。

金涛声音微弱地说:"那几个坏蛋抓住没?"

韩芸摇了摇头。

金涛急切地说:"那你可要小心些,我是不能保护你了。"

韩芸一下抽泣出声。

门口,韩芸丈夫冯小柱隔了门缝怯怯地往屋里望。

金涛看见了他,眼一下子睁大——

三十

还是那辆大棚客车。

冯小柱双手抱头紧缩在座椅缝里。

金涛被歹徒卡住脖子后挣扎着喊叫:"帮帮……我——"

冯小柱更紧地缩了缩身子。

金涛头上的迷彩军帽被歹徒们打掉。

军帽被歹徒们的脚来回践踏。

双手捂头的冯小柱看见了在面前地上那顶被踩来踩去的军帽。

他胆怯地伸出抖颤着的手一下子抓起了那顶军帽。

金涛被歹徒刺伤倒地。

他瞥见了座椅底下的冯小柱正紧紧攥着那顶军帽……

三十一

金涛朝冯小柱招了招手。

冯小柱羞愧地几乎是一步一挪地走到床边，慢慢从裤兜里摸出那顶帽子，小心翼翼地撑展开放到金涛手边。

金涛声音微弱地说："送给你吧，留个纪念。"

一旁的韩芸看见丈夫，厌恶地扭开了眼。她弯腰拿起床底下金涛的脏衣服，把它们放进脸盆，低头走出……

三十二

洗衣间。

韩芸使劲搓洗着迷彩服。

血污和泡沫一起流淌。

当她两手拎着衣领，把衣服从盆里拎出来时，她的手发抖了。

衣服上满是被歹徒刺穿的洞。透过一个个洞她看到了满是裂缝的墙壁。

她一头埋进水淋淋的迷彩服里,就像埋进金涛怀中,放声痛哭。

站在洗衣间门口双手攥着迷彩军帽的冯小柱,看见那件满是刀洞的衣服,缓缓捂脸蹲下了地。

自来水猛烈地冲击着,流淌着……

病房。正午。窗外的蝉鸣时歇时停。

赵护士正用小匙给金涛喂饭。一点稀饭溢出金涛的嘴角,她忙掏出自己的手绢轻轻擦去。

一旁,姜大爷在为金涛缓缓打扇。

走廊上响起一阵人声。

走廊尽头。

一位武警战士拦住提着各种营养品的探视者。

战士说:"对不起,大家请回吧,金涛的身体非常虚弱,需要静养。"

一位大娘说:"让俺进去看看那个敢救人的孩子吧!"

战士说:"大娘,你不也想让他早日康复吗?"

大娘点点头:"那好,听你的,那你可要把我带的东西转给他。"

战士颔首。

其他探视群众见状,都自动地把东西放在一张桌上,尔后不舍地离去。

一对提着营养品的青年夫妇走来,男的——梁师傅——上前对武警战士耳语了一阵,战士点头示意他们进去。

梁师傅和爱人轻轻走近金涛床头。

梁师傅爱人把营养品放在一旁的空床上。梁师傅轻声说:"金涛,你还认识我吗?"

金涛显然在尽力回忆。

梁师傅说:"我是梁师傅,是开那辆公共汽车的司机。"

金涛身子一振,双眼一下子睁大——

三十三

刺耳的急刹车声。还是那辆大棚客车。倒在血泊中的金涛睁开了眼睛。

手持血淋淋匕首的秦景正欲跳窗。

金涛拼力跃起,扑上去拖住秦景的腿。

秦景惊慌至极地反身用匕首向金涛肩背猛刺。

金涛张开嘴巴,死死咬住秦景小腿。

秦景嚎叫着,再次高举起匕首。

一只手从车窗外猛伸进来,夺走了匕首。

梁师傅愤怒的面孔出现在车窗上……

三十四

病房。静谧的夜,只有蟋蟀的叫声飘进屋里。

金涛熟睡着。

坐在床头的姜大爷轻摇着蒲扇。

一只蚊子哼哼着飞来。

姜大爷瞪大眼睛,用目光寻找那只蚊子。

它落在了金涛的手背上。

姜大爷抡起巴掌要打,一想不对,轻轻朝蚊子吹了一口气。

蚊子落在墙上。

姜大爷小心翼翼一掌打去,蚊子又落到高处。

姜大爷又用两手夹击,终把蚊子打死了。

老人孩童般无声地笑了。

病房门被轻轻推开,陈县长在医生的陪同下,悄步走进。

陈县长先默看了一阵金涛后对姜大爷微声地说:"你回去歇歇吧。"

姜大爷也轻声地答:"人老了,瞌睡少,我在这儿守着放心。"

陈县长无言,转而默望着金涛。

金涛身子一动,醒了过来。

金涛睁了睁眼睛:"县长——"

陈县长趋近床头微笑着:"惊醒你了吧?"

金涛说:"没事,我白天已睡了很长时间。"

陈县长问:"你还有什么事要我帮助办吗?"

金涛说:"我想……见见我妈,还有我们连队的首长。"

陈县长说:"都已经拍去了电报,估计他们会很快到的。"

金涛小声说:"谢谢……"

三十五

斜阳西照。长途汽车站。

林冬风尘仆仆从站里走出,环顾四周。

他惊喜地看着满街的"向金涛学习"的标语。

一个三轮车夫推着三轮车走过来:"坐车吧,便宜!"

林冬问:"到县医院多少钱?"

车夫答:"三块。怎么,家里有人在住院?"

林冬指着标语上的"金涛"三个字:"我来看他。"

车夫意外地说:"哦,你是金涛部队上的领导,快上,快上,我一分钱不要送你到医院!"边说边拎过林冬的提包放到车上,并把他推上了车。

三轮车在一阵铃声中快速驶远。

三十六

病房。

金涛眼里闪着异样的光彩,过度的激动使得他张了张嘴却无话出来。

林冬尽量控制住泪水:"别动,你的事团里都知道了。你是好样的。首长要我来看你。全连同志都很想你。这是大家给你写的信。"边说边掏出一叠信放到金涛枕边。

两滴泪珠出现在金涛眼角,因为激动,他的身子发起抖来。

"冷吗?"林冬把毛巾被轻轻盖在金涛身上。

看着指导员轻柔的动作,金涛的眼前一下子闪现出——

三十七

一座雄伟的建筑——金涛所在师的师史馆。"师史馆"三个镀金大字在阳光下闪着耀眼的光。

一队官兵列队向馆内走去,金涛也在队中。

宽敞的展厅里。墙上一长列佩戴勋章的将军照片。

林冬指着那些照片解说:"这一百八十四个将军全都出自我们师……"

金涛面对那些照片,久久仰视……

三十八

师史馆大门口台阶。

金涛双手支着下巴默坐在台阶上,望着远处的目光并无焦点。

四周静寂无声。巨大的建筑物衬得金涛那瘦小的身影越发小了。

起风了,风裹起台阶上的一片纸,飞起落下,落下飞起。

一只手轻轻放到了金涛身上。

金涛回头,见是指导员林冬,无声地笑笑要站起。

林冬按下他,也在他身边坐下。

林冬问:"想些什么?"

金涛自语似的:"他们活得轰轰烈烈。"

林冬说:"轰轰烈烈常常和平平凡凡相接。"

金涛扭头,疑问地看着指导员。

林冬指着脚前被风不时吹起的纸片:"譬如这片纸,没有接地,就没有飞起。"

金涛似乎在思索指导员的这句话,又把目光移向了远方。

风大了。

林冬脱下自己身上的外衣,轻轻披在了金涛身上……

三十九

病房。夜。

金涛熟睡过去,轻微的鼻息声在室内游弋。

林冬坐在床头,轻轻为他打扇。

金涛原本平静的脸部突然抽搐了一下,他的双眼虽然闭着眼皮却不停抖动——他显然沉入了梦境——

一道白光霍然一闪。

一把匕首一下子插进了金涛的腹部……

"呀——"金涛含混地叫了一声,呼地由病床上坐起。

林冬一惊,急忙伸手扶住问:"金涛,你怎么了?"

金涛摇了摇头,从梦境中彻底脱出,这才不好意思地笑笑:"我做梦了。"

林冬安顿金涛重又躺下:"继续睡吧。"

金涛抓住林冬的手:"指导员,我妈妈怎么还没来?"

林冬说:"我昨天又拍了一封电报,她会很快来的……"

四十

繁星满天,大街空旷。

县长途汽车站候车室,电灯昏黄。

金涛妈、郝晓玉坐在椅子上默默啃着凉玉米棒子。

金涛妈不到五十岁,可生活的艰辛已使她过早地衰老了,几乎是满头白发、满脸皱纹。郝晓玉正当青春年华,健壮的身躯、黑红的脸庞,使人一望而知是一个山村姑娘。

一个年轻妇女手里拿着一个什么证走过来:"住旅馆吗?三块钱,设备豪华服务周到。"

金涛妈摇摇头。

郝晓玉忙站起问道:"大姐,到县医院怎么走?"

年轻妇女答:"带路费一元。"

金涛妈心烦地对那女人说:"你走吧。"

"您老人家一看就是九十年代的贫农,恕本人不伺候!"那年轻妇女言毕,一扭屁股走了。

郝晓玉说:"大妈,我们还是走吧。"

金涛妈固执地说:"不行!深更半夜,金涛已经出了事,你再出事,叫我怎么活?"

晓玉坐下,默默地一粒一粒吃玉米。显然,她的心已经飞到金涛身边去了。

金涛妈抬头望着墙上:"晓玉,这墙上咋贴了那么多红纸?"

墙上的红纸特写:向见义勇为的英雄金涛学习。

晓玉看了一眼那标语,显然不识字,猜测着:"兴许是城里人要开会,听说城里人一开会就贴红纸。"

金涛妈哦了一声:"来,来,再吃点干粮。"金涛妈刚吃了一口就噎住了。

晓玉连忙到一个小贩摊子前买了瓶汽水,喂金涛妈喝了两口。

"多少钱?"金涛妈问。

"三毛。"

老人一惊:"一小瓶凉水要三毛?来,你也喝点。"

晓玉说:"你喝,我不渴。"

金涛妈说:"不渴就给涛留着,他有伤。"

晓玉和金涛妈紧偎着打起盹来。

金涛妈怀里紧紧抱着那半瓶汽水。

"向见义勇为的英雄金涛学习"的标语就悬在她们的身子上方……

四十一

清晨,病房。

金涛妈抱着半瓶汽水眼闪泪光地看着儿子。

金涛哽噎道:"妈……"

母亲轻抚着儿子的头,声音颤抖地:"妈来了,我的娃……"

金涛眼眶里溢满泪水。

母亲为儿子揩去额头上的汗:"看你热的,来,喝点汽水。"

晓玉忙把汽水倒在杯里。老人一口一口喂儿子喝光,起身去放杯子。

晓玉走到床前,轻轻揭起金涛胸前的毛巾被。一看,手一阵抖,捂了嘴,转身抽泣。

金涛凝视着未婚妻抽动的肩和两条发辫,眼前一下子现出——

四十二

宽阔清澈的白水江。

别致颤悠的铁索桥。

岸边悬空的吊脚楼。

遮掩河面的橡皮树。

蓝天如洗,丽日洒金。

身着军装、拎着提包探家的金涛脚步轻快地跑上铁索桥。

他站在桥上,满怀爱意地望着这分别几年的家乡的一切。

他情不自禁地长吼一声"噢——",转身跑下铁索桥。

他跳过浅河滩中的大石头。到了河中,他蹲在石头上把脸洗净,对着如镜的河水整理好衣帽,跑上一条通往他家的上山的羊肠小路。小路的一边是深深的山谷。

他健步如飞,满脸都是急欲见到亲人的渴望。

一个人背着一背高高的柴火,挡住了他的去路。

由于背的太重,背柴人深深地前弓着腰,一步步艰难向上走着。

背柴人的后背被背篼和柴火完全挡住了。金涛跟在后面左看右看,也看不出是男女老少。

金涛急着赶路,叫道:"小伙子,对不起,让我过一下。"

背柴人停步,把一根"打杵"顶在背篼底下,稍稍侧了侧柴火堆。

金涛从路边小心地绕了过去,下意识地回头望了一眼,呆住了!

竟是他日思夜念的未婚妻郝晓玉。

晓玉也认出了他,吃力地笑了一下。她太累了!头上冒着热气,汗水把头发沾在额头和脸上。肩上打着一个大补丁,上衣已被汗水浸透。

金涛心里一阵疼。上前去接背篼。

晓玉也不推让,帮助金涛把柴火背在身上。

两人一前一后默默向上走。

山野寂静,只有两个人一轻一重的脚步声。

两人谁也没说话,似乎一时都不知该怎样开口。

一个迎面走来的中年妇女打破了这种寂静——

"哟,这不是金涛嘛,还没到家就干上活了?晓玉,你真是个傻妮子,你这会儿累住了他,到晚上他可抱不动你了!……"

晓玉脸一红,头一低向前跑去。

金涛默看着她的两条长辫子在背上甩来甩去。

月色空蒙。远山、近树、家屋都静静地浴在月光里。

一两声犬吠从远处传来,变得似有若无。

晓玉"吱呀"一声拉开屋门,端一塑料脸盆上,拿一条毛巾来到门前的平坝里。

她把衬衣脱下,搭在一棵树上,只剩一件自缝的紧身胸衣,尔后弯腰去擦洗。

金涛也轻步走出,把门掩上,来到晓玉身边。

月光下可见金涛把手中的一个纸包撕开,把一样东西朝晓玉递来。

晓玉轻声地问:"啥?怪香的。"

金涛低声地答:"斯佳丽香皂,北京货,我专门给你带的。"

晓玉满足而又娇嗔地说:"又为我花钱!"

金涛上前抓住晓玉的手浸在水里,尔后动手给她的手和小臂打香皂,边打边轻笑道:"为了让你香呀!"

晓玉故意挣了一下手臂:"我自己来。"却并没有真挣下去。

金涛抚着晓玉的手掌怜惜地说:"瞧,手上都有茧了,我参军后你就到我们家来了,这几年,真苦了你。"

晓玉垂了头喃喃地说:"俺知道你在外边也辛苦。"

金涛说:"我年底就要复员了,复员回来后,我要扩大咱家里的橘林,再办一个小型养鸡场,还要种些烤烟,我要挣到很多钱,让你享福!"

晓玉轻笑道:"福享多了可是要胖的,你看我这胳膊,已经够粗了!"

金涛爱怜地用毛巾擦着晓玉那鲜润的小臂:"再粗我也喜欢!……"两人亲昵的低语渐渐淹没在夏夜的虫鸣里……

四十三

阳光涌满病房。

病房一侧的空床上,堆满了各种各样的慰问品、营养品。

金涛半坐在病床上。

金涛妈对晓玉高兴地说:"说不定后晌小涛就能下地走了。"

晓玉快乐地问:"涛哥,你明儿个领俺去县城大街上看看好吗?"

金涛含笑点头。

病房门被推开,姜大爷和林冬走进来。

姜大爷对金涛妈说:"大妹子,我把指导员叫来了。"

金涛妈上前抓住林冬的手说:"首长,金涛没给咱队伍上丢脸吧?"

晓玉扭过身来纠正:"是解放军。"

金涛妈说:"我知道!小涛到部队上第一天,就写信告诉全家,说他参加的部队过去和日本兵血战过。"

"对对。"林冬高兴,说"我们是严惩过日寇的老部队。大妈,你的儿子为咱们部队增光啦。"

金涛妈刚要开口再说什么,画外突然传来赵护士的急切叫声:"金涛,金涛,你怎么啦?"

众人连忙围到床边。

金涛双眼紧闭,汗如泉涌,呼吸急促,表情极端痛苦。

我们见过的那个手术医生冲到床边,听了听心音:"快,送 X 光室拍片!"

X 光室。

黑暗中,荧光屏上显示出金涛的肺和心脏。传出拍片的咔咔声。

四十四

医院会议室。

手术医生指着 X 光照片说:"从照片上看得很清楚,金涛右胸大量积液,这就是引起他伤势恶化的原因。我们抢救小组决定从右胸第九肋处做封闭式引流,把积液引出来。"

陈县长问:"有困难吗?"

医生答:"手术没多大困难,只是我……怎么说呢,感受到压力太大……"

陈县长鼓励地拍拍医生的肩膀:"我相信你的技术,大胆做吧!"……

手术室。

一件件手术器械在护士和医生手中传递。

医生额头上的汗。

金涛紧闭的眼……

四十五

手术室外。

王方把一个墨绿色小本交给林冬："这是金涛的士兵证,我把它正式交给你。"

林冬打开士兵证,看见里面已被鲜血染红。他抬头看看紧闭的手术室,满脸都是担忧。

韩芸、冯小柱从过道那头快步向手术室走来。

韩芸拉住走廊上的一个护士问:"金涛的病情恶化了?"

护士点头:"正做手术。"

韩芸软软地靠在墙上。

王方指着冯小柱对林冬耳语:"看,就是他,金涛救他的老婆挨十四刀,他在旁边一动不动。"

林冬铁青着脸迎上前去,一把抓住冯小柱的衣领向上一提:"我恨不得揍死你,你还是个男人吗?"

冯小柱没有辩解,没有挣扎,只是怯怯地闭上了眼睛。

一旁的韩芸见状,急忙转身把额头抵住了墙……

四十六

病房。黄昏。

金涛沉在术后的昏睡里。

金涛妈给他盖毛巾被时大约触到了他腹部的伤口,只见他身子一悸,眼前蓦然现出挥动匕首的情景。

匕首深深地扎进他的腹部。

白花花的肠子涌流了出来。

他急忙用背心兜住……

昏睡中的金涛"呀"了一声,满头是汗。

金涛妈心疼地低问:"娃,还疼得厉害么?"

金涛无语,又沉入了昏睡……

四十七

上午,医院走廊。

十几个挂拐、坐轮椅,无臂的身着老式旧军装的残废军人,向金涛的病房走来。

他们每个人胸前都挂有军功章。

一个个面孔肃穆而庄重。

他们在病房门口停住。

房内,金涛仍然双目紧闭仰躺在床上,接受输氧输液。

残废军人们轮流走进去,每个人的动作都很轻。

每个人都是朝金涛默看上一会儿,敬一个军礼,又轻轻走出来……

四十八

大街。正午。

一家个体糖烟酒小店。

一个六十来岁的老大爷走近柜台。

年轻老板招呼道:"想买点啥?"

老大爷答:"两袋奶粉,两瓶罐头,一盒瓶干。"

老板有些意外,边拿东西边说:"大爷,你这五保户,一个月只有三十块生活费,一下子买这么多东西做啥?"

老大爷说:"我是要去看看金涛。"

正在柜台边玩耍的一个六七岁的男孩——显然是老板的儿子,这时接口:"你是去看金涛叔叔?"

老人提起礼品边走边回答那男孩:"是呀。"

男孩望着老人向前走了几步,突然叫道:"老爷爷,你等等!"喊罢,扭身跑到柜台里边拿出一个吹饱的红色气球,跑上前递给老人:"老爷爷,你把这个交给金叔叔,你就说是我给他玩的!"

老人笑了,老人接过气球,摸了摸孩子的头……

四十九

医院走廊一角。

姜大爷正在为金涛熬中药。

药锅在炉子上咕咕嘟嘟响。

那位五保老人也蹲在炉子旁。他拿的礼品和气球放在一旁。

姜大爷递给五保老人一根烟。

五保老人点着烟吸了一口问:"这娃子不会有事吧?"

姜大爷说:"医生说问题不大。"

五保老人感叹:"老天爷可该长眼,好好保佑这娃子,如今,这样的好人不多了。"

姜大爷叹口气,也点着了烟。

两个人吐出的烟缕和中药锅腾起的水雾混在一起,在走廊上慢慢飘移……

五十

清晨,大街。

大喇叭响起播音员的声音:"金涛经过第二次手术和精心护理已经转危为安,身体正在康复中。另据公安部门透露,残害金涛的四名歹徒,一名在我专政机关强大攻势下近日向公安部门自首,主犯秦景和另一名凶犯被抓获归案。他们将受到法律严惩。目前,公安机关正在全力追捕最后一名凶犯……"

五十一

病房。

已经清醒的金涛正侧耳倾听着外边的广播声。

他的床头拴着那个红色气球。

赵护士端一盆温水进来。

赵护士高兴地说:"到底把他们抓住了。"

金涛一脸快慰,他眼前不由得闪现出——

四个歹徒在公路上散开逃跑。

他手兜着肠子在后边跟跟跄跄地追。

疼痛和失血使他扑倒在地……

"来,擦擦身子。"赵护士的声音把金涛又拉回到现实。

赵护士仔细地擦洗金涛的脖子、耳根、腋下、胸、腰。她去掀盖在金涛下腹处的毛巾被时,金涛急了。

"别别,我不擦下面。"

"下身非擦不可。天这么热,大腿根、生殖器周围,出汗最多,最容易滋生细菌,引起伤口感染。"

金涛哀求道:"赵护士,我求你了。"

赵护士笑了:"前几天我们每天把你光着身子翻来翻去,擦来擦去。"

金涛:"那时我不知道。可现在……"

赵护士佯怒道:"扭扭捏捏干什么!这是我的工作!"

说完,果断地掀掉毛巾被。

金涛猛地闭了眼睛,咬紧牙关。

赵护士专注地擦洗着。

她下视的目光如水晶般纯洁,她专注的脸孔如天使般神圣。

她手的动作是那么轻柔,那么小心。

一层水雾漫上了金涛的眼睛……

五十二

县长办公室。白天。

陈县长说:"王方,人们捐献给金涛的钱、物,要为他保管好。"

王方说:"县长放心,我们有专人登记,眼下光现金就有一万多块了……"

五十三

病房。暮色挤进窗隙,室内没有开灯。

金涛妈侍候儿子小解。

金涛重新在床上躺好。

金涛妈轻声地说:"孩子,你的伤快好了,坏人也抓住了,妈想明儿个回去,家里你外婆你爹他们也都在挂虑着你,我回去他们也好放心。"边说,边掀起衣襟,从内衣兜里摸出了一小卷钱塞到金涛枕头底下:"这是十六块钱,妈给你留下,备个急用;这两天我看见有人给你捐钱,咱不能要,别人挣个钱也不容易,咱花自己的。"

金涛抓住妈的手声音微抖地说:"妈,你放心。"

金涛妈补充说:"还有,你身子虚,记住不要急着动,要多睡些日子。"

金涛点头,声音越发颤抖:"妈,你回去也要注意些身子,你又瘦多了。"边说,边抚摸着母亲那细瘦多皱的手腕,母亲那细瘦的手腕在洪金涛眼中慢慢变成了丰盈白嫩戴了银镯的手腕——

五十四

年轻的金涛妈背着背篓牵着七八岁的小金涛,走上我们曾见过的那座铁索桥。腕上的银镯在太阳下一闪一闪地耀着银光。

几个背着书包的小学生与他们擦身而过。

小金涛边走边扭头看那些背了书包的伙伴,眼中充满了羡慕。终于,他停住脚,仰头对妈妈喊:"妈,俺也想去上学!"

母亲闻声停住,扭头默然去看那群渐走渐远的小学生,她的目光慢慢显示出她下了什么决心。

她拉着小金涛返身又向桥的那头走去。

小金涛不知母亲要干什么,仰头望去,母亲的面孔坚定而神圣。

五十五

小镇街头。

一张小手绢铺在地上。一只银镯子从左手腕上取下来放在手绢上。

小金涛和母亲蹲在手绢旁边。

一双双脚从手绢旁走过,有的停了一下,又走了。一张两元的人民币丢到手绢上,母亲拿起银手镯抚摩好一会儿,才伸手向上,交到一个人手里。

小金涛看见母亲眼里有泪花在闪。

母亲把两元钱放到儿子小手里,朝附近的一个挂有"洪旺小学"木牌的大院一指,示意儿子去报名上学。

小金涛这才明白母亲的心意,咧嘴一笑,撒开腿向那校门奔去……

五十六

病房。

金涛斜倚在床头上。

床头上还绑着那个男孩送来的红气球。

赵护士正在轻轻按摩金涛的两个脚腕,边按摩边解释:"总躺着不动的人,按摩一下脚腕会觉着舒服。"

走廊传来喊声:小赵——

赵护士应声出去。

坐在一边的林冬见状过去接着按摩。

金涛看着指导员那双按摩的手,眼前慢慢闪现出——

五十七

林冬的双手正在熟练地接着两根电话线头。

镜头拉开,才见林冬悬立在一根高高的电线杆上,杆下站着金涛和另外两个新兵。

林冬在杆上边示范接线边对下边的新兵讲:"在杆上操作,要紧的是不要害怕!金涛,你上来!"

金涛有些害怕地往上爬。

金涛爬到杆顶在林冬对面停下。

林冬说:"把安全带拴好,开始操作!"

金涛把腰里的保护皮带往杆上拴时不由得向下一瞅,立时被骇得"呀"了一声向下滑去。

林冬手疾眼快抓住他的一只胳膊同时下滑。

两个人同时不规则着地,都跌坐在了那里。

两个人同时从地上站起又同时哟地叫了一声重新跌坐下去——显然是都扭了脚脖。

林冬急忙抓过金涛的一双脚腕开始按摩。

金涛也伸手拉过指导员的一双脚腕开始学着指导员的样子按摩。

两双手都带着深深的关切之情……

五十八

病房。

晓玉在给金涛削苹果。边削边高兴地说:"这种转着圈的削法我还是跟你们林指导员学的。"

晓玉把苹果放到金涛手里,转身边去放削苹果刀边问:"甜吗?"

没有回答,只有"啪嗒"一声。

晓玉扭头,只见金涛手上的苹果落地,他本人突然浑身颤抖,一下子倒在床上。

晓玉惊骇地问:"金涛,你怎么了?"

赵护士闻声跑进屋里,见状一手去按急救电铃,一手去摸金涛的脉搏。

急救铃声尖利响起……

五十九

医院办公室。

手术医生忧虑无奈地:"该用的药都用了,该想的办法都想了,他还是高烧41度不退。我们认为还是胸腔里的问题,但是照片又看不出来。"

陈县长问:"你们说咋办?"

到会的医生不语。人人表情严峻、忧虑。

陈县长急了,拍着桌子:"说话呀!"

手术医生说:"地区医院的杨教授是这方面的专家,当过我的老师。最好请他来会诊。"

陈县长立即拿起话筒:"接地委赵书记……"

六十

县医院门口。

一辆救护车风驰电掣地驶来。车刚一停下,一位提着急救箱的老医生——杨教授就走下车来。

手术医生迎上前握手。

杨教授在手术医生的引领下快步向病房走去。

六十一

病房。

一根长长的穿刺针闪着寒光。

杨教授把针插入金涛胸部。

金涛头上顿时汗如泉涌。

晓玉心疼得把脸扭向一边。

杨教授大声说:"金涛,我知道穿刺很疼,你可以叫喊,可以骂娘。"说着,又扎下第二针。

金涛牙齿咬得咯咯直响。

晓玉把粗黑的大辫死死地横咬在嘴里,尔后伸出手去,把金涛的一只手紧紧握住。

杨教授拔出针和手术医生看了看,摇摇头。又扎第三针。

金涛和晓玉的手死死绞住、扭动。

但始终没有一丝呻吟声。

杨教授拔出针,仔细观察一阵之后对手术医生:"必须立刻转院,他需要做CT扫描和其他检查,你们这个医院条件不行!必须快!"

手术医生向门外跑去……

六十二

病房走廊。傍晚。

陈县长、林冬在前,王方、手术医生在后,抬着金涛向门口走,赵护士在旁边举着输液瓶。

姜大爷手里拿着那个红气球从后边赶上来,他把气球中的气放完后,装到了跟在担架后边的晓玉衣袋里。

晓玉一手提着金涛的衣物,一手在抹眼泪。

一行人一走出门,都有些愣住。

院门前黑压压站满了人。

人们忧虑的面孔被越来越浓的暮色遮住。

无数道关切的目光护送着担架被放上救护车内。

杨教授、林冬和晓玉一同上车。

人群无声,气氛沉闷而压抑。

救护车的引擎声骤然响起……

六十三

阴云悬垂夜空。还是县医院门前。

人群早已散去,四周一片静寂。

飘雨了。

细雨霏霏如雾似纱。空空荡荡的小巷迷迷蒙蒙。远处偶尔传来一声悠长的喊声:"鸡丝馄饨!"

街灯把那棵繁茂的泡桐树,照得分外亮分外绿。

绿得透明的树叶似滴着一颗颗绿色的泪珠。

门前的石栏杆上、台阶上、柱子上、坐着、站着、倚着、靠着五个人:陈县长、手术医生、姜大爷、赵护士、王方。

五个人都垂着头,一动不动,如一尊尊石膏塑像。

只有细雨击打树叶的声响。

小巷深处传来脚步声———一顶红伞在绿色的雨雾中划过来。

红伞在五个塑像一样的人前停住,最后走近手术医生。

红伞下传出韩芸略颤的声音:"医生,听说金涛病又加重了,真的么?"

手术医生抬头,无语。灯光映出他眼角的泪滴。

红伞落地,滚下台阶。

韩芸呆立着。

四周又只剩下了细雨击打树叶的声音……

六十四

崎岖的山路。夜。车灯如剪,雨细如丝。

闪烁着幽蓝灯光的救护车在急驰。

车内,金涛双眼紧闭仰躺在那里。

杨教授、林冬、晓玉围在他的身边。

躺着的金涛随车身的颠簸而摇晃着……

他的嘴角突然开始搐动——

六十五

同样摇晃的车厢——这已是那辆大棚客车的车厢了。

他浑身是血仆倒在地。

他在血泊中抬眼看见歹徒们开始跳窗逃跑。

跳下去一个。

他想爬起,但车子的摇晃使他失败了。

又跳下去一个。

他又想爬起,可车子的摇晃又使他失败了。

再跳下去一个。

他仍想爬起,未料车子的摇晃又使他仆地。

秦景要跳窗了。

他终于一咬牙,拼力站起扑过去……

六十六

地区医院。清晨。

金涛在CT扫描机和各种高级医疗器械上横躺、旋转。各种照片、检查结果报告单不断落下。

六十七

医院办公室。白天。

坐满了医生和干部。

杨教授指着照片:"现在可以肯定,金涛高烧不退、呼吸困难,是右侧胸腔形成的凝固性血胸压迫右肺和感染引起败血症造成的,必须尽快实施开胸手术。"

黄书记问:"做这种手术你们有什么困难?"

杨教授答:"为了防止意外,保证手术万无一失,我想请军区总院的专家来协助手术,而且要快。"

黄书记果断地拿起电话:"给我接省委总机,请他们转军区总医院……"

六十八

一架直升机呼啸着由天而降。

一个军医——郑教授背着医疗器械箱匆匆走下飞机。

黄书记和杨教授快步迎上去……

六十九

夕阳西坠。韩芸家。

韩芸进门把手上的东西一丢,指着冯小柱:"冯小柱,咱俩离婚,我坚决不跟你过了!"

冯小柱的母亲忙上前扶媳妇坐下:"咋啦,不是说你们和好了吗?"

韩芸气呼呼地说:"谁跟他和好了?金涛又不行了,转到地区医院去了,是死是活都难说。当初,他要是帮一把人家,人家也不会这样……"眼圈一红,走进卧室扑倒在床上。

抱着孩子的冯小柱默默蹲了下去。

冯母无言。

冯小柱慢慢从衣兜里摸出金涛那顶迷彩帽,看了一刹,缓缓地朝孩子头上戴去。

孩子惊奇地转着眼看头上那顶太大的帽檐。

冯小柱猛把脸伏在了孩子的肩上。

画外传来冯小柱呻吟似的低语:我的娃,长大了可别像你爹啊……

七十

地区医院病房。白天。

金涛在床上急促的喘息。

那种极短极急的喘息让人听了心悸。

七十一

医院走廊。

杨教授对一个护士:"你速去街上买一个气球回来!"

护士:"气球?"

杨教授:"快去,给金涛检查用!"

拎一个暖瓶愁容满脸迎面走来的晓玉闻言站住:"我这里有一个气球。"边说边去衣袋里掏出了姜大爷当初装进她衣袋的那个红气球。

杨教授接过气球吹了一下:"行。"

七十二

病房。

杨教授把那个吹饱了的红气球拿在手里,对昏沉中的金涛:"来,吹动它。"

金涛遵言吹去,但气球丝毫不动。

杨教授与一旁的郑教授对视了一眼。

郑教授划着一根火柴伸到金涛嘴前:"来,吹熄它。"

金涛又吹,可火焰毫无反应。

郑教授与杨教授又对视了一眼。

七十三

杨教授办公室。

杨教授把一张纸递到林冬面前。

林冬问:"这是——?"

杨教授说:"手术同意书,金涛要马上手术,你该在上边签字!"

林冬一怔:"我签?"

一旁的郑教授说:"他是你的兵,你不签谁签?"

林冬问:"有危险吗?"

杨教授说:"手术不会有大问题,但要进行全麻,全麻就存在死亡的可能。"

悄悄跟在后面偷听的晓玉一惊,退回到走廊上捂住了脸。

杨教授说:"尽管这种可能性只有万分之几,但毕竟有可能。另外,这种手术必须切掉一根肋骨。"

林冬瞪大眼睛:"哦?"

一旁的郑教授补充:"是右胸第六根。"

林冬没有主意的来回踱步,自语似的:"我往部队打电话打不通……"他抓起笔要签,却又像抓住了火炭似的扔开了笔。他可怜地求教似地望定郑教授:"万一出了危险——"

郑教授冷峻地说:"不做手术,他很快就会窒息而死!"

林冬重又拿起了笔,那杆笔是那样的沉,以至于他签完自己的名字后已累得满头大汗。

他扔下笔,双手抱住了头。

画外传来他带了哽咽的自语:"金涛,我做主了……"

七十四

手术室。

郑教授、杨教授穿着短袖工作服站在手术台两边,正紧张地手术。

不时响起金属碰击声。

身穿白色大褂的黄书记站在一旁观察……

手术室外。

林冬、晓玉等一群人焦急的等在那里。

韩芸匆匆走来。

韩芸问:"指导员,金涛呢?"

林冬说:"正在手术。"

韩芸焦虑地问:"有危险吗?"

所有人的目光一下子集中到她身上。

她看着一张张布满阴云的脸,沉默了。

金涛妈在一武装干部的陪同下快步走了过来。

晓玉一眼看见,叫了声"妈",扑在老人肩上抽泣。

金涛妈问:"怎么了,金涛咋样了?你说呀!"

晓玉只哭不语。

老人有些明白,不再追问,只是呆立着,无语、无泪。

韩芸慢慢走到老人面前,缓缓地、缓缓地跪下了双膝,与此同时,发出一声伤心至极而又满含深情的低叫:"妈妈,……"

七十五

手术室里。

医护人员身上满是血迹。

郑教授与杨教授互相点点头,双手拿起一把令人望而生畏的"白求恩筋骨剪",伸进打开的胸腔。

两只手一使劲,只听"咔嚓"一声,一根带血的肋骨放在盘子里。

一块块淤血、凝固物从胸腔里剥离出来,放进盘里,越积越多,顷刻间堆得比拳头还大。

一个医生端起一铝盆消毒水,从高处往胸腔里冲去。

郑教授示意麻醉师加压,眼看着原来被压得很小的肺开始慢慢涨起,又占满了右胸腔。

地板上的电扇在嗡嗡旋转……

七十六

手术室门打开。

身穿工作服的黄书记走出。众人忙围上去。

黄书记揭去口罩:"怕大家着急,我先出来报个喜讯,手术基本结束了,非常成功。金涛的生命保住了。"

金涛妈哭了。

晓玉哭了。

韩芸哭了。

林冬笑了,可眼角也有泪滴……

七十七

清晨。病房。满室霞光。

金涛正在护士的观察下练习吹气球。那只红色的气球。被他吹得左右飘动。

林冬见状高兴地说:"我们快该坐车回部队了!"

金涛闻言双目一定,眼前立时闪现出——

凤镇汽车站。

拎着提包的金涛快步向一辆大棚客车走去,未料,那客车已经启动。

金涛追着边跑边叫:"等等,等等!"

客车已经驶远了。

金涛转对车站一个工作人员:"我买的是那趟车的票回部队,现在咋办?"

工作人员:"不要紧,坐这趟吧!"边说边朝另一辆大棚客车一指。

金涛拎包跳了上去。

金涛随便找到一个座位坐下。

汽车开动了。

金涛左右环顾,他看见了靠窗而坐的韩芸,她正在车子的摇晃中纳着鞋底。

看见了身边坐着的冯小柱,他正在啃着熟玉米。

看见了后边坐着的秦景。

金涛靠在椅背上畅舒了一口气——他的神情表明他一点也不知道有一场血的考验正等在前边。

秦景从金涛、冯小柱面前挤过去,狠拍了下韩芸的肩膀……

"涛哥!"晓玉的一声呼唤把金涛又拉回到了现实里。

晓玉欣喜地说:"俺刚刚听杨教授说,七天后你就可以出院回部队。"

金涛舒心地笑了……

七十八

呜——

伴着长长的汽笛声,一列火车迎面驶来……

七十九

火车站。阳光灿烂。

列车缓缓进站。

金涛、林冬相继走下车门。

金涛边向出站口走边扭身向列车上、站台上朝他致意的人们挥手告别。

他放下手准备转身出门,就在他转身的一瞬间,他呆住了——

车站外面,几万人的欢迎人群。

巨大的横幅标语:欢迎英雄金涛。

震天的锣鼓声。

清脆的鞭炮响。

他惶惑而茫然地望着欢迎的人海,被人群簇拥着往外走……

八十

整齐的行进中的方队。

威武、雄壮。

一支支闪亮的枪。

一张张英武的脸。

金涛也在队列中。

方队走向初升的太阳。

〔乐声如海涛般响起,高亢、激越、辉煌……〕